奇跡の大地

ヤア・ジャシ
峯村利哉[訳]

HOMEGOING
YAA GYASI

集英社

目次

奇跡の大地

両親と兄弟に捧ぐ

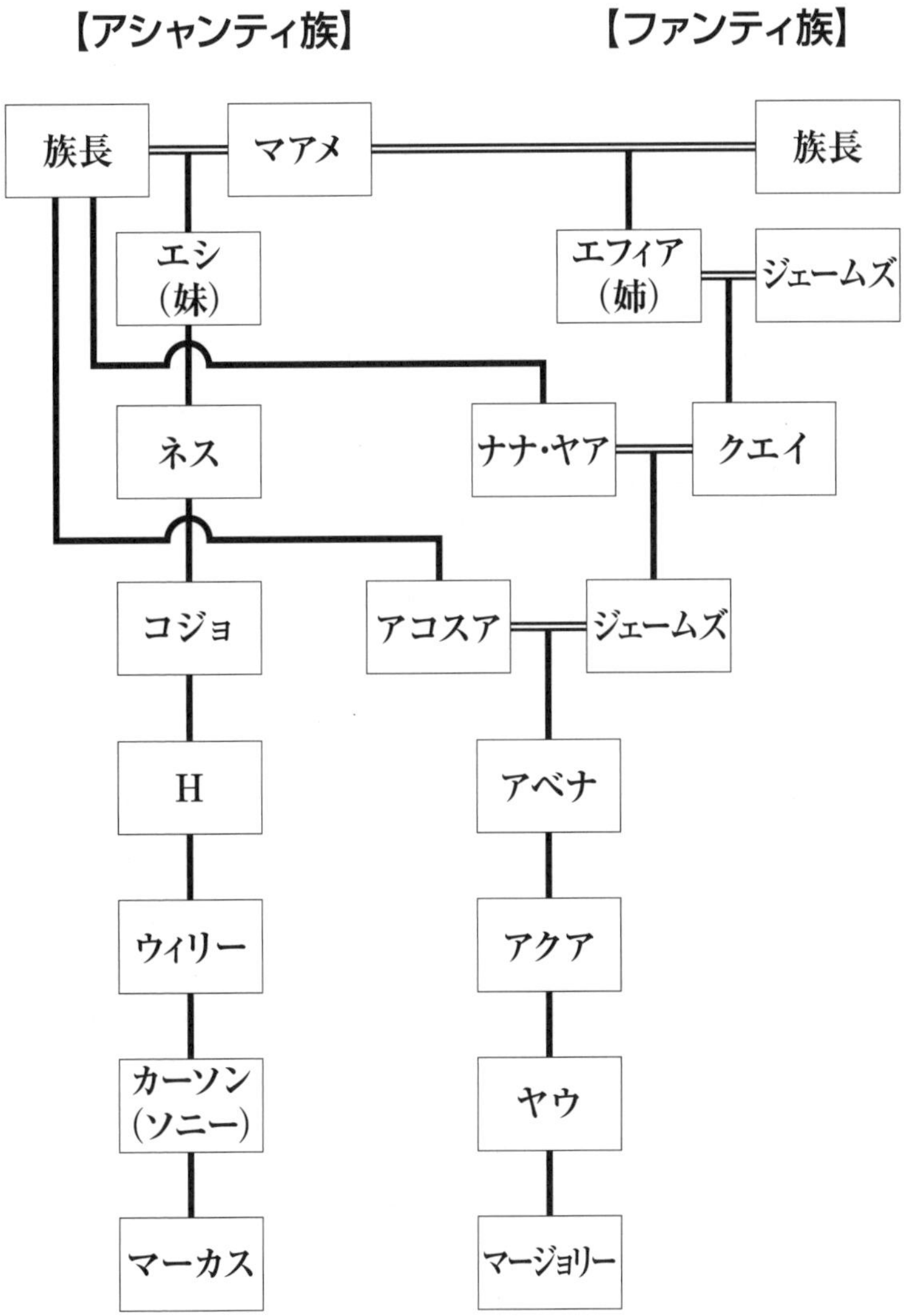
【アシャンティ族】
【ファンティ族】
族長
マアメ
族長
エシ
(妹)
エフィア
(姉)
ジェームズ
ネス
ナナ・ヤア
クエイ
コジョ
アコスア
ジェームズ
H
アベナ
ウィリー
アクア
カーソン
(ソニー)
ヤウ
マーカス
マージョリー

※ ═══は婚姻関係、━━━は子孫

家族は森に似ている。外側から見ると、単なる密生した樹木の集まりだが、内側から見ると、一本一本の木に独自の立場があることがわかる。

——アカン系民族に伝わる箴言《しんげん》

第一部

エフィア

　エフィア・オチェルが生まれた夜、ファンティ族が支配する大地は、麝香《じゃこう》みたいなにおいを放つ熱に包まれた。父親が所有する屋敷のすぐ外、森の中では炎が暴れ回っていた。火の手はすばやく木々を舐め、道は何日にもわたって分断された。炎は空気を食らい、洞窟で眠りながら、木立に身を隠しながら、あたり構わず焼け野原にしていった。最後にアシャンティ族の村まで到達したあと、火は霧消し、夜と一体化した。

　エフィアの父コビ・オチェルは、ヤム芋畑の被害状況を調べるべく、新生児と第一夫人のバアバを残して出掛けていった。ヤム芋は、家族を養うために最も重要な作物だ。結局、七つの畑が失われた。コビにとってひとつひとつの損失は、一族への打撃みたいに感じられた。あたりを焼き尽くして去っていった火の記憶は、自分自身と子供たちはもちろん、家系が続くかぎり子々孫々までオチェル家にまとわりつくだろう。たくさんの小屋で構成されている屋敷へ戻り、第一夫人の離れに足を踏み入れると、エフィアが、夜の火の申し子が、甲高い泣き声をあげていた。コビはバアバに視線を向けて言った。「今日起こったことは、二度と口にするんじゃないぞ」

　バアバの母乳が出ないのは、赤ん坊が火の化身だからだ、と村人たちは噂しはじめた。代わって乳母となったのは、三カ月前に息子を出産したばかりの第二夫人。しかし、エフィアが乳母に懐かず、激しく乳首に吸いついて、周りの肉ごと噛みちぎろうとするため、第二夫人は授乳を恐れるようになってしまった。おかげでエフィアは生育が悪く、鳥を思わせる小さい骨格に皮が張りついたような見た目だった。黒い大きな穴を彷彿させる口からは、飢えを訴える泣き声が吐き出され、バアバがどれだけ音を消そうとしても、かさかさした左の掌で赤ん坊の唇を覆っても、泣き声は村のどこにいても聞くことができた。

「その子を愛せ」とコビは命じた。食べ物を鉄皿から口へ運ぶのと同じぐらい、愛することなどたやすいというような話しぶりだった。夜、バアバは夢をみた。暗い森の中に赤ん坊を放置しておくと、ニャメ神が好き勝手に始末してくれる夢だ。

エフィアはどうにか成長した。三度目の誕生日を迎えたあとの夏、バアバが自身としては初めての男の子を産んだ。名前はフィーフィ。あまりにも丸々としていたため、エフィアはときどきバアバの目を盗んで、弟を地面の上をボールみたいに転がしたものだった。母親の許しを得て初めて弟を抱きあげた日、たまたま手が滑ってフィーフィを落としてしまった。赤子は尻で弾んだあと、腹を下にして着地し、部屋にいる人々を見上げて、泣くべきかどうか悩んでいるような表情をした。結局、フィーフィは泣かないことを選択したが、バンクーの鍋をかき混ぜていたバアバは、攪拌棒《かくはん》を持ちあげて、エフィアのむき出しの背中を打ち据えた。棒が体を離れるたび、ねばねばした熱いバンクーが、少女の肉を焼いた。折檻《せっかん》が終わるころ、エフィアは体じゅうに痛みを感じ、涙を流し、泣き声をあげていた。床の上では、フィーフィが腹這いであちこち転がりながら、皿みたいなまなこで姉を見上げていたが、幼い口から声が洩れることはいっさいなかった。

この日、屋敷へ帰ってきたコビは、バアバ以外の夫人たちがエフィアを手当てしているのを目に留め、何が起こったのかを瞬時に理解した。コビとバアバとの喧嘩は夜遅くまで続いた。エフィアは床に身を横たえ、熱っぽいまどろみの中をさまよいながら、離れの小屋の薄い壁ごしに、ふたりの声を耳にした。朦朧《もうろう》として見る夢の中で、コビは獅子、バアバは木だった。獅子は立ったまま、地面から木を引き抜き、地面に叩きつける。木は枝をいっぱいに伸ばして抵抗するが、獅子はその枝を一本ずつむしり取る。横倒しになった木は、赤い蟻の涙を流しはじめる。赤い涙は樹皮の細かいひびを伝って落ち、幹の先端の近くでは、柔らかい土の上に蟻の小さな池が形作られていく……。

バアバがエフィアに体罰を加えると、コビがバアバに体罰を加える、というひとつの連鎖が始まった。歳が十に届いたときのエフィアは、自分の体の傷について、それぞれの歴史を暗唱できるようになっていた。一七六四年の夏に、ヤム芋が折れるほどの力で打たれた背中の傷。一七六七年の春に、大きな石を叩きつけられて骨が折れ、以降、ほかの指と同じ方角を向かなくなった足の親指。エフィアの体に傷が増えるたび、バアバにも対となる傷が刻まれたが、それでも母親は娘の折檻をやめず、父親は妻の折檻をやめなかった。

エフィアの美しさが花開いたことは、ただ事態を悪化させただけだった。十二歳で目立ちだした胸の、こぼれ落ちそうなふたつの塊は、マンゴーの果肉みたいに柔らかかった。村の男たちは初潮の訪れが近いことを知っており、バアバとコビから結婚の許しを得る機会を狙っていた。そして、贈り物合戦が始まった。椰子《やし》酒を造る名人もいれば、魚獲りの名手もいた。オチェル家は、エフィアの女としての成長から、大いなる恩恵を享受したわけだ。実際、一族の腹や両手が空《から》になることはなかった。

一七七五年、アジョワ・アイドオは村娘の中で初めてイギリス兵から求婚された。アジョワは肌の色が薄く、歯に衣着せぬたちだった。朝の沐浴のあとは、乳房の下や股のあいだを含め、全身に椰子油を塗り込んでいた。エフィアはアジョワをよく知らなかったが、バアバの遣いで油を届けに行ったとき、小屋の中で一糸まとわぬ姿をまのあたりにした。アジョワの肌は滑らかで艶があり、髪の毛は華やかさを感じさせた。

件の白人兵が初めて村を訪れた際、アジョワの母親はエフィアの両親に頼み事をした。娘の支度が調うまでのあいだ、客人のために村の案内役を務めてほしいと。

「あたしも行っていい？」両親の後ろを小走りでついていきながら、エフィアは訊いてみた。片方の耳にはバアバの「だめよ」、もう片方の耳にはコビの「いいぞ」が同時に響く。結局は父親の声が勝利を収め、ほどなく、エフィアは生まれて初めて白人の前に立った。

「君に会えて嬉しいそうだ」と通訳が言い、白人兵が手を差し出してくる。エフィアは握手に応じず、父親の脚の陰に隠れて相手をじっと見つめた。

白人兵の外套は、真ん中にぴかぴかの金ボタンが並んでおり、太鼓腹の膨らみで今にも弾け飛びそうだった。顔は真っ赤で、首から上は燃えさかる切り株を思わせる。どこからどう見ても太っていて、額にも唇の上にも大きな汗の玉が浮かんでいた。エフィアは白人兵を雨雲みたいだと考えはじめた。青白くて湿っぽい形のない雲。

「では、村の案内をお願いします」と通訳が言い、一行は揃って歩を進めた。

最初に立ち寄ったのは、オチェル一族の屋敷だ。「あたしたちはここに住んでるのよ」とエフィアは言った。白人が無言のまま笑みを返してくる。碧《あお》色をしたふたつの目は靄に包まれていた。

白人兵は理解していなかった。通訳の話を聞いたあとも、事情を理解できずにいた。

コビはエフィアの手を引きながら、バアバとともにオチェル家の屋敷の中を案内していった。「うちの村では、妻ひとりひとりが敷地内に自分の離れを持っています。たとえばこの小屋で暮らしているのは、第一夫人である彼女と、彼女の子供たちです。夫婦が夜をともにするときは、夫が妻の離れを訪ねていきます」

通訳から説明が与えられるにつれ、白人の目の靄が消えていく。エフィアははっと気づいた。白人は新しい目を手に入れたのだ。小屋の壁に塗られた泥や、屋根に葺《ふ》かれた藁《わら》が、ようやく見えるようになったのだ。

一行は見学を続け、村の広場と、小さな釣り舟を白人に披露した。木の幹をくり抜いて造られた舟は、実際に使用される機会がくると、男たち数人がかりで何哩《マイル》も離れた海岸まで運ばれていく。エフィアは自分も新しい目で物事を捉えようと努めた。鼻先に触れる髪の毛から潮のにおいを嗅ぎとったり、獣の爪みたいに鋭い椰子の樹皮を感じとったり、あたり一面を覆う粘土の深い深い赤色に見入ったり……。

「お母さん」父親と白人が先に行くと、エフィアは母親に尋ねた。「どうしてアジョワはあの人と結婚するの？」

「なぜって、彼女の母親がそう決めたからだよ」

数週間後、白人兵がアジョワの母親をふたたび表敬訪問し、エフィアを含む村人全員は、どんな結納品が贈られるのかを確かめに集まってきた。花嫁の値段は十五ポンド。花婿が用意した品々は、アシャンティ族の下僕に背負われて城から運ばれてきた。コビはエフィアを自分の後ろに立たせ、織物や雑穀や金や鉄が下僕たちによって運び込まれる様子を見守った。

屋敷まで歩いて戻る途中、コビはエフィアを脇へ連れ出し、ほかの妻子たちを先に行かせた。

「今さっき、何が起こったのかをおまえは理解しているか？」と父が娘に質問する。離れたところでは、バアバがフィーフィと手をつないでいた。エフィアの弟は十一歳になったばかりだが、もうすでに、素手と素足だけを支えにして椰子の幹を登ることができる。

「アジョワを連れ出すために、白人がやって来たんでしょ」とエフィアは答えた。

父親がうなずく。「白人たちはケープコースト城に住んでいる。あの城は、我々と交易をするための拠点だ」

「交易って、鉄とか雑穀とか？」

父親が片手を娘の肩に置き、額の生え際に口づけをする。娘から体を離したときのまなざしには、戸惑いとよそよそしさが混じり合っていた。「そうだ。我々は鉄と雑穀を受け取るが、代わりに、何かを連中に差し出さなければならない。あの男がケープコーストからやって来たのは、アジョワを嫁にもらうためだ。これから先も、同じような白人がやって来ては、我々の娘たちを連れ去っていくだろう。だがおまえについては、わたしの娘については、白人の嫁にするよりも、もっと大きな計画がある。おまえはうちの村の男と結婚するんだ」

この瞬間、バアバがさっと振り返る。母親の視線に、眉をひそめた表情に、エフィアは気づいていた。父親も気づいているのかどうか、顔を見て確かめようとしたが、コビは一言も言葉を発しなかった。

エフィアは自分なら花婿に誰を選ぶかを決めていた。そして、両親が同じ男の人を選択してくれるよう心から願った。アベエク・バドゥは次期首長と目される男だ。すらりと背が高く、アボカドの種みたいな肌をしており、話をするときはいつも決まって、大きな手と細長い指を稲妻のように振り動かす癖があった。先月だけでも、アベエクはオチェル家を四度訪れている。先週末には、エフィアもアベエクとの食事に同席させられていた。

アベエクは山羊を一頭持参した。ヤム芋と魚と椰子酒も、下僕たちによって運び込まれる。バアバとほかの妻たちは、竈《かまど》に火を入れ、油を熱した。あたりには芳潤な香りが漂っている。

この日の朝、バアバは娘の髪を編み、左右に二本ずつの長いお下げを作った。髪のせいでエフィアは、力も我も強い雄羊みたいに見えた。すでに素肌には油を塗り込んであり、金の耳飾りも身につけていた。食事の席では、アベエクの正面に座る。ちらちらと値踏みの視線を向けられることに、エフィアは満足を感じていた。

「アジョワの式には参列したの？」男たち全員に料理が供され、ようやく女たちが食べはじめたとき、バアバがアベエクに訊いた。

「ええ、出席はしたんですが、すぐにお暇《いとま》しました。アジョワが村を離れるのは残念でなりません。きっと良き妻となったでしょうに」

「あなたが首長になったら、イギリス人のために仕事をするの？」とエフィアは質問した。コビとバアバから鋭い視線を浴びせられ、思わず首をすくめたが、ふたたび顔を上げたとき、目に映ったのはアベエクの笑顔だった。

「エフィア、僕たちはイギリス人〝と〟仕事をしているのであって、連中の〝ために〟仕事をしているわけじゃないよ。交易とはそういうものだ。僕が首長になったら、昔からの方針を引き継いで、アシャンティ族やイギリスとの交易を促すつもりでいる」

エフィアはうなずいた。アベエクの話をきちんと理解できてはいなかったが、両親の表情を見て、口を閉じておくのが最善策と判断したのだ。エフィアにとってアベエク・バドゥは、両親に引き合わされた最初の男性だった。相手から求められたいと本気で思ってはいたものの、まだアベエクがどんな男かも知らなければ、どんな女を必要としているかも知らなかった。自分の小屋にいるときのエフィアは、父親に対してもフィーフィに対しても、好きな質問をぶつけることができた。しかし、寡黙な女を実践するバアバは、娘にもそれを求めており、どうしてほかの母親のように自分を幸せにしてくれないのか、というエフィアの問いに平手打ちで答えた。娘が母の愛を、愛のようなものを感じられるのは、口を閉じているときだけ、質問を投げかけないときだけ、小さく縮こまっているときだけだった。ひょっとすると、アベエクが自分に望むのも、寡黙な女なのかもしれない。

食事を終えたアベエクは、オチェル家の全員と握手を交わし、バアバの前で足を止めた。「彼女の準備が整ったら、僕に報せてください」

バアバは片手を自分の胸に押し当て、重々しくうなずいてみせた。女子供が手を振るなか、一族の男衆がアベエクを外まで見送る。

この日の夜、小屋の床で眠っていたエフィアはバアバに起こされた。母親がしゃべっているあいだ、耳に吹きかかる息の温かさが感じられる。「おまえに初潮が来たら、エフィア、そのことを隠さなきゃだめだよ。わたしだけに打ち明けて、ほかの誰にもしゃべっちゃいけない。わかったかい?」椰子の葉を柔らかく加工して渦巻き状にしたものを、バアバはエフィアに差し出した。「これを体の中に入れて、毎日、状態を確かめなさい。赤くなったら、わたしに報告するのよ」

エフィアは母親の掌を、椰子の葉の渦巻きを見つめた。最初は受け取るのをためらったが、ふたたび視線を上げると、バアバの目には絶望のような何かが漂っている。絶望が母親の顔つきを少し柔和にしていたため、そして自分も絶望を、熱望ゆえの絶望を知っていたため、エフィアは言われたとおりにした。毎日、椰子の葉が赤くなっているかどうかを確かめたが、取り出したものはいつも緑がかった白のままだった。春になると、首長の病状が悪化の一途をたどり、村人たちはみなアベエクの一挙手一投足に注目した。重責を受け継ぐ用意ができているか見極めようとしたのだ。このころ、アベエクは妻をふたり娶《めと》った。ひとりは〝賢きアレクア〟と呼ばれる女性、もうひとりは、ファンティ族の母と白人兵のあいだに生まれたミリセントという女性。アベエクはオチェル家に通いつづけ、娘との会話を許されると、〝美しきエフィア〟と呼びかけた。エフィアはすべての村人から同じように呼ばれたいと願った。

ミリセントの父親はすでに熱病で亡くなっており、残された母と子供ふたりは、多額の遺産で満足のいく生活を送っていた。結婚を機に、白人の夫から新しい名前を授けられたミリセントの母親は、肉づきのいい丸々とした女性で、闇夜みたいな肌の色と、きらめく白い歯が対照的だった。夫が死ぬと、彼女は城を出るという決断を下した。白人兵はたとえ遺言を書いても、ファンティ族の妻子に財産を残せないため、同僚の兵士や友人に金を残し、彼らから妻に遺産を渡してもらっていた。ミリセントの母親もこの方法で、再出発に充分な金と幾許《いくばく》かの土地を受け取った。彼女は娘のミリセントを連れて、頻繁にエフィアとバアバを訪問した。すぐに同じ家族の一員となるのだから、というのが言い分だった。

エフィアはミリセントほど肌の白い女性を見たことがなかった。黒い髪は背中の中程まで届き、両の瞳は碧味を帯びていた。彼女はほとんど笑わず、しゃがれ声でしゃべり、聞き慣れぬファンティの訛りがあった。

「城の暮らしはどんな感じなの?」ある日、バアバはミリセントの母親に尋ねた。女四人で座を囲み、落花生とバナナをつまんでいたときだ。

「とっても快適だった。いろいろと良くしてもらったよ。城の男どもときたら、女と初めて付き合うような感じでね。イギリス人の女房たちは、いったい何をしてるのかねえ?　そうそう、うちの旦那は自分を火に、あたしを水に見立てていて、毎晩、消火作業をしなきゃ気が済まなかった」

女たちは笑い声をあげた。ミリセントがちらっと頰笑んでくれたため、エフィアはアベエクとの生活がどんなものか質問したくなったが、声に出す勇気を振り絞ることはできなかった。

バアバがミリセントの母親の耳元に何事かをささやく。しかし、内容はエフィアにも聴き取れた。「で、連中はたっぷり結納金を払ってくれたんでしょう、ねえ?」

「正直な話、旦那はうちの母に十ポンド払った。十五年も前の話だよ！　あんただから本音を言うけど、たしかに金はいいものさ。でも、あたしは自分の娘がファンティ族と結婚してくれて嬉しいんだ。兵隊が二十ポンド払うって言ってきても、首長の妻になれるわけじゃないし、娘はあたしから遠く離れて、城での暮らしを迫られる。いやだ、いやだ。村の男と結婚したほうがずっといい。娘を手元に置いておけるんだから」

バアバがうなずき、自分の娘のほうへ顔を向ける。エフィアはすばやく視線をそらした。

この日の夜、十五歳の誕生日のちょうど二日後、初めて月のものが訪れた。エフィアが予想していたような、大海のうねりを思わせる力強いほとばしりではなかった。たとえるなら、ちょろちょろとした細流。小屋の屋根の決まった場所から、一粒ずつ落下してくる雨の滴だ。エフィアは血をきれいに拭き取ると、報告をするため、コビがバアバを解放するのを待った。

「母さん」とエフィアは言って、赤く染まった椰子の葉を示した。「初潮が来たわ」

バアバが片手で娘の口をふさぐ。「ほかに知ってる人は?」

「誰も」

「誰にも言っちゃだめだ。わかったかい？　もう女になったかって訊かれたら、まだですって答えるんだよ」

エフィアはうなずいた。そのまま母親から離れようとしたが、腹の底で疑念が熱い石炭のように燃え、「でも、どうして?」と思わず訊いてしまった。

バアバが娘の口の中へ手を突っ込み、引っ張り出した舌先を鋭い爪でつまむ。「わたしに口答えをするなんて、おまえはいったい何様のつもりだいっ。ええ？　わたしの言うとおりにしないなら、二度としゃべれないようにしてやる」バアバの爪から舌は解放されたものの、エフィアは一晩じゅう自分の血を味わいつづけることとなった。

翌週、老齢の首長がこの世を去り、近隣の村々に葬儀のお触れが回された。服喪は一カ月に及び、アベエクの首長就任の儀式で締めくくられる予定だ。村女たちは日の出から日の入りまで、食べ物の用意に明け暮れた。村でいちばん上等な木から太鼓が作られ、自慢の喉を披露すべく各地から歌の達人が呼び集められた。葬儀の列席者たちは、雨季の四日目から踊りはじめ、地面が完璧に乾ききるまで足を休めることはなかった。

乾季に入った初日の夜、アベエクはファンティの首長、オマンヒンの座に就いた。新しい首長は贅沢な織物に身を包み、ふたりの妻を左右にはべらせていた。就任式を見物する際、エフィアとバアバは並んで立ち、コビは群衆の最前列を行ったり来たりしていた。ときどき父親のつぶやきが聞こえてきた。うちの娘は、村でいちばん美人の娘は、本来なら三人目の妻になっていたはずだと。

アベエクは新たな首長として、何か大きな仕事に取り組みたいと、ファンティの村に注目を向けさせ、無視できぬ勢力に仕立て上げたいと考えていた。就任のわずか三日後、すべての村男がアベエクの屋敷に召集された。二日ぶっ続けで料理と椰子酒が振る舞われ、最後には、かまびすしい笑い声と激烈な叫び声が、村じゅうの小屋に響き渡るまでになった。

「あの人たちは何をするつもりなの？」とエフィアは訊いた。

「おまえが気にすることじゃない」とバアバは答えた。

娘が初潮を迎えてからの二カ月間、母親の折檻はなくなっていた。沈黙に対するご褒美なのだろう。

いっしょに男衆の食事を用意しているときや、自分が汲んできた水をバアバが両手ですくっているときは、ようやく母と娘らしい関係になれたと感じるものの、バアバに前のようなしかめっ面が戻ったときは、最近の平穏は単なる一過性のものなのだと、野獣の怒りが一時的に封じられただけなのだと、考えざるをえなかった。

アベエクの屋敷での集会から、コビは長い鉈を持って帰ってきた。柄は金色で、誰にも読めない字が彫り込まれている。妻と子供は全員、泥酔した父親を輪になって遠巻きにした。コビが足をふらつかせながら、鋭い得物をあっちこっちへ突き出し、「我々は血をもってこの村を豊かにするのだ！」と叫ぶ。父親といっしょに戻ってきたフィーフィが、うかつにも輪の中へさまよい込むが、太っちょの赤子時代より痩せてすばしっこくなった息子は、さっと腰を回転させ、鉈の切っ先を紙一重でかわした。

フィーフィは最年少の参加者だった。やがて素晴らしい戦士になることは、衆目の一致するところ。椰子の木を登る姿を見れば、誰もが納得した。身にまとう寡黙さは、金の冠を戴く者のそれだった。

父親が小屋を離れ、母親が眠りに落ちたのを確認したあと、エフィアはフィーフィのところへ這っていった。

「起きて」とささやくが、弟に押しのけられる。寝ぼけていても姉より力は強く、エフィアは尻もちをついてしまったが、猫のしなやかさで体勢を立て直す。「起きて」

フィーフィの瞼がぱっと開いた。「僕のことは心配しなくていいよ、姉さん」

「いったい何が始まるの？」

「これは男の領分だ」

「あなたはまだ男になってないじゃないの」

「姉さんだって女になってないじゃないか」とフィーフィが切り返す。「女になってれば、今夜も妻としてアベエクといっしょにいたはずなんだ」

エフィアの唇がわなわなと震えだした。背を向けて自分の寝床へ戻ろうとするが、フィーフィに腕をつかまれる。「僕たちはイギリスとアシャンティの交易を手助けする」

「へえ」とエフィアは言った。数カ月前、父とアベエクから聞いたのと同じ筋書きだ。「アシャンティの金と織物を、白人に流すって意味？」

フィーフィの手に力がこもる。「馬鹿じゃないの。アベエクはアシャンティでも有数の村と同盟を結んできた。連中が奴隷をイギリスに売るのを、僕たちが後押しするんだよ」

実際、白人たちが村にやって来た。太った白人、痩せた白人、赤ら顔の白人、陽に焼けた白人。軍服姿で腰には剣を差し、あたりに目を配り、つねに最大限の注意を払っている。白人の目的は、アベエクから提供される商品が、約束どおりの質かどうかを確かめることだった。

首長の就任式のあと、コビはどんどん神経質になっていった。エフィアが女になったら妻に迎えるという約束が破られるのではないか？　ほかの村女に目移りしてエフィアのことを忘れてしまうのではないか？　コビは常々、娘を第一夫人として、最も重要な妻として嫁《とつ》がせたいと公言してきたが、今では第三夫人さえ遠い望みに思えていたのだ。

毎日夫は妻に、娘はどうなっているのかと質問し、毎日妻は夫に、まだ準備が整っていないと回答した。切羽詰まったコビは、週一回、エフィアとバアバに首長邸を訪問させようと決断した。アベエクが定期的に娘を見れば、かつてその容姿をどれほど愛したかを思い出すだろうと考えたのだ。

ある晩ふたりは、アベエクの第一夫人、〝賢きアレクア〟に出迎えられた。「ごめんなさい」とアレクアがバアバに言う。「今夜は、あなた方のお相手をできないの。白人のご一行が来ているから」

「帰りましょう」とエフィアは言ったが、母親が娘の腕をぐいっとつかむ。

「迷惑じゃなければ、しばらくここにいさせてくれませんか」とバアバがすがり、アレクアは小首を傾げた。「あまりに早く帰ると、主人に怒られるんです」あとは察してくださいというふうに母親は言った。しかし、この話が嘘だとエフィアは知っていた。今夜の訪問は、父親の発案ではない。白人が首長邸を訪れると聞きつけ、表敬訪問しておくべきとコビに強く注進したのは、誰あろうバアバなのだ。いずれにせよ、アレクアはバアバの立場に同情し、ふたりを滞在させてもいいかとアベエクに訊きに行ってくれた。

「女衆のところで食事をするのはいいそうよ。でも、男衆が入ってきても言葉は交わさないこと」戻ってきたアレクアがそう言って、ふたりを屋敷の奥へと案内する。エフィアはいくつもの小屋を通り過ぎ、夫人たちが食事をとる建物へ入っていった。中ではミリセントの隣に座る。ミリセントは妊娠していて、お腹の膨らみが目立ちはじめたところ。椰子の実を下腹に吊り下げているような外見だ。アレクアは魚の椰子油煮込みを用意していた。女衆はがつがつと食べ、みるみる指が橙《だいだい》色に染まる。ほどなく、エフィアの知らない下女が部屋に姿を現した。年端もいかぬ小柄な少女は、決して地面から視線を上げようとしない。

「失礼します、奥様」と下女はアレクアに言った。「白人の方々が屋敷をご覧になりたがってます。きちんと身なりを整えておくようにとのアベエク首長からのお達しです」

「水を持ってきてちょうだい、早く」とミリセントが命じる。下女が手桶に水を汲んでくると、女衆はそれぞれ手と唇を洗った。エフィアは掌に唾をつけ、生え際に沿って、しつこい癖っ毛を撫でつけていった。バアバは身繕いの終わった娘を、ほかの女たちの前に押し出し、ミリセントとアレクアのあいだに立たせる。しかし、エフィアは自分に注目が向かないよう、できるだけ身を縮こまらせようとした。

やがて男たちの一行が部屋に姿を現す。アベエクの出で立ちはいかにも首長らしい、とエフィアは思った。強さと権力を兼ね備えており、十人もの女を頭上高く、太陽へ向かって持ちあげられそうだ。首長の背後にはふたりの白人が続いており、エフィアは片方の男を見て、白人の長《おさ》に違いないと思った。もう片方の男が動いたり話したりする前に、この男の顔をちらちらとうかがっていたからだ。白人の長の軍服は、基本的にほかの兵士と変わりないが、外套と肩飾りの金ボタンは、誰のものよりも輝いている。おそらくはアベエクよりも年上で、実際暗褐色の髪には白い筋が見えるが、指導者らしく立ち姿はぴんと背筋が伸びていた。

「うちの女衆を紹介します。わたしの妻と娘たちです」とアベエクは言った。部下のほうの白人は、家族を紹介するアベエクを注意深く見守ったあと、身長でも威厳でも勝る上司を振り向き、奇妙な言葉を発した。白人の長がうなずき、女衆全員に頰笑みかけ、ひとりひとりと慎重に目を合わせ、それから、下手なファンティ語で挨拶を始める。

〝こんにちは〟の言葉が耳に届いたとき、エフィアは堪えきれずに笑ってしまった。ほかの女たちから〝しっ〟という声が飛び、ばつの悪さが熱のように両頰へ広がっていく。

「まだ勉強中なんだ」と白人の長は言って、エフィアに視線を据えた。相手のファンティ語はエフィアにとって聞き苦しいものだった。何分にも感じられるほど、長々とふたりは視線を交わらせる。相手のまなざしが悪戯っぽさを帯びていくにつれ、エフィアは肌がさらに熱くなるのを感じた。暗褐色をしたまん丸の双眸は、よちよち歩きの幼児が溺れるほど大きな鍋に見えた。白人のほうも視線でエフィアを溺れさせ、大鍋の中から逃がすまいとしているようだった。とそのとき、相手の頰がみるみる赤く染まっていく。白人の長は部下を振り向き、それから何かを言った。

「いいや、彼女はわたしの妻ではない」通訳を受けたあと、アベエクは答えた。声に不快感が混じるのを首長は隠そうともしておらず、エフィアはばつの悪さにうなだれた。自分の行動が結果としてアベエクに恥をかかせてしまったこと。アベエクから妻と呼んでもらえないこと。〝美しきエフィア〟の名で呼んでもらえないこと。ババとの約束を破り、自分はもう女だとぶちまけたくなったが、口を開く前に、男衆が部屋をあとにする。白人の長が振り返り、にこっと笑いかけてきたとき、エフィアの度胸はへなへなとしおれた。

白人の長は名をジェームズ・コリンズといい、ケープコースト城の総督に任命されたばかりだった。一週間もしないうちに、コリンズは村を再訪し、エフィアとの結婚の許しをババに請うた。求婚に対するコビの怒りは、熱い蒸気のごとく屋敷内のすべての小屋に充満した。

「あの子はアベエクのためだけに育ててきたんだ！」申し出を検討しているると打ち明けるババに、コビが怒声を浴びせかける。

「それはそうですけど、初潮が来るまではあの子をアベエクに嫁がせられませんし、わたしたちはもう何年ものあいだ待ちつづけてきました。差し出がましいことを言うようですが、旦那様、わたしの考えではあの子は火事で呪われたんです。決して女になれない魔物になったんです。考えてみてください。美しくても決して手を触れられない生き物なのですよ？　女としての兆候はすべて揃っているのに、あの子はまだ女にはなっていない。白人なら気にせずに娶ってくれるでしょう。あの子の正体を知りませんから」

エフィアは日中、白人と母親の会話を耳にしていた。白人からの申し出は、結納金として三十ポンド、花嫁の母への贈り物として毎月二十五シリング分の交易品。アベエクが出せる以上の好条件だ。

この村でも隣村でも、これ以上の額を提示されたファンティ族の女はいない。

夜更けまで部屋の中を歩き回る父親の足音を、エフィアは耳にしていた。次の朝に目覚めたときも、同じ音が響いていた。父親の両足が硬い粘土の床を、一定の調子で踏みしめる音だ。

「アベエクの側から破談にさせる形にしなければ」とコビは結論を出した。

オチェル家に招かれた首長は、コビの隣に座り、バアバの持論に聴き入った。あの日の大火事は、一家の資産に大打撃を与えただけでなく、同じ日に生まれた赤ん坊を壊してしまったのだと。

「あの子は女の体をしていますが、魂には何か邪悪なものが潜んでいます」バアバは強調のために地面へ唾を吐いた。「あの子を嫁にしても、あなたの子を産むことはないでしょう。白人と結婚させれば、この村に対する好意が芽生えて、あなたの交易の発展に利用できるはずです」

アベエクは顎髭をこすりながら、慎重に考えを巡らせ、最後に「〝美しきエフィア〟を連れてきてくれ」と言った。コビの第二夫人がエフィアを呼びに行く。部屋に足を踏み入れたエフィアはぶるぶると震え、あまりにも胃が痛くなって、みなの前ではらわたを吐いてしまうのではないかと思った。

アベエクは立ちあがり、エフィアと向き合った。整った顔に指を走らせ、すべての凹凸を指でなぞる。両頰の丘陵、鼻腔の洞窟……。「これほどまでに美しい女は過去にいなかった」とアベエクは言葉を搾り出した。それから、バアバを振り向き、「だが、あなたの話が正しいのはわかる。あの白人がこの子を望むなら、くれてやって構わない。連中との商売には大いに役立つだろう。村全体のためにも」

屈強な大男のコビが、人目も憚らずに嗚咽《おえつ》を漏らしはじめる一方、バアバは泰然自若としていた。アベエクが去ると、エフィアに歩み寄り、首飾りの先につける黒い石を取り出す。黒い石はきらきらと黄金色に輝いていた。まるでずっと金の粉末に覆われていたかのように。

バアバは黒い石を娘の手に滑り込ませ、唇がエフィアの耳に触れるほど体を近づけた。「ここを出るとき、これを持っていきなさい」という言葉が響く。「母親の一部だと思って」

ようやくふたりの体が離れたとき、エフィアは母親の笑顔の奥で、安堵《あんど》のようなものが舞い踊っているのを見た。

エフィアは一度だけ、ケープコースト城のそばを通り過ぎたことがあった。バアバといっしょに村を離れ、思い切って町へと繰り出したのだ。しかし、城の中へ足を踏み入れたのは、婚礼の日が初めてだった。城の地上部には教会があり、エフィアとジェームズ・コリンズの式を執り行なう牧師は、花嫁が理解できない言語で、本心ではない台詞を繰り返すよう求めた。踊りもなく、ご馳走もなく、鮮やかな彩《いろど》りも、油で撫でつけた髪も、垂れた乳をむき出しにしたまま硬貨を投げたりハンカチを振ったりする老婆もいない。エフィアの家族さえ参列していなかった。娘は不吉な存在だとバアバがみなに信じ込ませ、誰もが関係を持ちたくないと思っていたからだ。城へ向けて出発する朝、コビはエフィアの頭頂部に口づけをし、手を振って見送った。あの大火事の夜に覚えた予感は、家系の存続が危機にさらされるという予感は、娘と白人との結婚によって現実となりはじめていた。

ジェームズは夫として、妻をくつろがせるためにあらゆる手を打った。どれだけ努力してくれたかを、エフィアは目で見ることができた。ジェームズは通訳からファンティ語を習い、エフィアがどれほど美しいかを伝えた。決して不自由な思いはさせないと伝えた。アベエクと同じく、ジェームズは〝美しきエフィア〟と呼んでくれた。

結婚後、ジェームズはエフィアを連れ、ケープコースト城の中を案内して回った。地上部の北壁沿いには共同住宅と倉庫が並び、中央には練兵場と兵舎と営倉があった。家畜飼育場に池に病院。木工場に鍛冶屋《かじ》に厨房。城はひとつの村も同然だった。エフィアはジェームズとともに、圧倒されたまま城内を散策し、周りの調度品に手を滑らせていった。父親の肌と同じ色をした木製の高級家具、すべすべの触感が口づけを思わせる絹のカーテン……。

エフィアはすべてを吸収した。城の砲床《ほうしょう》に立ち寄り、海に向かって並ぶ巨大な黒い大砲を見物する。ジェームズの私室へつながる階段をのぼる前に、少しだけ休みをとりたくなり、大砲のひとつに頭をもたせかけた。地面にはいくつもの小さな穴が開いており、足許をそよ風が吹き抜けていく。

「下には何が？」エフィアはジェームズに尋ねた。返ってきた拙いファンティ語は、どうにか「船荷」と聴き取れた。

とそのとき、そよ風に乗って、かすかな泣き声が耳に届く。あまりにも不明瞭だったので、エフィアは初め空耳だと思ったが、地面にしゃがみ込んで、穴にはめられている格子に耳をつけてみた。

「ジェームズ、下に人がいるんじゃないの？」

ジェームズはすばやくエフィアに歩み寄った。強い力で地面から立ちあがらせ、新妻の両肩をがっちりとつかんで、まっすぐに目を見据える。平板に発された「そうだ」というファンティ語は、ジェームズがきちんと使いこなせる言葉のひとつだった。

エフィアは夫から身を離し、射るような視線を向けた。「こんなところに閉じ込めて、泣くような目に遭わせてるのね？　何様なの、あなたたち白人は！　父さんが警告してくれたとおりだわ。わたしを村へ帰して。今すぐ村へ帰して！」

ジェームズの手を口許に感じるまで、エフィアは自分が叫んでいることに気づかなかった。言葉を押し戻すかのように、唇に力が加えられる。妻が落ち着くまで、夫はこの体勢のままでいた。エフィアはさっきの言葉が伝わったのかどうかわからなかった。しかし、はっきりわかったこともある。唇をふさぐ指の力からしても、夫はその気になれば暴力をふるえる人間であり、悪意を向けられなかったことに感謝するべきなのだ。

「村へ帰りたいのか?」とジェームズが訊く。夫のファンティ語は不明瞭ながらも毅然たる響きがあった。「君の村もここと大差はないぞ」

エフィアは夫の手を口から引き離し、夫の目をしばらく見つめつづけた。実家を出るのが決まったときの母親の喜びが思い出される。ジェームズは正しい。もう故郷には帰れない。エフィアは何とか気を落ち着かせ、うなずきで同意を示した。

ジェームズは妻を急かして階段をのぼらせた。最上階が総督の居室となっており、窓からは直接海を見渡せた。大西洋という潤んだ青い目の中に、黒い塵《ちり》みたいな荷船が浮かんでいるが、あまりにも遠いため、城との実際の距離は計り難い。たぶん三日の距離の船もあるだろうし、わずか一時間の距離の船もあるだろう。

ジェームズと部屋に入ったあと、エフィアは一隻の船を眺めつづけた。黄色い光の明滅が水上の船の存在を告げている。光がなければ、船の輪郭を見分けることはできそうになかった。湾曲した縦長の形状は、中身をくり抜いた椰子の実の殻を思わせる。船が何を運んでいるのか、近づいてきているのか離れていっているのか、ジェームズに訊いてみようかとも考えたが、エフィアは夫のファンティ語の解読に疲れを感じはじめていた。

ジェームズが何かを話しかけてくる。笑顔での和平の申し出だ。しかし、ほとんど知覚できないくらい微妙に口角が引きつっている。エフィアはかぶりを振り、何を言っているのかわからないと伝えようとした。するとジェームズが身振りで、部屋の左隅のベッドを示す。エフィアはベッドに腰を下ろした。城へ発つ日の午前中、バアバは結婚式の夜に何を覚悟すべきなのかを教えてくれたが、ジェームズのほうは何も教わっていないようだった。近づいてくる夫の両手は震えており、額には玉みたいな汗が噴き出している。エフィアは自らベッドに身を横たえた。スカートをまくりあげたのもエフィア自身だった。

このような日々が数週間続き、ようやくお決まりの生活から得られる安らぎが、家族に捨てられた淋しさと痛みをやわらげはじめた。ジェームズのどこが癒しになっているのか、エフィアにはわからなかった。ひょっとすると、いつも質問に答えてくれる姿勢かもしれない。いつも示してくれる愛情かもしれない。実際、ジェームズには第二夫人も第三夫人もいないので、ほかの妻たちに気を遣う必要がなく、毎晩、エフィアだけを相手にしていればよかった。最初の贈り物をもらったとき、エフィアは声をあげて泣いた。バアバから与えられた黒い石に紐を通し、首にかけられるよう加工してくれたのもジェームズだった。エフィアは石に触れていると、どんなときでも大いなる安らぎを得られた。

ジェームズを好きになるべきではないと理解はしていた。今でも父親の言葉が心の中に響く。もっと素晴らしい地位につけたのに、白人の現地妻などになってしまうとは……。実際、紙一重の差で〝ひとかど〟の人物になり損ねたことを、エフィアは忘れていなかった。生まれてからずっとバアバは自分を虐《しいた》げ、引け目を感じさせるよう仕向けてきた。エフィアは美しさを武器に反撃した。この静かなる武器は威力が抜群で、首長の足許まで導いてくれたが、結局のところ母親が勝利を収め、自分は生家のみならず村からも追い払われてしまった。今や定期的に顔を合わせるファンティ族と言えば、ほかの兵士たちの配偶者だけというありさまだ。

イギリス人が現地妻をうちの〝お女中《ウエンチ》〟と呼ぶのを、エフィアは何度も耳にしていた。正式な〝妻〟という言葉は、大西洋の向こうの白人女のためにとってあるのだ。兵士たちは信ずる神との折り合いをつけるため、自らの手が汚れぬよう〝お女中〟という言葉を使用していた。白人の神は三つの要素で構成されているくせに、複数の妻を持つことを許していない。

「奥さんはどんな人なの？」ある日、エフィアはジェームズに訊いた。結婚してから、ふたりは互いの言葉を学び合ってきた。早朝、城での業務を監督すべく出掛ける前に、夫は妻に英語を教え、深夜、ベッドで横になったあと、妻は夫にファンティ語を教える。今夜のジェームズは、妻の鎖骨の曲線を指でなぞり、エフィアは歌を口ずさんだ。母親がよく唄っていた歌。夜になるとババは、フィーフィのために唄いはじめ、エフィアは部屋の隅に横たわったまま、眠っているふりを、仲間はずれを気にしないふりをした。ジェームズは少しずつ、普通の夫以上の慈《いつく》しみを妻に向けはじめた。最初に教えてほしいと頼んだファンティ語は〝愛〟。ジェームズは毎日、この言葉をエフィアに語った。

「彼女の名前はアンだ」夫の指先が鎖骨から唇へ移動してくる。「もうずっと長いあいだ会っていない。結婚して十年になるが、わたしはほとんど外に出ずっぱりだったから、実のところ彼女のことはよく知らないんだよ」

本国に子供がふたりいるのを、エフィアは知っていた。エミリーとジェームズ・ジュニア。五歳と九歳。エフィアの父親には二十人の子供がいた。先代の首長には百人ほどいた。二、三人の子供で満足できる男の心情は、エフィアには推し量れない。ふたりはどんな子なのだろう？　アンはジェームズにどんな手紙を綴っているのだろう？　手紙が来る頻度は予測がつかず、四カ月に一度の場合もあれば、一カ月に一度の場合もあった。夜、エフィアが寝たふりをすると、ジェームズは自分の机に座り、アンからの手紙に目を走らせた。エフィアには内容はわからないものの、手紙を読んだ日の夫は、ベッドに戻ってきたあと、できるだけ現地妻との距離を空けようとした。

手紙の反発力が働いていない今、ジェームズはエフィアの左胸の上に頭を預けていた。話をするときの夫の息は熱く、熱風がはるばる腹の上を横切って、脚の付け根のあいだへ這い下りていく。「君との子供が欲しい」とジェームズに言われ、エフィアはたじろいだ。相手の要望に応えられないのではという不安、悪い母親を持った自分も悪い母親になるのではという不安があったからだ。村男の妻にふさわしくないと見せかけるため、無理やり初潮を隠させたバアバの企みについては、夫に報告済みだった。打ち明けられたジェームズは、「わたしにとっては僥倖《ぎょうこう》だったな」と笑い飛ばしていた。

いずれにせよ、エフィアはバアバが正しかったのだと考えはじめた。婚礼の夜に純潔を失ったあと、数カ月の夫婦生活でも妊娠の声は聞こえてこなかった。呪いの話は根も葉もない嘘でも、嘘からまことが出てしまったのかもしれない。故郷の村の老人たちはよく、呪われた女性の話をしていたものだった。件の女は村の北西、椰子の木の下に住んでおり、誰からも名前では呼んでもらえなかった。女は母親を出産時に失い、十歳のころには、熱された油でいっぱいの壺を、ひとつの小屋から別の小屋へ運ぶ仕事をしていた。ある日、女の父親は地面でうたた寝をしていた。女は父親をよけて回り込まなくても、またぎ越せるだろうと考えた。しかし、つまずいて油をぶちまけ、父親の顔に大火傷《やけど》を負わせてしまった。父親は二十五日後に死亡し、女は家から放逐され、何年も黄金海岸《ゴールドコースト》をさまよったのち、十七歳でふたたび故郷へ戻ってきた。奇矯ながらも稀《まれ》に見る美女として。幼馴染みの村の青年は、もう死に神の呪いは解けているだろうと考え、家族のいない無一文の女に求婚した。一年も経たずに女は子を身ごもったが、生まれてきた赤ん坊は混血児。瞳の色は碧く、肌の色は薄く、四日後には死んでしまった。子供が亡くなった日の夜、女は夫の家を出ていき、椰子の木の下で暮らすようになった。そして、残りの人生を自分を罰することに費やしたのだった。

村の老人たちがこの話をするのは、もっぱら、熱い油の扱いには気をつけろと子供を戒《いまし》めるためだ。しかし、エフィアは混血の子供の存在が気になって仕方なかった。半分白人で半分黒人の子供は、母親を家から椰子の林へ追い出すほどの悪しき力を、いったいどのようにして身につけたのだろうか?

アジョワが白人兵と結婚したときも、ミリセントと彼女の母親が村に移り住んできたときも、コビは軽蔑をあらわにし、男と女の結びつきはふたつの家族の結びつきだ、と口癖のように言っていた。婚姻という行為には、先祖からの一族の歴史はもちろん、一族の抱える罪や呪いも関わってくる。子供は連帯のしるしであると同時に、すべての矢面に立つ存在でもある。では、白人はどんな罪を背負っているのだろうか？　エフィアが女になれないのは呪いのせいだと、かつてバアバは主張していた。コビのほうは将来、血筋が汚されると予言していた。エフィアは考えずにはいられなかった。今の自分は自分の子宮と闘っているのだと。火の子供と闘っているのだと。

「子供を産めなかったら、すぐに送り返されるはずだよ」とアジョワが言う。村に住んでいたころ、エフィアとアジョワは友達同士ではなかったが、城ではできるかぎり頻繁に顔を合わせていた。理解し合える誰かがそばにいることは、聞き慣れた言葉を耳にできることは、互いにとって幸せだった。村を離れたあと、アジョワはすぐにふたりの子をなした。夫のトッド・フィリップスは、アジョワの古い小屋で最後に見かけたときより、赤ら顔で汗だくになっていたときより、さらに体重を増していた。

「あんただから言うけど、城に越してきてからこっち、トッドはあたしをずっと仰向けに寝かせたままなの。こうやって話してる今だって、押し倒されるんじゃないかって思うぐらいよ」

エフィアは身の毛がよだった。「あの出っ張ったお腹でどうやって！」という発言に、アジョワがたまらず噴き出し、食べていた落花生を喉に詰まらせる。

「あのお腹で子供を作るわけじゃないから」とアジョワが答える。「森で採ってきた木の根っこをあげる。旦那と寝るとき、ベッドの下に入れておきな。今夜、相手が部屋に現れたら、あんたは獣に、雌ライオンになるの。ライオンの雌は雄に、主導権を握ってるのは自分だと思い込ませる。でも、実際に握ってるのは、雌自身と、雌の子供と、雌の後裔《こうえい》。雌の計略に乗せられた雄は、自分を草原の王だと思い込むけど、王様がいったい何の役に立つ？　実際、雌は王でもあるし、女王でもあるし、王と女王のあいだのすべてのものでもある。今夜のあんたは、〝美しきエフィア〟の肩書きにふさわしい女に、絶世の美女になるのよ。さあ、あたしも手伝ってあげるから」

アジョワは根っこを取って戻ってきた。とても風変わりな根っこだ。全体が大きくて、何本もの支根が渦を巻いており、一本の支根を引っ張ると、ほかの支根がその位置に収まる。エフィアは根っこをベッドの下へ押し込もうとするが、上下に潰すと左右に広がるだけで、脚を思わせる支根がどんどんはみ出してきた。まるで、奇妙な新種の蜘蛛がベッドを背負い、部屋から逃げようとしているみたいだ。

「旦那に気づかれちゃだめだよ」とアジョワが言い、ふたりは協力して根っこをベッド下に収納する。根っこはしつこく外をのぞこうとするので、完全に封じ込めるまでには、何度も何度も押し込まなければならなかった。

それから、ジェームズを迎える準備にかかった。アジョワに髪を編んでもらい、肌に油を塗ってもらい、頰の出っ張りと唇の曲線を赤粘土で色づけしてもらう。ここまでお膳立てをしておけば、夜、部屋へ入ってきたジェームズは、果物がよく育ちそうなみずみずしい土のにおいを嗅ぎとるはずだ。

「これはどうしたんだ？」まだ軍服のままの夫が訊く。衿の折り返しのよれ具合を見るかぎり、大変な一日だったのは想像に難くない。エフィアは外套とシャツを脱ぐのを手伝い、アジョワから教わったとおり相手に体をすり寄せた。夫が驚きを表す前に、両腕をつかんでベッドの上に押し倒す。ジェームズが妻に恐れを感じるのは、結婚初夜以来だった。豊満なエフィアの肉体は、今まで妻と呼んできたものとは明らかに違っていた。しかし、興奮に突き動かされたジェームズは、エフィアの中に押し入っていった。エフィアは可能なかぎり強く瞼を閉じ、舌を回すようにして唇を舐めた。ジェームズの突きが激しさを増し、息遣いが荒々しさと重苦しさを増す。エフィアは相手の背中に爪を立て、ジェームズの大きな声が響いた。夫の耳を噛み、髪の毛を引っ張る。ジェームズの獰猛な突きは、まるでエフィアの体を貫通しようとするかのようだった。瞼を開いたとき、目に映る夫の顔には、苦痛のようなものが刻み込まれていた。行為の醜さがはっきり浮かびあがると、ふたりが生み出した汗や血や湿り気がはっきり浮かびあがると、今夜、獣となったのが自分だけではないとわかる。

営みのあと、エフィアは横になったまま、頭をジェームズの肩にもたせかけた。

「あれは何だ?」首を回しながらジェームズが訊く。激しい動きでベッドがずれたため、三本の支根が飛び出してしまっていた。

「何でもない」とエフィアは答えた。

ジェームズが急に立ちあがり、ベッドの下をのぞき込む。「何なんだ、エフィア?」と質す声音は、今まで聞いたことのないほど荒々しかった。

「だから何でもないわ。アジョワがくれた根っこよ。子宝に恵まれますようにって」

ジェームズの唇が細い一本線を形作る。「よく聞いてくれ、エフィア。わたしはこの城でまじないや黒魔術を見たくない。ベッドの下に根っこを置くことを、総督が自分の〝お女中〟に許している、という噂が部下たちの耳に入ってはまずいのだ。キリストの教えに反するからな」

ジェームズは以前も同じ話をしていた。キリスト教。だからこそふたりは、教会で式を挙げたのだ。式を取り仕切った黒ずくめの厳めしい男は、エフィアを見るたびにかぶりを振っていたが……。夫は〝まじない〟にも言及し、すべてのアフリカ人がまじないに関与していると思い込んでいた。当然、〝蜘蛛のアナンシ〟の寓話や、村の老人たちから聞いた物語を、ジェームズに話すことは憚られた。

警戒され、渋い顔を向けられるからだ。城に越してきて以降、〝黒魔術〟と呼ぶのは白人だけだとエフィアは気づいた。魔術に色がついているとでも言うのか？　エフィアは旅の女呪術師を見た経験があった。首から肩に一匹の蛇を巻きつけた呪術師は、息子を連れていた。日が暮れると、呪術師は息子のために子守歌を唄った。息子の手を握る姿も、息子に食事を与える姿も、ほかの女と変わりはなかった。呪術師には邪悪な部分など何もなかった。

白人たちは物事を〝善〟と〝悪〟に、〝白〟と〝黒〟に分けなければ気が済まない。エフィアには理解できない感情だ。故郷の村では、物事に分け隔てはなかった。ひとつの物事は、残りすべての物事を支えていた。

翌日エフィアはアジョワに、根っこをジェームズに見られてしまったと打ち明けた。

「よくないね。邪悪だとか言われなかった？」エフィアのうなずきに、アジョワはチッチッと舌打ちをした。「トッドも同じことを言うはずだよ。連中はニャメ神を見たって、善か悪かなんてわかりもしないいんだから。エフィア、もう根っこの効果はないと思う。残念だけど」エフィアは残念とは思わない。不妊なら不妊でも構わなかった。

ほどなく、ジェームズが仕事に忙殺されるようになり、子供のことで頭を悩ませる暇さえなくなった。ケープコースト城では、オランダ軍士官たちの訪問が予定されており、すべてを可能なかぎり円滑に運ぶ必要があった。夫は妻よりずっと早くに起き出し、部下たちの仕事を手伝い、交易品を船に荷積みさせた。エフィアは時間を持て余し、城周辺の村々をぶらついたり、森の中を歩き回ったり、アジョワとのおしゃべりに興じたりした。

オランダ軍の一行が到着した午後、エフィアは城のすぐ外で、アジョワを含む何人かの〝お女中〟

たちと落ち合った。木立の陰で休み、ヤム芋の椰子油煮込みを食べる。顔ぶれはアジョワと、サム・ヨークの現地妻セーラと、〝お女中〟になったばかりのエッコアだ。エッコアはのっぽの痩せぎすで、歩いているときの四肢は細い枝切れみたいに見える。風が吹けばポキッと折れて崩れ去りそうなのだ。

今日のエッコアは、椰子の木の細い影の中に寝転がっていた。昨日、エフィアはエッコアの髪を編んでやったが、太陽の下で見ると、百万匹もの小さな蛇が頭から生えているかのようだ。

「旦那はあたしの名前をうまく発音できなくて、エミリーって呼びたがるの」とエッコアが言う。「呼びたいように呼ばせてあげなさいな」四人のうち〝お女中〟歴が最も長いアジョワは、いつも歯に衣着せぬ意見を大声で主張した。アジョワの夫が文字どおり妻の足許にひれ伏していることは、誰もが知っている。「あたしたちの言葉が旦那に冒瀆《ぼうとく》されるのを、何度も聞かされつづけるよりはましでしょう」

セーラは地面に肘をついていた。「わたしの父さんも兵隊でね、父さんが死んだあと、母さんはわたしたちを連れて村へ戻った。結局、わたしはサムと結婚したんだけど、名前の心配をする必要はなかった。旦那が父さんの知り合いだったたってこと、みんな知ってる？　わたしがまだちっちゃいころ、城でいっしょに働いてたんだって」

エフィアは腹這いの姿勢で首を横に振った。好きなだけ早口でファンティ語を話せる日々。ゆっくりしゃべってくれとも言われないし、英語をしゃべってくれとも言われない日々。エフィアはこういう日々が好きだった。

「旦那が地下牢から帰ってくると、死にかけた獣みたいなにおいがするの」エッコアがぼそっとつぶやく。

全員が視線をそらした。今まで地下牢に言及した者は誰もいない。

「糞便のような、腐ったようなにおいをさせて近づいてきて、百万の幽霊を見てきたような目で見て、あたしが生きてるのか死んでるのかもわからないみたいなのよ。触る前に体を洗ってちょうだいって頼むんだけど、そうしてくれるときもあれば、あたしを床に押し倒して、あれをねじ込んでくるときもある。何かに取り憑かれたみたいに」

エフィアは身を起こし、地面に座って片手を腹に当てた。ベッドの下に根っこを見つけた翌日、ジェームズは妻からの新しい手紙を受け取っていた。あの日以来、ふたりはベッドをともにしていない。

一陣の風が吹き抜けた。エッコアの髪の蛇たちが、あちこちでせわしなく動き回り、枝みたいな両腕が浮きあがる。「地下に人間がいるのは、みんな知ってるでしょ。あたしたちと似てるのがいるんだろうけど、旦那たちにはちゃんと見分ける目を持ってもらわないと」

全員が黙り込み、エッコアが木の幹に背中をもたせかける。エフィアの目の前で、髪の蛇のひとつを、蟻の列が乗り越えていった。きっと蟻にとってエッコアの髪の形は、自然界の一部にすぎないのだろう。

結婚式の日を最後に、ジェームズは地下牢の奴隷について口を閉ざしているが、獣の話題には何度も触れていた。獣はアシャンティ族の主要な交易品だ。チンパンジーなどの猿、稀には豹も取引される。子供のころフィーフィと捕まえようとしたカンムリヅルやインコも、交易品に含まれていた。姉弟は森の中を駆け回り、変わった鳥を探した。段違いに美しい羽を持つ鳥を探した。何時間もぶっ続けで捜索しても、たいていは空振りに終わったが。

城では獣を買い取っていた。ああいう鳥はどれほどの価値があるのだろうか？　アシャンティの商人が持ち込んできたカンムリヅルを、ジェームズはじっくりと見定めて四ポンドの値をつけた。ならば人間という獣の場合は？　男にはいくらの値がつくのだろうか？　もちろん、地下牢に人間がいることをエフィアは知っていた。自分と違う方言を使う人々、部族間の戦争で捕虜になった人々、攫《さら》われてきた人々……。しかしエフィアは今まで、地下牢からどこへ送られるのかを一度も考えたことがなかった。奴隷を見るたびにジェームズが何を思うのか、という点に思いを巡らせたこともなかった。夫は地下牢に行ったとき、女の虜囚を見て妻と重ね合わせないのだろうか？　妻と同じような外見の女、妻と同じようなにおいの女はいないのだろうか？　地下牢で目撃した光景に取り憑かれたまま、妻のところへ戻ってきたことはないのだろうか？

ほどなくエフィアは懐妊に気づいた。季節は春。城外のマンゴーの木が、実を落としはじめていた。突き出した下腹は肉厚で柔らかく、まるである種の果実みたいだった。妊娠を報告されたジェームズはいたく喜び、妻の体を抱えあげ、部屋の中を踊って回った。エフィアは夫の背中を叩き、降ろしてくれと言った。あまり揺らすと赤ちゃんがばらばらになってしまうと。ジェームズは妻の言葉に従う前に、身をかがめ、膨らみはじめたばかりの腹に口づけをした。

しかし、ふたりの喜びはすぐに勢いを削がれた。コビが病に倒れたと、エフィアの故郷の村から報せが舞い込んできたのだ。容態は予断を許さず、娘が見舞いに村を訪れるまで、生きていられるかどうかも不透明だった。

村からの手紙は、片言の英語で書かれていた。誰が送り主なのかエフィアには見当もつかない。故郷を出てから二年。この間、家族からは一通の便りもなかった。バアバに反対されるのは確実だから、父親の病をエフィアに報せようと考えた者がいるのは、本当に驚きだった。

村まで戻るには三日かかった。妊娠中のひとり旅にジェームズはいい顔をしなかったが、同行できない自分の代わりに下女をひとりつけてくれた。到着したとき、村の様子は何もかもが一変しているように思えた。木々の梢が作り出す天蓋は、色が褪せたように見え、茶色と緑色はすっかり活気を失っていた。音にも違和感を覚えた。かつて精力的に動いていたものが、ぴたりと動きを止めているようだった。もちろん、アベエクは村を大いに繁栄させていた。ここは黄金海岸《ゴールドコースト》でも屈指の奴隷市場として、後世まで名を轟かせるだろう。多忙なアベエクはエフィアに会う時間こそ作れなかったものの、コビの屋敷に到着する時間を見計らって、甘い椰子酒と金《きん》が届くよう手配をしてくれていた。

屋敷の入口にはバアバが立っていた。エフィアがいない二年のあいだに、百年の歳を重ねたかのような外見だった。相変わらずのしかめっ面は、数百の小じわによって支えられており、周囲の皮膚に無理な負荷をかけている。伸びすぎた爪は、渦巻き状の鉤爪を彷彿させた。バアバは一言も発さず、いまわの際の父親が伏せっている部屋にエフィアを案内した。

コビを襲った病魔の正体は誰にもわからなかった。薬種屋や、呪術医や、城のキリスト教の牧師までもが招聘《しょうへい》され、診断や祈禱を行なったが、どんな薬もどんな癒しの思想も、死に神の唇から患者を吐き出させることはできなかった。

フィーフィが父親の脇に立ち、額の汗を注意深く拭ってやっている。突然、エフィアの目から涙があふれ、体はぶるぶると震えだした。手を伸ばしてコビの手を取り、血の気の引いた肌を撫ではじめる。

「父さんはもう話せない」フィーフィは姉にささやき、膨らんだ腹をちらっと一瞥した。「衰弱が激しくてね」

エフィアはうなずき、泣きつづけた。

フィーフィが父親の汗で湿った布を下へ落とし、エフィアの手を取る。「姉さん、手紙を書いたのは僕だ。母さんが反対なのは知ってたけど、アサマンドの国に身罷《みまか》る前に、父さんと姉さんを会わせるべきだと思った」

目をつぶったままのコビが、口から低いつぶやきを洩らす。エフィアは〝死者の国〟が父を呼んでいることに気づいた。

「ありがとう」という姉の言葉に、弟がうなずきを返す。

部屋を出ていこうとしたフィーフィは、小屋の扉にたどり着く直前、さっと後ろを振り向いた。

「母さんは、バアバは、姉さんの本当の母親じゃない。父さんは下女に姉さんを産ませたんだ。その下女は姉さんが生まれた日の夜、ここを逃げ出して火事にまかれた。姉さんが首にかけてる石を残したのも、その下女だ」

フィーフィが外へ出ていく。間もなくコビが息絶えたが、エフィアは父親の手を握ったままでいた。きっと村人たちは言うだろう。コビは娘が帰郷するまで死ねなかったのだと。しかし、実情はもっと複雑だ。死期を延ばしたのは、父が抱いていた不安であり、この不安は今、娘のものとなっている。エフィアとお腹の子供は、受け継がれた不安を生きる糧としていくだろう。

涙を拭ったあと、エフィアは屋敷から陽光の中へ歩き出た。倒木の切り株に座り、背筋をぴんと伸ばし、脇に立つフィーフィの両手を握るバアバは、野鼠みたいにおとなしくなっている。エフィアはバアバに何か言葉をかけたかった。父親が長年にわたって重荷を背負わせたことを謝罪したかった。しかし、口を開こうとする前に、バアバがカーッと喉を鳴らし、エフィアの足許に唾を吐き捨てる。

「おまえは何の価値もない根無し草だ。母親はいないし、これで父親もいなくなった」バアバはエフィアのお腹を見て笑った。「無価値な人間から、いったい何が育つって言うんだい？」

エシ

悪臭は忍耐の限度を超えていた。部屋の隅では、ひとりの女が泣きわめき、骨が折れそうなほど激しく体を痙攣させている。起こるべくして起きた状況だ。自分の糞にまみれた赤ん坊と、乳が出ない母親。母親のアファはほぼ丸裸で、小さな布きれを持っているだけだった。母乳が涸れたら拭うように、奴隷商人から渡されたものだが、商人たちは見込み違いをしていた。母親が飢えることは、赤ん坊も飢えることを意味する。腹を空かせた赤ん坊が泣きだすのは時間の問題だ。そして、泣き声は土壁によって封じ込められるだけでなく、周りの数百人の女の泣き声にかき消されるだろう。

エシは二週間前から、ケープコースト城の女囚用の地下牢に閉じ込められており、ここで十五歳の誕生日を迎えた。十四歳を迎えたときは、アシャンティ領のど真ん中、〝大物〟と呼ばれる父親の屋敷にいた。村で最強の戦士の娘であるエシには、日ごと美しさを増すエシには、目通りを願い出る者が引きも切らなかった。クワシ・ンヌロの手土産はヤム芋六十個。求婚者の中で最も数が多かった。本来なら、夏にはンヌロと結婚しているはずだった。太陽が天高く昇り、どんどん日が長くなり、椰子から酒を造るころには。活発な子供たちが両腕で椰子の幹にしがみつき、腰を左右に振りながらてっぺん近くまでのぼり、待ち受ける椰子の実をむしり取るころには……。

城での現状を忘れたいとき、エシはこれらの光景を思い描くが、喜びに浸ることを期待しているわけではない。地獄とは記憶をたどるための場所だ。ひとつひとつの美しい瞬間は、腐ったマンゴーの実のように地面へ落ちるまで、何度も何度も心の目を通り過ぎていく。完璧なまでの無益、無益なまでの完璧。

ひとりの兵士が地下牢に入り、何かを話しはじめた。吐き気を抑えるため、鼻の穴はふさがれている。女囚たちは兵士の言葉が理解できなかった。声音から怒りは感じられないものの、今までの経験から学習はしている。軍服を見たら遠ざかるべし、椰子の実の果肉と同じ色の肌をした兵士を見たら遠ざかるべしと。

兵士は前言を大きな声で繰り返した。声量が理解を促すとでもいうように。いらついた兵士は思い切って牢の奥へ進んだ。糞便を踏み、悪態をつきながら、揺りかごのようなアファの両腕から赤ん坊を奪い取る。アファは泣き叫びはじめたが、兵士の平手打ちを受けてぴたりと泣き止んだ。躾によって体得した反応だ。

エシの隣にはタンシが座っている。ふたりはいっしょに城まで連行されてきた。今はずっと歩きつづけているわけでもなく、ひそひそ声で話す必要もないため、旅の友をよく知るための時間は充分にあった。十六歳になったばかりのタンシは、頑丈な体と不器量な顔を併せ持ち、ずんぐりした上半身は、堅固な足腰の上に築かれている。エシは複雑な気持ちだった。タンシといっしょの時間が長続きすればいいのにと願ったり、そんなことを願う自分を戒めたり……。

「赤ちゃんをどこへ連れてくつもりなんだろう？」とエシは訊いた。

タンシが粘土の床に唾を吐き、指先で土と唾を混ぜ合わせ、即席の軟膏を作る。「殺すんだよ。間違いない」赤ん坊の命が宿ったのは、結婚式を挙げる前だった。それを知った村長は罰として、アファを奴隷商に売り飛ばした。エシはこの話を、地下牢に入れられたばかりの本人から聞かされたが、当のアファは今も無邪気に信じ込んでいた。ここへ送られたのは何かの手違いで、きっと両親が迎えに来てくれると。

タンシの答えを耳にして、アファがふたたび泣きはじめるが、関心を示す者は誰もいなかった。この種の涙は日常茶飯事だ。泣かない女囚などひとりもいない。足許の粘土が泥に変わるまで涙をこぼしつづける。夜、エシは夢をみた。みんながこぞって泣きだし、泥が川となって、全員を大西洋まで押し流していく……。

「タンシ、物語を聞かせてよ。お願い」とエシは言った。しかし、ふたりの会話にはまた邪魔が入り、数名の兵士が牢内にいつもの食事を運び込んでくる。ファンティ族の村に囚われていたころからずっと、出されるのは決まってどろどろした穀物粥だ。えずかずに飲み下す方法を、すでにエシは学びとっていた。別の食べ物が出されることはなく、女たちの腹具合は、いっぱいの日よりも空っぽの日のほうが多い。粥はエシの体内を素通りしているように思えた。床には排泄物がまき散らされ、耐え難い悪臭が漂っている。

「ええっ！　あなたはもう物語って歳じゃないでしょ」兵士の姿が消えると、タンシが呆れたように言う。しかし、すぐにお話が始まることをエシは知っていた。タンシは自分の声の響きを気に入っており、エシの頭を膝に乗せて髪の毛をいじりだす。長いあいだ泥がこびりついている髪の房はとてももろくなっており、いつ小枝のようにポキッと折れてもおかしくなかった。

「ケンテの手織り布の話を知ってる？」とタンシが尋ねる。エシは何度も耳にしたことがあった。タンシからも二度聞いていたが、あえて首を横に振る。話を知っているかと尋ねるのも、物語の一部なのだ。

タンシが語りはじめる。「ある日、ふたりのアシャンティ族の男が、森へ入っていきました。織物職人のふたりは、獣肉を調達しようとしたのです。仕掛けておいた罠を回収するため、森へ足を踏み入れると、悪戯好きな蜘蛛のアナンシと遭遇します。アナンシはとても立派な巣を張っていました。ふたりはアナンシの動きを観察し、すぐさま理解します。蜘蛛の巣には類い稀な美しさがあり、蜘蛛の技法にはまったく欠点がないと。ふたりは帰宅したあと、アナンシが巣を張る方法で、布を織ってみようと決意しました。こうやってケンテ布が誕生したのです」

「あなたは素晴らしい語り部ね」とエシは言った。タンシが笑い声をあげ、ひび割れた皮膚の痛みをやわらげるため、さっき作った軟膏を肘と膝に塗り込む。前回の物語は、タンシ自身の物語だった。夫が部族間戦争で留守にしているあいだに、結婚したばかりのタンシは、北方の部族によって新婚の閨《ねや》から拉致された。ほかにも数人の少女が連れ去られたが、タンシ以外の少女は生き残ることができなかったという。

朝になると、アファが死んでいた。肌は青紫色。ニャメ神のお迎えが来るまで息を止めたのだとエシは思った。こんな結果を生み出した連中は、みんな罰を受けるといい。兵士たちが牢内へ入ってきたが、エシはもう時間の感覚を失っていた。地下牢の粘土壁のせいで、過ぎ去る時間は一日じゅう同じだった。太陽の光は射し込んでこない。昼も、夜も、昼と夜のあいだも、闇だけが存在していた。牢の中の女囚があまりに増えすぎたときは、全員が俯せで寝なければならなかった。空間が足りないため、上下に折り重なって過ごすのだ。

新たな女囚が連行されてきた日、エシはひとりの兵士に地面へ蹴り倒され、首の後ろを足で踏みつけられた。頭を横へ向けることができず、床の土くれや石片を吸い込むしかなかった。新入りの一部が激しく泣き叫び、兵士たちに平手で殴られて気を失う。失神した女の体は、ほかの女の上に積み重ねられ、下の段には〝死荷重〟がのしかかった。意識を取り戻した女たちは、もう涙を流してはいなかったが、上の女が小便を漏らすのをエシは感じた。生温かい水がふたりの脚を伝っていく。

エシは自分の人生を、〝城前〟と〝今〟に分けることを学んだ。城前の自分は、〝大物〟を父に、第三夫人のマアメを母に持つ娘。今の自分は、塵芥にも劣る存在だ。城前は村でいちばんの器量好しだったが、今は空気みたいな存在にすぎない。

アシャンティ領の中心にある小さな村でエシは生まれた。大物は野外で祝宴を催し、宴は四日のあいだ続けられた。五頭の山羊が潰され、硬い皮が柔らかくなるまで煮込まれた。噂によれば、マアメは宴のあいだじゅう、泣きつづけるか、ニャメ神を賛美しつづけるかしており、赤子のエシを決して地面に降ろさなかった。「何が起こるかわからないから」と母親は何度も繰り返した。

この当時、〝大物〟はまだクワメ・アサレと呼ばれており、首長ではなかったものの、アシャンティ領内で最高の戦士として、首長に劣らぬ敬意を勝ち得ていた。二十五歳の若さで、妻は五人、子供は十人。村人は誰もがクワメの種の強さを知っていた。息子たちはよちよち歩きのころから、すでに取っ組み合いで頑健さを示した。娘たちはいずれも美しかった。

エシは幸せに囲まれて育った。村人たちには〝熟れたマンゴー〟と呼ばれた。腐る寸前の甘さたっぷりの状態だからだ。両親はエシの望みをまったく拒まなかった。周りに知れ渡っていたとおり、歴戦の強者たる父親でさえ、寝つきの悪い娘にねだられると、抱っこしたまま夜の村を歩き回った。ひとりで立てるようになったエシは、枝みたいに太い父親の指の先を握り、いくつもの小屋の前をよちよちと通り過ぎていった。こぢんまりした故郷の村は、着実に規模を拡大していた。エシが村を散歩しはじめた一年目、ほかの村々との境界線までは、森の中を通って二十分もかからなかった。しかし五年目までに、村の支配下の森はどんどん広がり、境界までの所要時間は一時間近くに延びた。エシは父親と森を歩くのが大好きだった。散歩のあいだは、父親の話に耳を傾け、うっとりと聴き入った。この鬱蒼とした深い森は、敵の侵入を寄せつけぬ盾と言っていい。わたしを含む村の戦士たちは、自分の掌の線よりも、森の中の径を知り尽くしている。素晴らしい状況だ。掌の線をたどったとして、誰もどこにも行き着けないが、森の径をたどれば、戦士たちはほかの村に行き着き、そこを征服して我々の勢力拡大につなげられる……。

「おまえがある程度の歳になったら、エシ、素手で木をのぼる方法を学ぶんだぞ」ある日、散歩の帰り道で父が娘に言った。

エシは視線を上へ向けた。木のてっぺんが筆になって空を塗っているように見える。どうして木の葉は緑色で青色ではないのだろう、とエシは首をひねった。

父が戦いに勝利して〝大物〟の称号を得たのは、娘が七歳のころだった。当時、ある噂が流れていた。北隣の村の戦士たちが金と女を手土産に凱旋したと。イギリスの貯蔵庫にも襲撃をかけ、マスケット銃や火薬も奪取してきたらしいと。エシの村を率いるンヌロ首長は、闘える者全員を呼んで集会を開いた。

「噂を聞いたか？」とンヌロは言った。男たちが不満をつぶやき、硬い土床に棍棒を叩きつけ、最後には大声でわめく。「北の村の豚どもは、まるで王のように振る舞っている。やがてアシャンティの民はみな、イギリス人から銃を盗んだのは北の連中だと言いはじめるだろう。黄金海岸《ゴールドコースト》で最も強い戦士は北の連中だと」男たちが足を踏み鳴らし、ぶんぶんと首を横に振る。「こんなことを許していいのか？」と首長は問うた。

「だめだ！」と男たちが叫ぶ。

良識派の一番手とされるクワク・アギエイは、仲間たちの大声を鎮めさせて意見を述べた。「聞いてくれ！　北の村と闘うとして、我々には何がある？　銃もないし、火薬もないぞ。それに我々が何を得られる？　将来、たくさんの人々が北の村を賞賛するとして、今までの我々への賞賛が消えてなくなるとでも？　もう何十年ものあいだ、我々は最強の村として名を馳せてきた。森を突破して我々に戦いを挑むことは、誰にもできなかったんだ」

「だから、おまえは待てと言うのか？　北の卑劣漢どもが、蛇みたいに我々の畑へ忍び込み、女たちを盗んでいくまで」とエシの父は言った。主張の異なるふたりは、部屋の端と端に立っていた。そのあいだにいる残りの男たちが、首を左右に巡らせながら、知恵と力のうち、どちらの才能が勝利するかを見定めようとする。

「わたしはただ、焦りは禁物と言っているだけだ。焦りは弱さの露呈につながる」

「誰が弱いのだ？」とエシの父は訊いた。順にナナ・アッデエ、コジョ・ニャルコ、クワベナ・ジイマーを指さし、「我々の中で、いったい誰が弱いというのだ？　おまえか？　それとも、おまえか？」

指先を向けられた者がそれぞれかぶりを振る。ほどなく、高揚した男たちは全身を震わせ、村じゅうに響き渡るほどの鬨《とき》の声をあげた。母親の料理を手伝い、バナナを揚げていたエシの耳にも声が届いた。慌ててバナナの薄切りを二枚、鍋の中へ落としてしまい、小さな油滴が母親の脚に跳ねかかる。

「熱いいっっっ！」とマアメは悲鳴をあげた。両手で油を拭ってから、火傷をした部分に息を吹きかける。「この馬鹿娘！　火は慎重に扱えって、いつになったらわかるの？」エシは同じ小言を、母親の口から何度も聞かされていた。マアメは火が怖いのだ。「火には気をつけなさい。火を使うべきときと、そうでないときを見極めるのよ」

「今のは手が滑っただけ」とエシは短く切り返した。早く外へ出て、戦士の声をもっと聞きたかったのだ。しかし、母親の手が伸びてきて、エシの耳をぐいっと引っ張る。

「そんな口のきき方を誰から教わったの？」マアメが娘を叱りつける。「動く前に考えなさい。しゃべる前に考えなさい」

エシは母親に謝った。娘に対する怒りを数秒以上維持できないマアメが、エシの頭のてっぺんに口づけをする。そのあいだも、男たちの声は大きくなる一方だった。

その後の物語は、村の誰もが知っていた。エシは父親にねだって、まるまる一カ月のあいだ毎晩話をしてもらった。物語に聴き入るときは、いつも頭は父の膝の上だった。鬨の声をあげたあの夜、戦士たちは北隣の村にこっそりと襲撃を仕掛けた。計画はずさんだった。ただ村を制圧して、ただ盗品を横取りする。エシの父は戦士の一隊を率いて森の中を進み、入手したばかりの戦利品を守る敵戦士の円陣に行き当たった。いったん木陰に隠れたあと、木の葉みたいな身軽さで地面の上を移動し、北隣の村の戦士団と相まみえた。エシの父たちは健闘虚しく敗北を喫した。多くが捕らえられ、小屋へ押し込まれ、即席の捕虜収容所ができあがった。

クワク・アギエイと数人の戦士は、血気にはやる同胞が突入したあと、万一の事態に備えて森で待機していた。この別働隊は隠されていた銃を見つけ、静かにすばやく弾を込めると、仲間が捕らえられている小屋へ向かった。クワクたちは少人数ながら、後方に大勢の味方が控えているとはったりをかまし、敵の動きを封じた。そして、今夜の計画が失敗しても、この世が終わるまで毎晩襲撃を仕掛けてやると恫喝した。「西洋全体とは言わないが、こっちには白人の後ろ盾があるんでな」クワク・アギエイの脅しは論理的だった。前歯の隙間からは、暗闇がきらめきを放っていた。

北の村の連中は降参に追い込まれ、エシの父たちを解放し、盗んだ銃のうち五丁を引き渡した。戦士たちは無言のまま村への帰途についた。ばつの悪さに身を焦がすエシの父は、村の端にたどり着いたとき、クワク・アギエイを呼び止めた。地面に両膝をついて頭を下げ、「すまなかった、兄弟よ。言葉で解決できるかもしれないときに、焦って戦いに突っ込むようなまねは二度としない」

「自分の愚行を認められるのは大物のあかしだ」とクワク・アギエイは言った。村の中へ入っていくとき、一行を率いていたのは、悔い改め、新たに〝大物〟の称号を賜ったエシの父親だった。

父親は〝大物〟としてエシのもとへ戻ってきた。娘が大きくなっても、それは変わらなかった。怒りの導火線が長く、道理をわきまえ、それでいて最も勇ましく最も強い戦士。エシが十二歳を迎えるころまでに、小さな村は〝大物〟の指揮の下、五十五回以上もの部族間戦争に勝利した。戦利品の中身は、村へ運び込まれる際に垣間見えた。大きな黄褐色の袋には、ちらちらと光る黄金や、色彩豊かな織物が詰め込まれていた。鉄製の檻には捕虜が閉じ込められていた。

エシが最も興味を惹かれたのは捕虜だった。連行されてきたあとには、村の広場の真ん中で晒し者にされるため、誰でも通りがかりにじっくり見物することができる。女子供の場合もあるが、たいていは若い強健な戦士だ。捕虜の一部は、奴隷、下男、下女、飯炊き、掃除婦として村人に下げ渡された。しかし、村内の需要に比べて人数が多すぎるため、余った捕虜の処遇が問題となるのは必定だった。

「母さん、ここから出てった捕虜はどうなるの？」とエシはマアメに尋ねた。ある日の午後、夕食にする山羊を綱で引っ張りながら、村の広場を横切っていたときのことだ。

「エシ、そういう話は男の子がするものよ。あなたはそんなことを考えなくていい」母親がそう言って広場から視線をそらす。

エシが憶えているかぎり、いや、おそらくはその前からずっと、マアメは自分の離れで働く下男下女を調達する際、毎月村を引き回される捕虜の中から選ぶことを拒んできた。しかし、大勢の捕虜が余ってしまっている昨今、うちでも引き取れという〝大物〟の圧力は強まるばかりだった。

「下女がいれば料理の手伝いをさせられるぞ」と大物は言った。

「料理の手伝いはエシがしてくれます」

「だが、エシはわたしの娘だ。そんじょそこらの女とは違う。こき使っていい存在じゃない」

エシは頬笑んだ。もちろん母親は大好きだが、母親がどれほど幸運なのかも知っている。実家もなく、大した後ろ盾もないマアメが、大物のような夫を持てたのだから。詳しくはわからないが、大物は悲惨な境遇にいたマアメを救い出したらしい。エシにわかるのは、父のためとあらば、母がほとんどのことを厭わないという事実だ。

「わかりました」とマアメが言う。「明日、エシといっしょに下女を選びます」

母娘は捕虜の中からひとりを選び出し、呼び名を〝小鳩《アブロノマ》〟に決めた。エシが今まで見た中で、最も肌の色が濃い少女だった。アブロノマは決して視線を上げようとせず、片言のトゥィ語を話せるのに、口を開くことはほとんどなかった。正確な年齢はわからないが、自分よりずっと年上ではないだろう、とエシは思った。当初、アブロノマは雑用さえろくにこなせなかった。料理では油はこぼすし、掃除では家具の下を掃き残すし、子供たちに聞かせる面白い物語も知らなかった。

「あの子は役に立ちません」とマアメは大物に言った。「返品をお願いしないと」

エシの家族一同は、暖かい昼の太陽の下でくつろいでいた。大物が頭を後ろへ傾けて笑いだし、雨季の雷みたいな声が轟く。「どこへ返品するんだ？　奴隷を躾ける方法はひとつしかないぞ」エシはほかの子供のように椰子の木にのぼろうとしていたが、まだ腕の長さが足りないため、幹にしがみついても反対側で両手を組み合わせることができなかった。大物が娘を振り向き、「エシ、わたしの鞭を取ってきてくれ」と言う。

父親が言及した鞭は、葦の茎を二本撚り合わせたものだ。エシの父方祖父が生まれる前から存在し、親から子へと受け継がれてきた。エシはこの鞭で打たれた経験はないが、兄弟が打たれる場面を何度も目撃しているし、肉に食い込んだあと戻っていくときの風切り音を、何度も耳にしている。屋敷へ戻ろうとするエシを、マアメが止めた。

「だめよ！」と母親の声が響く。

大物は妻に向かって手を振りあげた。両目がみるみる怒りであふれ返る。熱い平鍋に冷水が落ちて蒸気が立ちのぼるみたいに。「なんだと？」

マアメはたどたどしく答えた。「わたしは、わたしはただ、躾をするのは自分の役目だと」

大物が手をおろし、しばらくのあいだ妻を注意深く観察する。エシはふたりが交わす表情を読みとろうとした。「好きにしろ」と大物は言った。「ただし、明日はここで、あの女に水を運んでもらう。この庭から、あそこの木までの往復だ。一滴でも水をこぼしたら、わたしが〝直々に〟躾をする。わかったな？」

母がうなずき、父がやれやれとかぶりを振る。大物はいつも誰彼構わず愚痴をこぼしていた。美しい顔にたぶらかされ、第三夫人を甘やかしてしまったと。悲しげな目を見ると強く出られないのだと。マアメとエシは自分たちの離れに入り、アブロノマを見つけた。〝小鳩《アブロノマ》〟という名前のとおり、粗末な竹の寝床の上で体を丸めている。マアメはエシと並んだまま、下女を起こして立ちあがらせると、大物に渡された鞭を、使ったこともない鞭を取り出す。それから、涙の溜まった目でエシを見た。

「ふたりだけにしてちょうだい」

エシは小屋を出ていった。数分後に聞こえてきたのは、鞭の音と、調子を合わせたようなふたり分の泣き声だった。

翌日、大物は屋敷に住む全員を庭に呼び集めた。アブロノマが頭の上に大きな黒い水桶を載せたまま、一滴もこぼさずに庭と木のあいだを往復できるかを見物させるためだ。エシと、四人の義母と、九人の異母兄弟は、広い庭のあちこちに散らばり、アブロノマが小川で水を汲んでくるのを待った。木までの往復を始めるにあたって、大物は下女をみなの前に立たせ、お辞儀をさせる。見落としがないよう、大物本人がアブロノマの横について歩く手はずとなっていた。

エシの見ている前で、アブロノマが震えながら桶を頭の上に載せようとする。マアメは娘を背後から強く胸に抱き寄せたまま、会釈してくる下女に頬笑みかけた。アブロノマの顔には恐怖が浮かぶが、その後は何の表情も読みとれなくなる。桶が頭に触れた瞬間、見物人たちは野次を飛ばしだした。

「最後までやり遂げられるわけがないさ!」と第一夫人のアンマが言った。

「よく見ておけ。全部こぼして濡れ鼠になるぞ」と長男のコジョが言った。

アブロノマが第一歩を踏み出したとき、エシはそれまで止めていた息をようやく吐き出した。自分自身は、板一枚さえ頭に載せて運べないが、母親はまん丸の椰子の実さえ運ぶことができる。椰子の実は転がり落ちるどころか、ふたつめの頭が生えたみたいに安定しきっていた。「どこで習ったの?」離れ技をまのあたりにしたとき、エシはマアメに尋ねた。「必要になったら何でも身につくものよ。もしかしたら、空の飛び方も習えるかもしれない。現世ではだめでも来世なら」

アブロノマは顔をまっすぐ前へ向け、しっかりした足どりで歩きつづけた。大物が脇を進み、耳元に侮辱の言葉をささやく。下女は森との境界をなす椰子の木までたどり着き、くるりと体を反転させ、待ち受ける見物人に向かって復路を進みはじめた。アブロノマの姿が大きくなり、エシには下女の表情が読みとれるようになった。鼻先からぽたぽた垂れる汗、両目からあふれんばかりの涙。頭上の桶までもが泣いているみたいで、外側についた露が流れ落ちていた。出発地点に戻り、頭上の桶を持ちあげたとき、アブロノマの顔に笑みが浮かびはじめる。しかし、一陣の風が吹き抜けたのか、虫が水浴びを欲したのか、小鳩の手が滑ったのか、桶が地面と接する前に、ふたつの水滴が跳ね飛んだ。

エシはマアメを見た。母親が悲嘆と哀訴のまなざしを大物へ向けるが、この時点ですでに、ほかの家族は罰を求めて囃《はや》し立てていた。

コジョが音頭をとり、みなの野次が歌となる。

『鳩がへまをやらかした。さあ、どうするどうする？　お仕置きをしない者も同罪だ』

大物が鞭に手を伸ばし、すぐさま歌に伴奏がつく。葦の茎が肉に食い込む打楽器の音と、葦の茎が空気を切り裂く木管楽器の音だ。しかし今回、アブロノマは泣き声を洩らさなかった。

「鞭で打たなかったら、父さんはみんなに弱虫って思われてたわ」とエシは言った。あの事件のあと、マアメは見ていられないほど落ち込み、娘に泣き言を洩らした。あんなささいな過ちで、大物は小鳩を痛めつけるべきではなかったと。エシは指先から煮込みの汁を舐め取った。唇は橙色に染まっている。マアメはアブロノマを自宅の小屋へ連れ帰り、軟膏を作って傷に塗ってやっていた。今、下女は寝床の上で寝息を立てている。

「弱虫？」とマアメが訊く。娘を睨みつける視線には、これまで見たことのない悪意が込められている。

「うん」エシは消え入りそうな声で答えた。

「実の娘からこんな台詞を聞かされるなんて、わたしは何のために生きてきたんだろう。ああ、情けない！　本当の弱虫がどんなものか知りたい？　誰かを自分の所有物みたいに扱う人間のことよ。強い人間は、他人を所有するべきじゃないと知ってる」

エシは傷ついた。村人たちが言いそうなことを言っただけなのに、怒鳴りつけられてしまったからだ。エシは泣きたかった。マアメの体にしがみつきたかった。しかし、母親はアブロノマの代わりに夜の雑用を済ませるため、さっさと部屋を出ていった。

マアメがいなくなった瞬間、小鳩が目を覚ましはじめる。エシは水を汲んできて、アブロノマが飲めるよう、頭を傾けるのを手伝った。背中の傷はいまだ生々しく、マアメ特製の軟膏が森のにおいを漂わせている。エシは指で唇の端を拭ってやったが、アブロノマが体を押しのけてくる。

「ほっといて」と小鳩は言った。

「さっきの、さっきのことは気の毒に思ってる。あんたの親父、〝大物〟だったっけ?」という問いに、エシはうなずいた。アブロノマがエシの前に唾を吐く。「あんたの親父さんはいい人なのよ」

アブロノマが父親の行為をまのあたりにしたばかりとはいえ、やはり自慢の父親には違いなかった。小鳩の口からは陰気な笑い声が洩れ出す。「あたしの父親も〝大物〟って呼ばれてるけど、娘のあたしはご覧のとおりの体たらくさ。昔はあんたの母親だって」

「昔の母さん?」

アブロノマが刺すような視線をエシに向ける。「知らないの?」

生まれてこのかた、一時間以上マアメの視界から離れたことのないエシは、母親に秘密があるなどとは信じられなかった。母親の感触もにおいも知り尽くしている。瞳がいくつの色で構成され、どの歯が曲がっているかも知り尽くしている。エシは相手の顔をじっと見つめた。小鳩がかぶりを振り、ふたたび笑い声をあげる。

「あんたの母親は昔、ファンティのある一家の奴隷だった。それで、屋敷の主人に手込めにされたんだ。その主人も〝大物〟と呼ばれてた。大物ってやつは好き放題に振る舞えるらしい。周りから〝弱虫〟に見られないように。違うかい?」エシが目を背け、アブロノマはささやき声で先を続けた。「あんたは母親の初めての娘じゃない。前にひとり産んでるからね。うちの村には言い伝えがある。生き別れた姉妹は、本体と影の関係と同じで、池の別々の岸にとどまる運命だって」

エシはもっと話を聞きたかったが、小鳩に質問する時間は与えられなかった。マアメが戻ってきて、並んで座っているふたりに気づいたからだ。

「エシ、こっちへ来て、アブロノマを寝かせてあげなさい。明日の朝は、掃除を手伝ってもらうから早く起きるのよ」

　エシは小鳩を休ませるために寝床から離れ、母親を見た。いつものように力なく垂れる肩と、いつものように落ち着きなく動く視線。エシは突然、恐ろしいほどの羞恥心でいっぱいになった。大人が広場の捕虜に唾を吐きかける場面を、初めて目撃したときの記憶が蘇ってくる。その男は言った。「北の連中は人間でさえない。唾を吐いてくれと懇願する土くれだ」まだ五歳だったエシは、男の言葉を教訓のように感じ、次に広場を通りかかったとき、こわごわながらも口の中に唾を溜め、母親の脇で窮屈そうに立っている幼い男の子に吐きかけた。男の子が泣き叫び、理解できない言葉を並べ立て、エシは自分の行ないに気分が悪くなった。唾を吐きかけたことを悔やんだわけではない。こんな行為をしでかした娘を見たら、マアメがどれほど激怒するかを考えたのだ。

　今、エシの脳裏に描かれているのは、くすんだ色の鉄檻に閉じ込められた母親の姿。ぎゅうぎゅう詰めの檻の中、母親の脇には、おそらく会うことのない姉が立っていた。


　その後の数カ月、エシはアブロノマと友達になろうと努めた。下女としての役割を完璧に果たす今の小鳩に、エシの心は痛みを感じはじめていた。鞭打ちを受けた日以降、食べかすを落とすことも、水の滴をこぼすこともない。夜、アブロノマの仕事が終わったあと、エシは母親の過去について、もっと情報を訊き出そうとした。

「あれ以上はあたしも知らないよ」とアブロノマは言って、椰子の枝の束で床を掃いたり、椰子の葉で使い古しの油を濾《こ》したりする。ある日、「あたしに構わないで！」と小鳩は叫んだ。いらいらが限界を超えて爆発したのだ。

それでも、エシは関係を改善したいと思い、「わたしにできることはない？」とアブロノマに尋ねた。「何かできることは？」

数週間問いつづけて、ようやく答えが返ってきた。「父さんに伝言を送って」と小鳩が言う。「あたしの居場所を父さんに伝えて。それをやってくれたら、あんたとのあいだにわだかまりはなくなる」

この夜、エシはまんじりともできなかった。アブロノマと和解はしたいが、万が一父親に知られでもしたら、母親の離れで間違いなく戦争が勃発するだろう。父親がマアメを怒鳴りつける声が聞こえるようだ。よくも娘をこんなさもしい弱虫に育てやがったな……。小屋の床の上で、エシは何度も、何度も、何度も寝返りを打った。マアメがたまらず注意をする。

「いいかげんにしなさい。わたしは疲れてるの」

閉じた瞼の裏に映るのは、下女の姿をしたマアメだった。

エシは伝言を送ろうと決心した。そして、翌日の朝いちばんに、村外れに住む伝令を訪れた。伝令の男は、エシやほかの村人の伝言を聴き取り、いつもの週と同じく森へ出掛けていった。伝言は村から村へ、伝令から伝令へと受け渡されていく。エシの伝言がアブロノマの父親まで伝わるかどうかは誰にもわからない。途中で消えたり、なくなったり、忘れられたり、中身が変えられたりする可能性もある。とはいえ、少なくとも小鳩に対しては、自分はやったと胸を張って言うことができる。

小屋に戻ったとき、起きているのはアブロノマだけだった。早朝の行動を報告すると、小鳩は両手をぽんと叩き、細い二本の腕でエシを引き寄せ、息が詰まるほど強く抱き締めた。

「全部水に流してくれる？」抱擁から解放されたあと、エシは訊いた。

「これで貸し借りなしよ」とアブロノマが答える。安堵が血のように全身を駆け巡るのをエシは感じた。体の隅々までが満たされ、指先がぶるぶると震える。エシは自分からもアブロノマに抱きついた。両腕の中で相手の体がくつろいでいくのを感じながら、エシは実の姉との抱擁を想像していた。

数カ月が経ったころ、小鳩の興奮ぶりが際立ってきた。夜、眠る前には、土床の上を行ったり来たりし、独り言をつぶやくようにもなった。「父さんが。父さんが来てくれる」

大物はこのつぶやきを聞きつけ、アブロノマは魔女かもしれないから用心しろと全員に警告を発した。エシも何か怪しい兆候はないかと毎日目を光らせたが、別に変わった点は見受けられなかった。

「父さんが来てくれる。あたしにはわかる。来てくれるんだ」大物はとうとう、妙な発言を続けるなら、平手打ちで黙らせてやると脅しつけた。以後、アブロノマは口をつぐみ、ほかの家族たちはこの件をすぐに忘れ去った。

誰もがいつもどおりの日々を過ごしていた。エシが生まれてから今まで、故郷の村が戦いを仕掛けられたことはなかった。すべての戦いは、村から離れた場所で行なわれた。大物と戦士たちは、近隣の村に侵入して土地を奪った。草原を焼いて煙を立ちのぼらせ、三つ離れた村の人々に戦士の来襲を知らしめたこともあった。しかし、今回は状況が違っていた。

事が始まったのは、家族の就寝中だった。この夜は、大物がマアメと同衾《どうきん》しており、エシは小屋の隅の土床に身を横たえていた。低いうめき声と速まる息遣いが聞こえ、壁のほうへ顔を向ける。エシは以前に一度、たった一度だけ、父と母の寝床を盗み見た。好奇心からの行動を後押ししたのは、暗闇の隠れ蓑だ。父は母の体の上にとどまり、初めは穏やかな動きをしていたが、動作はだんだんと勢いを増していった。エシは見えづらい目の前の光景より、むしろ音のほうに興味を惹かれた。両親がいっしょに立てている音、悦びと痛みのあいだを綱渡りする音……。エシは知りたいという欲望と同時に、自らの欲望に対する恐怖を感じた。だから、ふたたび盗み見をしようとは思わなかった。

小屋の中の全員が眠りに落ちたあと、見張りが合図を発した。村人はひとり残らず、子供のころから合図の意味を叩き込まれている。長いうなり声二回は、数哩《マイル》先に敵を発見。短い叫び声三回は、敵が村に侵入。三連続の叫びを耳にした大物は、寝台から跳び降り、各夫人の寝台の下に常備してある鉈をつかみだした。

「おまえはエシを連れて森へ行け！」とマアメに叫び、最低限の布だけを身につけ、小屋から駆け出していく。

エシは前に父親から教え込まれたとおり、母親がバナナ切りに使う小刀をつかみ、スカートの布にたくし込んだ。まだマアメは寝台の端に座ったままでいる。「早く！」とエシは声をかけたが、母親に動く気配はなかった。寝台に駆け寄って体を揺すぶっても、やはりマアメは動こうとしない。

「もう二度と繰り返せない」と小さな声が漏れる。

「何を繰り返すの？」とエシは訊いたが、返答があっても耳には届かなかっただろう。アドレナリンが体じゅうを勢いよく流れ回り、両手が小刻みに震えている。ひょっとしてこの騒ぎは、小鳩の父親に送った伝言が原因なのでは？

「森はもう嫌だ。火事はもう嫌だ」マアメは垂れた下腹を両腕で抱え、前後に揺すっていた。まるで赤ん坊をあやすかのように。

アブロノマが下女の部屋から姿を現し、小屋全体に笑い声を響かせる。「父さんがここに来てくれた！」と言って踊り回り、「あたしを捜しに来るって言ったでしょ。父さんが来てくれたのよ！」

アブロノマがすばやく走り去る。エシは小鳩がどうなるのか見当もつかなかった。小屋の外では、村人たちが叫び、駆け回っている。子供たちは泣いていた。

マアメは娘の手をつかみ、掌の上に何かを落とした。金色の光を放つ黒い石。完璧な表面を保つため、長いあいだ注意深く磨かれてきたような滑らかさだ。

「あなたのためにずっと持っていたの」と母が言う。「本当なら、婚礼の日に手渡したかった。わたしは、わたしはあなたの姉にも、同じような石を残してある。火事を起こしたあと、ババに託してきたんだけど」

「わたしの姉さん？」とエシは訊いた。つまり、アブロノマの話は真実だったわけだ。

マアメは意味不明な言葉をつぶやきつづけた。姉妹、ババ、火。姉妹、ババ、火事。エシはもっと質問をしたかったが、外の騒ぎは大きくなるばかりで、母親の目は虚ろになるばかりだった。まるで中身が空になってしまったかのように……。

エシは母親をためつすがめつした。目に映ったのは、初めて見る母親の姿だ。マアメは女としての完全性に欠けている。魂の大きな部分が失われている。どれほどマアメがエシを愛していようと、どれほどエシがマアメを愛していようと、失われた部分が愛で元どおりにならないことは、今この瞬間、していた。きっとマアメは敵に捕まる前に命を絶つだろう。自らの死によって、言語に絶する喪失感母と娘の双方が理解していた。ふたたび森へ逃げるくらいならマアメが死を選ぶことも、エシは理解が、エシに受け継がれるとしても。〝不完全な女〟の真の意味を、エシが身をもって知ることになるとしても。

「あなたは行きなさい」両腕を引っ張る娘にマアメは言った。「行くのよ！」

エシは説得を諦め、黒い石を巻衣《まきい》にしまい込んだ。最後にマアメと抱擁を交わし、取り出した小刀を母親の手に握らせ、それから小屋を走り出る。

急いで森の中へ入り、両腕で抱え込める太さの椰子の木を見つけた。木のぼりの練習はしてきたが、まさかこんなときに実践するはめになるとは……。幹に両腕を巻きつけ、しっかり抱え込んだまま、両脚を使って可能なかぎり上へ上へのぼっていく。満月は大きかった。胃の中に居座る恐怖の石と同じくらい大きかった。エシは生まれて初めて真の恐怖というものを体験していた。

十分が経過した。そして二十分。木ではなく火を抱きかかえているような感覚だった。焼かれているみたいな熱さだ。椰子の葉が地面に投げかける暗い影が、いかにも恐ろしげな形に見えてきた。ほどなく、もがれた果実みたいに木から落下する村人の悲鳴が、周りのあちこちから聞こえはじめる。エシのいる木の根元にも、ひとりの戦士が現れた。戦士は耳慣れぬ方言を使っているが、エシは次に何が起こるかを知っていた。戦士が石を投げてくる。二投、三投、四投目が脇腹に命中したが、エシは木に必死でしがみついた。組み合わせている指に、五投目が直撃する。両腕がほどけ、エシは地上へ落下していった。

エシはほかの女たちと縄でつながれていた。総勢が何名になるかはわからない。同じ屋敷にいた者はひとりも見当たらなかった。義母も、異母兄弟も、実の母親も……。両手首に巻かれた縄のせいで、掌は哀訴をするときの形に固定されている。エシは掌の線を観察してみた。あらゆる線をたどっても、どこにも行き着かない。これほどの絶望を覚えるのは生まれて初めてだった。

移動は徒歩だった。エシは昔から父親と何哩《マイル》も歩いていたので、最後まで乗り切れるだろうと思った。最初の数日は順調だったものの、十日もするとまめがつぶれて血がしみ出し、後方の落ち葉が赤く染まりはじめた。前方の落ち葉も、別の女たちの血で赤くなっていた。たくさんの女の泣き声が飛び交っていて、戦士たちの会話は聞き取れなかったが、聞き取れても自分には理解できないだろう。エシは機会があるたび、母親からもらった石が着衣の中に収まっているかどうかを確かめた。いつ服をはぎ取られるかは知りようがない。森の地表を覆う落ち葉は、血と汗と露で濡れており、エシの前を進む男の子が足を滑らせた。戦士のひとりが子供の体をつかみ、立ちあがるのを手伝ってやると、男の子は戦士に礼を言った。

「礼を言う必要なんてある？　どうせみんな食べられちゃうのに」と背後で女の声がする。エシはきつい体勢でどうにか後ろを振り返った。視界が涙でかすんでものが見えづらく、周りを虫が飛び交っていて言葉が聞き取りづらい。

「誰がわたしたちを食べるの？」とエシは訊いた。

「白人よ。お姉ちゃんがそう言ってた。白人はこういう戦士から人間を買い取って、山羊みたいに煮込んでスープにするんだって」

「やだ！」とエシは叫んだ。戦士のひとりがすぐさま駆け寄り、棍棒で脇腹に突きを入れてくる。戦士がそばを離れると、脇腹がずきずきと痛みはじめた。エシの脳裏に浮かびあがるのは、故郷の村を自由に歩き回る山羊たちの姿。それから、山羊を捕まえる自分の姿。脚を縄で縛り、どさっと地面に転がし、首をざくっと切り裂く。白人たちも同じ方法で自分を殺すのだろうか？　そう考えると、体がぶるぶると震える。

「あなたの名前は？」とエシは訊いた。

「わたしはタンシって呼ばれてる」

「わたしはエシって呼ばれてる」

こうしてふたりは友達になった。女たちは一日じゅう歩かされた。エシの両足の傷は治る暇がなく、ふさがった傷口もすぐに開いてしまった。ときどき戦士たちは偵察を行なうために、森の中で女たちを木に縛りつけ、前方に現れた村々の様子をうかがった。そのうち、エシの手首を縛る縄が燃えはじめた。奇妙な燃焼だった。今までに経験したことのない、冷たい炎に焼かれるような感覚。塩気を含む風に引っかかれるような感覚。

間もなく、潮の香りを乗せた風が、エシの鼻に入り込んできた。さまざまな話をつなぎ合わせると、ファンティ族の領地に近づいているようだった。

奴隷取引を商売にする戦士たちは、捕虜の脚を棒でぴしゃりと打ち、歩く速さを上げさせた。この週のほぼ半分は、夜も昼もなく徒歩行が続けられた。速さについていけない者は、棒で打たれると、まるで魔法をかけられたかのように、突然ついていけるようになった。

エシの膝ががくがくしはじめたころ、ようやくファンティ族の村の外れにたどり着く。全員がじめじめした暗い地下室に押し込められ、エシはこの時間を使って捕虜を数えた。三十五人。三十五人の捕虜が一本の縄につながれていた。

時間があったのでエシは眠った。目覚めると、食事が与えられた。今まで食べたことのない一風変わった粥。口には合わないものの、これを食べなかったら、長いあいだ食べ物にありつけなくなることは感じとっていた。

ほどなく、男たちが部屋に入ってきた。何人かは移送中に見かけた戦士だが、残りは初めて目にする顔だ。

「おまえが連れてきた奴隷はこれか?」男のひとりがファンティ語で言う。この方言を聞くのは久しぶりだが、エシは男の言葉をはっきりと理解できた。

「ここから出して!」縄でつながっているほかの捕虜たちが叫ぶ。言葉の通じる相手が現れたからだ。ファンティ族とアシャンティ族は同じアカン人に属している。ふたつの部族は、同じ木から分かれたふたつの枝だ。「出して!」という叫びは、声が嗄《か》れるまで続いたが、訴えは完全な黙殺で迎えられた。

「アベエク首長」と別の男が言う。「この取引はまずい。同盟を結んでいるアシャンティの連中は、我々が敵と取引したと知ったら激怒するぞ」

首長と呼ばれた男は、やれやれというふうに両手を挙げてみせた。「フィーフィ、今はアシャンティの敵のほうが、高い金額を提示してくれている。明日、アシャンティがもっと高い金額を提示するなら、我々はアシャンティと取引をする。これが村を発展させる秘訣だよ。わかるか？」

エシはフィーフィと呼ばれた男を観察した。戦士にしては若いが、いつか〝大物〟になることは間違いない。フィーフィは首を横に振ったものの、もう口は開かず、いったん地下室を出て、別の一団を連れて戻ってきた。

現れたのは白人だ。エシは白人を初めて目にした。彼らの肌の色は、今までに見たどの木とも、木の実とも、泥とも、粘土とも一致しない。

「あの人たちは自然から生まれたんじゃない」とエシは言った。

「言ったでしょ。わたしたちを食べに来たんだって」とタンシが返す。

白人たちが近づいてきた。

「立て！」という首長の叫びに、捕虜は全員立ちあがった。首長は白人のひとりに顔を向け、「さあ、ご覧あれ、ジェームズ総督」と早口のファンティ語で言った。早すぎてエシはほとんど理解できず、白人に理解できるのだろうかと訝った。「アシャンティ族はとても頑丈だ。あなた方ご自身で確かめるとよかろう」

白人たちは全裸でない者たちの着衣を残らずはぎ取り、確認の作業に取りかかった。いったい何のために？　エシには見当もつかないが、そのとき、衣にくるんだ石のことを思い出した。フィーフィと呼ばれた男が手を伸ばし、巻衣のいちばん上、石をくるんだ結び目をほどこうとしたので、エシは長く糸を引く唾を相手の顔へ浴びせかけた。

故郷の村の広場にいた幼い捕虜と違って、フィーフィは泣き叫んだりはしなかった。べそをかきもしなければ、身を縮こまらせもしなければ、誰かに慰めを求めようともしなかった。エシに視線を据えたまま、ただ顔を拭っただけだった。

首長がフィーフィの横に立ち、「おまえはどう始末をつけるつもりだ、フィーフィ？ 処罰もせずに済ませるつもりか？」と尋ねる。声量を抑えているため、聴き取れたのはフィーフィとエシだけだった。

突然、殴打の音が響いた。あまりにも音量が大きかったため、耳の中が痛いのか外が痛いのか、一瞬、判断に迷ったほどだ。エシは地面にうずくまり、顔を覆って泣き声をあげた。殴られた衝撃で衣から石が飛び出してしまった。落ちた場所を目で確かめ、泣き声を大きくして、周りの注意を石からそらしたあと、つるつるの黒い石の上に覆いかぶさった。石のひんやりした感触が、顔に伝わって痛みをやわらげてくれる。男たちは巻衣をはぎ取ることを忘れ、地面に横たわる女囚を放置して帰っていった。連中が背を向けた瞬間、エシは頬に当たっていた石をつかみ、ぐいっと飲み下した。

今、地下牢の床には、踝《くるぶし》の高さまで汚物が堆積していた。収容される女の数は、かつてないほどに増えている。エシはほとんど息もできず、両肩をあちこち動かして、どうにか空間を作り出していた。隣の女は最後に食事を与えられて以降、下痢が止まらなくなっている。この地下牢に放り込まれた初日、自分も同じ症状になったことを、エシは思い出した。あの日、エシは糞尿の川の中に、母親からもらった石を発見した。そして、石を床に埋めたあと、近くの壁に目印をつけた。回収するときに場所を思い出せるように。

「シーッ、シーッ、シーッ」と隣の女をなだめる。「シーッ、シーッ、シーッ」きっとすべてはうまく行く、という慰めの言葉を使うべきではないと、エシは学びとっていた。

地下牢の扉が開かれ、細長い光の筋が射し込む。中へ入ってきたふたりの兵士は、どこか様子がおかしかった。いつもより動きが秩序と統制に欠けている。顔の赤さも、身振りの大きさも、椰子酒で酔っ払った男と同じだ。まるで周りの空気をかき集めるみたいに、両手がせわしなく動き回っている。

二人組はあたりを見渡し、地下牢の女たちはざわめきはじめた。兵士の片割れが奥のほうにいた女をつかみ、壁に押しつける。乳房を探り当てた両手は、体をどんどん、どんどん下へ移動していき、最後には女の唇のあいだから悲鳴が洩れた。

上下に折り重なる女たちは、悲鳴をあげたひとりを責めはじめた。「静かにしなさい、馬鹿女。みんながお仕置きされるのよ！」甲高く刺々しい叱責は、百五十人分の叫びの集合は、怒りと恐れに満ちている。両手で女をまさぐる兵士は、汗を噴き出しはじめ、周りのざわめきに怒鳴り返した。

声は静かになったものの、完全に止まることはなかった。低いつぶやきは共鳴を起こし、エシは自分の腹が震えているのかと思った。

「どうなってるの！」と女たちがつぶやく。「どうなってるの！」ふたたび声が大きくなっていき、やがて男たちは何かを怒鳴り返しはじめた。

もうひとりの兵士は、いまだ牢の中を歩き回り、女をひとりずつじっくり品定めしていた。エシの番になったとき、兵士の顔ににこやかな笑みが浮かぶ。エシはほんの一瞬、これは親切心を示す仕草なのだろうかと困惑した。もう長いあいだ、他人の笑顔など目にしていなかった。

兵士が何かを言ったあと、両手でエシの腕をつかむ。

エシは抵抗しようとしたが、ろくに食べ物を与えられず、折檻で傷を負っていたため、唾を集めて吐きかける力さえ残っていなかった。兵士が抵抗を鼻で笑い飛ばし、肘をつかんだまま牢の外へ引きずり出す。光の中へ踏み出すとき、エシは背後の光景を目にした。女たちが不満をぶちまけ、泣きわめいている。

兵士はエシを宿舎の自室へ連れていった。ずっと閉じ込められていた地下牢の真上に当たる場所だ。明るさに慣れていないので、まぶしすぎて視力が奪われる。朦朧としたまま部屋に着いたとき、身振りでコップの水を勧められたが、エシはただその場に立ち尽くした。

兵士がやはり身振りで、机の上の鞭を示す。エシはうなずいて水を一口すすり、無感覚の唇から水が流れ落ちるのをなすすべもなく眺めた。

兵士が畳んだ防水布の上に女囚を横たえ、脚を広げさせて中へ押し入る。エシは悲鳴をあげたが、口許を手でふさがれ、口の中へ指をねじ込まれた。指を嚙んでも、相手が喜ぶだけのように思える。代わりにエシは瞼を閉じ、視覚ではなく聴覚に集中し、自分がまだ幼かったころへ戻ろうとした。マアメの小屋に大物が訪ねてきた夜、父母をふたりきりにしようと、自分の存在を消し去ろうと試みていたころ。何が快楽と苦痛を隔てているのかを理解したいと考えていたころ。

事を終えたとき、兵士は顔に恐怖を浮かべていた。エシに対する嫌悪感を浮かべていた。まるで何かを失ったのは自分のほうだと、冒瀆されたのは自分のほうだと言いたげな表情だ。突如としてエシは気づいた。兵士は同僚に見られたらまずい行為をしでかしたらしいと。兵士の視線は、エシの肉体を自らの恥とみなしているかのようだった。

夜になって光が退き、エシと懇《ねんご》ろな暗闇だけが残ると、兵士は女囚を自室からこっそり連れ出した。もう泣いていないのに、兵士からは、静かにしろという合図が送られつづける。兵士は決してエシを見ようとせず、ただ牢屋へ戻る道を下へ下へと追い立てていった。

地下牢に着いたとき、ざわめきはやんでいた。女たちはもう罵り声も泣き声もあげていない。兵士がエシをいるべき場所へ戻したとき、あたりには静寂だけが漂っていた。

日々は過ぎていき、同じ周期が繰り返された。食べ物が与えられるときもあれば、与えられないときもあった。エシにできるのは、光の中での時間を反芻することだけ。あの夜以来、出血が止まらず、赤く細い流れが脚を伝わっていくのを、エシはただ見つめるだけだった。タンシとしゃべりたいとも思わなくなった。物語を聞きたいとも思わなくなった。

マアメの小屋で両親の共同作業を盗み見たあの夜、エシが想像したことは間違っていた。痛みだけで悦びなどなかったのだ。

またもや地下牢の扉が開かれ、細長い光の帯が顔をのぞかせた。兵士がふたり入ってくる。片方がファンティ領の地下室で見かけた男だと、エシは気づいた。白人はかなり背が高く、雨が降ったあとの樹皮の色をした髪には、白いものが混じりはじめている。外套と肩飾りにずらりと並ぶ金ボタン。エシは思考を何度も何度も巡らせ、脳を形作る蜘蛛の巣から答えを押し出そうとした。白人の長の名前は何といったか？

ジェームズ総督だ。総督は牢内を歩き回り、指で鼻に栓をしたまま、ブーツの先を女囚の手や腿や髪に押しつけた。背後には、若い兵士が付き従っている。大柄な総督は、二十人の女を指で示し、続いてエシに指先を向けた。

若い兵士が何かを叫ぶが、もちろん女たちには理解できない。兵士は折り重なる女体の山の上や下から、指示された女の手首をつかんで引っ張り出し、まっすぐに立たせた。女たちが一列に並ばされたあと、総督は確認に取りかかった。両手を使って女たちの乳房を、太腿のあいだを探っていく。確認を受ける最初の少女が泣きはじめ、総督は目にも留まらぬ平手打ちで、少女の体を地面へ吹っ飛ばした。

とうとうエシの番が回ってくる。女囚と向かい合ったジェームズ総督は、相手を凝視し、目をぱちぱちさせ、かぶりを振った。しかし、ふたたびエシに視線を向け、今までどおり体の確認作業に取りかかる。両手を股間から戻すと、指は真っ赤に染まっていた。

事情はわかっているとでも言いたげに、総督は憐れむような表情を女囚に返した。本当に理解できるのかとエシは訝しんだ。総督の合図を受け、若い兵士が確認済みの女たちを牢の外へ追い立てていく。

「だめ、わたしの石が！」とエシは叫んだ。母親からもらった金色に輝く黒い石を思い出したのだ。地面へ身を投じ、粘土を掘りはじめる。エシは掘りに掘ったが、兵士に体ごと担ぎあげられた。回転するように動きつづける手から感じられるのは、土ではなくて空気に、空気だけになってしまった。

女たちは陽光の下に連れ出された。海水のにおいが鼻をつき、喉には塩の味がへばりつく。女たちは開いた扉まで行進させられ、外に広がる砂と水の世界へ足を踏み出した。

出発の前、総督と呼ばれた男はエシの顔を見て頬笑んだ。優しい笑顔。憐憫《れんびん》が混じってはいても、心から相手を気遣う笑顔だ。しかし、エシが生きているかぎり、白い顔が笑うたびに思い出すだろう。あの部屋へ連れ込まれる前に、兵士が投げかけてきた笑みを。白人の男が頬笑んだあとには、次の波とともに、さらなる凶事が押し寄せてくることを。

クエイ

クエイは旧友のクジョから伝言を受け取ったが、どう答えたらいいのかわからなかった。夜になっても眠れないのを暑さのせいだと自分に思い込ませる。実際に汗だくだったから、嘘を信じるのはたやすかった。まあ、汗をかいていないときなどないのだが……。叢林地帯はあまりにも高温多湿なため、夕食用にゆっくりと焼かれているような感じがした。城での生活が恋しい。浜辺から吹いてくるそよ風が恋しい。母エフィアの故郷の村では、汗が耳の中にも臍《へそ》の中にもたまった。いつも全身の肌がむずがゆかった。まるで何匹もの蚊が足先から脚、脚から下腹部、下腹部から臍の水溜まりまでよじ登り、休息をとっているかのようだ。はたして蚊は汗を飲むのだろうか？　それとも、飲むのは血だけなのだろうか？

血。クエイは脳裏に情景を思い描いた。十ないし二十人単位で地下牢へ連行される捕虜たち。拘束された手や足から流れる血……。クエイはこんな道を歩むはずではなかった。奴隷取引とは縁のないところで、もっと楽な人生をたどっていくはずだった。実際、クエイはケープコースト城で白人に交じって育てられ、イギリス本国での教育も受けた。本来なら、父ジェームズ・コリンズが存命中に手配してくれたとおり、書記役の下士官として城内の執務室に詰め、せっせと数字を記録していただろう。交易の実態を反映していない数字を、さも実態であるかのように記録していただろう。しかし今のクエイは、城の新総督の命令でここに送り込まれ、叢林地帯での生活を余儀なくされている。

「すでに承知のことと思うが、クエイ、我々はアベエク・バドゥを筆頭とするあの村の黒人と、長きにわたって交易上の関係を築きあげてきた。だが噂によれば、連中はいくつかの私企業とも取引を始めているらしい。だから我々としては、あの村に前哨基地を置きたい。兵士数名を常駐させておけば、現地の友人たちに、重要な事実を優しく思い出させてやる効果が期待できるだろう。たとえば、我が軍に対する交易上の義務があるという事実をな。おまえほどこの任務に打ってつけの人材はいない。ご両親とあの村との過去の関わり、そして、現地の言語と習俗に対する親和性と精通ぶりを考えれば、あそこに配属されたおまえは、我が軍にとって格別な資産となるであろう」

クエイはうなずき、異動を受け入れた。ほかにどうすることができる？　もちろん内心では抵抗した。現地の習俗との親和性？　両親と村との関わり？　最後にあの村を訪れたのは、クエイがまだエフィアの子宮の中にいたときのことだ。一七七九年の話だから、二十年近くも前になる。母のエフィアはバアバをとても恐れており、バアバがこの世を去ってもなお、母子揃ってあの村には近づこうとはしなかった。クエイにとって新たな任務は、一種の罰のように感じられた。自分はまだ充分に罰せられていないのだろうか？

ようやく太陽が昇り、クエイは叔父のフィーフィに会いに行った。わずか一カ月前の初対面のときは、フィーフィみたいな男が血縁者だとはとても信じられなかった。端整な顔立ちがどうのという話ではない。母は〝美しきエフィア〟の二つ名を持っており、クエイは小さいころから美しいものを見慣れている。違和感のもとは屈強さだった。フィーフィの体の中では、筋肉が優美な同盟を結んでいた。クエイは父のジェームズに似て長身の痩せ形。取り立てて力は強くない。ジェームズは強い男だったが、その強さの源は血統に、奴隷運搬船の建造で富を築いたリヴァプールのコリンズ家にあった。母エフィアの強さの源は美しさで、叔父フィーフィの強さの源は肉体、もしくは、望むものをすべて奪い取れそうな外見だった。同じような押し出しをした人物を、クエイはほかにひとりしか知らない。

「おお、我がせがれよ。歓迎するぞ」歩み寄るクエイに気づき、フィーフィは言った。「座れ。食え！」

呼ばれた下女が、ふたつの鉢を持って現れる。まずは主人の前に鉢を置こうとするが、フィーフィは下女を一瞥して動きを制した。「うちのせがれに供するのが先だ」

「すみません」と下女がつぶやき、クエイの前に鉢を置く。

クエイは下女に礼を言い、鉢の中の粥に視線を向けた。

「叔父貴、ここに来てもう一カ月が経つのに、通商協定の話し合いはまだ手つかずのままです。我が軍は、取引量を増やすための資金を、大量の資金を持っています。どうか取引の拡大を了承してください。そして、ほかの勢力との取引はやめてください」

今まで何度もこのような説得を繰り返してきたが、フィーフィはいつも甥の話に耳を貸そうとしなかった。村に来て最初の夜、クエイはアベエク・バドゥ首長との腹蔵のない話し合いを望んだ。首長の合意を取りつけるのが早ければ早いほど、ここから早く離れられるという目論見もあった。あの晩、バドゥは自分の屋敷で酒宴を催した。へべれけになるために振る舞われたのは、充分な量の椰子酒と蒸留酒《アベテシ》。首長を感服させようとした士官のティモシー・ハイタワーは、自家製酒の樽を半分まで空けたたが、椰子の木の下で前後不覚に陥り、痙攣したり、嘔吐したり、精霊を見たと主張したりした。残りの兵士たちも、バドゥ邸の前庭のあちこちで、吐いたり、眠り込んだり、夜の相手をしてくれる地元の女を探したりした。クエイは終始、酒をちびちびすすりながら、バドゥと話す機会をうかがっていた。

椰子酒をまだ二杯しか飲んでいない時点で、フィーフィが近づいてきた。「注意しろよ、クエイ」と言って、眼前で繰り広げられる男たちの醜態を指し示す。「奴らよりもっと強い男どもが、酒の飲いた。
叔父が身振りで示した首長は、顎を丸々とした腹の肉に気持ちよく埋めて、黄金の玉座で眠りこけて
「水だ」とフィーフィが言う。「あらゆる事態に即応できる者をひとりは待機させておかないとな」
み過ぎで身を滅ぼしてきた」

叔父の手中の椀を見て、クエイは眉を吊り上げた。

クエイは笑い声をあげ、フィーフィも相好を崩す。初めて見る叔父の笑顔だった。

あの夜、クエイはバドゥと話ができなかった。しかし、数週間が過ぎると、だんだん実情がわかってきた。ご機嫌をとるべき相手はバドゥではないと。たしかにアベエク・バドゥはオマンヒンという表看板であり、実際、交易に果たす役割の対価として、ロンドンの政治家からもオランダの政治家からも、等しく贈り物を受け取っている。しかし、実権はフィーフィの手中にある。叔父が首を横に振れば、この村ではすべてが止まってしまう。

今、フィーフィは押し黙っている。過去にイギリスとの交易の話を持ち出したときとまったく同じ反応だ。叔父の視線の先を追い、クエイも眼前に広がる森を見やった。木々のあいだで、二羽の色鮮やかな鳥が大きな鳴き声を響かせ、決して調和しない歌をさえずっている。

「叔父貴、バドゥ首長がうちの父と結んだ協定は――」

「あれが聞こえるか？」フィーフィが鳥を指さして尋ねる。

いらだちを覚えながらも、クエイはうなずいた。

「片方の鳥が歌をやめると、もう片方が始める。歌い手が入れ替わるたび、鳴き声は大きく、甲高くなっていく。なぜだかわかるか？」

「叔父貴、我々がここに滞在するのは、通商交渉が唯一の理由です。村からイギリス人を追い出した

いのなら、早く――」

「おまえの耳に届いていないのは、クエイ、三羽目の鳥の存在だ。この雌鳥は静かに、静かに聴き入っている。雄の鳥たちが声を大に、大に、さらに大にしていくのを。雄たちの声が嗄れると、そのときになって初めて、雌鳥は声を出すだろう。そのときになって初めて、お気に入りの歌を唄った雄を選ぶだろう。だが今は、じっとしたまま雄鳥に歌を競わせる。誰がより良い連れ合いとなるか？　誰がより良い胤《たね》を与えてくれるか？　苦境に陥った際、誰が自分のために闘ってくれるか？

　クエイよ、この村は雌鳥のように商売を取り仕切る必要がある。奴隷にもっと金を払いたければ払えばいい。だが、オランダももっと金を払うだろうし、ポルトガルも、海賊さえもがもっと金を払うだろう。おまえたちがほかの勢力よりどれほど優れているかを声高に叫んでいるあいだ、俺は自分の屋敷でくつろぎながら、フーフーを食べながら、適正とみなす額になるのを待つだけだ。さあ、もう商売の話をするのはやめよう」

　クエイは溜め息をついた。滞在は無期限になりそうだ。鳥たちは歌をやめていた。もしかしたら自分のいらだちを感じとったのかもしれない。クエイは視線を鳥たちへ向けた。青と黄と橙の羽、鉤形の嘴《くちばし》……。

「ロンドンにこういう鳥はいません」クエイは柔らかな口調で言った。「あそこは色がない街なんです。何もかもが灰色でした。空も建物も人間さえもが灰色に見えました」

　フィーフィがかぶりを振る。「なぜエフィアはジェームズの言いなりになって、おまえをあんなたわけた国に留学させたんだ。俺には理解できない」

　クエイはぼんやりとうなずき、椀の中の粥へ注意を戻した。

クエイは孤独な子供だった。息子が生まれたとき、ジェームズは城の近くに小屋を建てさせた。親子三人でもっと快適な暮らしをするためだ。あの当時、交易は好調に推移していた。クエイは地下牢を見たことがなく、城の下層階で何が起こっているかについて、ほんのわずかな知識を持っているだけだったが、商売がうまく行っていることは理解していた。なぜなら、忙しい父とほとんど会えなかったからだ。

日々の生活は、クエイとエフィアのほかに誰もいなかった。エフィアはケープコーストでいちばん、いや、黄金海岸《ゴールドコースト》でもいちばん我慢強い母親だった。口調は穏やかながらも、自信に満ちあふれていた。子供が甘ったれに育つ、子供が何も学ばなくなる、とほかの母親たちからなじられても、決して体罰を与えようとはしなかった。

「学ぶって、いったい何を？」とエフィアは問い返しただろう。「わたしがバアバから何を学べたというの？」

しかし、クエイはちゃんと学びとった。エフィアの膝の上に乗って、ひとつの言葉をファンティ語と英語で繰り返し発音し、やがて片方の言語で聞いた言葉に、もう片方の言語で答えられるようになった。息子を産んでから一年のあいだに、独学で読み書きを習得したエフィアは、未熟ながらも精力的にクエイを教育し、ぷくっとした小さな手を自分の手で包み込み、いっしょに字を何度も何度も何度もなぞった。

「なんて賢い子かしら！」クエイがひとりで自分の名前を書けるようになると、エフィアは感嘆の声をあげた。

一七八四年、クエイが五歳の誕生日を迎えたとき、エフィアは初めて息子の前で、バドゥの村での子供時代について語って聞かせた。クエイはさまざまな名前を、コビ、バアバ、フィーフィなどの名前を教わった。そして、名前を知りようもないもうひとりの祖母の存在も教わった。エフィアがいつも首からぶら下げているきらきらした黒い石が、実の祖母のものだったことも教わった。この話を打ち明けるとき、エフィアの表情はかき曇ったが、クエイが手を伸ばして頬に触れると、嵐は瞬時に通り過ぎていった。

「あなたはわたし自身の子供よ」とエフィアは言った。「わたしのものよ」

そして、エフィア自身もクエイのものだった。幼いころの息子は、この事実だけで満足していたが、成長するにつれて、家族の小ささは嘆きの種となった。黄金海岸《ゴールドコースト》では家族といえば、兄弟姉妹が山のようにいて、有力者ならどんどん嫁を迎え入れるのが普通だ。クエイは白人の異母兄弟に会いたかった。大西洋の彼方に住むコリンズ家の子供たちと会いたかった。しかし、実現しないことはわかっていた。クエイにあるのは、自分自身と、本と、浜と、城と、母親だけだった。

「あの子が心配なの。友達がひとりもいないから」ある日、エフィアはジェームズに相談した。「城の子供たちとは遊ぼうとしなくて」

ちょうど扉を開けようとしていたクエイは、母親の声で自分の名前が言及されたことに気づき、扉の外にとどまって耳を澄ませた。浜辺に砂のケープコースト城を作って帰ってきたときのことだ。

「いったいどうしろと言うんだ？　エフィア、君は息子を甘やかしすぎている。もっと自立を学ばせないと」

「ほかのファンティ族の子供と、村に住んでいる子供と遊ばせるべきです。そうすれば、ここに閉じこもることもなくなりますし。遊び相手に心当たりはありませんか？」

「ただいま！」とクエイは帰宅を告げた。少し声を張りあげすぎたかもしれない。とにかく、父親の次の言葉を聞きたくなかったのだ。翌日にはけろりと忘れてしまっていたが、数週間後、クジョ・サッキがその父親と城にやって来たとき、クエイは両親の会話を思い出した。クジョの父親は、ファンティ族の有力な村を治める首長であり、アベエク・バドゥの最大の競合相手でもあった。取引量の増加について話し合いを始めたころ、ジェームズ・コリンズ総督から、交渉の際に長男を連れてきてくれないかと頼まれたのだ。

「クエイ、こちらはクジョ君だ」ジェームズはそう言うと、自分の息子を客人の息子のほうへ軽く押しやった。「わたしたちは話があるから、ふたりでしばらく遊んできなさい」

少年ふたりは、父親たちが城の奥へ歩いていくのを見守った。姿が判別できなくなるまで遠ざかると、クジョが関心をクエイに向ける。

「おまえ、白人か？」クジョは相手の髪の毛を触りながら訊いた。

この行動にクエイは後ずさった。しかし、同じことをして、同じことを訊いてくる者は、過去にたくさんいた。「僕は白人じゃないよ」と小さな声で答える。

「なに？　もっとでかい声で言えよ！」とクジョに言われ、クエイはほとんど叫ぶように答えを繰り返した。遠くで父親たちが振り返り、息子たちの騒ぎを見守る。

「あまり大きな声を出すな、クエイ」とジェームズが諫《いさ》める。

クエイは頬が上気するのを感じた。しかし、クジョは面白がっているらしく、ただ相手の顔をじっと見つめつづけるだけだった。

「で、白人じゃないなら、おまえは何なんだ？」

「おまえと同じだよ」とクエイは言った。

クジョは手を前へ伸ばし、クエイにも同じようにしろと要求した。立ったまま互いに腕を突き出すふたり。触れ合う肌と肌。「ぜんぜん同じじゃないぞ」とクジョが言う。

クエイは泣きたくなる一方で、泣きたいという欲望に当惑した。自分が城の混血児のひとりであることは知っていた。ほかの混血児と同じく、どちらの半分も自分の全部ではない。父親の白も、母親の黒も。イギリスも、黄金海岸《ゴールドコースト》も。

両目からこぼれ落ちまいと闘う涙を、クジョはまのあたりにしたらしかった。

「行こうぜ」と言って、クエイの手をつかむ。「ここにはでっかい銃があるって、親父から聞いたんだ。案内してくれ！」

案内してくれと言っておきながら、クジョは先に立って走りはじめた。ふたりの少年は父親たちの脇をかすめ、砲台を目指して駆けていった。

こうやってふたりは友達になった。初めて会った日から二週間後、クエイはクジョからの言づてを受け取った。自分の村に遊びにこないかという誘いだ。

「行ってもいい？」とクエイは母親に訊いたが、エフィアはもう息子を扉の外へ押し出す勢いだった。クエイが友達と過ごすことをそれほど喜んでいたのだ。

村で長い時間を過ごすのは、これが初めての経験だった。クエイは城やケープコーストとのあまりの違いに驚いた。白人はひとりもおらず、行動を制限してくる兵士もいない。親からの折檻は日常茶飯事だが、それでも子供たちはやんちゃで、騒がしく、自由だった。クエイと同じく十一歳のクジョは、十人きょうだいの最年長であり、まるで小さな軍隊を取り仕切るように、弟や妹に命令を下していた。

「俺の友達のために何か食い物を持ってこい！」近づいてくるクエイを見て、クジョは末の妹に叫んだ。まだよちよち歩きで、指をしゃぶる癖も抜けていないのに、幼い少女は長兄の命令にすぐさま従った。

「やあ、クエイ、いいものを見せてやるよ」相手がそばに来るのを待ちきれず、クジョは掌を開きはじめた。

手の中には、小さな蝸牛《かたつむり》が二匹。クジョの指のあいだで、ぬるぬるしたちっぽけな体がのたくっている。

「おまえのはこっちで、俺のはこっちだ」指をさしながらクジョが言う。「競走させようぜ！」

クジョが掌を閉じて駆け出す。相手のほうが俊足なので、クエイは離されぬよう必死でついていった。森の中の空き地に出ると、クジョは地面の上で腹這いになり、クエイにも同じようにしろと身振りで示した。

クジョがクエイに蝸牛を渡し、それから出発点として土に線を引く。ふたりの少年は線の前にそれぞれの蝸牛を置き、手を離した。

初めのうちは、どちらの蝸牛も動こうとしない。

「こいつらは馬鹿か？」とクジョが言って、自分の蝸牛を人差し指で突っつく。「おまえは自由なんだぞ、馬鹿な蝸牛。行け！　行け！」

「もしかしたら、ただびっくりしてるだけかも」とクエイは弁護した。クジョの視線は、おまえも馬鹿なのかと言っているようだった。

しかし、クエイの蝸牛が線を越えるべく動き出すと、数秒後にはクジョの蝸牛もあとに続く。クエイの蝸牛は普通と違って、のろまの鈍足ではなかった。まるで競走しているのを知っているような、自分が自由なのを知っているような感じなのだ。クジョの蝸牛がのんびりと進み、何度か円を描いて遠回りするあいだに、ふたりの少年はクエイの蝸牛を見失ってしまった。

突然、クエイは心配になった。負けたことでクジョが怒り、村を出ていけと、二度と来るなと言われるかもしれないと。クジョとは知り合って日が浅いが、もうすでに、失いたくない相手となっている。だから、クエイは考えつく唯一の行動をとった。父親が取引のあとでするように、片手を差し出してみせたのだ。驚くことに、クジョは手を取ってくれた。ふたりの少年は握手を交わした。

「俺の蝸牛は馬鹿丸出しだったけど、おまえのはよく頑張った」とクジョが言う。

「うん、僕の蝸牛はとっても頑張った」クエイは同意しながら、ほっと胸を撫で下ろした。

「あいつらに名前をつけなくちゃな。俺のはリチャードにする。これはイギリス人の名前だ。イギリス人みたいにだめな奴って意味をこめた。おまえのはクワメにしよう」

クエイは笑い声をあげた。「いいね。リチャードはイギリス人みたいにだめな奴だ」この一瞬、父ジェームズがイギリス人なのをすっかり忘れていた。しかし、あとで思い出したときも、クエイはどうでもいいと思っている自分に気づいた。大切なのは、自分がいるべきところにいるという感覚、申し分のない完璧な居場所を見つけたという感覚だった。


少年たちは成長した。クエイは一夏のあいだに背丈が四吋《インチ》も伸び、クジョは筋肉隆々の体つきになった。脚と腕の筋が小刻みに動き、体の表面を流れ落ちる汗は、うねる波頭を彷彿させた。クジョは勇猛果敢な格闘の達人として遠く広く名を馳せていた。近隣の村々からは、年上の少年たちが連れてこられ、クジョに挑戦状を叩きつけたが、いまだに連戦連勝の状態が続いている。

「なあ、クエイ。おまえはいつ俺と勝負をしてくれるんだ?」とクジョは尋ねた。

クエイはクジョに挑んだことがなかった。勝てないのはわかっているから、負けるのが怖いわけではない。この三年間、注意深く観察を続けてきたクエイは、クジョの肉体が何をなし得るかを誰よりもよく知っているのだ。敵の背後をとる動きは優雅の一言。計算し尽くされた力は、腕＋首＝窒息、肘＋鼻＝流血の公式を成り立たせる。格闘という名の舞いを踊る際、クジョは一歩たりとも足を踏み間違えず、制御された力強い肉体はクエイを畏怖させた。最近は、ひとつの場面が脳裏に思い浮かぶ。逞《たくま》しい両腕を巻きつけられ、地面に引きずり倒され、クジョの体が上から押さえつけてくる……。

「リチャードを呼んできて勝負すればいい」というクエイの言葉に、クジョは豪快な笑い声をあふれ出させた。

　蝸牛競走のあと、ふたりの少年は良いものにも悪いものにも、リチャードという名前をつけるようになった。たとえば、粗野な発言で母親との関係が悪くなると、ふたりはリチャードのせいにした。駆けっこでいちばんになったり、格闘の試合に勝ったりしたときは、リチャードに感謝を捧げた。クジョが海で沖へ出すぎて、水をかく手の動きが怪しくなりはじめたときも、リチャードはそばにいた。クジョを溺れさせようとしたのもリチャードだったし、クジョの命を助けるため、泳ぎの調子を取り戻させてくれたのもリチャードだった。

「哀れなリチャードめ！　ぎったぎったにしてやる」とクジョは言って、全身の筋肉を収縮させてみせた。

　クエイは手を伸ばし、親友の腕をぎゅっと握った。筋肉は微動だにしない。「なんで粋がる？　これが頼りないからか？」

「はあっ？」とクジョが凄む。

「この腕が頼りないって言ったんだ。触った感じがぶよぶよだぞ、兄弟」

　警告なしに、稲妻並みのすばやさで、クジョはクエイの首をがっちり抱え込んだ。「ぶよぶよだと？」と質す声はささやきのように小さく、クエイの耳には風の音みたいに聞こえた。「気をつけな、相棒。俺の腕はぶよぶよなんかじゃない」

クエイは息ができず、頬が紅潮していくのを感じた。あまりにも密着しているため、一瞬、ふたつの体がひとつになったような気分になる。クエイの腕の毛は一本一本がぴんと立ち、次に何が起こるのかを待ち受けていた。ここでようやく、クジョが拘束を解く。

クエイは空気をがぶ飲みした。クジョがその様子を眺める。唇の上では笑みが戯れていた。

「びびったか、クエイ?」とクジョが訊く。

「いいや」

「いいや? おまえは知らないのか? 今じゃ、ファンティ領内の男はみんな俺にびびってるんだぞ」

「おまえは僕を傷つけない」クエイはそう言って、相手の目をまっすぐのぞき込み、どこかひるんだような表情を見てとった。

クジョがすぐさま平静を取り戻す。「確信があるのか?」

「ある」とクエイは答えた。

「だったら、俺に挑戦してみろ。格闘で挑んでこい」

「ごめんだね」

クジョはクエイに近づき、ふたりはわずか数吋《インチ》の距離で向かい合った。「いいから挑戦してみろ」

クジョの吐いた息が、クエイの唇の上で舞いを踊った。


翌週、クジョは重要な試合に臨んだ。酔っ払った城の兵士の暴言がもとで、対戦がお膳立てされることとなったのだ。

「黒んぼとの戦いなんてぬるま湯みたいなもんだ。野蛮人が白人に立ち向かったらどうなるか、結果は見えてるぜ」

クジョの村から来ていた下僕のひとりが、この白人兵士の大言壮語を小耳に挟み、クジョの父親である首長に報告した。翌日、首長は自ら城に赴いて告知を行なった。

「わたしの息子を倒せると思う白人がいるなら、いつでも挑戦を受けよう。三日もすれば、どちらが上かわかるだろう」

ジェームズ・コリンズ総督は、野蛮な行為という理由で試合を禁じようとした。しかし、兵士たちは退屈し、はけ口を求めていた。野蛮な楽しみは、まさに彼らが渇望するものだった。

週の終わりにクジョは姿を現した。同道してきたのは、父親と、七人の兄弟だけ。クエイは前週から親友と口をきいていなかった。唇にクジョの息の感触がまだ残っていて、なぜだか気分が落ち着かなかったのだ。

大口を叩いた兵士も落ち着きをなくしており、城の男全員に注視されるなか、手を震わせながら、あたりを行ったり来たりしていた。

クジョは挑戦者と距離を置いて向かい合った。上へ下へ視線を走らせ、相手の力量を値踏みする。それから、観衆の中に親友の姿を認めた。クエイはうなずいてみせた。クジョからは笑みが返ってくる。「この試合に必ず勝つ」を意味する笑顔だった。

実際、クジョは勝利した。試合が始まってわずか一分後、兵士のでっぷりした腹に腕を巻きつけ、ごろっと地面へ転がして上から押さえ込んだのだ。

観衆は興奮に大声を轟かせた。さらに何人かの挑戦者が現れたが、程度の差さえあれ軽くひねられてしまった。最後には、疲労困憊《こんぱい》した男たちと泥酔した男たちの中で、クジョだけが涼しい顔をしている、という状況ができあがった。

見物の兵士たちが帰りはじめた。クジョの父親と兄弟も、大声で騒がしく祝意を表したあと、やはり帰途につく。クジョはケープコーストにとどまり、クエイの家に泊まる予定となっていた。

「勝負をしよう」誰もいなくなったのを見計らい、クエイは言った。夜気が城へ流れ込み、あたりをほんの少しだけ冷やしはじめている。

「俺が疲れ切ってるから負かせそうだと？」とクジョが訊く。

「負けそうなほど疲れたことなんて一度もないくせに」

「いいだろう。俺と勝負がしたいなら、まずは捕まえてみろ！」この台詞を合図に、クジョが突如として駆け出す。ふたりが友達になった当初より、クエイは足が速くなっていた。砲台のところで追いついて前のクジョに飛びつき、両脚をがっちりと抱え込んで地面へ引き倒す。

しかし数秒のあいだに、息を荒らげるクジョに上へ回り込まれ、クエイは体勢をふたたび入れ替えようともがいた。

地面を三度叩くべきだと、試合終了の合図を出すべきだと理解はしていたが、どうしても嫌だった。クジョが立ちあがってしまうのが嫌だった。クジョの重さが感じられなくなるのが嫌だった。

ゆっくりとクエイは体を弛緩させ、クジョが同じようにするのを感じとった。ふたりは互いのまなざしに見入った。ふたりの息遣いが落ち着いていく一方、クエイの唇のうずきはいや増した。うずきに突き動かされて、クジョの顔に引き寄せられそうになる。

「今すぐ立て」とジェームズの声が響いた。

どのぐらい前から父親がそこにいたのか、どのぐらい前から見られていたのか、クエイにはわからなかったが、父親の声からは、今までにない語気が聴き取れた。下僕たちに使う落ち着いた命令口調。実際に見たことはないが、奴隷を折檻する際も、こういう口調を使っているはずだ。ただし、今の父親の声音には恐怖が混じっていた。

「家に帰れ、クジョ」とジェームズが告げる。

クエイは友人が出ていくのを見守った。クジョは後ろを振り返りさえしなかった。

翌月、十四歳の誕生日を迎える直前に、クエイはイギリス行きの船に乗せられた。エフィアの哀願も反対も、ジェームズに平手打ちを食らわせるほどの猛反対も、何の効果もなかった。


『おまえがロンドンから戻ったと聞いた。会えないか、旧友?』

クエイはクジョの言づてがどうしても頭から離れなかった。鉢の中をじっと見つめ、粥がほとんど減っていないことに気づく。フィーフィはすでに一杯目を平らげ、お代わりを頼んだところだった。

「ロンドンにとどまってたほうがよかったのかも」とクエイは言った。

叔父が鉢から視線を上げ、訝るような表情を甥へ向ける。「ロンドンにとどまるのは何のためだ?」

「向こうのほうが安全だからです」クエイは小さな声で言った。

「安全? なぜだ? 奴隷を見つけるために密林を歩き回らなくて済むからか? 俺たちを働かせて、自分の手を汚さずにいられるからか? 教えておくが、イギリス人が手を染めているのは、この世で最も危険な商売だぞ」

真意とはずれているが、クエイはうなずいてみせた。イギリス留学中は、白人の国で黒人がどう暮らしているかをまのあたりにした。インドやアフリカの出身者たちは、二十人以上がひとつの部屋に押し込められ、豚の食べ残しを食べさせられていた。ゴホン、ゴホン、ゴホンと咳が絶え間なく響き、病の交響曲を奏でた。大西洋の彼岸の危険性はよく知っているが、自分の中に潜む危険性もよく知っている。

「弱気は禁物だ、クエイ」フィーフィがそう言って、穴が開くほど甥っ子を凝視する。クエイは叔父に真意を見抜かれたのではと訝った。しかし、フィーフィは視線を粥へ戻し、「ロンドンにはおまえ向きの仕事があるのか？」と質問した。

クエイはかぶりを振りながら、心を落ち着けようと努めた。笑みを返し、食事の礼を言い、それから叔父の屋敷を辞する。

今の仕事は難しくない。クエイと同僚の兵士たちに与えられた公式の任務といえば、週一回バドゥとその配下に会い、商品の在庫を確認し、丸木船に荷物を積み込む人足を監督し、バドゥが取引している別の勢力についての新しい情報を、城の総督に報告するだけなのだから。

今日、人足の監督はクエイの担当だった。数哩《マイル》の距離を歩いて村の外れまで行き、イギリスに雇われたファンティ族の少年たちと挨拶する。彼らの仕事は、船に奴隷を積み込んで、沿岸地方の村々と城のあいだを往復すること。今回の積み荷は五人だけで、全員が縄につながれて待機させられていた。いちばん年若の少女は粗相をしてしまっているが、気にかける者は誰もいない。クエイは糞のにおいに慣れてきていた。とはいえ、ひとつのにおいに一生つきまとわれる、という状況には恐怖を禁じえない。においは鼻をねじ曲げ、目を潤ませるが、長い年月のあいだの経験は、涙を流さずに済むすべを教えてくれていた。

奴隷を積んだ船が出港するたび、考えずにはいられなかった。ケープコースト城の海岸に立ち、奴隷の受け入れ準備をしていた父のことを。クエイはこの海岸でも、丸木船を見送りながら、奴隷出荷時に付き物のやましさに襲われた。父親は海岸に立って、何を感じていたのだろうか？　クエイがロンドンに到着して間もなく、ジェームズはこの世を去ってしまった。イギリスまでの船旅は、良く言っても不快、悪く言えば苦役で、嗚咽と嘔吐のあいだを絶えず行き来する状況だった。船上で考えたのは、父親が奴隷たちをこういう目に遭わせているということ。そして、父親が問題を解決するときに、いつも同じ手法をとるということ。奴隷であろうと息子であろうと、船に乗せて別の国へ送り出す……。船の出港を見送るたび、ジェームズは何を感じていたのだろうか？　クエイが自分自身の肉体に感じているのと同じく、抗しがたい欲望に対して感じているのと同じく、恐怖と羞恥と嫌悪のごった煮なのだろうか？

村に戻ったとき、すでにバドゥはひどく酩酊《めいてい》していた。クエイは挨拶の声をかけ、すばやく脇をすり抜けようとした。

しかし、すばやさが足りなかった。バドゥがクエイの肩をつかみ、こう尋ねる。「おまえの母親はどうしている？　わたしに会いに来るよう伝えてくれ。いいな？」

クエイは唇を強く結んだ。笑みに見えるよう表情を作りつつ、内心の嫌悪感を飲み下そうとする。この村での任務を受諾したとき、エフィアはわめき散らし、仕事を断れと、軍から逃げろと懇願した。必要ならば、顔も知らない実の祖母と同じように、アシャンティ領の奥深くへ入り込めばいいと。

息子を説得するとき、エフィアは首飾りの黒い石を指先で弄っていた。「あの村には邪悪なものがいるのよ、クエイ。バアバが――」

「バアバはとっくの昔に死んでるし」とクエイは言った。「母さんも僕も、幽霊を信じるような歳じゃない」

エフィアが息子の足許に唾を吐き、ちぎれるのではと心配になるほど、ぶんぶんと首を左右に振る。「知ったふうな口をきくけど、あなたは何もわかっていない。悪は影と同じ。どこまでもあなたについてくる」

「もしかしたら、近日中にお伺いするかもしれません」と首長に答えたものの、母がバドゥに決して会おうとしないことをクエイは知っていた。エフィアとジェームズはもっぱら息子について喧嘩をしてきた。しかし、夫婦が互いを思いやっているという事実は、誰の目にも明らかだった。クエイの一部は父親を憎んでいたが、残りの一部は今でも、父親を満足させたいと熱望していた。

どうにかバドゥを振り切り、クエイは散歩を続けた。頭の中でクジョの言づてが繰り返される。

『おまえがロンドンから戻ったと聞いた。会えないか、旧友?』

ロンドンから戻ったとき、クエイは答えが怖くてクジョの動向を尋ねられなかった。しかし、わざわざ訊いて回る必要などなかった。クジョは出身村の首長を受け継ぎ、イギリスとの取引を続けていたのだ。書記時代のクエイはほぼ毎日、城の台帳にクジョの名前を記録してきた。城を離れた今なら、もっと気安く会いに行き、昔みたいに話ができたかもしれない。父親が嫌だったように、ロンドンも嫌だったこと。あの街のすべて——気温が低く、湿度が高く、薄暗い——が、自分個人への侮辱に感じられたこと。そして、クジョと引き離すためだけに、留学が仕組まれたと感じられたこと。

とはいえ、クジョと会って何か良い結果が得られるだろうか? 旧友を一目見たら、六年前のあの場所へ戻れるだろうか? 城の石床の上で繰り広げられたあの場面へ? ロンドン留学が父親の望むとおりの効果をもたらしたのかどうか、結局のところクエイにはわからなかった。

数週間が着実に過ぎていった。クエイはいまだクジョへの返信を送れず、仕事に打ち込んで忘れようとした。フィーフィとバドゥは、アシャンティ領にも、もっと北の地域にも、数え切れないほど多くの伝手《つて》を持っており、各地の〝大物〟や戦士や首長が毎日、十人、二十人単位で奴隷を連れてきた。奴隷貿易の規模はきわめて大きくなり、商品を集める際にも手荒な手法が横行した。多くの部族では奪われた子供を識別するため、顔に印として傷をつける習慣が生まれた。最も被害を受けやすい北部の村々では、顔の傷が二十箇所に及ぶ者もおり、あまりの醜さに奴隷として売却できない例さえあった。クエイの前哨基地に連れてこられる奴隷のうち、いちばん数が多いのは、部族間戦争で捕虜となった人々。家族に売られた者も少数いるが、最も珍しいのは、フィーフィが北部で闇夜の任務を遂行し、自らの手で捕まえてくる奴隷だ。

フィーフィはふたたび、遠征の準備に取りかかっていた。任務の詳細は明かしてもらえないものの、危険度がとても高いことはクエイにもわかる。なぜなら、叔父がほかのファンティ族の村に応援を要請したからだ。

「捕虜はひとり以外、そっちの取り分にしてくれていい」とフィーフィが誰かに話しかけている。「ダンクワで二手に分かれたら、おまえの隊は捕虜どもを連れて帰還しろ」

クエイは叔父の屋敷に呼び出されたところだった。フィーフィの前に控える戦士たちは、戦いの装束に身を固め、マスケット銃や鉈や槍を手に持っている。

叔父が話している相手を見ようと、クエイは前へ進み出た。

「やあ、クエイ。ようやっと会いに来てくれたのか？」

記憶よりも野太い声だったが、クエイはすぐさま気づいた。震える手を差し出し、旧友と握手を交わす。握り方は力強く、手そのものは柔らかい。この握手はクエイをクジョの村に、蝸牛の競走に、リチャードに引き戻した。

「ここで何をしてるんだ？」とクエイは訊いた。本心が声に表れてしまわないよう、平静と自信に満ちた声が出るよう望む。

「今日はとっておきの作戦があると、おまえの叔父さんから誘いをもらってな。俺は是非とも受ける気でいる」

フィーフィがクジョの肩をぽんと叩き、ほかの戦士たちのところへ話をしに行った。

「言づてに返事をくれなかったな」クジョが低い声で言う。

「時間がなかったんだ」

「なるほど」クジョは昔と同じに見えた。背は高くなり、横幅は増していたが、昔と同じに見えた。

「叔父さんの話じゃ、まだ結婚してないんだって？」

「ああ」

「俺は去年の春に結婚した。首長は独身ってわけにはいかない」

「うん、わかるよ」クエイはうっかり英語で答えた。

クジョが笑い声をあげる。鉈を手に取ったあと、クエイに身を寄せ、「おまえはイギリス人みたいに、リチャードみたいに英語をしゃべるんだな？　叔父さんと北で一仕事片づけたら、俺はそのまま自分の村へ戻る。おまえならいつでも歓迎だ。会いに来てくれ」

戦士たちを集合させるべく、フィーフィが最後の呼びかけを行ない、クジョは駆け出した。走る速度を上げつつ、後ろをちらっと振り返り、クエイに笑ってみせる。作戦が何日を要するのかわからないが、叔父の帰還まで自分が一睡もできないだろうことを、クエイは知っていた。作戦に関しては誰も何も教えてくれない。戦士たちが出征する場面を何度か目撃したことはあったものの、これまで探りを入れたことはなかった。それなのに今回ばかりは胸が激しく脈打ち、まるで心臓が大蛙にすり替わったかのようだ。クエイは拍動のひとつひとつを味わった。なぜフィーフィはクジョに、甥っ子が未婚だと教えたのか？　クジョのほうから質問したのか？　クジョの村ではどう歓待されるのか？　首長の屋敷に住まわされるのか？　第三夫人みたいに、離れをひとつ与えられるのか？　村外れの小屋でひとり過ごすのか？　大蛙がしゃがれ声で鳴いた。有り得る、有り得ない、有り得る。脈動ひとつごとに、クエイの心は揺れ動いた。

一週間が経った。二週間。三週間。そして四週目の初日、クエイはついに奴隷用の地下牢に呼び出された。牢の壁に寄りかかるフィーフィは、片手で脇腹を押さえていた。深い傷から染み出す血。間もなくイギリス軍の医師が到着し、太い針と糸でフィーフィの肉を縫いはじめる。

「何が起こったんです?」とクエイは訊いた。地下牢の扉を守るフィーフィの部下たちは、明らかに動揺していた。全員がマスケット銃と鉈の両方を持ち、森の中で葉擦れのような音がしただけで、武器を握る両手にさらなる力を込める。

フィーフィは笑いはじめた。まるで死にゆく獣の最後の咆哮だ。医師が傷口の縫合を終え、上から茶色い液体を振りかける。叔父の笑い声がやみ、絶叫が響いた。

「静かに!」と戦士のひとりが言う。「追っ手がいるかもしれない」

クエイは地面に膝をつき、叔父と視線を合わせた。「いったい何が?」

生暖かいそよ風が吹いているのに、フィーフィは歯をガチガチと鳴らしていた。片腕を上げ、牢の扉を指さす。「せがれよ、我々の戦利品を見てみろ」

立ちあがって扉まで歩いていった。フィーフィの部下がランプを差し出し、クエイが中へ入れるよう脇に退く。牢の内部では、闇が周りにこだまを響かせ、反射した音が四方から襲いかかってきた。まるで太鼓の中に足を踏み入れたかのようだ。クエイはランプを高く掲げ、奴隷たちを見た。

大人数でないことは予測していた。なぜなら、翌週の頭まで次の出荷が予定されていないからだ。アシャンティ族が連れてきた奴隷ではないと、フィーフィが攫ってきた奴隷だと、クエイはすぐに理解した。牢の隅では、ふたりの男が拘束されている。ともに大きな図体の戦士で、浅い傷から血を流していた。クエイの姿を目にすると、トウィ語での罵倒を始める。鎖につながれたまま激しく暴れたため、皮膚が裂けてさらに鮮血が滴り落ちた。

反対側の壁際には、幼い少女が座っていた。物音を立てずに、大きく見開いた目を向けてくる。クエイはしゃがみ、少女の顔を検分した。頬には大きな楕円形の傷が刻まれている。クエイは何年も前に、自分がイギリスに出荷される前に、ジェームズからこの人為的な傷痕について教わっていた。アシャンティの紋章だと。

クエイは視線を少女に据えたまま立ちあがった。相手の正体を理解しつつ、ゆっくりと後ずさっていく。外に戻ると、フィーフィは痛みで気を失っており、追っ手がいないと結論づけた戦士たちは、武器を握る手を緩めていた。

クエイは扉にいちばん近い男へ視線を向け、肩をつかんで揺り動かした。「いったいぜんたい、アシャンティ王の娘をどうするつもりなんだ?」

戦士は目を伏せ、かぶりを振り、だんまりを決め込んだ。フィーフィが何を計画しているにしても、決して失敗は許されない。失敗したが最後、その代償は住民すべての命で支払うことになるだろう。

クエイはこの事件以後、毎晩、伏せっているフィーフィに付き添った。叔父は例の作戦の一部始終を語ってくれた。商売相手のひとりから情報提供を受け、少女の警護が最も手薄になる時間帯、すなわち真夜中にアシャンティ領へ忍び込んだこと。少女を拉致する際、護衛の鉈の切っ先で、椰子の実よろしく脇腹を切り裂かれたこと。捕虜たちを引っ立てながら、森の中を南へ向かい、ようやく海岸地帯にたどり着いたこと。

少女は名をナナ・ヤアといった。アシャンティ王国の最高権力者、オセイ・ボンスの長女だ。オセイ・ボンスは、黄金海岸《ゴールドコースト》の奴隷貿易で支配的な役割を果たし、イギリス女王が直々に敬意を表するほどの人物。娘のナナ・ヤアは政治上の駆け引きの重要な道具とみなされ、赤ん坊のころから攻略の標的とされてきた。ナナ・ヤアを捕まえようとする者、解き放とうとする者、嫁にしようとする者がこれまで幾度もアシャンティ王国に戦争を仕掛けている。

クエイは心配の気持ちが高じすぎ、クジョがどうなったのかを尋ねる勇気さえなかった。ほどなく判明したのは、フィーフィの情報提供者が捕まり、拷問の末に誘拐犯の身元を吐かされたこと。事の始末をつける必要に迫られるのは、時間の問題だった。

「叔父貴、アシャンティが今回の件を許すはずはありません。きっと連中は――」

フィーフィが甥の話を遮る。ナナ・ヤアを攫ってきた夜以降、クエイが少女の件を持ち出そうとするたび、叔父の意図を読みとろうとするたび、フィーフィは脇腹に手を押し当て、だんまりを決め込むか、長ったらしい与太話に話題を転じたのだった。

「アシャンティ王国の怒りは、今に始まったことじゃない」とフィーフィが言う。「我々はバドゥが開拓した北部人の伝手で、別のアシャンティ勢力からも奴隷を調達していた。長年の確執は、それをアシャンティ王国に知られて以来だ。当時のバドゥは俺に、最も金払いの良い相手と商売をすると言っていた。よそとの取引がばれたとき、俺はアシャンティ王国にこの方針を説明したし、おまえにも同じ説明をしたはずだ。アシャンティ王国の怒りは想定しておくべきだし、クエイ、おまえの言うとおり、怒りを過小評価すべきでもない。だが、俺には確信がある。連中は賢明な判断を下し、抜け目ない我々の行為を許すだろう」

フィーフィが口を閉じる。クエイは叔父の末娘を、庭で遊ぶまだ二歳の従妹をじっと見守った。しばらくしてから、下女が落花生とバナナを持って現れる。まずは主人に歩み寄る下女をフィーフィは制し、冷静なまなざしと抑揚のない声で、「せがれの給仕を先にしろ」と告げた。

下女は言いつけに従い、クエイにお辞儀をしたあと、右手で食べ物を差し出した。ふたり分の給仕を終え、部屋を出ていく少女。規則的に揺れる豊満な尻を、クエイはじっと眺めた。

「どうしていつもあんなことを言うんです？」下女がいなくなったのを確認してから、クエイは訊いた。

「あんなこととは？」

「僕をせがれと呼ぶことです」クエイは視線を下げた。小さな声でつぶやく言葉が地面に呑み込まれるのを願う。「今までは、そんな呼び方はしなかったのに」

叔父が歯で落花生を割り、中身を口の中でより分けてから、殻だけをふたりの前の地面へ吐き出す。屋敷から村の広場へ続く細い土道をフィーフィは見やった。誰かがやって来るのを予測しているかのようだ。

「クエイ、おまえはロンドンに長くいすぎて、この村が、母親たちが、姉妹たちが、その息子たちがいちばん重要だということを忘れてしまったんだろう。もしもおまえが首長なら、自分のあとを継がせるのは姉の息子だ。姉の母親は自分の母親でもあるが、妻の母親はそうではない。だから、姉妹の息子は自分の息子より大切なんだよ。だがな、クエイ、おまえの母親は、俺の実の姉じゃない。俺の母親の娘じゃなかった。城の白人と結婚したときから、姉とは疎遠になりはじめた。それに、俺の母親はずっと彼女を嫌っていたから、俺も姉を嫌いになりはじめていた。

最初は、この嫌悪感が良い効果をもたらしてくれた。よりいっそうの努力をする動機を与えてくれたんだ。姉のことを考えたとき、城にいる白人どものことを考えたとき、俺は自分にこう言い聞かせた。うちの村の人々とともに、白人どもより強くなってみせると。白人どもより金持ちになってみせると。バドゥは強欲になりすぎたし、太りすぎて闘えなくなったから、代わりに俺が闘いはじめた。

あのころでさえ、俺はおまえの母親と父親を憎んでいた。いや、自分の母親と父親も憎んでいた。本当はどういう人間なのかを知ってしまったからだ。たぶん俺は自分さえも憎んでいた。

おまえの母親が最後にこの村を訪れたのは、俺が十五のとき。親父の葬式のためだった。エフィアが帰ったあと、バアバは俺に言った。後ろめたさを感じる必要はないと。俺は長いあいだ、それが正しいと思い込んできた。実の姉じゃないんだから、後ろめたさを感じる必要はないと。……」傷口を身振りで示すフィーフィの声が尻すぼみになっていくが、ひとつ咳払いをして先を続ける。「俺は村の発展に手を貸してきたが、早晩、その成果のすべてはこの手を離れる。俺には息子たちがいるが、姉妹がいなければ女系は絶える。発展の成果はことごとく、風前の塵みたいに吹き飛ばされてしまう。

クエイ、おまえをここに赴任させるよう、総督に掛け合ったのは俺だ。成果のすべてを残すべき人物は、おまえしかいない。俺はかつてエフィアを姉として慕っていた。だから、たとえおまえがバアバの血を受け継いでいなくても、初めて生まれた甥っ子も同然の存在なんだよ。おまえには俺が持っているすべてを与えるつもりだ。バアバの悪行の埋め合わせをするつもりだ。明晩、おまえはナナ・ヤアを娶る。アシャンティ王が戦士全員を引き連れて、俺の屋敷へ乗り込んできたとしても、連中はおまえを拒むことはできない。連中はおまえを殺すことはできないし、この村の人間を誰ひとり殺すことはできない。なぜなら、かつておまえの母親が暮らした村は、今やおまえ自身の村となっているからだ。おまえが強大な力をふるえるよう、俺が確実に手を打っておく。白人どもがこの黄金海岸《ゴールドコースト》からいなくなったあとも——そう、いつか必ず奴らはいなくなる——城の壁が崩れ落ちたあとも、ずっとおまえが重要人物でいられるようにな」

フィーフィがキセルに煙草を詰めはじめる。やがて吐き出された白い煙が、キセルの火皿の上に小さな屋根を形作った。雨季が近づきつつあり、すぐに空気がどんよりとしはじめるだろう。そして黄金海岸《ゴールドコースト》の人々は、蒸し暑さが続く気候のもとで、住民を夕食用に調理してやろうと意図しているみたいな気候のもとで、少しでも快適に移動するすべを学び直す必要に迫られるだろう。

食うか食われるか。捕らえるか捕らえられるか。保身のための婚姻。これが黄金海岸《ゴールドコースト》での生き方だ。叢林地帯での生き方だ。クエイはクジョの村を訪れないだろう。弱くなるわけにはいかない。奴隷を商売にする以上、犠牲は払わねばならないのだ。

ネス

北斗七星も見えなければ、壊れた魂を修復するに足る心の癒しもない。北極星でさえ紛い物だった。毎日、ネスは南部の太陽の厳しい視線を浴びながら、綿花を摘んでいた。トーマス・アラン・ストッカムが所有するアラバマの農園に連れてこられたのは、三カ月前。その二週間前まではミシシッピにいた。さらにその一年前は、地獄としか形容しようがない場所にいた。

いくら記憶の糸をたぐっても、ネスは自分の年齢を思い出せない。いちおう二十五歳という結論に達したが、母親から無理やり引き離されて以降、一年一年はそれぞれ十年に感じられた。ネスの母親であるエシは、しかつめらしい実直な女性で、幸せな物語を口にするような性格ではなかった。ネスが寝る前にお話をねだっても、エシから聞かされるのは、〝大きな船〟のことばかり。錨みたいに大西洋へ投げ込まれる男たちを想像しつつ、ネスは眠りに落ちた。しかし、錨と違って男たちは船につながれていなかった。土地とのつながりも、ほかの人々とのつながりも、あらゆる価値とのつながりも断たれた男たち……。エシの話によれば、〝大きな船〟の中では、人間が十段重ねにされ、上のほうの男が死んでしまった場合、料理人が大蒜《にんにく》を押しつぶすときみたいに、ものすごい重みがのしかかってきたという。決して笑顔を見せないネスの母親は、ほかの奴隷たちから〝しかめっ面〟と呼ばれており、掃き掃除をしながら暗い話をつぶやくのがつねだった。ずっとずっと昔に〝小鳩《フラウニー》〟から呪われたこと。いまだ見ぬ姉がいること。母親の石を持ち出せなかったこと……。一七九六年にネスが売られたとき、エシは口を横一文字に結んでいた。娘は母親へ向かって手を伸ばした。両腕をぶんぶん振り回し、両脚をばたばたさせ、自分を連れ去ろうとする男の肉体に抵抗した。それでも、エシの唇は微動だにせず、両手を娘のほうへ伸ばすこともなかった。エシはその場にどっしりと、しっかりと立っていた。ネスが知っている母親そのものの姿だった。ほかの農場では陽気な奴隷たちと知り合った。彼らはよく笑い、互いを抱き締め、楽しい物語を披露したが、それでもネスは、母親の心に居座る灰色の岩が恋しくて仕方なかった。エシはいつも真の愛情を、魂の受難と結びつけて考える人だった。

　トーマス・アラン・ストッカムは、良き主人というものが存在するとすれば、間違いなくその範疇に含まれるだろう。三時間ごとに五分の休憩。畑仕事担当の奴隷は、玄関ポーチに上がることを許され、家事担当の奴隷から、広口ガラス瓶一杯の水を受け取った。

　六月下旬の今日、ネスはティムタムの横で給水の列に並んでいた。ティムタムは隣人のホイットマン家からストッカム家に譲られた奴隷で、主人であるトム・アランは折に触れて吹聴した。五歳の誕生日に兄がくれた灰色尾っぽの猫と比べても、二歳の誕生日にもらった玩具の赤い荷馬車と比べても、ティムタムは今までで最高の贈り物だと。

「今日はどんな調子だ？」とティムタムが訊く。

　ネスは少しだけ顔を相手のほうへ向けて答えた。「一日一日に違いなんてある？」

ティムタムが豪快な笑い声をあげる。内臓という雲から生み出され、口という空から放たれた雷みたいに、重低音が響き渡った。「おまえさんの言うとおりだ」

黒人の唇のあいだから英語が流れ出る違和感は、きっといつになっても消えないのだろう。ミシシッピの農園でのエシは、主人に見咎められるまで、ネスにトウィ語を使っていた。事が発覚したあとは、娘がトウィ語の単語をひとつしゃべるたび、農園主は母親に五回の鞭打ちを加えた。そして、母親の傷に怯えたネスがしゃべらなくなると、農園主がエシに与える罰は、娘の沈黙一分につき五回の鞭打ちとなった。エシは自分の母親にちなんで娘をマアメと呼んでいたが、主人はこの行為にも罰を科した。鞭打ちが続くなか、エシは思わず〝あらまあ！《マイ・グッドネス》〟と英語で叫んだ。この言葉が無意識に飛び出したのは、文章の切れ目ごとに〝あらまあ〟を挟むある料理人の口癖の影響だった。いつもなら苦労して英語を搾り出しているのに、〝あらまあ《マイ・グッドネス》〟だけがするりと口から出てきたため、エシはきっと神聖な言葉に違いないと、神様から娘への贈り物だと信じ込み、〝グッドネス〟を短くした〝ネス〟と呼ぶようになった。

「どっから来た？」とティムタムが尋ね、麦わらの籾殻《もみがら》のほうを噛んだあと、地面へ唾を吐く。

「質問が多すぎるよ」ネスはぷいっとよそを向いた。水を受け取る番が回ってきたが、家事担当の奴隷頭のマーガレットは、広口瓶の四分の一までしか水を満たしてくれなかった。

「今日は充分な量がないの」とマーガレットが言う。しかし、奴隷頭の背後の玄関ポーチには、優に一週間分は賄える水桶が並んでいた。

マーガレットの視線は、ネスを見ているというより、ネスの直近の過去を見通そうとしているみたいだった。五分前の会話から、ティムタムのネスへの好意のあるなしを探り出そうとする視線、と言い換えてもいい。

ティムタムが咳払いをする。「なあ、マーガレット。そいつは誰かをもてなす態度じゃねえぜ」マーガレットがティムタムをねめつけ、柄杓《ひしゃく》を桶へ突っ込むが、ネスは水の追加を受け付けなかった。早々に玄関ポーチを離れ、揉め事は残ったふたりに任せる。自分がトム・アラン・ストッカムの所有物であると明示する紙切れは存在するかもしれないが、奴隷仲間の気まぐれに必ず付き合うべしとする書類など存在しない。

「彼をあんなに煙たがるもんじゃないよ」畑の持ち場へ戻ったネスに、ひとりの女奴隷が言う。ネスよりは年かさで、三十代の半ばから後半に見えるが、まっすぐに立っても背中がひどく曲がっていた。「あんたは来たばかりで知らないんだろうけど、ティムタムはだいぶ前に女房を亡くして、それ以来、幼いピンキーの面倒を独りでみてるんだよ」

ネスは女奴隷へ顔を向けた。頬笑みかけようとするものの、笑顔を失ったエシの下で生まれ育ったため、正しく笑う方法が身についていない。左右の口角はいつも、不本意そうに上へ引きつり、千分の一秒で元の位置へ戻ってしまった。かつて母親の心を沈み込ませていた悲しみの錨が、娘の口許にもつながれているかのようだ。

「わたしたちはみんな、誰かを失ってるんじゃない?」とネスは訊いた。

ネスは畑仕事の奴隷には勿体ない美貌をしていた。実際、自分の農園に連れ帰るとき、トム・アランは本人にそう告げた。そもそもトム・アランがネスを買ったのは、ミシシッピのジャクソンに住む友人の言葉を信じたからだった。農作業の腕は今まで見た奴隷の中で一、二を争う。ただし、畑以外で使うことはゆめゆめ考えるな……。色の浅い肌、後ろへ突き出た豊満な尻と出逢うべく、大急ぎで背中を駆け下っていく癖っ毛。ネスの容貌を目にしたトム・アランは、友人の忠告は何かの勘違いだろうと思った。そして、家事担当の召使いに着せるお気に入りの服一式を引っ張り出してきた。衿ぐりが深く肩口が膨らんだ白いボタンダウンのシャツ、小さな黒いエプロンがついた黒いロングスカート。主人はマーガレットを呼び出し、新入りの奴隷を着替えのために奥の部屋へ連れていかせた。ネスは言われたとおり服を身につけた。しかし、身支度をすべて調え終えた新入りを見て、マーガレットは片手を自分の心臓に強く押し当て、しばらくここで待つよう言いつけた。奴隷頭と主人の話を聞くため、ネスは壁に耳をぴたっとくっつけた。

「あの子は家事仕事に向いていません」マーガレットがトム・アランに報告する。

「まあ、とにかく、見てみなければ話は始まらん。屋敷内の仕事に関して誰かの向き不向きを見極めるとき、わたしは独りで結論を出す自信があるのだが、おまえはそう思わないのか?」

「とんでもありません」とマーガレットが答える。「もちろん決めるのは旦那様ですが、わたしとしては、見ないほうがよかったと思われるのではないかと」

トム・アランは笑い声をあげた。ちょうど妻のスーザンが部屋へ入ってきて、いったい何の騒ぎかと問いただす。「なぜだかマーガレットが新入りの黒んぼを奥の間に幽閉して、わたしたちにお披露目してくれないのだ。さあ、馬鹿なまねはやめて、あの子をここへ連れてこい」

もしもスーザンが普通の農園主の妻なら、夫が新入りの黒人を屋敷内に迎え入れるときは、もっと注意を払っていたはずだ。ここを含めた南部諸郡では、男の目は、いや、男のすべての部位は、気ままに放浪しようとすることで知られている。「いいわ、マーガレット、その子を連れてきてお披露目しなさい。馬鹿なまねはなしよ」

マーガレットが肩をすくめてみせ、奥の部屋へ戻っていく。ネスは壁から耳を離した。「じゃあ、外に出てきて」と奴隷頭が言う。

ネスは言われたとおり、ふくらはぎの下半分をあらわにしたまま、観客二名の前に進み出た。その姿を見たスーザン・ストッカムが即座に気を失う。トム・アランは妻の体を受け止めることしかできず、すぐさまネスを着替えさせろとマーガレットに叫んだ。

奴隷頭が奥の間へ新入りを急き立て、それから農作業用の服を探しに行く。ネスは部屋の真ん中に立ったまま、体の表面に両手を滑らせ、自らの醜い裸身を心ゆくまで堪能した。むき出しになった肩の複雑な形の傷痕が、ほかの三人を怯えさせたことは理解している。しかし、傷は肩だけにとどまらない。暴行の痕を刻みつけられたネスの皮膚は、それ自体が独立したひとつの存在だ。背後からネスに抱きつき、左右の腕をだらりと垂らす男の姿にも見える。傷は両の乳房から上へ伸び、両肩が形作るふたつの丘を回り込み、誇り高き背中を端から端まで縦断していく。そして、尻のいちばん上をぺろりと舐めたあと、次第に薄くなって消え去る。ネスの肌はもう肌ではない。たとえるなら、過去の亡霊が目に見える形で実体となったものだ。とはいえ、ネス本人はこの〝形見〟をもう気にしていなかった。

マーガレットが着衣を持って部屋へ戻ってくる。頭を覆うスカーフと、肩を覆う茶色い上っ張りと、裾がはるばる床まで届く赤いスカート。「ほんと、恥ずかしい。恥ずかしいったらありゃしない。一瞬でも、あんたのほうがあたしより可愛いって思うだなんて」ネスの着替えを見届け、チッチッと舌打ちしたあと、奴隷頭は部屋を出ていった。

こうしてネスは畑仕事をするようになった。〝地獄〟にいたときは、やはり土仕事に携わっていたから、新しい体験というわけではない。〝地獄〟では、太陽に焼かれた綿花があまりにも熱くなり、触れた掌が火傷をするほどだった。小さな白いふかふかの塊を握ると、火を握ったみたいな感覚に襲われたが、地面に落とすことは決して許されなかった。実際、農作業にはいつも〝悪魔〟の目が光っていた。ネスは〝地獄〟で畑仕事の技量を身につけた。そして、この技量は巡り巡って、ネスをアラバマ州のタスカンビアに導いた。

ストッカム農園に来て二カ月がたった。女奴隷用の小屋のひとつで寝起きをしたが、友達はひとりもできなかった。ティムタムに肘鉄砲を食らわせた女として、誰もが知る存在となっていたからだ。女たちはネスがティムタムの欲望の対象であると考えて怒りをあらわにし、ネスが対象になりたがっていないと理解して怒りをさらに募らせた。ネスは〝強い風〟みたいに扱われた。そのこころは、鬱陶しいけれども、無理やり突っ切ろうとすれば突っ切れる。

ネスは毎朝、畑に持っていく弁当を用意した。玉蜀黍《とうもろこし》粉の堅パン、塩漬け豚肉の小片、運よく手に入れば青野菜。〝地獄〟では、立ったまま食事をするすべを身につけた。右手で綿花を摘みながら、左手で食べ物を口へ詰め込む。ここトム・アランの農場では、食べながら働く必要には迫られていないが、ネスはほかのやり方を知らなかった。

「あたしたちより仕事ができるって思ってるみたい」ネスに聞こえる大声で、ひとりの女奴隷が言う。

「きっとトム・アランの旦那もそう思うんじゃないの?」と別の女が応じる。

「ないない。トム・アランの旦那はあの女に無関心さ。お屋敷から放り出したあとはね」と最初の女が言う。

ネスは他人の声を無視するすべも身につけていた。まずは、エシが自分に使っていたトウィ語を思い出そうとする。そして、心を落ち着かせようとする。最後に浮かびあがってくるのは、横一文字にきっと結ばれた口。今のネスにはほとんど理解できない言語で、愛の言葉を送り出していた唇。今では、熟語や単語が届いても、正しい意味は伝わってこない。

ネスは一日じゅうこうやって働いた。南部の音を聞きながら働いた。しつこい蚊の羽音、きんきん響く蟬の声、かまびすしい奴隷の噂話。夜になると、ネスは自分のねぐらへ戻り、ほこりがもうもうと噴き出すまで藁布団を叩き、布団と抱擁するような形で体に巻きつけた。仰向けに横たわり、なかなか訪れない睡魔を待ち、閉じた瞼の裏で舞い踊る悲痛な映像を静止させようと全力を尽くす。

このような夜がまた訪れ、ネスが藁布団を空中でぱしっとはためかせたとき、打撃音が聞こえはじめた。女奴隷の小屋の扉に、切迫した調子で間断なく拳が叩きつけられる。「頼む！」と声が響いた。「俺たちを助けてくれ」

メイヴィスという女奴隷が扉を開ける。戸口には、娘のピンキーを両腕に抱いてティムタムが立っていた。そして、小屋の中へ強引に入り込んでくる。あえぐような声だが、目は涙で潤んでいなかった。「母親と同じ症状みたいなんだ」

女たちがピンキーのために場所を空ける。ティムタムはそこに娘を降ろすと、小屋の中を行ったり来たりしはじめた。「おお、主よ。おお、主よ。おお、主よ」

「トム・アランの旦那に頼んで、医者に診てもらったほうがいい」ルーシーという女奴隷が言う。

「女房のときは、医者は役に立たなかった」とティムタムは答えた。

闘いに突入するかのごとく、肩を怒らせた女たちが、十重二十重《とえはたえ》と壁を作っている。いちばん後ろに立っていたネスは、女の壁をかき分けて真ん中まで進み、子供の姿をちらっと目にした。ピンキーは小柄で体の節々が骨張っており、まるでしなりのない棒きれを組み合わせたみたいだ。髪の毛はふたつの大きな塊にふわっとまとめられている。小屋じゅうの女たちに見つめられるなか、少女は急速な息の吸引音だけを響かせていた。

「別に悪いところはないよ」とネスは言った。

ティムタムがぴたっと右往左往をやめ、全員の視線がネスに集まる。「あんたは新入りだから事情をよく知らないんだ」とティムタムが言う。「母親が死んでからこっち、ピンキーは一言もしゃべらないし、今は、こんなふうにしゃっくりが止まらない」

「しゃっくりだけじゃないか」とネスは返した。「わたしの知ってるかぎり、それで死んだ人はいないよ」部屋を見回すと、女たちが一様にやれやれと首を振っている。ネス本人はまだ、何をしでかしてしまったのか理解していなかった。

ティムタムがネスを脇へ引っ張っていき、「みんなから聞いてないのか？」とささやく。ネスは首を横に振った。ほかの女たちと話す機会はほとんどないうえ、噂話を聴覚から遮断するすべも習得済みだった。ティムタムが咳払いをし、少しうなだれる。「うん、問題がしゃっくりだけなのは、みんな知ってるんだ。だけど、あの子をしゃべらそうと、みんなでいろいろ試してきて、これも……」

消え入るティムタムの声を聞きながら、ようやくネスは理解しはじめた。この騒ぎは、幼いピンキーを騙して話をさせるための企みに過ぎなかったのだ。ネスはティムタムから離れ、女の群れをためつすがめつしながら、部屋の真ん中まで移動していった。藁布団に横たわるピンキーの視線は、天井にまっすぐ据えられている。と、少女はネスへ目を向け、またひとつしゃっくりをした。

ネスは会衆に向かって言った。「いやはや、どんな茶番かわからないけど、とんだ邪魔をしちゃったみたいね。でも、みなさん、あの子は放っておいてあげたらどう？　しゃべりたくない理由があるかもしれないでしょ。みなさんが馬鹿騒ぎするのがわかってるからとか、まだ話すことが何も浮かんでこないとか。わたしの考えを言わせてもらえば、みなさんが旅の一座みたいな演技をしてみせたからって、今夜からしゃべってみようって気にはならないと思うけど」

女たちは黙ったまま、両手を揉み合わせ、重心を左右の足に移動させていた。ティムタムがさらにうなだれる。

ネスは自分の藁布団に戻り、塵をはたき終えてから身を横たえた。

ティムタムがピンキーに歩み寄り、「さあ、帰るぞ」と言って手を伸ばすが、少女は身をかわした。「帰るぞと言ったんだ」恥に染まった陰気な声が響く。ピンキーはまたも父親の手を避け、ネスの寝床へと歩いていった。当のネスはぎゅっと瞼を閉じ、眠りが早く訪れるよう懇願していた。肩を軽く触られ、ぱっと目を開ける。少女がじっとこちらを見つめ、丸い大きな瞳で訴えかけてきた。ネスは喪失を理解していた。母がいないことの意味を、欲求が満たされないことの意味を、そして、沈黙の意味さえも理解していた。だから、少女の手を取り、自分の寝床へ引き倒す。

「あんたは帰っていいよ」とネスはティムタムに言った。ピンキーの頭はもうすでに、ネスの柔らかな胸のクッションに収まっている。「今夜はわたしが預かる」


この日以降、ピンキーはネスから離れなくなった。ネスのいる小屋への移住も済ませた。ネスと眠り、ネスと食べ、ネスと散歩し、ネスと料理をした。それでも少女は言葉をしゃべらず、ネスもしゃべるよう要求はしなかった。話したいことができればピンキーは話すと、本当に面白いことが起きればピンキーは笑うと、わかりすぎるほどわかっていたからだ。ネスは独りぼっちの寂しさを自覚していないが、少女の静かなる存在に心を癒されていた。

ピンキーは水汲み女だった。一日に四十回は、ストッカム農園の端を流れる小川と母屋《おもや》のあいだを往復する。一枚の板を首の後ろで水平に渡し、両腕を背後から回して板をつかみ、十字架を背負った男みたいな格好になって、板の両端にそれぞれ銀色の水桶をふたつ吊す。いったん小川にたどり着くと、桶に水を満たし、農園の母屋まで持ち帰って、玄関ポーチに設置された大きなバケツに中身を空ける。そして、ストッカム家の子供たちが新鮮な水で午後の沐浴をできるよう、母屋内の盥《たらい》に水を注いで回り、スーザン・ストッカムの化粧台の花にも水やりをする。その後は厨房に行き、マーガレットが一日の調理に使う水桶二杯分の水を届ける。ピンキーは毎日、踏み固められた同じ道を通って、小川と母屋のあいだを行き来した。一日が終わるころ、両腕にはずきんずきんと激痛が走った。夜、少女が寝床に潜り込んでくると、腫れあがった腕から心臓の鼓動が伝わってきて、ネスは体を近くまで抱き寄せてやるのだった。

しゃっくりも止まらなかった。驚かして言葉をしゃべらせようと、ティムタムがネスの小屋にピンキーを連れてきた日から、ずっと続いている。女たちはみな協力的で、治療法を提案してくれた。

「あの子に逆立ちをさせな！」

「息を止めさせて、一気に吸い込ませるんだ！」

「頭のてっぺんで、二本の藁を交差させてみなよ！」

ハリエットという女奴隷が提案した最後の治療法は、うまくいきそうに思えた。小川との三十四往復のあいだ、ピンキーは一度もしゃっくりをしなかった。三十五回目が終わるとき、ネスは母屋の玄関ポーチで広口瓶に水を注いでもらっていた。この日、母屋の外には、ストッカム家の子供ふたりの姿があった。赤毛の男の子はトム・ジュニア、やはり赤毛の女の子はメアリーだ。ピンキーが角を曲がるとき、ちょうどふたりが玄関ポーチの踏み段を駆けあがり、トム・ジュニアがピンキーの担いでいた板にぶつかった。水桶のひとつが宙に舞い、ポーチの上の全員に水が降り注ぐ。そして、メアリーが泣きはじめた。

「ドレスが濡れちゃった！」

ネスの次の女奴隷に給水を終えたばかりのマーガレットが、柄杓を置く。「お静かに、ミス・メアリー」

ほとんど勇敢さを見せたことのないトム・ジュニアが、妹のためにここは男気を見せようと決断し、「おい、メアリーに謝れ！」とピンキーに迫った。トム・ジュニアとピンキーは同い年だが、背はピンキーのほうが一呎《フイート》ほど高い。

ピンキーは口を開いたものの、言葉はまったく出てこなかった。

「彼女は謝ってます」ネスはとっさに割り込んだ。

「僕はおまえと話してるんじゃない」とトム・ジュニアが言う。

メアリーは泣くのをやめ、ピンキーをじっと見つめていた。「トム、あなたも知ってるように、その子は口がきけないのよ。ピンキー、わたしはだいじょぶ」

「僕がしゃべれって命令したら、こいつはしゃべる」とトム・ジュニアが言って、妹をピンキーのほうへ押しやり、「メアリーに謝れ」と繰り返す。太陽は天高く、暑い一日だった。実際、メアリーのドレスについたふたつの水染みは、すでに乾ききっていた。

ピンキーが目を涙で潤ませ、ふたたび口を開いたものの、大きな音のしゃっくりがすごい勢いで吐き出される。

トム・ジュニアはかぶりを振った。みなの注目が集まるなか、母屋へ入って〝ストッカムの鞭〟を持ち出してくる。この鞭は、長さがトム・ジュニアの背丈の二倍あり、色のくすんだ樺の木から作られていた。太くはないがとても重く、トム・ジュニアは両手で支えるのがやっとの状態だ。片手なら間違いなく後ろへ引っ繰り返っているだろう。

「しゃべれよ、黒んぼ」とトム・ジュニアが言うと、だいぶ前から給水を中断していたマーガレットは、「ああ、トム・ジュニア。お父様を呼んできますからね！」と叫びながら母屋へ駆け込んでいった。

ピンキーはすすり泣きとしゃっくりを同時に洩らしていた。たとえ何かをしゃべったとしても、しゃっくりによって阻まれてしまうだろう。トム・ジュニアが苦心して右手一本で鞭を持ちあげ、振りかぶろうとしたとき、背後にいたネスは、鞭の先を片手でつかんだ。あまりに強く引っ張ったため、掌の肉が裂け、トム・ジュニアが地面に引っ繰り返る。ネスはトム・ジュニアを少し引きずる形になった。

この瞬間、トム・アランが玄関ポーチに姿を現した。付き従うマーガレットは、息を切らし、胸に手を押し当てている。「いったい何事だ?」とトム・アランが質した。

トム・ジュニアは泣きだした。「この女が僕を殴ろうとしたんだ、パパ!」

マーガレットが口を挟む。「ミスター・トム、嘘をおっしゃい! あなたが——」

トム・アランは手を上げ、マーガレットの言葉を制し、ネスに視線を向けた。もしかしたら、トム・アランはネスの肩の傷痕を思い出したのかもしれない。あの日、妻が夜まで床に伏してしまったことを、一週間のあいだ夕食の同席を拒まれたことを、思い出したのかもしれない。もしかしたら、あれほどの傷を負わされた理由は何なのかと、ああいう黒んぼは厄介事を起こしても当然と考えたのかもしれない。半ズボンを泥まみれにして地べたにうずくまる息子と、涙を流す物言わぬピンキー。何が起こったかを農園主は明確に理解したはずだが、自分の傷痕が疑問を生じさせているのだろう、とネスは思った。あんな傷痕のある黒んぼと、地べたに尻もちをついた息子。きっと農園主にほかの選択肢はないのだろう。

「おまえの処分は追って通達する」とトム・アランがネスに告げる。女奴隷たちはいったい何が起こるのかと訝しんだ。

この夜、ネスは女奴隷用の小屋に戻った。寝床に潜り込んで目を閉じ、毎晩、瞼の裏に映し出される光景が消え、暗闇に変わってくれるのを待つ。隣では、ピンキーがしゃっくりを始めていた。

「まったく、また始まったよ！　もう一日分の厄介事は済んだと思ったのに」とひとりの女が言う。

「あの子がしゃっくりを始めると、心も体も休まる暇がないわ」

引け目を感じたピンキーは、自分の口許を手でぴしゃっと叩いた。口の前に壁を立てておけば、音が洩れるのを食い止められるとでもいうように。

「あんな連中のことは気にしなくていい」とネスはささやいた。「考えれば考えるほど悪くなるだけだよ」ピンキーに言っているのか、自分自身に言っているのか、ネスにはわからなかった。

ピンキーは瞼をぎゅっと閉じるが、唇からはしゃっくりが暴発しつづける。

「この子のことは放っておいて」愚痴の合唱へ向けたネスの言葉に、ほかの女奴隷たちは従った。昼間の出来事は、ネスへの敬意と憐憫を同時に芽生えさせたのだ。しかし、新しい芽を服従という水で育てる女たちも、トム・アランの出方をはかりかねていた。

夜が深まり、ほかの女たちがみな眠りに落ちたあと、ピンキーが寝返りを打って、腹の柔らかい肌にすり寄ってくる。ネスは自分に許可を出した。少女の体を抱き締めることを、そして、記憶の中へさまよい込むことを……。

ネスは〝地獄〟に立ち戻る。ここでのネスは、サムと呼ばれる男と結婚している。サムといっても、アフリカ大陸から直接送られてきた奴隷で、英語はまったく話せない。〝地獄〟の主である〝悪魔〟は、革みたいな赤みがかった肌と、もじゃもじゃの白髪頭をしており、〝保険のため〟に奴隷同士を結婚させることを好む。ネスは〝地獄〟に来て日が浅く、求婚する者もいなかったため、やはり新入りのサムを落ち着かせる道具として与えられる。

当初、ふたりは互いに言葉を交わさない。ネスは耳慣れぬ相手の言葉を理解できず、しかも相手に畏敬の念を抱いている。今までに見た男の中で最も美しく、クリームみたいに滑らかな漆黒の肌は、そのまま舌で味わえそうだ。アフリカの野獣を彷彿させる筋肉質で大柄な体軀《たいく》。ネスという歓迎の贈り物を与えられても、サムは檻に入れられるのを拒む。ネスは知っている。〝悪魔〟がサムに大枚をはたいたこと、だから、もりもり働くのを期待していること。しかし、何を使っても誰を使っても、サムは飼い慣らせないこと……。ここに連れられてきた最初の日、サムはほかの奴隷と喧嘩をし、監督役に唾を吐きかけたため、壇の上に立たされ、みなの前で鞭打ちの刑を受けた。地面に溜まった血の深さは、赤ん坊が沐浴できるほどだった。

サムは英語の習得も拒む。黒人言葉を使いつづける罰として、〝悪魔〟から鞭打ちを科せられるため、毎夜、新婚の床へ戻ってきたときは、治ったばかりの傷がふたたび開いてしまっている。ある晩、怒り狂ったサムは、奴隷の宿舎を破壊する。ふたりの部屋は壁という壁がめちゃめちゃになり、報告を聞いた〝悪魔〟が、犯人に罰を与えるべくやって来る。

「わたしがやりました」とネスは言う。前夜のネスは、ずっと部屋の左隅に身を隠していた。そして、自分の夫だと教えられた男が、噂どおりの野獣になる様子を、じっと眺めていた。

ネスの自白が嘘だと気づいているのに、サムが何度も自分が犯人だと説明しようとしているのに、〝悪魔〟はまったく手加減をしない。ネスの背中から離れるときの鞭が、まるで伸ばされた飴みたいに見えはじめたころ、〝悪魔〟がネスを地面に蹴り倒す。

〝悪魔〟が去るとき、サムは嗚咽を洩らし、ネスはほとんど意識を失っている。サムの口からは熱に浮かされたようなだみ声の祈りが発されるが、何を言っているのかネスは理解できない。サムはネスを用心深く抱きあげ、ふたりの藁布団の上に降ろし、それから、五哩《マイル》離れたところまで薬草医を探しに出掛ける。サムの連れてきた医者が、意識と無意識のあいだを行き来するネスの背中に、植物の根と葉から作った軟膏を塗り込む。この夜、ふたりは初めて寝床を同じくする。朝、生々しい苦痛と疼痛で目覚めたネスは、足許にサムが座っていることに、疲れ切った大きな目で顔をのぞき込まれていることに気づく。

「すまない」とサムが言う。ネスに対して、いや、誰に対しても初めて使う英語だ。

この週、ふたりは並んで畑仕事を行なう。〝悪魔〟は目を光らせつつも、ネスとサムを害する行動には出てこない。夜、ふたりは寝床に戻るが、それぞれが藁布団の端で眠り、互いに触れ合うことはない。寝姿を〝悪魔〟に見張られているのではないか、という恐怖が拭い去れない夜は、サムがネスの体を抱き寄せたまま、心臓に早鐘を打たせる恐怖の振り子が、振り幅を小さくしていくのをじっと待ちつづける。サムの語彙には、妻の名前と、自分の名前と、〝心配ない〟と、〝静かに〟が増える。きっと一カ月もすれば、〝愛〟も習得するだろう。

一カ月が経ち、ふたりの背中の傷が癒えかけたころ、ネスとサムは名実ともに夫婦となる。サムにいともたやすく抱きあげられたネスは、子供たちに作ってやるぬいぐるみになったみたいだと思う。男と関係を持った経験はないが、ネスにとってのサムは、男よりももっと大きな存在、バベルの塔そのものという存在だ。あまりにも神に近づきすぎて、ばったりと倒される運命にある存在……。サムはかさぶたに覆われたネスの背中を両手で撫で、ネスもサムに同じことをする。ふたりが共同作業をしているあいだに、互いの体にしがみついているあいだに、傷口のいくつかがふたたび開く。新郎と新婦は、この不浄かつ神聖な結合で、ともに血を滴らせる。サムの口から発される活力が、ネスの口に入っていく。ふたりはともに横たわる。雄鶏たちの鳴き声が聞こえるまで、畑仕事に出る時間が来るまで……。

ピンキーの指で肩を突かれ、ネスは目を覚ました。「ネス、ネス!」という少女の声が響く。驚きを隠そうと努めながら、ネスは声の主に顔を向けた。「悪い夢をみてたの?」とピンキーが訊く。

「違う」

「ひどい夢にうなされてるみたいに見えたよ」と言うピンキーの声には失望が混じっている。運が良ければ、悪夢から目覚めたネスは物語を聞かせてくれるからだ。

「ひどい内容だった」とネスは答えた。「でも、あれは夢なんかじゃない」


雄鶏の鳴き声を通じて、朝が自らの存在を告げる。奴隷小屋の女たちは、一日のための準備に取りかかった。ネスの運命についてあれこれとささやきながら。

ほかの農園で目撃した者や、ほかの農園で経験した者はいても、過去にトム・アランが公開鞭打ちをした場面を見た者はいない。農園主は尽きせぬ我慢強さの持ち主であり、血なまぐさい光景を嫌っていた。実際のところ、トム・アランは所有する奴隷の処罰を、人知れず実行していただけだった。処罰のあいだ目をつむっていても、処罰のあとでしばらく横になっていても、誰にも知られない場所で……。しかし、今回はその手を使えそうになかった。すでに公衆の面前でネスを叱咤してしまったし、ネスのほうも主人の顔を潰したと自覚している。なにしろ、農園主の息子は地面に尻もちをつき、物言わぬピンキーは無傷だったのだから。

ネスはみなの視線を浴びながら、昨日と同じ畝に戻った。噂によれば、トム・アランの農園は、郡内の小規模な農園の中では最も敷地が長く、ひと畝の綿花を収穫し終えるのにたっぷり二日かかると言われている。突然、ティムタムに背後から肩を触られ、ネスは振り向いた。

「昨日、ピンキーがしゃべったって聞いた。あんたに礼を言うべきだと思ってね。それと、もうひとつ」

ネスは相手を一瞥した。ティムタムがいつも、何かをくちゃくちゃと噛んでいたことを、口が円を描くように運動していたことを思い出す。「あんたに感謝される謂われはないよ」と答えて、ふたたび前屈みになった。ティムタムは視線を上げ、玄関ポーチにトム・アランが出てきたかどうかを確かめた。

「とにかく、あんたには感謝してる」という言葉には真摯《しんし》な響きがあった。ネスが顔を上げると、満面に笑みが浮かび、肉厚の唇が後退して白い歯に道を譲る。「トムの旦那にも取りなしてやれる。旦那はあんたに何もしないさ」

「わたしは今まで、自分の戦いをするときに、他人に助けてもらう必要を感じてこなかった。今さら誰かに頼る理由は見当たらない」とネスは言った。「さあ、感謝の押しつけをしたいなら、誰か別の相手を見つけてちょうだい。マーガレットなら喜んで受け取ってくれると思うけど」

ティムタムはうなだれ、ネスにうなずいてから、自分の畝に戻っていった。数分後、トム・アランが玄関ポーチに現れ、畑の方角をじっと凝視した。誰もが目の端でネスを盗み見ている。ネス本人はある感覚に襲われていた。夜のあいだにときどき陥る感覚。蚊の最盛期に暗闇の中で陥る感覚。何か不吉な存在を感じるのに、危険そのものの姿が見えない……。

ネスはトム・アランに視線を向けた。今の位置からでは、玄関ポーチ上の染みでしかない。農園主が行動に出てくるまで、いったいどれくらいの時間がかかるのだろうか？　今日の午前のうちに呼び出されるのか、はたまた、何日も待ちぼうけを食わされるのか。ネスとサムはたくさんの時間を、待つことに、待つことに、待つことに費やしてきた。

出産をするとき、ネスはサムを外で待たせた。コジョを産んだのは、南部らしくない冬のことだった。前代未聞の雪が一週間のあいだ農園を覆い隠し、作物を脅かし、地主たちを立腹させ、奴隷たちを手空《てす》きにした。

かつてない雪が降りしきる夜、ネスは産屋《うぶや》に籠もった。ようやく産婆が到着して扉を開けると、寒風が部屋の中を吹き抜け、あたりに舞い散った雪片が、テーブルや椅子やネスの腹の上で溶ける。

妊娠中、コジョは母親の子宮の壁と闘うような胎児で、世の中に出る旅のあいだも態度は変わらなかった。ネスは喉が嗄れるほど叫び、胎児に中から押されるたび、自分の出生時の話を思い出した。ほかの奴隷たちによると、エシは誰にも陣痛が来たことを打ち明けず、ただ木の陰に入ってしゃがみ込んだそうだ。産声より先に奇妙な音が聞こえたらしく、何年ものあいだ、音の正体について論議が交わされたことは、ネスも知っていた。ある奴隷の説では、鳥の羽ばたきの音。別の説によると、精霊が現れて出産に手を貸したあと、やかましい音とともに去っていったという。さらに別の説では、音は妊婦自身から発されたものとされた。エシは独りきりになるべく外へ出ていった。誰かがやって来て喜びと赤ん坊を奪っていく前に、母子だけの至福の瞬間を味わいたかったからだ。あの音は、いつも笑わないエシ自身の笑い声だった。だからこそ誰も判別できなかったのである……。

ネスはお産の最中に笑う人間を想像できなかった。しかし、産婆がついにコジョをこの世界へ引きずり出し、男の赤ん坊が産声をあげ、小さな肺では考えられない大音量が響いたとき、ネスは理解した。雪の降りしきる屋外で右往左往していたサムが、ヨルバ族の祖先に感謝を捧げ、息子を抱く機会を待ち侘びているのを見たとき、ネスは理解した。

息子が誕生して以降、サムは〝悪魔〟が望むとおりの存在となった。飼い慣らされ、身を粉にして働き、喧嘩や厄介事をほとんど起こさない良き労働者だ。自分の愚かな行為でネスが〝悪魔〟に罰せられたのを記憶しているサムは、息子のコジョを、愛称ジョーを初めて腕に抱いたとき、自分のせいで息子に害は及ばせないと誓ったのだった。

その後、ネスはアクーと出会った。そして、あの誓いを守る機会が来たとサムに話した。〝悪魔〟は復活祭の日にかぎり、奴隷たちが十五哩《マイル》の距離を歩き、町外れの黒人バプテスト教会を訪れることを許した。教会の後方の席に座り、説教の開始を待っているとき、ネスは何の気なしに、耳慣れたトウィ語の歌を口ずさんでいた。奴隷仕事が特に厳しかった日の夜も、無礼や怠慢や失敗をしでかしたとして折檻された夜も、母親が悲しげに唄っていた歌だ。

『鳩がへまをやらかした。さあ、どうするどうする？　お仕置きをしない者も同罪だ』

エシが絶対に教えてくれなかったため、ネスはこの歌の意味を知らなかったが、すぐ前の座席の女性が振り向いて何かをささやいた。

「ごめんなさい。わかりません」とネスは言った。女性が使った言語は、母親が使っていたものと同じだった。

「つまり、あなたはアシャンティ族なのに、自分がアシャンティだってことさえ知らないのね」エシと同じくらいきつい訛りの英語は、黄金海岸《ゴールドコースト》らしい屈託のなさをきらめかせていた。

女性はアクーと名乗り、アシャンティの出身であること、ネスの母親と同じく城に囚われ、カリブ諸島へ出荷され、そこからアメリカに送られたことを説明した。

「わたしは逃げ道を知ってる」とアクーは言った。もうすぐ説教が始まるため、あまり時間がないとネスは知っていた。復活祭の日は一年に一回しかなく、来年の自分とアクーは別の農場へ売られているかもしれないし、どちらかもしくは双方が死んでいるかもしれない。ふたりのような人生は、命を保障される類いのものではないのだ。迅速に動く必要があった。

何度もアカン人を北へ連れ出して解放してきたことを、あまりにも成功の回数が多いため、トウィ語で〝神の手〟を意味する〝ニャメ・ンサ〟の渾名を賜ったことを、アクーは小声で説明した。ネスの知るかぎり、〝悪魔〟の農園からの脱走が成功した例はない。しかし、母親のしゃべりと似た響きを発し、母親と同じ神を崇めるアクーの話を聞いていると、自分の本心がはっきりと理解できた。家族を何よりも優先するのが望みだと。

母親が家族の解放を計画しはじめたとき、息子のコジョは一歳だった。アクーはネスを安心させるべく、子供を北へ逃がした実績があると、母親の乳首を求めて泣きわめく赤子も逃がした実績があると、コジョならまったく問題はないと説明した。

夜、いっしょに過ごす時間を取れたときのネスとサムは、いつもこの件について話し合った。自分が母親から引きはがされた経緯を考え、「地獄で赤ちゃんは育てられないわ」とネスは何度も何度も強調した。かけがえのない子供をいつまで手元に置いておけるか、わかったものではない。自分がエシを忘れたように、息子は母親の声の響きを忘れ、顔の造作の細部を忘れてしまうに違いない。サムの同意が得られたので、ネスはアクーに伝言を送った。こちらの準備は整ったから合図を待つと。合図は、古いトウィ語の歌。森の中でそっと口ずさまれる歌は、まるで風に運ばれるかのように、木々の葉のあいだをすり抜けてくるだろう。

あとは待つだけだった。ネスとサムとコジョは、畑仕事で誰よりも長く、誰よりも懸命に働いてみせた。この家族に話が及ぶと、あの〝悪魔〟までもが笑みを浮かべるほどだった。時が来たと告げる歌声に耳を澄ましながら待ち、機会の到来までに売られたり引き離されたりしないよう祈りながら待ち、秋が過ぎ、冬となった。

売られたり引き離されたりはしなかったが、結果としてそうされていたほうがよかったのではないか、と今のネスは何度となく自問している。春になって歌声が聞こえたものの、あまりにも軽い音色だったため、ネスは幻聴かと思った。しかしサムはすぐさま片方の腕にジョーを、もう片方にネスを抱え、〝悪魔〟の土地の境界線を越えた。記憶にあるかぎり、無断で敷地を出るのは初めてのことだった。

逃亡初日の夜、あまりにも長く、あまりにも遠くまで歩いたため、ネスの足の裏が裂けた。葉の上に血が残り、雨が降ってくれることを望む。追っ手には間違いなく犬が交じっているはずなので、においを嗅ぎとられると厄介だからだ。太陽が昇ると、全員で木の上にあがった。木のぼりは子供のころ以来だが、こつを思い出すのに時間はかからなかった。ネスは布でジョーを背中に巻きつけ、いちばん高い枝に到達した。赤ん坊が泣きだすと、胸にぎゅっと押しつけて音を殺した。押しつけたあとでジョーが動かなくなり、心配が高じて早く泣いてくれと願うことも何度かあった。いずれにせよ、四人は静止を貫き通した。エシからよく聞かされた〝大きな船〟の物語に出てくるような静止。死のごとき静止。

このようにして数日が経過した。四人は森の中で木になりきり、原っぱで草になりきった。しかし、ネスは大地から熱を感じとっていた。人間は生まれながらに空気や愛を感じとれるが、それと同じように、〝悪魔〟が背後に迫っていることを感じとったのだ。

「今夜はあなたがコジョの面倒をみてくれる？」サムと息子が水を探しに行っているあいだに、ネスはアクーに言った。「今夜だけでいいの。背中が限界になっちゃって」

アクーが不思議そうな顔でうなずく。ネスは自分がやるべきことを理解しており、前言を撤回するつもりはなかった。

夜が明けると、犬たちが姿を現した。猛々しく息を荒らげ、ネスが隠れている木に前脚を叩きつけてくる。

遠くから口笛が聞こえてきた。古い南部の曲で、一個の肉体が発しているというより、大地が一個の肉体を通じて発しているかのようだった。「このあたりにいるのは、わかってるんだ」と〝悪魔〟が言う。「おまえらが出てくるまで、喜んで待たせてもらうぞ」

ネスは拙いトウィ語で、はるか頭上でジョーを抱えるアクーに言った。「何をしてもいいけど、絶対に下へ降りてこないで」

〝悪魔〟の低音の呼びかけがねちっこく続く。〝悪魔〟が永遠に待ちつづけることを、ほどなく赤ん坊が腹を空かせて泣きだすことを、ネスは知っていた。ネスはサムが隠れた木を見やり、自分のこれからの行動が夫に許されることを願いつつ、木を降りていった。しかし、地面にたどり着く前に、サムも同じ行動に出たのだと気づく。

「息子はどこだ？」と〝悪魔〟が訊き、配下の男たちがふたりを縛りあげる。

「死にました」とネスは答え、自分の目にある種の表情が浮かんでいることを願った。自由になろうとして子供を死なせながら、おめおめと逃亡から戻ってきた母親の表情。

〝悪魔〟は片方の眉を吊りあげ、ゆったりとした笑い声を吐き出した。「本当に残念でならん。信頼できる黒んぼというものを持てたかもと思ったのだがな。結果は見てのとおりだ」

〝悪魔〟はふたりを〝地獄〟まで行進させた。

農園に到着すると、すべての奴隷が鞭打ち場の周りに集合させられた。〝悪魔〟はふたりを裸にひんむき、指も動かせないほどきつくサムを縛りあげ、ネスの体に縞模様が刻み込まれる様子を見物させた。屋内での仕事ができなくなるほど醜い縞模様。刑が終わるころ、ネスは地べたに倒れ、生傷は土ぼこりに覆われていた。頭も動かせないため、〝悪魔〟がネスの顔を持ちあげ、これから起きる出来事を目に焼きつけさせた。いや、集まっている全員の目に焼きつけさせた。縄が引き出され、木の枝が揺れ、首が有り得ない角度に曲がる。

だから今日、トム・アランが用意した罰の発表を待つネスは、あの日を思い出さずにはいられない。サムの頭。サムは頭を左に傾げて揺れていた。

トム・アランが座っている玄関ポーチに、トム・アランが待っている玄関ポーチに、ピンキーが水を運んでいった。戻り際に少女の目がネスを捉える。しかし、ネスは長く視線を合わせず、ただ綿花を摘みつづけた。サムの頭を見て以来、綿花摘みの行為は、ネスにとって祈りみたいなものだった。腰をかがめ、「主よ、わたしの罪を赦したまえ」と言った。綿花をむしり、「わたしたちを悪から救いたまえ」と言った。そして腰を伸ばし、「どこかにいるわたしの息子を守りたまえ」と言った。

ジェームズ

外では、幼い子供たちが「エーサイ、シャメマム」と唄い、火の周りで踊っていた。むき出しの滑らかな腹がきらめき、光を反射する小さな球みたいに見える。彼らが唄っているのは、アシャンティがチャールズ・マッカーシー総督の首を取った、という報せが届いたからだ。イギリスに対する警告として、棒きれに突き刺された首級《しゆきゆう》は、アシャンティ王宮の外にさらされていた。我々を侮る者どもはこういう目に遭うと。

「おおい、ちびっ子たち、アシャンティがイギリスを打ち負かしたら、次は我々ファンティを狙ってくるのを知っているか?」とジェームズは尋ね、幼女のひとりに突進して、こちょこちょと体をくすぐりつづけた。子供全員が笑い声を洩らし、もうやめてあげてよと懇願する。ジェームズは幼女を解放してやってから、真剣な表情を作り、話を続けた。「この村にいれば、おまえたちの安全は保障される。なぜなら、我が一族が長としての務めを果たしているからだ。そのことを忘れないでくれ」

「はい、ジェームズ」と子供たちが答える。

ジェームズの父親が道の向こうから近づいてくる。いっしょにいるのは、城の白人のひとりだ。父親はついてこいと息子に身振りで示し、屋敷の中へ入っていった。

「あの子にもこれを聞かせるのか、クエイ？」白人がジェームズをちらっと見て言う。

「もう子供じゃなくて大人だ。わたしの命数が尽きたら、ここでの責任をすべて受け継ぐことになっている。どんな内容だろうと、わたしに話せば息子に話すのと同じだ」

白人がうなずき、用心深い視線をジェームズに向けたまま話しはじめる。「君の母上の父、オセイ・ボンスが死んだ。アシャンティ側は、マッカーシー総督の件の報復として、イギリスがボンス国王殺害に及んだと主張している」

「報復だったんですか？」とジェームズは訊き、白人に射るような視線を返した。体じゅうの血管で怒りが煮えたぎりはじめている。白人は目をそらした。イギリスが長年にわたって、部族同士の争いを扇動してきたことを、ジェームズは知っていた。戦争で生じた捕虜を、イギリスが商品として買っていることも知っていた。母親は口癖のように、黄金海岸《ゴールドコースト》は落花生スープの鍋みたいな場所だと言っている。母と同族のアシャンティはスープ、父と同族のファンティは落花生、そして、大西洋沿岸から叢林地帯を経て北部まで進出してきたその他大勢の国々は、肉や野菜や胡椒などだ。この鍋は、白人がやって来て火に油を注ぐ前から、すでにあふれる寸前だった。今、黄金海岸《ゴールドコースト》の人々にできるのは、何度目かわからぬ噴きこぼれを防ぐことだけ。イギリスが鍋を加熱する方策として、母方の祖父を殺したのだとしても、ジェームズは驚きを感じないだろう。母が拉致されて父と結婚させられて以降、この村は気が遠くなるほどの熱気に包まれてきた。

「おまえの母親は葬儀に出席したがっている」と父のクエイが言う。ジェームズは無意識のうちに握りしめていた拳を開いた。

「それは危険すぎるぞ、クエイ」と白人が言う。「たとえナナ・ヤアが王族の一員でも、おまえの身が護られる保障はない。長年この村が我々と同盟してきたことを、向こうは知っているんだ。危険すぎる」

父親が視線を下へ向けたとき、突然、ジェームズの耳に母親の声が響いた。おまえの父親は弱い男で、自分が歩く大地に対して何の敬意も持っていない……。

「絶対に行きます」というジェームズの言葉に、クエイが顔を上げた。「アシャンティ王の葬儀を欠席するのは、祖先から決して赦されない罪です」

クエイはゆっくりとうなずき、白人のほうを向いた。「それが我々にできる最低限の礼儀だな」

最後に親子は白人と握手を交わした。翌日、ジェームズは父母とともに北のクマシの町へ出立した。父方の祖母であるエフィアは、幼い弟妹たちと屋敷に残ることとなった。


森を進む馬車の中で、ジェームズは膝の上に銃を抱えていた。最後に銃を手にしたのは、五年前の一八一九年。十二歳の誕生日のことだ。父親は射撃の練習をすべく、息子を林へ連れ出し、遠くのさまざまな木に細長い布地を結びつけた。クエイはジェームズに、男は銃の扱い方を学ぶ必要がある、女と同じように優しく注意深く扱えと言った。

叢林を進む馬車の中で、両親の姿を眺めていると、父は母をそんなふうに、優しく注意深く扱ったことが一度でもあるのかと疑問が湧く。黄金海岸《ゴールドコースト》という世界の本質が戦争であるように、コリンズ家という世界の内情も戦いによって定義づけられていた。

四輪馬車の中で、ナナ・ヤアは悲嘆に暮れる。「息子がいなかったら、わたしは葬儀に参列できなかったの？」

昨日、父親と白人とのあいだで交わされた会話の内容を、母親に洩らしてしまったのはジェームズの失敗だった。

「わたしがいなかったら、そもそも息子は生まれてこなかったと思うが？」とクエイがつぶやく。

「えっ？」と母親が言う。「あなたの話す醜いファンティ語は理解できないわ」

ジェームズは呆れたようにぐるりと目を回した。おそらく父と母は、旅が終わるまでずっとこの調子だろう。幼かったころの両親の喧嘩を、ジェームズは今でも思い出せる。息子の名前について、母親が大声で叫んでいたこともあった。

「ジェームズ・リチャード・コリンズ？」と母親は言った。「ジェームズ・リチャード・コリンズ！息子を名付けるときに、白人の名前を三つつなげるなんて、あなたはいったいどんなアカン人なの？」

「それがどうした？」父親は切り返した。「うちの部族にも白人にも、あいつは後継者として受け入れられているが？　わたしは影響力の大きな名前を授けただけだ」

両親がまったく好き合っていないことを、ジェームズは昔から知っていた。政略結婚したふたりをつなぐのは義務のみ。しかし、義務だけでは感情を抑えきれない場面も見られた。エドゥンファの町を通り過ぎるころ、母親は父親の非をあげつらっていた。ジェームズの大叔父にあたるフィーフィがお膳立てをしてくれなければ、クエイは一人前の男にさえなれなかったと。父母の言い争いの多くは、フィーフィ本人と、フィーフィがクエイとその家族のために下した決断に行き着いた。

旅に出て数日後、ドゥンクワの町に到着し、デイヴィッドの家に泊まった。クエイのイギリス留学時の友人であるデイヴィッドは、もう何年も前、イギリス人の妻を連れて黄金海岸《ゴールドコースト》に戻ってきていた。内陸部のクマシまでは、まだ何日も、何週間もかかるだろう。ジェームズの母方祖父の遺体は、すべての人々から生涯を賛美されるまで、長いあいだ安置されつづけるはずだ。

「クエイ、我が旧友よ」近づいてくる三人にデイヴィッドは言った。特大の椰子の実みたいな丸い腹。一瞬、ジェームズの脳裏に奇妙な考えが浮かんだ。生まれてからずっと、果物を切って中の汁を飲んできたが、デイヴィッドみたいな男が破裂したら、いったい何が流れ出してくるのだろうか？

父親とデイヴィッドが握手を交わし、おしゃべりを始める。ジェームズの観察によると、ふたりは会っていない期間が長いほど、声にこもる情熱と音量が大きくなった。大きさが距離を埋め合わせてくれるかのように、大きさが時間を遡らせてくれるかのように。

ナナ・ヤアはデイヴィッドの妻のキャサリンに会釈をしたあと、大きな咳払いをした。

「妻はとても疲れていてね」とクエイが言い、現れた下女たちがナナ・ヤアを部屋に案内する。ジェームズもついていこうとするが、休みをとりたいという願いも虚しく、デイヴィッドに呼び止められてしまった。

「おいおい、ジェームズ。おまえはもう〝大物〟なんだぞ。座れ。語れ」

デイヴィッドと会った回数は片手で足りるが、ジェームズはずっと〝大物〟と呼ばれてきた。まだ四歳のころ、おそらくは蟻か何かに足を滑らせ、地面に引っ繰り返って上唇の肉が裂けた。すぐさま泣き声が洩れ出してきた。胸のどこか内側から発せられる獰猛な泣き声。デイヴィッドは片手でひょいと自分を持ちあげ、空いた手で尻から土くれをはたき落とし、互いの目と目が合うよう卓の上に立たせた。「おまえはもう〝大物〟なんだぞ、ジェームズ。何かちっちゃなものが向かってくるたびに、泣いているわけにはいかないんだ」

三人の男は、下僕たちが起こした火の周りに座り、椰子酒をすすった。父親は少しばかり老けたように思える。三日の旅が三年分の歳をとらせたみたいだ。もしも旅が三十日のあいだ続けば、死ぬ直前の祖父と同じぐらいの年齢に見えるかもしれない。

「で、彼女は相変わらずおまえに厄介をかけているのか？　オセイ・ボンスの葬式に連れていってもらえるのに？」とデイヴィッドが訊く。

「うちの女房は満足というものを知らなくてな」とクエイは答えた。

「愛じゃなく権力のために結婚すれば、当然の結果か。聖書によれば――」

「聖書の文句を教えてもらう必要はない。忘れたのか？　わたしも聖書は学んでいる。記憶が確かなら、宗教学の授業の出席率はおまえより良かったはずだがな」クエイが短い笑い声をあげる。「あの宗教は何の使い途もない。わたしはイギリスよりも、この大地を、ここの人々を、ここのしきたりを選んだんだ」

「おまえが選んだのか、はたまた、誰かがおまえのために選んでくれたのか」デイヴィッドがそっとつぶやく。クエイはジェームズをちらっと見て、すぐに目をそらした。母親が怒り心頭に発したとき、いつも大声で罵る内容と同じだ。「あなたはばらばらで芯がない。弱い男なのよ」

「おまえはどうなんだ、ジェームズ？　もう婚礼の祝祭を始めてもいい年頃だろう。俺が花嫁を探してやろうか、それとも、意中の女がいるのか？」デイヴィッドは片目をつぶってみせた。この仕草が喉の切換機を作動させたかのように、とてつもない大きさの笑い声が発されたが、あふれる唾液が途中で喉を詰まらせる。

「わたしとナナ・ヤアが素晴らしい許嫁《いいなずけ》を選んである。時が来たら式を挙げる手はずだ」とクエイが口を挟む。

デイヴィッドは慎重にうなずき、ひょうたんの杯《さかずき》をぐいっと傾けた。液体が食道を流れ落ちるのに合わせ、喉仏が上下に動く。デイヴィッドを見ているうちに、ジェームズは嫌気がさしてきた。フィーフィが死ぬ前、まだ自分がほんの子供だったころ、大叔父と父が示し合わせて、将来の結婚相手を選び出した。名前はアマ・アッタ。アベエク・バドゥ首長から権力を受け継いだ男の娘だ。フィーフィはクエイのためにバアバの悪行の埋め合わせをすると自ら誓っており、この縁談は、誓いの最後を締めくくるものだった。そして、はるか昔にコビ・オチェルがエフィア・オチェル＝コリンズと交わした約束、エフィアの血とファンティ王族の血を混じり合わせるという約束を実現するものでもあった。ジェームズは十八歳の誕生日の前夜にアマ・アッタと結婚し、アマ・アッタは最も重要な妻、すなわち第一夫人の地位に就く予定となっている。

同じ村で育ったため、ジェームズは物心ついたときから、ずっとアマ・アッタを知っていた。小さいころは、アベエク首長の屋敷の外で、よくいっしょに遊んだものだった。しかし、歳を重ねるにつれ、ささいな点が鼻につくようになってきた。たとえば、冗談を言ってからアマ・アッタが笑うまで、ほんの一瞬だけ間が空き、この一瞬のうちに、本当は面白く思っていないのだとわかってしまうところ。また、髪の毛に椰子油を塗りすぎるため、いっしょのときに髪が肩をかすめると、別れたあとも肩に油のにおいが残ってしまうところ。ジェームズはわずか十五歳のころに、アマ・アッタみたいな女を心から愛せないことを理解していたが、こんな心情が考慮されるわけもなかった。

三人はしばらく、無言のまま椰子酒をすすりつづけた。木々のあいだでは、鳥たちが互いに就寝前の挨拶を交わしている。靴をはいていないジェームズの足の上を、蜘蛛が這っていき、よく母親が話してくれたアナンシの物語を、今も幼い弟妹に話しているアナンシの物語を思い出す。「アナンシと眠れる鳥のお噺を聞いたことある？」目の奥に茶目っ気を隠して母親が尋ねると、子供たちは口々に

「ない！」と答え、両手で口許を隠してくすくすと笑った。実際のところ、話は何度も聞いたことがあり、嘘をつくという行為に子供たちは興奮する。そして、物語の面白さと、嘘をうまくつきとおす面白さが、ほとんど同じであることを学ぶ。

デイヴィッドがふたたび杯を傾ける。今度は頭も傾けて、中身をすっかり飲み干す。げっぷをしたあと、手の甲で口を拭い、「噂は本当なのか？」と訊いた。「イギリスが近々に奴隷制度を廃止するというのは？」

クエイが肩をすくめる。「ジェームズが生まれた年、城詰めの全員にお達しが来た。奴隷取引が禁止され、もう我々はアメリカに奴隷を売れなくなると。だが、各部族が奴隷を売るのをやめたか？イギリス人がこの地を離れたか？　アシャンティとイギリスは今も闘っているし、これからも長きにわたって闘いつづけるだろう。わたしやおまえはもちろん、ジェームズでさえも終戦を見届けられるかどうかは疑わしい。奴隷だけを巡っての戦いじゃないんだよ、兄弟。誰が土地を、民を、権力を所有するかの問題なんだ。山羊に短刀を突き刺しておいて、さあ、これからゆっくりと抜いてやるから、慌てず騒がず周りも汚すなと言ってみたところで、すべてが円く収まるわけがない。必ず流血の大惨事になる」

ジェームズは過去に、このような話を何度も聞いてきた。もうイギリスはアメリカに奴隷を売ってはいないが、奴隷制度が終わったわけではなく、父親は決して終わらないと考えていた。イギリスは交易する枷《かせ》の種類を変えるだけ。手足を拘束する枷の代わりに、心を拘束する見えない枷をはめ、人間の売り買いを続けるわけだ。若いころのジェームズはこれを理解できなかったが、今では、合法の奴隷輸出が非合法の奴隷輸出に移行したことを認識している。たとえ奴隷貿易が終わっても、イギリスはアフリカから撤収するつもりなどない。連中は今もケープコースト城を所有しており、まだ大声で主張してはいないものの、大地をも所有したいという魂胆でいるのだ。

翌朝、一家はドゥンクワを出発した。ジェームズの目に映る母親は、一晩の休みが気分を高揚させているかのようで、旅の合間に鼻歌まで披露していた。泥と棒で建てられたような家が並ぶ小さい町や村を通り過ぎ、ときどき地元の人々の厚意に甘えた。クエイがかつていっしょに仕事をした相手や、ナナ・ヤアが初めて会う従兄弟の従兄弟は、宿を提供してくれたり、椰子酒でもてなしてくれたりした。奥地へ入り込むにつれ、父親の浅い色の肌は、周りの森林民の注目を集めるようになっていった。

「あなたは白人ですか?」とひとりの少女が質問し、人差し指を伸ばして、クエイの薄茶色の肌を強く横へこする。きっと指先に塗料がつくとでも思ったのだろう。

「君はどう思う?」クエイは錆びついているものの何とか通じるトウィ語で訊き返した。

少女がくすくすと笑い、ゆっくりと首を振ってから、仲間のところへ駆け戻っていく。自分で質問する勇気を持てなかった子供たちは、離れた焚き火の周りに集まって成り行きを見守っていた。

夕暮れ時、一家はクマシにたどり着き、ナナ・ヤアの長兄であるコフィと、その警護団に出迎えられた。

「アクワーバ」とコフィが言う。「あなたたちを歓迎する」

一家は新国王の広大な宮殿に案内された。下僕たちによって用意されていたのは、宮殿の角の部屋。三人はコフィと同席し、歓迎の食事を供された。そして、地元を出立してから今までのあいだに、クマシで何が起こったかを説明された。

「すまない、妹よ。埋葬をあまり遅らせるわけにはいかなくてな」というコフィの言葉に、ナナ・ヤアはうなずきを返した。早く新国王を就任させるべく、自分たちの到着前に遺体が埋められることは、初めから覚悟していたからだ。ナナ・ヤアは葬儀に参列できればそれでよかった。

「オセイ・ヤウはどうなの？」とナナ・ヤアは訊いた。誰もが新国王に不安を抱いていた。戦時中であるため、オセイ・ボンスを埋葬した直後に慌ただしく新国王の選定が行なわれたが、国民にとっても、国民が闘っている戦争にとっても、この決断が吉と出るか凶と出るかはまだわからない。

「アシャンティ王としての仕事ぶりは申し分ない」とコフィが言う。「心配は無用だ、妹よ。父上がふさわしい栄誉に浴せるよう、彼は間違いなく手を尽くしてくれる」

母方の伯父が父を無視してしゃべっていることに、ジェームズは気づいていた。コフィが視線を泳がせる場面はあっても、一度たりともクエイとは目を合わせていない。暗い森の中で本能だけを頼りに、かつて怪我をさせられた危険な倒木や岩を、巧みに避けて進む盲目の猫みたいだった。

弔いの儀式は翌日から始まった。ジェームズを含む男衆が起き出すずっと前に、ナナ・ヤアは王宮を離れ、哭泣《こっきゅう》の行事のために親族の女衆と合流した。町の住民はみな、長い儀式の日々がついに到来したことを、女たちの泣き声で知ることとなるのだ。昼までに女衆は、赤い衣とニャニャの葉を身につけ、赤土を塗った額の周りに紐を結わえ、町の人々すべてに聞こえるよう、号泣しながら通りを練り歩く。

一方、ジェームズとクエイを含む男衆は、黒と赤の喪服を身に纏った。ずらっと並ぶ鼓手の列は、王宮の端から始まって、もう片方の端で終わっている。太鼓の演奏は夜明けまで続く予定だ。男衆は詠唱を始め、それからケテやアドワやダンスオムを踊る。これらの踊りも夜明けまで続く。

身罷った王の遺族は、一列に座っていた。訪問してくれた会葬者全員と挨拶を交わすためだ。長い弔問の列は、先王の第一夫人のところを先頭に、はるばる町の広場の真ん中まで延びている。会葬者はみな、遺族ひとりひとりと握手を交わし、お悔やみの言葉を述べた。ジェームズは父親の隣に立ち、何度も自分に言い聞かせた。周りの期待どおり、血を重んじる人間だと知らしめるため、つねに胸を張り、弔問客の目をまっすぐ見返せ……。差し出されてくる手を握り、もごもごと発される弔意を受け取るが、実のところ、ジェームズはアシャンティ領に住んだ経験がなかった。自分にとっての母方祖父は、人間にとっての影みたいなものだった。たしかに存在するし、姿も目に見えるが、決して触れられず、決して理解できないのだから。

列の終わりが見えはじめたとき、太陽は空のいちばん高みに昇っていた。ジェームズは顔に手を伸ばし、目の周りの汗を拭った。ふたたび瞼を開けると、今まで見た中で最も愛らしい少女がいた。

「先王が魂の国で安寧を得られますように」と言ったあと、少女は手を差し出そうとしなかった。

「どういうこと？」とジェームズは尋ねた。「握手をしないつもりかい？」

「失礼ながら、奴隷商人と握手はしたくありませんので」と少女が答える。まっすぐに視線を向けられているため、ジェームズは相手の顔を仔細に観察できた。髪の毛は頭のてっぺんでひとつにまとめられ、言葉は前歯の隙間から口笛みたいに発された。きつく巻きつけられた弔問用の衣は、少しずり下がっていたため、乳房の上の部分が確認できる。無礼な相手を平手打ちにし、誰かに報告すべきなのだろうが、少女の後ろにはまだ列が続いており、式の進行を止めるわけにはいかなかった。ジェームズは少女を引き止めず、先へ進む後ろ姿を目で追ったが、ほどなく人波に紛れて見失ってしまった。

見失っても、忘れることはできなかった。残りの弔問客と握手をするあいだも、頭から離れなかった。少女に言われた内容を思い出し、腹立たしさと恥ずかしさが代わる代わる押し寄せてくる。少女はクエイの手を握ったのだろうか？　伯父のコフィの手は？　少女は〝奴隷商人〟をどう定義づけているのだろう？　ジェームズは物心ついてからずっと、アシャンティとファンティの優劣について、両親の言い争いを聞かされてきたが、奴隷取引が議論の俎上《そじょう》に載せられることはなかった。アシャンティは奴隷の捕獲を通じて、権力を築きあげてきた。ファンティは奴隷の取引を通じて、イギリスの保護を得てきた。あの少女がジェームズの手を握れないなら、同じ理由で、自分自身の手も握れないはずなのだ。

ようやくオセイ・ボンス先王の葬儀が終わった。銅鑼《どら》が打ち鳴らされ、儀式が終了したと、普段の生活に戻ってよいと、町の人々に知らしめる。しかし、親族にとって弔いはあと四十日間続く。あと四十日のあいだ、喪服を身につけたまま、進物をより分けて分配しながら、新王の手腕にやきもきせねばならないのだ。

両親は二日以内に帰途につく予定なので、握手を拒んだ少女を捜すなら、あまり時間は残されていない。

ジェームズは従兄のクワメを尋ねた。もうすぐ二十歳になるクワメは、すでにふたりの妻を娶っていた。太りじしで肌の色が濃く、声がでかくて呑んべえだが、情け深くて義理堅い人物だ。ジェームズはまだ七歳のとき、家族とこのクマシを訪れた。そして、クワメといっしょに、祖父の〝黄金の床几《しょうぎ》〟の部屋へ入り込んだ。立入禁止を厳命された部屋、招かれざる訪問者が殺されるような部屋だ。遊んでいるあいだにジェームズは祖父の杖を倒してしまった。邪《よこしま》な精霊の仕業としか思えぬ偶然が働き、杖は椰子油の燭台の上に着地して燃えあがった。少年ふたりは慌てて火を消したが、焦げたにおいを嗅ぎつけて、親族全員が状況を確かめるべく集まってきた。

「いったい誰の仕業だ？」と祖父が一喝した。長いあいだアシャンティ国王の座に就く男の声は、もう人間のものとは思えず、まるで獅子の咆哮みたいに聞こえた。

クワメが告げ口すると予想し、ジェームズはすぐさま視線を下へ向けた。自分はよそ者で、この町を訪れるのはせいぜい数年に一度。他方、クワメはずっとここで暮らしていかねばならず、獅子みたいな祖父はもちろん、すぐに沸騰する強烈な怒りとも付き合う必要があった。しかし、従兄は何も言わなかった。それぞれの母親が息子を膝に乗せ、同時に折檻をしても、クワメは沈黙を守りとおした。

「クワメ、女の子を捜し出したいんだけど」とジェームズは言った。

「やあ、従弟よ。おまえは正しい場所を訪れた」クワメが大声で笑う。「この町を歩いてる娘っ子なら、俺はひとり残らず知ってる。特徴を教えてみろ」

言われたとおり特徴を説明し終わると、クワメは少女の名前と、どこへ行けば見つかるかを教えてくれた。ジェームズはほとんど馴染みのない町で、一度会っただけの少女を捜した。従兄が秘密を守ってくれることはわかっている。

ようやく見つけ出した少女は、頭のてっぺんに水桶を載せ、家族の住む小屋へ帰る途中だった。

少女は驚いたような素振りを見せなかった。短い出会いのあいだに自分が感じたものを、相手も感じているに違いない、とジェームズは確信を深めた。

「それ、手伝おうか？」と桶を指さして訊く。

恐怖を顔に浮かべ、少女は小刻みに首を振った。「やめてください。あなたはこんな仕事をするべき人じゃありません」

「ジェームズと呼んでくれ」

「ジェームズ」少女は耳慣れぬ名前を繰り返し、口を回すようにして味わったが、顔に浮かんだ表情は、苦瓜《にがうり》を舌の奥に当てたときみたいだった。「ジェームズ」

「それで、君は？」

「アコスア・メンサー」と少女が答える。ふたりは歩きつづけた。町の住民が何人か、ジェームズに気づいて会釈をしたり、じっと見つめてきたりするが、ほとんどの人々はそれぞれの日常生活に、水汲みや薪運びに精を出している。

町外れの林にあるアコスアの小屋と、小川のあいだは十哩《マイル》の距離があり、ジェームズは道中でアコスアについて知るべきすべてを学んでやろうと決意した。

「なぜ国王の葬儀で握手を拒んだんだ？」とジェームズは訊いた。

「お話ししたとおりです。ファンティの奴隷商人と握手をする気はありません」

「僕は奴隷商人なのか？」怒りが声に入り込まないよう努めながら質問する。「たしかに僕はファンティだけど、アシャンティでもあるんじゃないか？　僕の祖父は君の国王だったんじゃ？」

少女がジェームズに頬笑む。「わたしは十三人きょうだいです。今は、十人しか残っていません。小さいころ、うちの村が別の村と戦争して、三人の男のきょうだいが攫われました」

数分のあいだ、ふたりは黙ったまま歩きつづけた。家族を失ったのは気の毒だが、あらゆる喪失は人生のほんの一幕にすぎない。実際、高貴な身分であるジェームズの母親でさえ、捕囚となった経験を持っていた。家族のもとから盗まれ、別の家族に植えつけられたのだ。「君の村が勝っていたら、誰かのきょうだいを三人攫ってきたんじゃないのか？」ジェームズは抗しきれずに疑問をぶつけた。

アコスアが顔を背ける。頭上の桶は微動だにせず、どうしたら下へ落ちるのだろうかとジェームズは訝った。風が吹いたら？　虫が出たら？「あなたの考え方はわかってます」とアコスアが重い口を開く。「誰もが奴隷取引に関わってる。アシャンティ族もファンティ族もガー族も。イギリスもオランダもアメリカも。そう考えるあなたを、責めるつもりはありません。わたしたちはみんな、そう考えろと教えられてるからです。でも、わたしはそう考えたくありません。きょうだいとほかの人たちが連れ去られたとき、うちの村は、戦争に注ぎ込む努力を倍増させることで彼らへの手向けとしました。どういう理屈でしょう？　失われた命の報復に、もっと多くの命を奪う？　わたしには理解できません」

ふたりは足を止め、アコスアが巻衣の乱れを直す。乳房を直視しないよう、ジェームズが自分を戒めるのは、今日二度目のことだ。「わたしは部族を愛してます、ジェームズ」ジェームズの名を呼ぶアコスアの声は、言語に絶するほど甘美だった。「わたしはアシャンティとしての誇りを持ってますし、あなたはファンティとしての誇りを持ってるはずです。でも、きょうだいを失ってから、わたしは、このアコスアは、自分自身がひとつの国になろうと決心したんです」

アコスアの話に耳を傾けていると、今まで感じたことのない何かが体の中から湧きあがってきた。できることなら、ずっと話を聞いていたかった。できることなら、アコスアの国に参加したかった。

ふたりは歩を進めた。空の太陽はどんどん低くなり、日暮れまでに王宮に戻れないとジェームズは思った。しかし、ふたりの歩みは遅くなった。まるで足がまったく動いていないような感覚。惰性で運ばれていくような感覚。周りをぶんぶん飛び交う蚊の大群によって、体が空中へ持ちあげられ、つっかえつっかえ漂っていくような感覚だ。

「誰か約束した相手はいるのかい？」とジェームズは尋ねた。

アコスアが恥ずかしげにジェームズを一瞥する。「娘の体が成熟する前に婚約することを、うちの父はよく思っていません。わたしはまだ初潮を迎えてなくて」

ジェームズは故郷の村にいる許嫁のことを、身分ゆえに選ばれた許嫁のことを考えた。自分はアマ・アッタとは決して幸せになれないだろうし、両親の場合と同じく、結婚生活は愛のない刺々しいものとなるだろう。しかし、第三夫人であろうと第四夫人であろうと、両親が絶対にアコスアを受け入れないのはわかっている。アコスアは利用価値がなく、有力な後ろ盾もない根無し草だからだ。

何の価値もない根無し草。父方祖母のエフィアは、夜になると、これ以上ないほど悲しげな表情で、この言い回しをつぶやいたものだった。エフィアが全身黒ずくめでない日は記憶にないし、エフィアの弱々しい嗚咽が聞こえない夜も思い出せない。

幼いころは、城の近くにある祖母の家で週末を過ごした。真夜中に目が覚めると、祖母の部屋から泣き声が洩れてきた。ジェームズは祖母に歩み寄って細い腕を巻きつけ、自分に出せるありったけの力で抱き締めた。

「どうして泣いてるの、おばあちゃん?」と言って顔へ手を伸ばし、自分が泣いたときに母親からされるとおり、指で涙をすくい取ってふうっと吹き飛ばし、幸運を願った。

「おまえはいい子だ。バアバの物語を聞いたことはあるかい?」エフィアは孫を膝に乗せ、前後にゆっくりと揺らしはじめた。

この夜、ジェームズは初めて祖母の物語を聞いた。そして、一度で終わりにはならなかった。

突然、ジェームズはアコスアの手をぐいっとつかみ、足を止めさせた。頭上の桶がぐらつき、アコスアが手を伸ばして安定させる。「君と結婚したい」とジェームズは言った。

アコスアの家はすぐそこまで迫っていた。低い木立ちごしに建物が見える。地べたで激しくじゃれ合う幼い子供たち。どの顔も茶色い泥にまみれている。背丈の高い雑草を、ひとりの男が鉈で切っていた。刃が振り下ろされるたび、地面が揺すぶられる。ジェームズは足の裏でその震動を感じとれるような気がした。

「どうやってわたしと結婚するつもりですか、ジェームズ?」顔には不安が浮かび、目は家族が待つ方角をちらちらと見やっている。水汲みに時間をかけすぎれば、母親に体罰を与えられ、朝まで大声で叱りつけられるだろう。アシャンティ国王の孫といっしょだったと言っても、信じてもらえそうになく、たとえ信じてもらえたとしても、家族は厄介事のにおいを嗅ぎつけるだけだろう。「初潮が来ても、誰かに話しちゃいけない。隠しとおすんだ。僕は明日ここを発つけど、必ず君のために戻ってくる。そしたら、ふたりでこの町を出よう。知り合いが誰もいない小さな村で、新しい生活を始めよう」

アコスアの視線は、相変わらず自宅の方角へ向けられている。この提案がどれだけ常軌を逸して聞こえるか、どれだけ大きなものを捨てろと要求しているか、ジェームズは自覚していた。アシャンティ族は女の成熟を重視する。少女が初潮を迎えたときは、祝福の儀式が一週間にわたって行なわれる。その後の習慣は厳格だ。生理中の女は、床几が安置された建物に入れず、特定の河川を渡ることも許されない。経血が流れ出るあいだは、別の建物での寝起きを強いられ、目印として手首に白い粘土を塗らされる。生理中なのを隠しているのを見咎められれば、大きな罰を与えられることとなる。

「僕を信じてくれるか？」自分に問う資格がないと知りながら、ジェームズは問わずにはいられなかった。

「いいえ」アコスアがようやく口を開く。「信頼は勝ち得るものです。わたしはあなたを信じてません。わたしは権力が人間にどんな仕打ちをするか、この目で見てきましたし、あなたは絶大な権力を持つ一族の出身者です」

ジェームズは気が遠くなり、このまま倒れるのではないかと感じた。

「でも」とアコスアが続ける。「わたしのために戻ってきてくれたら、そのときは、わたしの信頼はあなたのものです」

相手の言葉を嚙み砕きながら、ジェームズはゆっくりとうなずいた。今後は、月の終わりまでに自分の村へ戻り、年の終わりには結婚式を挙げることとなる。戦争は続くだろうから、自分の命や心を含め、何ひとつ保障されるものなどない。しかし、アコスアの話を聞いていると、ジェームズは自ら道を切り拓けると悟った。

アマの離れで眠りたくない理由を、ジェームズは説明できなくなっていた。結婚してからもう三カ月。言い訳の説得力は薄れるばかりだ。新婚初夜、ジェームズはアマに体調が悪いと話した。一週間のあいだ、体が言い訳を真に受けたのか、新妻と事に及ぼうとするたび、股間の一物はだらりと垂れ下がって使い物にならなかった。アマがジェームズ好みの髪型にしても、乳房や太腿のあいだに椰子油を塗り込んでも、効果はなし。その後の二週間は、ばつの悪いふりをして、アマのもとに通わなかったが、やはりこの言い訳にも限界がきた。

「薬種屋に会いに行ってください。飲めば症状が改善する薬草があります。すぐに子供を授からないと、わたしに何か欠陥があると思われてしまいます」とアマが言う。

ジェームズは後ろめたさを感じた。相手の主張は正しい。不妊で後ろ指をさされるのはいつも女だ。不義に対して罰が下ったとか、貞操観念の緩さに罰が下ったとか。とはいえ、短い数カ月の結婚生活で、ジェームズは妻の本性を思い知らされていた。アマはそのうち、〝夫〟のほうに欠陥があると、村じゅうに触れて回るだろう。そして、ジェームズが夫としての務めを果たしていない、という噂が巡り巡って父と母のもとに届くだろう。母親の嘆きが聞こえるようだ。「ああ、ニャメ神よ。わたしがどんな罪を犯したというのですか？　最初は弱い夫を、今度は弱い息子を授けるなんて！」アコスアの記憶を裏切りたくないなら、何かうまい方法を早く考え出さなければならない。

ジェームズはその記憶をしっかりと握りしめていた。君のために戻ってくる、とアコスアに約束してからほぼ一年が経つが、約束を果たすのに必要な計画は、完成には程遠かった。アシャンティ王国はイギリスに対して連戦連勝。ジェームズの村の人々は、アシャンティが白人すべてを駆逐するのではないかとささやきはじめていた。しかし、その後はどうなるのだろう？　死んだ白人の代わりとして、さらに多くの白人が押し寄せてくるのか？　アベエク・バドゥとフィーフィの所業に対し、ようやく復讐を決意したアシャンティが襲ってきたとき、いったい誰が守ってくれるのか？　ファンティとイギリスが同盟を結んだのは、ずっと昔のことだから、もしかしたら白人たちはすっかり忘れてしまっているかもしれない。

ジェームズはアコスアを忘れられなかった。毎晩、眠っているあいだは、彼女の姿を見ることができた。瞼の裏に広がる草原を、アコスアの唇が、アコスアの目が、アコスアの尻が横切っていく。ジェームズが住んでいる小屋は、屋敷の外縁に面している。この屋敷は、自分と、アマ・アッタと、将来の夫人たちのために建てられたものだ。しかし、母方祖父の町で、アシャンティの人々に交じり、ありあまるほどの愛情を受けたことを、母親の出身部族から温かいもてなしを受けたことを、ジェームズは忘れていなかった。ファンティ領内に長く留まれば留まるほど、ここから逃げ出したい気持ちは募るはずだ。将来は、自分の父親みたいな政治家としてではなく、アコスアの父親みたいな農夫として、質素な暮らしを送りたい。クエイは長いあいだイギリスとファンティのために働いてきた。きっと息子には、金と力が受け継がれるだろう。しかし、金と力をとったら、ほとんど何も残らないのだ。

「ジェームズ、わたしの話を聞いてますか？」胡椒スープの鉢をかき混ぜながらアマ・アッタは言った。巻衣が腰までずり落ちた状態で、身を前へ乗り出してきたため、むき出しの乳房がスープに浸かりそうになる。

「ああ、アマ、君の言うとおりだ」とジェームズは答えた。「あした、マムパニーンに会いに行くよ」

アマが満足げにうなずく。マムパニーンは数百哩《マイル》四方でいちばんの薬種屋だ。上位の夫人を人知れず抹殺したい下位の夫人は、マムパニーンを訪ねる。兄を差し置いて後継者に選ばれたい弟は、マムパニーンを訪ねる。大西洋の沿岸地方から内陸の森林地帯まで、祈りで解決できない問題を抱えたとき、人々はマムパニーンを訪ねる。

ジェームズは木曜日に女薬種屋と会った。クエイを含む多くの村人たちは、マムパニーンをまじない師と呼んでおり、本人もまじない師の役を体現しているように見える。規則正しく並ぶ四本の前歯を残して、歯はすべて抜け落ちていた。まるで、四本が口の中を動き回って、ほかの歯を根こそぎ追い出したあと、真ん中に集合して意気揚々と勝ち誇っているみたいだ。腰は大きく曲がっていて、歩くときにつく上等な黒い杖は、彫刻のおかげで蛇が巻きついているように見える。片方の目が明後日の方角を向いており、ジェームズは頭をあっちへこっちへ動かして確かめようと努力したが、相手と視線が合っているのかどうかはわからなかった。

「この男はここで何をしているのだ？」マムパニーンが虚空に問いかける。

話していいのかわからず、ジェームズは咳払いをした。

マムパニーンが地面へ唾を吐く。いや、唾液というよりは痰だ。「この男はマムパニーンに何を望む？　彼女を平穏のうちに捨て置けないのか？　彼女の力を信じてさえいないのに」

「マムパニーンの叔母御、僕は妻の求めに応じて、自分の村からやって来ました。子供ができるように、僕が薬草を飲むことを、妻は望んでいます」ジェームズはここに来る道中で、台詞回しを稽古してきた。しかし、妻を満足させると同時に自分も満足したい、という感情を言葉に込めることはできなかった。声音には疑念と恐怖が混じってしまっており、ジェームズは自分を呪った。

「ほう、彼がわたしを叔母御と呼ぶとな？　彼の一族はここの人々を、異国の白人に売っている。その彼があえてわたしを叔母御と呼ぶとな？」

「それをしていたのは父と祖父です。僕ではありません」とジェームズは付け加えなかった。父と祖父の仕事のおかげで自分は働く必要がなく、一族の名前と権力の下で、居候として豊かな生活を送れているからだ。

マムパニーンが良いほうの目でジェームズを観察する。「心の中では、わたしをまじない師と呼んでいるのだろう？」

「誰もがあなたをそう呼んでいます」

「教えておくれ。マムパニーンが身を横たえていたら、白人どもは彼女の脚を開かせると思うか？ ここの女を味見できなくなれば、白人どもは引き揚げていくかもしれない」

「金が稼げなくなるまで、白人たちは居座るでしょう」

「ほう、ここで金の話を持ち出すか？ マムパニーンがさっき話したとおり、おまえの一族がどうやって金を稼いでいるかはお見通しだ。この地の兄弟や姉妹を、異国《アブロチレ》へ送って、獣のような扱いを受けさせている」

「奴隷制を敷いている国は、アメリカだけじゃありません」ジェームズは静かな声で言った。これと同じ台詞を、父親とデイヴィッドとの会話の中で聞いたことがある。米国南部の奴隷制の残虐非道さが議論となったとき、デイヴィッドは奴隷制廃止派の英国紙の内容を引用してきた。「我が兄弟よ、アメリカにおける奴隷の扱いはひどすぎる。理解不能なほどだ。我々も奴隷を使うが、あんな扱いはしない。あんな扱いは」

ジェームズの皮膚は火照りを感じはじめたが、すでに太陽は大地の下へ潜り込んでいた。きびすを返して帰途につきたかった。マムパニーンの視線がさまよい、遠くの木に据えられたかと思うと、空の高みへと昇っていき、それからジェームズの左耳をかすめ通る。

「僕は一族の仕事をしたくはありません。イギリスと手を結びたくはありません」

マムパニーンがふたたび唾を吐き、さまよっていた視線をまっすぐジェームズに向ける。ジェームズは汗をかきはじめた。透視が終わると、見えたものに満足がいったらしく、マムパニーンの視線は彷徨に戻る。「おまえの一物が役に立たないのは、役に立ってほしくないからだ。わたしの薬は、治癒を望まぬ者には効果がない。おまえはさっき、したくないことを話していたが、したいことはあるようだな」

これは質問ではなかった。マムパニーンを信頼できるとは思っていなかったが、悪いほうの目は自分を見ていた。間違いなく自分を見ていた。ひとりで大地を動かせない以上、このまじない師を信頼し、大地を動かす手伝いをしてもらうしかない、とジェームズは決断した。

「家族を捨ててアシャンティ領に行きたいんです。アコスア・メンサーと結婚して、農夫のような仕事をして、小さく小さく生きていきたいんです」

マムパニーンが笑う。「ほう、〝大物〟の息子が小さく小さく生きたいとな?」

ジェームズを戸外に立たせたまま、マムパニーンが小屋の中へ入っていく。戻ってきたまじない師は、ふたつの小さな素焼きの壺を持っており、壺の上には蠅がぶんぶん飛び交っていた。離れたところに立っていても、においが漂ってくる。マムパニーンは椅子に腰を下ろし、ひとつの壺の中身を人差し指でかき回しはじめた。それから、抜き出した指を舐める。ジェームズは吐き気を抑え込んだ。

「今の人生を望まぬなら、なぜ妻を娶った?」とマムパニーンが訊く。

「家と家を結びつけ、長年の念願を叶えるために、この婚姻が必要だったんです」とジェームズは答えた。理由は明白ではないのか? マムパニーンが言ったとおり、自分は〝大物〟の息子なのだ。

〝大物〟の息子には果たすべき務めがあった。我が一族は今でも重要な存在だとすべての人々に知らしめるべく、やるべきことをやってみせなければならなかった。自分の望みは、自分のいちばんの望みは、消え去ることだ。オチェル＝コリンズ家の遺産を受け継げる息子は、ほかにあと七人いる。ジェームズは名無しの男になりたかった。「僕の望みは、家族に知られずに、家族を捨てることです」

マムパニーンが壺に唾を吐き、ふたたび混ぜ合わせた。良いほうの目が、ジェームズを見あげる。

「それが可能だと？」

「叔母御、あなたは不可能を可能にすると聞いています」

マムパニーンがふたたび笑う。「ほう、アナンシもニャメ神も白人も、不可能を可能にすると言われているぞ。わたしにできるのは、可能性を手に入れることだけだ。おまえには違いが理解できるか？」

うなずきを返すと、マムパニーンが頰笑む。ここに到着して以来、初めて向けられた笑顔だ。手招きをされたので、壺の中の臭い何かを食べろとは言わないでくれ、と願いながら近づいていく。前に腰を下ろすよう身振りで示され、無言のまま指示に従った。座っているマムパニーンの前にひざまずく姿を、両親は快く思わないだろう。息子のほうがまじない師より低い身分に見える構図だからだ。

「立ちなさい」という母親の声が聞こえるようだった。しかし、ジェームズは姿勢を保った。ひょっとするとマムパニーンの能力なら、両親の声が頭の中で二度と響かないようにできるかもしれない。

「おまえは何をすべきかと訊きに来たが、誰にも知られず姿を消す方法なら、おまえはすでに知っている」とマムパニーンが言う。

ジェームズは押し黙った。アサマンドの国へ去ったと家族に思い込ませ、その実どこかへ旅立つ方法は、いくつも考えてきた。最もうまくいきそうで、最も危険が大きい案は、果てしなきイギリス・

アシャンティ戦争に参加することだ。知らぬ者のいない戦争。決して終わりそうにない戦争。大きな石造りの城を擁していても、かつてみなが思い込んでいたほど白人が強くないことを、今では誰もが知っている。

「客はわたしの助言をもらいに来るのだと思い込んでいる」とマムパニーンが言う。「だが実際は、わたしの許可をもらいに来ているのだ。何かをやりたいなら、やれ。アシャンティはほどなくエフトゥに現れる。わたしはそれを知っている」

マムパニーンはもうジェームズを見ていなかった。視線の先にあるのは、壺の中身だ。アシャンティ軍の計画を、このまじない師が知っているわけはない。アシャンティ軍の力はアフリカ随一と言われる。噂によれば、白人たちは初めてアシャンティの戦士と遭遇したとき、むき出しの胸と緩い巻衣を見て、「祖国の女たちに似合いそうな装束だな」と笑った。白人の軍隊は銃と制服に誇りを持っていた。ボタンダウンのジャケットとズボンの組み合わせに誇りを持っていた。しかし、アシャンティは数百名の白人を殺し、指揮官の心臓を抉り出して、相手の力を得るために食べてしまった。見下していた相手から敗走するとき、少なくともひとりのイギリス兵は、ご自慢のズボンを濡らしていたという。

アシャンティ軍を巡る噂が本当なら、ファンティのまじない師に軍事機密を知られるほど、組織のたがが緩いとは考えられない。ジェームズにはわかっていた。自分の希望を透視したときと同じく、さまよう目が未来のエフトゥを見てきたのだ。そして、未来のエフトゥには自分がいたのだ。

しかし、ジェームズはまだエフトゥに向かわなかった。自分の小屋に帰ると、アマ・アッタが待ち受けていた。

「マムパニーンは何て言ってました？」と妻が訊いてくる。

「夫を急かさず、辛抱強く待てと」とジェームズは答えた。回答に満足できず、アマが不機嫌な表情を返してくる。妻が今日の残りの時間を、女友達との愚痴に費やし、夫の陰口に明け暮れることを、ジェームズは知っていた。

ジェームズは惨めな一週間を過ごした。アコスアに対しても、小さく生きたいという自分の希望に対しても、疑念が芽生えはじめていた。今の暮らしはそんなに悪いものだろうか？　このまま村に留まる選択肢もある。父親の仕事を受け継ぐ選択肢もある。

エフトゥ行きを決断したのは、祖母が食事をしに来た晩のことだった。

エフィアは歳をとっていたが、今もなお顔のしわの下には、若き日の面影を看てとれる。クエイが村の有力者になったあとも、祖母はケープコーストに住みつづけると、夫の建ててくれた小屋に住みつづけると主張して譲らなかった。悪によって築かれた村では二度と暮らせない、というのがエフィアの言い分だった。

父の屋敷を訪ね、戸外で食事をしていたとき、ジェームズは祖母にじっと見られているような気がした。下男下女が食器を回収していき、父と母が自室に引きあげたあとも、まだ視線が感じられた。

「どうかしたのかい、わたしの坊や？」ふたりきりになったあと、祖母が訊いてくる。

ジェームズは何も言わなかった。さっき食べたフーフーが、胃の中で岩みたいにもたれ、吐いてしまうのではないかと思った。祖母に視線を向ける。噂によれば、かつてのエフィアはとても美しく、城の総督は祖母に会うためだけに、途中の村々を焼き払おうとしたという。

黒い石の首飾りに触れたあと、エフィアは孫へ手を伸ばした。「不満があるんでしょう？」

目の奥に圧力を感じ、涙があふれそうになる。ジェームズは祖母の手を強く握りしめた。「僕が生まれてからずっと、母さんは父さんを弱い男呼ばわりしてきた。もし、息子も父と同じような男だったら？」相手の反応を期待するものの、エフィアは黙ったままでいる。「僕は僕というひとつの国になりたい」たぶん何の話か理解できないだろうが、それでもエフィアは耳を傾けてくれていた。消え入りそうな声で話したのに、それでも、耳を傾けてくれていた。

無言のまま孫を見つめたあと、エフィアがおもむろに口を開く。「たいていの場合、わたしたちは弱い存在よ。赤ちゃんを見てごらんなさい。生まれたあとは、食べることも、歩くことも、しゃべることも、狩ることも、走ることも母親から教えてもらう。自分で新しい方法を編み出すわけじゃなく、昔ながらの方法を続けるだけ。ジェームズ、世界に出てきたときのわたしたちは、誰もが弱い存在だし、助けを必要としているし、一人前の人間になろうとして必死で学ぶのよ」にっこりと孫に頬笑みかけ、「でも、お手本と同じになりたくない場合、わたしたちはただフーフーの前に座って、何もせずにいるのがいいのかしら？　わたしはねえ、ジェームズ、新しい方法を編み出すことは可能かもしれないって思うの」

エフィアは笑顔を保っている。ふたりの背後で沈みゆく太陽。ジェームズはとうとう祖母の前で泣きはじめた。

翌日、家族には祖母をケープコーストまで送ってくると話し、実際はエフトゥに旅立った。エフトゥでは、祖母の知り合いの医者から仕事をもらった。エフィアが城で暮らしていたころ、イギリスに雇われていたスコットランド人だ。ジェームズ・コリンズの孫だとわかると、医者はすぐさま働き口と部屋を与えてくれた。

スコットランド人医師は高齢で、まっすぐ背を伸ばして歩けず、患者の病気を治すどころか患者から病気をもらうありさまだった。城の駐留部隊の仕事をわずか一年で辞め、それからエフトゥの町に移ってきた。流暢なファンティ語を使い、何もないところから自力で屋敷を建てた。地元の女衆の多くが貢ぎ物として娘を差し出してきたが、一度も結婚をすることはなかった。町民にとっては神秘的な存在だったが、次第に周りの好感を集め、親愛の情を込めて〝白い医者〟と呼ばれるようになった。

ジェームズの仕事は、診察室がきれいに保たれるよう手伝うこと。〝白い医者〟の診療所は、ジェームズの部屋の隣にあるが、とても狭いので、本来なら手助けなど必要ない。ジェームズはごみを掃き、薬を整理整頓し、布巾を洗濯した。ときどきは、ふたり分の簡単な夕食を作り、土道に面した庭に座って、城にいたころの話を〝白い医者〟から聞いた。

「おまえさんはお祖母さんにそっくりだ。地元の連中は彼女を何と呼んでいたんだったか？」医師が細い白髪をかく。「美しき……美しきエフィアだ。違うか？」

ジェームズはうなずき、医師の目を通じて祖母を見ようとした。

「おまえの祖父さんは、結婚が決まって興奮の極みにあった。忘れようもない。彼女が城にやってくる前日の晩、陽が沈みはじめると、我々は花婿を部隊の酒保へ連れ出して、荷揚げされたばかりの酒をほとんど全部呑み尽くした。ジェームズは本国のお偉いさんたちに、酒を輸送していた船が沈没したとか、海賊に乗っ取られたとか報告せにゃならんかった。みんなにとって素晴らしき夜。アフリカにおけるちょっとした民衆扇動だった」老医師が夢見るような表情を浮かべる。ここ黄金海岸《ゴールドコースト》で追い求めてきた冒険にひたっているのだろうか、とジェームズは思った。

一カ月しないうちに、ジェームズの追い求めていたものがやって来た。報せがもたらされたのは、真夜中のこと。エフトゥを守る夜番の当直兵たちが、息せき切って町の小屋から小屋へと回り、悲鳴みたいな甲高い声でアシャンティの襲来を告げる。町に駐留するイギリスとファンティの部隊は、すでに増援要請の伝令を走らせたあとだった。しかし、当直兵の目に浮かぶ狼狽の色は、すぐそこまでアシャンティが迫っていて、援軍が間に合いそうにないことを物語っている。最近、ファンティ領やガー領やデンチーラに住む人々は、アシャンティの侵入に怯えながら暮らしていた。イギリス軍はケープコースト城を取り囲む町や村に、点々と部隊を配置しており、その目的は、アシャンティによる城への強襲を防ぐこと、少なくとも強襲を成功させないことだった。しかし、ケープコーストからわずか一週間の道のりのエフトゥは、距離が近すぎて却って危機感に欠けていた。

「あなたも逃げないと!」ジェームズは〝白い医者〟に叫んだ。老医師は椰子油の燭台の下、寝台の横で革装の本を広げ、鼻先に引っかけた眼鏡を通して読んでいた。「見つかった瞬間に殺されますよ。奴らは老人かどうかなんて気にもしません」

〝白い医者〟は頁をめくり、ジェームズのほうも見ずに、別れの挨拶代わりに手を振る。

ジェームズはかぶりを振り、診療所を離れた。そのときが来れば何をすべきかわかる、とマムパニーンには言われていたが、あまりにもうろたえすぎ、息をすることさえ難しい。走りながら温かい液体が脚を伝い落ちていった。思考力が飛んでしまい、計画を立てようとしても、頭が充分な速さで回ってくれない。いつの間にか四方八方で銃撃が始まっていた。鳥たちがいっせいに飛び立ち、黒と赤と青と緑の翼でできた雲が上昇していく。ジェームズはどこかに身を隠したかった。今までの人生のどこに不満があったのか思い出せない。アマ・アッタを愛するすべを学ぶという選択肢もあったのに、両親の結婚生活の悪いところばかりを、あまりにも長いあいだ見せつけられてきたせいで、もっとましな夫婦の形があるに違いないと思い込んでいた。しかし、もしもそんなものがなかったとしたら?ジェームズは女まじない師を信頼し、自らの幸福を賭けた。自らの命を賭けた。そして今、確実な死が迫っている。

見慣れぬ森の中で、ジェームズは意識を取り戻した。両腕と両脚が痛み、頭は岩で殴られたみたいに感じる。方角もわからぬまま、上半身を起こした姿勢で、数えきれぬ時間を過ごした。突然、アシャンティの戦士が隣にぬっと現れる。静かすぎる接近に、ジェームズはまったく気づかなかった。

「死んでなかったのか？」と戦士が訊く。「怪我は？」

こんな戦士を前に、頭痛がすると答えられるだろうか？　ジェームズはないと答えた。

「オセイ・ボンスの孫だな？　葬儀で見て憶えている。俺は一度見た顔を忘れない」

声を抑えてほしいと頼みたいところだが、ジェームズは何も言わなかった。

「エフトゥで何をしていた？」と戦士が質す。

「僕が生きてるのを知ってる人は？」相手の質問を無視して、ジェームズは訊いた。

「俺だけだ。おまえは戦士のひとりに岩で殴られた。動かなくなったから、死体の山へ放り投げられた。山には触るなと命じられていたが、おまえの顔に見憶えがあったから、親族のもとへ送るために山から取り出しておいた。俺が死体に触れたことを、誰にも知られないよう、ここに隠しておいたんだ。おまえが生きているとは知らなかった」

「頼みを聞いてほしい。僕はこの戦いで死んだ」とジェームズは言った。

戦士の目が見開かれ、まるでふたつの月みたいな様相を呈する。「何だって？」

「僕がこの戦いで死んだと、みんなに触れ回ってくれ。やってくれるよな？」

戦士が首を横に振り、何度も何度も何度も断る。しかし、結局は押し切れるだろうと、戦士はやがて折れるだろうと、ジェームズはわかっていた。自らの権力を利用して、相手を意のままに動かすのは、これが最後だ。

この月の末まで、ジェームズはアシャンティ領を旅しつづけた。洞窟の中で眠り、森の中に隠れ、叢林地帯の住民を見かけると、道に迷ったしがない農夫を装って助けを求めた。四十日目でアコスアのもとにたどり着いたとき、ジェームズは相手も待ってくれていたことを知った。

コジョ

誰かが老いぼれ〝アリス〟号から盗みをした。この出来事が意味するのは、警察が船の周りを嗅ぎ回って、心当たりがないかと労働者全員を尋問すること。ジョーの評判は染みひとつない。およそ二年のあいだ、フェルズポイントの港で働き、誰に対してもいっさい揉め事を起こさなかった。とはいえ、船が盗難に遭った場合はいつでも、黒人の港湾労働者が集められて取り調べを受けさせられる。ジョーはこの状況にうんざりしていた。警官が周りにいると、いや、制服姿の人間が周りにいると、つねにびくびくして気が休まらなかった。一度など、郵便配達人を見てレースのカーテンの後ろに隠れたほどだ。アクー母さんも森での逃亡生活以降、ずっと自分と同じような状態だと話していた。ジョーとアクーは追っ手から逃げ、町から町へと渡り歩き、メリーランド州の隠れ家にたどり着いたのだった。

「代わりに返事を頼めるか、プート?」とジョーは友達に言った。警察には黒人の顔を見分けられないから、ばれる心配はまずない。プートが自分の名前とジョーの名前の両方に返事をしても、連中には違いがわからないはずだ。

ジョーは船から跳び降り、背後を振り返った。美しいチェサピーク湾、フェルズポイントの造船所に並ぶ威風堂々たる大型船。ジョーは船の外観が大好きだった。船の建造と修繕に携わるのが大好きだった。しかし、アクー母さんによれば、造船所で働く自由黒人は、ジョーを含む全員が禁忌を破っていた。そもそも自分たちをアメリカへ運んできた乗り物の建造に、自分たちを引きずり込んだ元凶の建造に、手を貸すという行為そのものが悪の要素をはらんでいるらしい。

ジョーはマーケット通りを進み、博物館近くの角の店で、ジムから豚足を買った。店を出るとき、小型馬車を振りほどいた馬が暴走してきた。スカートを軽く持ちあげて通りへ踏み出そうとした白人の老婦人が、もう少しで踏みつぶされそうになる。

「お怪我はありませんか、奥さん？」ジョーは老婦人に駆け寄り、腕を差し出した。

一瞬、呆然としていた老婦人が、ジョーに笑みを返して言う。「だいじょうぶよ、ありがとう」

ジョーは散策を続けた。アナはアクー母さんといっしょに、屋敷の掃除をしている最中のはずだ。ふたりを手伝いに行くべきなのはわかっていた。なにしろ、アナはまた妊娠中だし、高齢のアクー母さんは止まらぬ咳と痛みに悩まされているのだ。しかし、ボルティモアの街を楽しむのは実に久しぶりだった。涼しい海風と黒人たちの姿。もちろん奴隷もいるが、自由の身の者もいるだろう。彼らは仕事を持ち、生活を営み、遊びを楽しんでいる。ジョーもかつては、赤ん坊のころは奴隷の身分だった。だから、ボルティモアで奴隷を見かけるたび、その中に自分の姿が映し出された。アクー母さんが自由の地まで連れてきてくれなかったら、自分も歩んでいたはずの人生が映し出された。自由身分の証明書に記された氏名は、コジョ・フリーマン。自由な人間《フリー・マン》だ。ボルティモアに住む元奴隷の半数は、このラストネームを使っている。嘘も長くつきつづければ、やがては真実になるというわけだ。

ジョーはアクー母さんの話を通じてしか南部を知らなかった。実の母と父、ネスとサムについても同様だ。物語以上の実感はない。知らないものに、手や心で感じられないものに、懐かしい気持ちは湧いてこない。対照的に、ボルティモアの街は直接感じることができる。果てしない収穫作業と鞭打ちではなく、港と鉄工所と鉄道がある。かぶりついている豚足、七人の子供のにおい、これから生まれくる八人目。まだ十六歳のときに十九歳の自分と結婚し、それ以来、十九年のあいだ毎日働きづめのアナ。

ふたたびアナに思いが及び、ジョーは今日の清掃現場であるマシソン邸に立ち寄ろうと決心した。ノース通りと一六番街の角でベス婆さんから花を買い、茎の感触を掌に感じていると、ようやく船と警察のことを忘れられるような気がしてくる。

ジョーを見つけたアナは、新品らしい箒で玄関ポーチを掃きながら、「あらまあ、通りをやって来るのは、あたしの旦那のジョーじゃないかい」と言った。箒の柄はみごとな茶色で、アナの肌よりほんの少しだけ濃く、穂先はみんな直立不動の姿勢を保っている。アクー母さんがよくする話のひとつに、黄金海岸《ゴールドコースト》の箒には柄がないというものがあった。柄は人間の体で、動かすのも曲げるのも、木の棒よりはずっとたやすいと。

「お土産があるんだ」とジョーは言い、花を手渡した。受け取ったアナが、香りを吸い込んで頬笑む。服を圧迫しはじめた腹の部分にちょうど茎が当たり、ジョーは手でそこを撫でた。

「母さんはどこ?」と訊く。

「中の厨房よ」

ジョーはキスをしたあと、妻の両手から箒を取りあげた。「さあ、厨房へ行って母さんを手伝うんだ」と言って尻をぎゅっとつかみ、そのまま尻を押して屋内へ追いやる。十九年前に効果抜群だった尻は、今も効果を発揮しつづけている。ジョーはストロベリー小路を曲がってきた尻に目を奪われ、たっぷり四ブロックにわたってあとをついていった。うっとりさせられる動き。肉体のほかの部分から独立し、別の脳によって機能しているような動き。片方の尻の肉がもう片方にぶつかり、弾き飛ばされたもう片方が、戻ってきてぶつかり返すのだ。

七歳のころのジョーは、女に惚れた男は何をすべきかと尋ね、アクー母さんに笑われた。母親という型にはまらないアクーは、少し風変わりで、少し常識外れで、はるか昔に去らざるをえなかった祖国を今でも夢見ていた。海を眺め渡していることがよくあり、帰郷する道を探しているような、そのまま海を泳いでいってしまいそうな雰囲気だった。

「そうだねえ、コジョ。黄金海岸《ゴールドコースト》じゃ、女に惚れたときは、贈り物を持って女の父親に会いに行ってたらしいよ」当時のジョーは、ミラベルという少女に恋しており、翌週の日曜日の教会で行動を起こした。前夜、水辺で捕まえておいた蛙を、ミラベルの父親に献上したのだ。アクー母さんは笑い、笑い、ひたすら笑い、ミラベルの父親と牧師は、旧弊なアフリカの魔術を教えたとして、ジョーとアクーの親子を信者団から追放した。

ジョーは尻の揺れが止まるまであとを追いかけた。そして、アナに歩み寄り、ここで初めて顔を見た。甘いカラメルみたいな肌、一本に編まれた長い漆黒の髪。ジョーは自分の名を告げ、いっしょに散歩をしたいと申し出た。アナは申し出を受け、ふたりはボルティモアの街を端から端まで踏破した。何カ月も経ってからジョーは知ったのだが、この日のアナは約束していた雑用をすべてすっぽかしたため、夜に母親から罰を与えられていた。

マシソン家は由緒ある白人の一族だ。マシソン氏の父親はかつて、〝地下鉄道〟という黒人解放組織に協力し、〝停車場〟と呼ばれる隠れ家に自宅を提供していた。先代は息子に、どんなときも援助の手を差し伸べるよう教え込んできた。マシソン夫人は金満家の出身で、夫妻は結婚時に大きな邸宅を購入し、アナとアクーを含め、ボルティモア近辺に住む黒人を雇い入れた。

二階建てで部屋は十室。掃除には何時間もかかり、マシソン一家は染みひとつない状態を好んだ。この日、ジョーはいくつかの仕事を引き受けた。そして、応接室の窓を拭いているあいだに、マシソン氏と奴隷制廃止論者たちとの会話を耳にした。

「もしもカリフォルニアが自由州として北軍に加われば、テイラー大統領は南部の分離主義者どもの対応だけで手一杯になるだろう」とマシソン氏が言う。

「そしてメリーランドは板挟みの立場に置かれる」と別の声。

「だからこそ我々は、ここボルティモアでもっと多くの奴隷が解放されるよう、あらゆる手を打っておく必要があるのだ」

　このような議論は、場合によって何時間でも続く。ジョーは当初、彼らの話を聞くのが好きだった。白人のお歴々が自分たちの味方をしてくれるのを見ると、希望が湧いてきたからだ。しかし、時間が経てば経つほど、現実の厳しさを思い知らされた。マシソン邸の心優しい人々でさえ、できることには限界があると。

　邸宅の掃除が終わり、ジョーとアナとアクーは、二四番街の狭い共同住宅へ向かった。

「背中が――ああ、背中が」とアクー母さんが言い、長いあいだ痛みがとれない箇所を手で押さえる。それから、ジョーのほうを振り向き、トウィ語で続けた。「ずいぶんとくたびれちまったねえ」手垢のついた言い回しで表現される手垢のついた感情。ジョーはうなずき、老母に手を貸しながら階段を上っていった。

　部屋の中では、子供たちが遊んでいた。アグネス《Agnes》、ビューラ《Beulah》、ケイトー《Cato》、デイリー《Daly》、ユーリアス《Eurias》、フェリシティ《Felicity》、グレイシー《Gracie》の七人。アナは子供の名前でアルファベットを制覇しようとしているみたいだった。ジョーとアナの夫婦は、息子と娘に文字の読み方を教え、ほかの人たちに文字を教えられるよう育ててきた。今は、家族全員がお腹の中の八番目を〝H〟と呼んでいる。この世に生まれ出でて、Hから始まる名前をつけられるまでの代用として。

ジョーは良き父親でありつづけることを、自由になれなかった実の両親への恩返しみたいに感じていた。昔はたくさんの夜を費やして、父親の姿を脳裏に描き出そうとした。勇ましかったのか？　背は高かったのか？　優しかったのか？　頭は切れたのか？　公明正大で善良な人間だったのか？　もしも自由を手に入れ、機会を与えられていたら、どのような父親になっていたのか？

現在は、膨らみはじめた妻の下腹部に耳を当て、誕生前の〝H〟坊やとお近づきになることに、ジョーのほとんどの夜は費やされている。ジョーの父親は息子の出産に立ち会えなかったそうだが、ジョーは必ず立ち会うと妻に約束した。当のアナはただ笑って、夫の背中をぽんと叩いた。なぜなら、出産時の夫の立ち会いに懐疑的だからだ。自分が生まれたときについても、父親に立ち会ってほしかったなどと思ったことはない。父親の人となりはよく知っていた。どんな迷惑を持ち込んでくるかもよく知っていた。

しかし、夫のほうは本気だった。朝は港に出勤するまで、夜は子供たちが寝床に潜り込むまで、ジョーは毎日、息子と娘を数時間にわたってじっくりと観察した。アグネスは人を助ける性格に生まれついた。あれほど優しさと思いやりにあふれる魂の持ち主を、ジョーはほかに知らなかった。ビューラは美人だが、自分ではまだ気づいていない。ケイトーは男にしては軟弱なので、ジョーは根性を少しずつ植えつけようと努めていた。デイリーは喧嘩っ早く、ユーリアスが標的になりがち。フェリシティは人見知りが激しすぎ、相手から尋ねてこないと自己紹介もできない。グレイシーはまん丸い愛の塊だ。アナとアクー母さんと子供たちとの生活には、孤独な子供時代に望んだものがすべて詰まっていた。あのころは、隠れ家から隠れ家へと移り住み、仕事から仕事へと渡り歩き、母さんと呼ぶ女性のために何とか役立とうと必死だった。アクー母さんは頼まれたわけでもないのに、母親の務めを果たしてくれており、愚痴をこぼすことは一度たりともなかった。

アクーが咳を始めると、アグネスがすぐさま飛んできて、寝台に潜り込むのを手伝う。一家の住む部屋は、カーテンでふたつに区切られていた。片方にはジョーとアナ、もう片方には残り全員と全部。アクー母さんはマットに身を横たえ、ひとつ大きな溜め息をつくと、数分後には、咳とも鼾《いびき》ともつかぬ音を漏らしはじめた。

幼いグレイシーがズボンの裾をべたべたと触り、「パパ、パパ！」と声をかけてくる。ジョーはすばやく身をかがめ、船に置いてある道具箱よろしく、幼子を片腕で軽々と持ちあげた。グレイシーもあっという間に、赤ん坊扱いできないぐらい大きく成長するだろう。ちょうどそのころには、新しい赤ん坊が誕生しているはずだ。

ほどなくアナとアグネスが子供たちを寝かしつけ、アグネス自身も床につく。ジョーはカーテンを閉めて夫婦の寝室を作った。中へ入って来るときのアナが、ほんの少し膨らみかけた腹をさすっている。

「今日、警察が船にやって来たよ。誰かが船の積み荷を奪ったらしい」とジョーは言った。アナが服を脱ぎ、たたんでからマット脇の椅子の上に置く。明日も同じ服を着ることになる。今週は洗濯をする暇がなく、先週は洗濯する金がなかった。今のアナにできるのは、子供たちが教区学校に通うとき、服が臭わないのを願うことだけだ。

「怖かったの？」とアナが訊く。ジョーは光の速さで立ちあがり、両腕で妻の体を抱えると、自分もろともマットの上に倒れ込んだ。

「俺を怖がらせるものなんて何もないぜ、奥さん」というジョーの答えに、アナは声をあげて笑い、手足をばたつかせて形だけ抵抗してみせた。

ふたりは口づけを交わし、ジョーはすばやくアナから残っている布をはぎ取った。夫は妻を味わい、相手の体へ流し込んだ愉悦を、耳で聞くというより肌で感じとった。いくつもの夜を過ごし、七人の子をなしたアナは、娘や息子を起こさないよう、声を押し殺す達人となっていた。眠れない子供がカーテンごしに見つめていても、暗闇が動きを覆い隠してくれることを願いつつ、ふたりはすばやくこっそりと共同作業にいそしんだ。ジョーは飢えた両手でアナの尻をつかんだ。自分が生きているかぎり、両手をアナの肉の重さで満たしさえすれば、いついかなるときでも喜びを得ることができるだろう。

翌朝、ジョーはアリス号での仕事に戻った。プートが寄ってきて、小さな玉蜀黍パンに魚の切れ端、という朝食を分け与えてくれる。

「連中はやって来たのか?」とジョーは訊いた。プートが出勤する前に、甲板上で使う充塡剤は用意してあった。松根《しょうこん》タールを染み込ませた麻は、あとで縄みたいに撚り合わせ、板と板の合わせ目に詰め込むこととなる。防水加工の仕事に就いて以降、ジョーはずっと同じ道具を使いつづけてきた。自前の金篦《かなべら》と木槌。ふたつの道具が奏でる音をジョーは愛でた。船が水洩れしないよう、合わせ目に充塡剤を定着させるときは、上から金篦をあてがって優しく木槌で叩いてやるのだ。

「ああ、来た来た。お決まりの質問をしてっただけだがな。たいしたことじゃない。犯人もすでに捕まったって話だし」自由黒人として生まれたプートは、ボルティモア以外に住んだことがない。アリス号に勤務しだしてからはまだ一年ほどだが、港のほとんどの船で働いた経験があった。プートはこのあたりでは一、二を争う防水職人だ。噂によれば、船体に耳を当てただけで、補修の必要な箇所が聴き取れるという。ジョーはプートの下に配属されたため、船についての必要な知識をすべて習得することができた。

船殻には熱いピッチを塗り広げ、その上を銅板で覆うのだが、初めてピッチを過熱したとき、ジョーは危うく死にかけた。悪魔の息みたいな凄まじい火力で熱していると、いつの間にか火が木の甲板に燃え移っていたのだ。湾に漂う海水を見おろし、それから、船を全焼させかねない炎へ視線を戻し、ジョーは奇跡を願った。奇跡を起こしたのはプートだった。可能なかぎりの速さで火を鎮め、こいつを辞めさせるなら自分も辞めると言って、現場監督をなだめてくれた。今のジョーは、船のどこで火を使うにしても、火の始末の方法をきちんと心得ている。

船殻の補修作業を終え、目の周りから汗を拭っていると、桟橋から手を振るアナの姿が見えた。仕事のあとに妻の出迎えを受けるのは珍しい。たいていは自分のほうが早く終わるからだ。とにかく、ジョーはアナの姿に喜びを感じた。

しかし、道具箱をつかんで歩きだしたとき、何かまずいことが起きたのだと理解する。

「マシソンさんからあなたに伝言よ。できるだけ早く屋敷まで来てほしいって」と告げるアナは、両手でハンカチを固く絞っていた。不安なときの妻の癖だ。この癖を見ると、いつも自分まで不安にさせられる。

「母さんはだいじょうぶなのか？」とジョーは尋ねた。両手でアナの両手をつかみ、互いに落ち着きを取り戻すまで、小刻みに揺らしつづける。

「だいじょうぶよ」

「じゃあ、いったい何が？」

「わたしにもわからない」とアナが答える。

ジョーは妻の表情に目を凝らしたが、隠し事をしているのかどうかは判別できなかった。実のところ、アナを不安にさせたのは、マシソン氏からジョーを呼んでほしいと頼まれたのが初めてという点だ。アクーとマシソン邸の掃除をするようになって七年。今になって夫との面会を求める意味を、アナは推し量れずにいたのだ。

ふたりはマシソン邸までの数哩《マイル》を歩いた。あまりにも急いだため、道具箱の中身が内壁にぶつかって不快な音を立てる。アナより少し先を進むジョーは、歩幅の広い自分から離されまいと、小さな足で必死についてくる妻の靴音を耳にした。

邸宅にたどり着くと、玄関ポーチで待っていたアクー母さんが、咳き込みだけで出迎えてくれる。アナとアクーの案内で、ジョーは応接間に足を踏み入れた。豪奢な白い長椅子に座っていたのは、マシソン氏と数名の白人たち。ぱんぱんに中身が詰まったクッションは、小さな丘もしくは象の背中のように見えた。

「コジョ！」と言ってマシソン氏が立ちあがり、握手を求めてくる。以前、アクーがジョーをコジョと呼んだのを耳にして、マシソン氏はコジョという名前の由来を尋ねた。そして、アシャンティ語で月曜日生まれの男の子を意味すると説明されると、まるで良い楽曲でも聴いたかのように両手を打ち合わせ、これからはジョーではなく必ずコジョと呼ぶようにすると宣言した。「名前を取りあげるのは、第一段階だからな」とつぶやく声は憂いを帯びていた。あまりにも深刻そうなので、ジョーは心の中の疑問を、何の第一段階なのかという疑問を、口に出すのは賢明ではないと感じとったのだった。

「どうもマシソンさん」

「さあ、座ってくれたまえ」マシソン氏が白い椅子を指さす。ジョーは突然、落ち着かない気分になった。ズボンには真っ黒なタールがこびりつき、数百の穴が開いているように見える。もしもタールで椅子を汚してしまったら、アナとアクー母さんは明日、余計な仕事をしなければならなくなる。出勤が許されればの話だが……。

「遠いところを呼びつけて申し訳ない。しかし、同志たちからとても気になる報せが飛び込んできてね」

マシソン氏より太った白人が咳払いをする。ジョーは話を聞きながら、男の喉の動きを見つめた。

「南部諸州と自由土地党が新しい法案を起草中だと噂されている。万が一、この法案が可決されれば、法執行当局は北部においても、逃亡奴隷と申し立てられた黒人を逮捕し、南部へ送り返さざるをえなくなる。たとえ逃亡が何年前のことであろうと」

男たちの注目が集まる。自分の反応を待っているようなので、ジョーはうなずいてみせた。

「わたしが心配なのは、君と君の母上だ」というマシソン氏の言葉に、ジョーはさっきまでアナが立っていた戸口へ視線を向けた。おそらく今は邸内の掃除に戻って、何の話だろうと気を揉んでいるに違いない。「ふたりは逃亡組だから、生まれながらに自由なアナや子供たちより、厄介事に巻き込まれる危険は高くなる」

ジョーはまたうなずいた。とはいえ、何十年も前に逃げた自分とアクーを、今さら捜し出そうとする人間がいるとは想像できない。かつての所有者の名前や顔さえも知らないのだから。アクー母さんが憶えているのも、元所有者をネスが〝悪魔〟と呼んでいたことだけだ。

「家族を連れてもっと北へ移動したほうがいい」とマシソン氏が言う。「ニューヨークでも、念を入れてカナダでも。問題の法案が可決されれば、どんな混乱が生じるかは見当もつかん」

「わたしをクビにするって？」とアナが尋ねる。夜遅く、ふたりは寝室のマットの上に座っていた。子供たちがみな寝ついたので、ジョーはようやくマシソン氏に呼ばれたわけを説明することができた。

「いいや。ただ警告をしてくれただけさ」

「でも、お母さんの昔の主人は死んだのよ。ルーシーが教えてくれたじゃない。憶えてないの？」

ジョーは憶えていた。アナのいとこのルーシーがアクー宛に伝言を送り、いくつもの農園を経由して本人のもとに届いたのだ。アクーを所有していた人物が死んだだと。あの日の夜は、みんながほっと胸を撫で下ろした。

「マシソンさんの話だと、死んでも終わりじゃない。遺族が望めば、アクー母さんを捕まえられるらしい」

「わたしと子供たちは？」

ジョーは肩をすくめた。アナの主人だった人物は、アナを娘として認知したあと、本人とその母親を自由の身にした。だから、自由身分の証明書は本物で、ジョーやアクーみたいな偽造されたものではなかった。子供たちはここボルティモアの街で、自由黒人として生を受けた。つまり、妻子を捜す者はどこにも存在しない。「心配する必要があるのは、俺と母さんだけだ。この件について、おまえは何も考えなくていい」

アクー母さんが絶対にボルティモアを離れないことを、ジョーは知っていた。黄金海岸《ゴールドコースト》へ戻る場合を除けば、また新しい国へ移動する気などさらさらない。カナダであろうと、地上に存在する楽園であろうと。アクーは自由になろうと決意しただけでなく、自由でいつづけようと決意していた。子供のころのジョーは、アクー母さんが巻衣の中に隠し持つ小刀を見て、しばしば目を丸くしたものだった。アシャンティ族の奴隷時代にも、アメリカ人の奴隷時代にも、自由の身になってからも、巻衣の中にはいつも小刀を忍ばせていた。ジョーは歳を重ねるごとに、自分が母さんと呼ぶ女性に対する理解を深めていった。そして、自由でいつづけることはときに想像できないほどの犠牲を伴う、という理解も深まった。

カーテンを隔てた隣室で、ビューラが眠ったままべそをかきだす。次女には夜驚症の気があった。発症の周期は予測がつかず、一カ月だったり二日だったりする。自分の悲鳴で跳び起きる日もあれば、姿の見えぬ相手と闘って、両腕を傷だらけにする日もある。死んだように眠りながら、頰に涙を伝わせていた翌日、どんな夢をみたのかと尋ねると、ビューラは必ず肩をすくめて「なんにも」と答えるのだった。

ジョーは隣の部屋を注視した。今夜のビューラは小さな脚を動かしている。膝を曲げては外側へ蹴り出すの繰り返し。ビューラは走っているのだ。ひょっとするとこれは始まりの予兆なのかもしれない、とジョーは思った。ひょっとするとビューラは、この年端もいかぬ黒人の少女は、夢の中でもっとはっきりした敵と闘っているのかもしれない。次の朝になって敵を名指しできないのは、光に照らし出された敵の姿が、自分の周りの世界とそっくりだからなのかもしれない。手では触れられぬ悪。言語に絶する不公平。ビューラは眠りの中で走っている。夢に平穏さと明快さを求めただけなのに、何かを盗んだ犯人のごとく走っている。これが始まりだとしたら、いつどこで終わりが訪れるのだろうか、とジョーは思った。

ジョーは家族をボルティモアに残すと決心した。アナはすっかりお腹が大きくなっていて、家族全員が根を張っている街から引っ張り出すことはできないし、今のところボルティモアは安全だと感じられる。人々のあいだでは、例の法案が噂となっていた。実際にいくつかの黒人家族は、法案の成立を恐れ、家財道具をまとめて北へ旅立っていった。ノース通りで花を売っていたベス婆さんも街を離れた。アリス号で働いていたエヴェレット、ジョン、ドーサンもいなくなった。

「残念なかぎりだな」とプートが言う。いなくなった三人の代わりに、三人のアイルランド人が配属されてきたときのことだ。

「あんたは街を出ることを考えたことはないのかい、プート？」とジョーは訊いた。

プートがふんと鼻を鳴らす。「俺はボルティモアで葬ってもらうんだ、ジョー。方法は問わない。チェサピーク湾に投げ捨ててもらってもいい」

この発言が本気なのをジョーは知っていた。ボルティモアは黒人が暮らすには申し分ない街だと、プートは公言して憚らない。ボルティモアには、黒人のボーイも、行商人も、教師も、牧師もいる。自由黒人は奴隷や御者になる必要はない。自分の手で何かを作ってもいいし、何かを修理してもいいし、何かを販売してもいい。何かを一から建造し、大海原へ送り出してやってもいい。プートはまだ十代のうちに防水の仕事を始め、木槌より手に馴染むのは女だけ、とよく冗談を言っていた。妻はいても子供はおらず、息子に手業《てわざ》を教え込むことはできない。船を自らの誇りとするプートは、決してボルティモアを離れないだろう。

実際、ボルティモアに住む黒人のほとんどは移動しなかった。逃げることに疲れ、待つことに慣れていたのだ。黒人たちは待ちながら、何が起こるかを見極めようとしていた。

アナの腹は膨らみつづけていた。Hは毎日、母親の腹の中から獰猛な突きと蹴りを繰り出す胎児として、悪名を馳せていた。「きっとHはボクサーになるよ」母親の腹に耳を当てて、十歳のケイトーが言う。

「とんでもない」とアナは言った。「〝我が家〟で暴力はいっさい許しません」その五分後、デイリーがユーリアスの向こうずねを蹴飛ばす。アナに激しく尻を叩かれたデイリーは、この日、座るたびに身を縮み上がらせることとなった。

十六歳になったアグネスは、キャロライン通りのメソジスト教会で清掃の仕事に就いた。ビューラは毎日、アグネスが帰宅するまでの夜の一時間だけだが、家にいるいちばん年上の子供として、新しい役割を楽しみながら果たしはじめた。

「ティミーの話だと、ジョン牧師はどこにも行かないそうよ」ある晩、アグネスが報告してくる。時は一八五〇年の八月。ボルティモアは粘り着くような暑気と闘っていた。毎晩アグネスは、上唇と首と額を汗まみれにして帰宅した。ティミーは牧師の息子で、ジョーを含む家族は毎日、今日ティミーが何を考えたか、何をしたか、何を言ったかについて、アグネスの報告の聞き役にならなければならなかった。

「つまり、あなたもどこにも行かないってことね？」アナがにやにや笑って言うと、アグネスは頰を膨らませて外へ出ていった。小さい子供たちのためにチョコレートを買ってくると言っていたが、母親に図星を突かれて気を悪くしたのだとみんな知っていた。

扉が乱暴に閉じられた瞬間、アクー母さんは声をあげて笑った。「あの子は愛について何にも知らないのさ」笑いが途中で咳き込みに変わり、前屈みになって咳を抑え込む。

妻の額にキスをしてから、ジョーはアクーを見た。「母さんは愛について何を知ってるんだい？」と尋ね、途切れた笑いを引き継ぐ。

アクーが人差し指を振ってみせる。「何を知ってようと知らなかろうと、わたしの勝手だろう。誰かを触ったり、誰かに触られたりした経験があるのは、おまえだけじゃないんだ」

今度はアナが笑う番だった。ジョーはどこか裏切られたような感覚に陥り、握りしめていた手をだらりと下げた。「誰だよ、母さん？」

アクーがゆっくりと首を振る。「おまえには関係のないことさ」

二週間後、ティミーが波止場にジョーを訪ね、アグネスとの結婚の許しが欲しいと申し出た。

「君には仕事があるのか？」とジョーは訊いた。

「父と同じ聖職者になるつもりです」とティミーが答える。

ジョーはうなり声を漏らした。魔術を理由にアクーともども追い出されて以降、教会に足を踏み入れたのはたった一度だけ。一度というのは自分の結婚式だ。もしアグネスがこの牧師の息子と結婚したら、式でもう一度教会を訪れる必要に迫られる。いや、あと何回行かされるかわかったものではない。

ミラベルの父親に蛙を献上したあと、バプテスト教会から自宅まで五哩《マイル》の道のりを歩きながら、ジョーは号泣した。アクー母さんは数分のあいだ好きに泣かせたあと、ジョーの耳を引っつかんで裏路地へ連れていき、顔をまじまじと見ながら「何を泣いてるんだい？」と言った。

「牧師さんが僕たちはアフリカの魔術をやってるって」幼いジョーはまだ牧師の言葉の意味を理解できなかったが、恥ずかしいという感覚は理解できており、あの日は耳の高さまでどっぷりと恥ずかしさに浸っていた。

アクー母さんが自分の左肩ごしに唾を吐く。心の底からうんざりしたときにだけ見せる仕草だ。「そんなことで泣けって、いったい誰に教わった？」という問いに、ジョーは肩をすくめた。これ以上怒らせたくないので、鼻水が流れ落ちるのを止めようとする。「いいかい、連中はアシャンティの神の代わりに白人の神を選んだ。そうでなきゃ、わたしにあんな勝手なことを言えるもんか」

ジョーはうなずくべきだと理解していた。だから、うなずいてみせた。アクーが話の穂を継ぐ。

「白人の神は白人とそっくりだ。白人は自分だけが唯一の人間だと思ってて、同じように、白人の神も自分だけが唯一の神だと思ってる。でも、ニャメ神とかチュクウ神を差し置いて神でいられる唯一の理由は、わたしたちが神にしてやってるからなんだ。わたしたちは白人の神と闘わない。白人の神に疑問をぶつけさえしない。白人は白人の神の道を説き、わたしたちはそれを受け入れた。でも、わたしたちのためになると教えられたものが、本当にためになったことが一度でもあるかい？　連中がおまえをアフリカの魔術師呼ばわりする。それがどうした？　それがどうした？　連中に魔術師の何がわかるってんだい？」

ジョーは泣くのをやめていた。アクー母さんが衣服の縁の部分で、頰についた白い塩の筋をこすり落としてくれる。それから、ジョーはふたたび表通りまで引っ張り出された。家に帰り着くまで、つかまれた腕は放してもらえず、ぶつぶつと文句を聞かされつづけた。

今、ティミーの手は震えており、ジョーは娘の求婚者の様子を見つめていた。骨と皮ばかりの痩せた体、熱いタールに焼かれたこともなければ、金鏝《かなごて》でまめができたこともない柔らかそうな両手。ティミーは自由黒人の家系の出身だ。本人だけでなく、両親もボルティモアで生まれ育っていた。ジョーは最後に答えた。「アギーがそう望んでるなら」

結婚式は翌月、逃亡奴隷法が成立した日に執り行なわれた。アナはアグネスの花嫁衣装を、蠟燭の明かりの下で夜なべして縫いあげた。朝、ジョーが見かける妻の姿は、目が赤く充血しており、瞼をぱちぱちさせて眠気を吹き飛ばしつつ、マシソン邸へ出掛ける用意をしていた。Hは腹の中で非常に大きく成長し、母親によたよた歩きを余儀なくさせた。両足はひどくむくみ、仕事用の上靴に無理やり押し込むと、肉が後ろへはみ出してくる。まるで酵母菌を入れすぎたため、焼き皿に収まりきらなくなったパンみたいだ。

式の会場は、ティミーの父親の教会。女の出席者たちが一致協力して、王様に供しても恥ずかしくない食事を用意した。とはいえ、ジョーたちに関する良くない噂も流れていた。ティミーの結婚相手の一族は教会にも通っていない。敵対する向かいのメソジスト教会の信者と結婚したほうがましだと。

ビューラは紫のドレスを着てアグネスの隣に立っていた。ティミーの隣には兄のジョン・ジュニア。ティミーの父親であるジョン牧師が式を執り行なった。新たな夫婦の誕生を告げ、誓いのキスを促すというお決まりの方法で締めくくらず、祝福の言葉を述べるあいだに、会衆がティミーとアグネスに向かって両手を伸ばすという形式だった。「すべての神の民は言った――」のところで、少年が叫びながら教会の扉の近くを駆け抜けていく。「法案可決！　法案可決！」

会衆によるアーメンの唱和が行なわれたが、くぐもった声で「アーメン」を言う者もいれば、心ここにあらずで言う者もいれば、まったく何も言わない者もいた。何人かは尻をもぞもぞと動かしはじめた。ひとりは教会の外へ出ていったが、あまりにも急に立ちあがったため、長椅子の片端が浮きあがって、座っていたほかの人々が床へ投げ出される。

父親を見るアグネスのまなざしには、不安の影が潜んでいた。ジョーは可能なかぎり落ち着いた視線を返した。集団としての恐れが高まる一方、娘の恐れは徐々に消えていった。ジョン牧師は式を終わらせ、出席者たちはアナとアクーを含む女衆が用意したご馳走にかぶりついた。

二週間もしないうちに、噂が舞い込んできた。ボルティモア在住の逃亡黒人、ジェームズ・ハムレットが無理やり連れ去られ、ニューヨークで有罪の判決を受けたと。事の次第は白人の奴隷制反対派によって、《ニューヨーク・ヘラルド》紙と《ボルティモア・サン》紙で報じられた。ジェームズ・ハムレットは最初の犠牲者だが、ひとりだけで終わらないことを誰もが知っていた。北方のカナダへの移動が数百人単位で始まった。青緑色の湾を背に、多くの黒い顔が働いていたフェルズポイントの光景は、一週間のうちに消えてなくなった。マシソンはジョーに、家族に証明書を必ず携帯させろと説いたが、証明書を持つ黒人さえ街から逃げ出していることを、ジョーは知っていた。

マシソンはふたたびジョーに念を押した。「改めて君に確認しておきたい。どんな危険が迫っているか、きちんと理解しているのだね？　連中に捕まったら、君は裁判にかけられる。しかも、発言の機会はまったく与えられない。白人側の言い分だけが主張されるのだ。どんなときでも書類を持ち歩くよう、家族みんなに徹底しておきなさい。わかったかな？」ジョーはうなずいた。

北部じゅうで集会と抗議が起こった。黒人のみならず、白人も活動に参加した。目的が何であれ、黒人と白人がともに行動する場面など、ジョーは今まで見たことがなかった。南部が仕掛けてきた戦いは、北部のドアマットに書かれた〝ようこそ〟の文字を変質させた。北部の人々の多くは、戦いに関わりたくないと思っていたが、法案が成立した今、黒人が法によって逃亡者とされた場合、食事や仕事や住居を与えた白人にも罰金が科せられるのだ。黒人が逃亡者かどうかを、白人はどうやって見分けたらいい？　逃亡奴隷法は信じ難いほど醜悪な状況を創り出し、安全な囲いの中に残ると決心した者たちは、いつの間にか囲いがなくなっていることに気づいて呆然とした。

毎朝、夫婦で仕事に出掛ける前、ジョーは子供たちに証明書を提示する練習をさせた。父親が連邦執行官を演じ、両手を腰に当てて、幼いグレイシーを含む子供たちに歩み寄り、可能なかぎり厳めしい口調で「どこへ行くつもりだ！」と問いただす。子供たちは、母親がワンピースやズボンに縫いつけたポケットへ手を伸ばし、生意気な口答えをせずに、黙ったまま書類をジョーの手に押しつける。

最初にこの練習をしたとき、子供たちはお遊びだと思い込んで爆笑した。制服姿の人間に対するジョーの恐怖心を知らなかったのだ。クエーカー教徒の家で床下に隠れ、ほとんど息もできずに、追っ手の長靴が床板を踏み鳴らす音を聞いているとき、どんな気持ちになるのかということも……。ジョーは自分の恐怖が子供の代に受け継がれないよう苦心してきたが、今は、ほんのひとかけらでもいいから怖さが伝わってほしいと願っている。

「あなたは心配しすぎよ」とアナが言う。「誰もうちの子たちを捜そうなんてしないし、それはわたしたち夫婦についても同じ」赤ん坊はいつ生まれてもおかしくなく、ジョーから見た妻は、今までになく怒りっぽくなり、ささいなことで夫に対して語気を荒らげた。魚とレモンを食べたがり、腰の後ろを両手で押さえて歩き、よく物を忘れた。ある日は鍵束、またある日は箒。次は証明書ではないかと、ジョーは心配でたまらなかった。ある日、市場に出掛けるアナが、すり切れてしわくちゃの書類をマットの脇に残していったため、ジョーは妻が泣き声をあげるまで大声で叱責した。一日じゅう気分は悪かったが、これでアナは書類を二度と忘れないだろう。

しかし、ある日アナが帰ってこなかった。ジョーは寝室へ駆け込み、書類を忘れていったのではないかと捜したがどこにもなく、甘いアナの声が耳に響いた。「あなたは心配しすぎよ。あなたは心配しすぎよ」ビューラが子供たちを引き連れて帰宅し、ジョーはお母さんを見なかったかと訊いた。

「Hが生まれるの、パパ？」とユーリアスが言う。

「かもしれん」ジョーは上の空で答えた。

そのとき、両手で首筋を揉みながらアクーが戻ってきた。母親が部屋の中をじろじろ見回すまで、長い時間はかからなかった。

「アナはどこだい？　途中でイワシを買って帰るって言ってたんだけど」アクーが言い終わったとき、ジョーはすでに戸口を半分出ていた。

食料品店、雑貨店、布地屋を訪ねた。魚市場、靴屋、病院を回った。造船所と博物館と銀行も。

「アナかい？　今日は立ち寄ってないねえ」と人々は異口同音に言った。

ジョーは生まれて初めて、夜間に白人宅の扉を叩いた。マシソン氏が直々に扉を開けてくれる。

「妻が朝からずっと家に戻ってこないんです」言葉が喉に引っかかってなかなか出てこない。もう長いあいだ泣いたことなどなく、たとえ自分を助けてくれる相手であろうと、白人の前では絶対に涙を見せたくなどなかった。

「子供たちのところへ戻りたまえ、コジョ。すぐにこちらで捜させる。君は帰宅を」

ジョーはうなずいた。ぼうっとしたまま帰途につき、妻のいない人生について、長く激しく愛した女性のいない人生について考えはじめる。〝ブラッドハウンド法〟の呼び名が定着しつつある法律に、誰もが折り合いをつけてきた。猟犬《ブラッドハウンド》や拉致や裁判の話は、耳慣れたものになっていた。しかし、ありきたりの話といっても、みんなはそれぞれの自由を勝ちとってきたのではないのか？　森の中を逃げ回り、床下で暮らす日々。こういう犠牲と引き換えに、自由を手に入れたのではないのか？　すでに心ではわかりはじめたことを、ジョーは受け入れたくなかった。アナとHがいなくなったということを。


他人にアナの捜索を任せるのは嫌だった。自宅でじっと待機しているのも嫌だった。マシソン氏は白人富裕層として持ちうるコネを総動員してくれるだろうが、自分も黒人と貧しい白人移民には顔が利く。船での仕事を終えたあとの夜間に、ジョーは知り合いに話を聞いて回り、できるだけ情報を集めようとした。

しかし、返ってくる言葉はいつも同じだった。あの日の朝や、前日や、三日前の夜なら、アナの姿は目撃されていた。あの日の昼間は、六時までマシソン邸にいた。しかし、その後の目撃情報は皆無。アナの姿を見かけた者は誰もいなかった。

アグネスと結婚したばかりのティミーは芸術の才能があり、記憶を頼りにアナの似顔絵を描きあげた。ジョーが見た中では最も本人と似ている絵だ。ジョーは朝、フェルズポイントに絵を持っていった。そして、黒い木炭で描かれたアナの顔を、造船所のすべての船で見せて回った。

「気の毒にな、ジョー」とみなが声を揃えて言う。

アリス号にも絵を持ち込んだ。仕事仲間は全員、アナの顔を知っていたが、ジョーに調子を合わせ、絵をためつすがめつしてから、既出の情報を提供してきた。当日にアナを目撃した者はひとりもいなかった。

ジョーは仕事中、ポケットに似顔絵を忍ばせるようになった。木槌が金鑢を叩く音の中では、知り尽くした一定の律動のもとでは、作業に没入して癒しを得ることができた。ある日、充塡剤を用意している最中に、ポケットから絵が滑り落ち、慌ててつかんだときには、紙の下端が松根タールに浸かっていた。絵をきれいにしようとして、指に付着してしまったタールが、目の汗を拭ったときに顔へ移り、ぎとぎとした光を放つ。

「早引きさせてほしいんだ」とジョーはプートに言った。風で絵が乾くのを願い、血迷ったかのように紙を振り動かす。

「これ以上の欠勤はまずいぞ、ジョー」とプートが窘める。「上の連中はおまえの仕事をいつでもアイルランド人にくれてやれる。そうなったらどうする？　誰が子供たちを養うんだ、ジョー？」

ジョーはすでに陸地へ向かって駆け出していた。

アリスアナ通りの家具屋に差しかかるまで、すれ違う人すべてに似顔絵を見せた。家具屋から出てきた白人女性の顔に絵を突きつけたとき、自分が何を考えていたのかジョーは憶えていなかった。

「すみません、奥さん。わたしの妻を見かけませんでしたか？　妻を捜してるんです」

白人女性がゆっくりと後ずさる。恐怖に目を見開きながらも、視線を相手から決して外そうとしない。目をそらした瞬間に襲いかかられるとでもいうように……。

「わたしに近づかないで」と女性が言い、片手を前へ突き出す。

「妻を捜してるんです。お願いです、奥さん、絵を見るだけでいいんです。見かけたことはありませんか？」

女性が首と突き出した手をいっしょに振る。似顔絵を一顧だにせず、「子供がいるの。乱暴はやめて」

自分の言葉が聞こえないのだろうか、とジョーは訝しんだ。とそのとき、背後から逞しい二本の腕で押さえつけられる。「この黒んぼがあなたにご迷惑を？」と男の声が響いた。

「いいえ、おまわりさん。ありがとうございます、おまわりさん」白人女性はそう言うと、ほっとした表情で去っていった。

警官がジョーを半回転させ、自分と向き合わせる。ジョーは死ぬほど怯えきってしまい、視線を下げたまま似顔絵を掲げてみせた。「お願いです、おまわりさん。これはわたしの妻です。妊娠八カ月の身で、数日前から行方知れずなんです」

「ほう、おまえの女房だと？」警官がジョーの手から絵をひったくる。「きれいな黒んぼじゃねえか」

まだジョーは顔を上げられなかった。

「この絵は俺が預かってもいいよな？」

ジョーはかぶりを振った。今日はすでに一度、似顔絵を台無しにしかけていた。本当になくしてしまったら、どうしたらいいのか見当もつかない。「返してください、おまわりさん。一枚しかないんです」

紙を破る音が聞こえた。視線を上げると、アナの鼻や耳や髪の房が散り散りになっており、細かい紙片となって風に飛ばされていく。

「もううんざりなんだよ。逃亡黒人どもは、法律より自分が偉いと思ってやがる。おまえの女房が逃亡黒人ならどうなろうと自業自得だ。おまえ自身は？　逃亡黒人じゃないのか？　女房と同じところへ送ってやってもいいんだぞ」

ジョーは警官の視線を受け止めた。全身が震えているように感じられる。外からは見えなくても、体の内側はとめどない震撼に見舞われていた。「違います、おまわりさん」

「もっとはっきり言え」と警官が迫る。

「違います、おまわりさん。自分はこのボルティモアで自由黒人として生まれました」

警官はにやにや笑い、「家に帰れ」と言ったあと、ジョーに背を向けて歩き去った。体内にどうにか封じ込めていた震えが、骨格の外側へと抜け出しはじめる。ジョーは自分がばらばらにならないよう、固い地面の上に座り込んだ。

「さっきの話を彼にも聞かせてやってくれ」とマシソン氏が言う。アナの失踪から三週間後、ジョーはマシソン邸の応接間に立っていた。アクー母さんが病気で伏せり、働きに出られなくなったあとも、ジョーは帰宅途中で邸宅に顔を出し、妻についての新しい情報がないか確かめた。

今日、マシソン氏は怯えた黒人少年の両肩を支えていた。デイリーと大差ない年頃だ。もしも、白人に呼ばれたという状況の下、恐怖が極みに達していたなら、肌はタールみたいな黒色ではなく灰色に変わっていただろう。

手を震わせながら、少年がジョーを見あげる。「白人が妊婦さんを四輪馬車へ押し込めるのを見ました。そのお腹じゃ家まで歩けないだろうから、乗せてってやるって言ってました」

ジョーは身をかがめ、怯える少年と目の高さを合わせた。顎をつかんで自分のほうを向かせ、瞳の奥をのぞき込み、何日分もの、正確に言うと三週間分のアナ捜索を行なった。

「妻は売り飛ばされたんです」ジョーは立ちあがってマシソン氏に告げた。

「いや、断定はできんよ、コジョ。急に産気づいた可能性も考えられる。アナは正当な自由権を持っているし、赤子を身ごもっていたのだから」マシソン氏の声には半信半疑の響きがあった。すでにあらゆる病院と産婆と呪術医を調べたが、アナやHを見かけた者はひとりもいなかったのだ。

「妻も赤ん坊も売り飛ばされたんです」とジョーは繰り返した。大人たちが制止する暇もなく、少年が腕を振りほどいて、閃光よりすばやく逃げ出していく。きっと友人たちに今の出来事を吹聴するのだろう。白人の豪邸に呼ばれ、黒人女について質問攻めにあったと。きっと実際より自分をかっこよく伝えることも忘れないだろう。堂々とした態度と断固とした口調を貫き、話のあとには握手を求められ、お礼として二十五セント硬貨を差し出されたと。

「われわれは捜索を続けるよ、コジョ」少年が残した空間を観察しながら、マシソン氏が言う。「まだ終わったわけではない。アナは必ず見つけ出す。必要なら裁判に訴えるつもりだ。コジョ、君には約束しておく」

　マシソン氏の言葉はもう耳に入ってこなかった。少年が出ていったあと、わずかに開いた扉の隙間から風が吹き込んでいる。風は邸宅を支える白く太い石柱群と戯れたあと、柱の曲線に沿って渦を巻きはじめた。渦はどんどん小さくなり、ジョーの耳孔《じこう》にぴったりとはまり込む。そして、ボルティモアに秋が来たことを、病身のアクーと七人の子供を支えながら、アナなしで秋を過ごさねばならないことを告げた。

　家に戻ると、子供たちが全員待っていた。アグネスとティミーの顔も見える。まだ腹の膨らみは小さいが、長女の妊娠にジョーは気づいていた。アグネスの葛藤にも気づいていた。こんなときに打ち明けていいのか、父親を傷つけることにならないか、三週間前の母親の思い出が台無しにならないか、自分のささやかな喜びがばつの悪さを生むのではないか……。

「ジョーかい？」とアクー母さんの声がする。病状が悪化しだしてから、ジョーは母親に寝室を譲り渡していた。

寝室に足を踏み入れると、アクーは仰向けに横たわり、胸の上で両手を組み、天井を見つめていた。入ってきたジョーに顔を向け、トウィ語で話しかける。ジョーが子供のころはよく見られた場面だが、アナと結婚して以降はすっかりなくなっていた。

「行方はまだわからないのかい？」とアクーが訊き、ジョーはうなずいた。母親から溜め息が洩れる。「ジョー、おまえはきっと乗り越える。ニャメ神はアシャンティ族を弱く創らなかった。おまえはアシャンティだ。白と黒を問わず、この大陸の人間が何をしようと、アシャンティの部分を消すことなどできない。おまえの母親の一族は強さと権力を持ってた。たやすく潰れるわけがないんだ」

「俺の母親はあなただ」とジョーは言った。アクーが力を振り絞り、全身をジョーのほうへ向けて両腕を広げる。息子は寝台へ潜り込み、母親の胸に頭を預けて泣いた。こんなことをするのは、幼いころ以来だ。あの当時は、サムとネスのために泣いたものだった。ジョーをなだめるには、どれだけ内容が不快でも、ふたりの物語を聞かせてやるしかなかった。だからアクーは語った。サムは寡黙なたちだが、口を開いたときは、愛情と知恵にあふれていたこと。これ以上ないほど恐ろしい鞭傷をネスが負っていたこと。家系が断絶して永遠に失われるのを、ジョーは心配したものだった。とはいえ、一族の人々を知っているわけでも、その前に連なる先祖を知っているわけでもない。たとえ、一族の出自について聞くべき物語があっても、聞く機会は決して訪れないだろう。幼子がこのような感覚に陥ったとき、アクー母さんはジョーを抱き寄せ、父母の物語ではなく国の物語を語った。海岸のファンティと、内陸のアシャンティ。ふたつのアカン人の地。

今、目の前の女性に身を預けていると、自分がひとりではないと理解できる。以前のジョーなら、それだけで充分だったのに……。


十年が過ぎた。アクー母さんはこの世を去った。アグネスは三人の子供の母となり、ビューラは妊娠し、ケイトーとフェリシティは結婚した。ユーリアスと末っ子のグレイシーは、働ける歳になると、それぞれ住み込みの仕事を見つけてきた。子供たちは家を出る際、口々に負担を減らしたいと言ったが、ジョーは真実を知っている。本当は父親との生活に耐えられなくなったのだ。自分では認めたくないが、父親のほうも子供との生活に耐えられなくなっていた。

問題はアナだった。実際の話、ボルティモアのあらゆる場所に、あらゆる店に、あらゆる通りに妻は現れた。ときどきは、角を曲がってくる豊満な尻を見て、数ブロックにわたって追いつづけることもあった。一度など、相手の女から平手打ちを食らった。季節は冬。肌の色は薄く、クリームに一滴だけコーヒーを垂らしたような濃度だった。女は角を曲がったところで尾行者を待ち構え、すばやく横っ面を張った。あまりの早業に、ジョーは誰にやられたのかわからなかった。相手がくるっと背を向けて、ふたたび物惜しみない尻の振りを見せるまで。

ジョーはニューヨークに居を移した。チェサピーク湾で屈指の防水職人、という肩書きは何の意味もなかった。二度と船を見たくなかったからだ。金篦を手に取ったり、充塡剤や麻やタールのにおいを嗅いだりすると、かつての人生が、かつての妻子との暮らしが思い出され、その記憶は背負いきれない重荷となった。

ニューヨークではできる仕事を何でもやった。大工仕事を中心に、可能なときは配管仕事を請け負い、たいていは安くこき使われた。高齢の黒人女性から寝室を間借りしていたが、この大家は頼んでもいないのに、食事と洗濯の世話をしてくれた。ジョーはほとんどの夜を、黒人専用の酒場で過ごした。

風の吹きすさぶ十二月のある日、ジョーは酒場へ入り、いつもの場所に座り、凹凸のないカウンターの天板に手を滑らせた。非の打ち所のない仕上がりだ。ジョーはいつものように妄想した。これは黒人職人の作品だと。ニューヨークで身も心も解放された直後、他人ではなく自分のために何かをすることが嬉しくてたまらず、全身全霊を打ち込んだ結果がこのカウンターなのだと。

ほとんど察知できないほどわずかに足を引きずるバーテンダーは、ジョーの注文を聞くまでもなく、いつもの酒を注いで前に置いてくれた。隣の客がくしゃくしゃの朝刊を抜き出す。じめじめした酒場の空気のせいか、客の酒が何滴かこぼれたせいか、新聞紙は湿って見えた。

「今日はサウスカロライナが脱退か」と客が誰へともなしに言った。反応がないとみるや、紙面から顔を上げ、少ない客にちらっちらっと視線を走らせる。「戦争が近いぞ」

バーテンダーが天板を布巾で拭きはじめるが、ジョーの目には、天板より布巾のほうが汚く見えた。

「戦争になるわけがない」とバーテンダーが落ち着いた声で言う。

ジョーは何年も前から戦争が始まると聞かされてきたが、自分にとってはどうでもいい話題なので、できるかぎりこの論争とは距離を置いていた。北部にいる南部支持派と関わると、ろくな結果にならない。奴隷制廃止を唱える過激な北部人は、もっとたちが悪い。自分の身と自由権を守るために、もっと大きな声で怒りをあらわにしろ、と黒人を煽ってくるからだ。

しかし、ジョーは怒っていなかった。もう怒りはない。かつての自分が何に怒っていたのかさえ、今となっては正確に説明できなかった。怒りという感情など無用の長物。感情では何も成し遂げられなかったし、価値がないという以上に意味がない。実感するものがあるとすれば、それは倦怠だった。

「いいか、これは良くない兆候だ。南部の州がひとつ脱退すれば、残りもあとに続くだろう。半分の州が抜けちまったら、ここはアメリカ合衆国と呼ばれなくなる。俺の言葉を記録しとけ。戦争は近い」

バーテンダーが呆れたように目をぐるりと回す。「何かを記録する趣味はないね。次の一杯を頼む金がないなら、記録ごっこをやめて腰を上げる潮時だと思うぜ」

手に持った新聞を丸めながら、客は声で不満をぶちまけた。脇を通りすぎるとき、ジョーの肩を新聞でぽんと叩く。ジョーが振り向くと、客は片目をつぶってみせた。まるでふたりして何かの企みに荷担しているかのように。まるで世界が知らない何かをふたりだけが知っているかのように。しかし、ジョーはいくら考えても、その〝何か〟の正体に心当たりがなかった。

アベナ

新しい種を手に故郷の村へはるばる戻る途中、アベナはまたしても自分の歳に思いを巡らせた。自分の村でも、アフリカ大陸のどの村でも、隣の大陸でも、二十五歳の未婚女など聞いたこともない。とはいえ、村にいる男はほんの数人。〝つきなし〟の娘にあえて手を出そうとする男は皆無だ。アベナの父親の作物がまともに育った試しはなかった。来る年来る年、来る季節来る季節、大地は腐った植物を吐き出すか、何も吐き出さないかだった。どうやったら、こんな不運につきまとわれるのだろうか？

アベナは手の中に種子を感じた。小さく、丸く、硬い種子。これらが畑いっぱいに実るさまを、疑う者など誰もいないはずだ。しかし今年、種をまいたとして、父のために実ってくれるだろうか？

父の渾名のもととなった資質が娘に受け継がれているだろうことは、アベナも自覚していた。父親は〝名なし〟と呼ばれた。〝つきなし〟と呼ばれた。そして今、父親の苦難は娘に矛先を転じていた。幼馴染みのオヘネ・ニャルコは異性の親友だが、第二夫人にさえしてくれそうにない。決して口には出さないものの、アベナはオヘネの胸の内を知っていた。結納品として差し出すヤム芋や椰子酒より、自分の価値は低いのだ。ときどき、父が娘のために建ててくれた小屋で眠っていると、あたりの不毛な土地ではなく、自分自身が災いのもとなのではと思えてきた。

「お父さん、言われたとおり、種をもらってきました」両親の小屋に入るなり、アベナは告げた。父親がまたぞろ、種を変えれば運も変わるかもしれないと思いつき、娘を隣村まで遣いに出したのだ。

「ありがとう」と父親が言う。小屋の中では、母親が床を掃いていた。腰の後ろに片手を当て、前屈みになりながら、もう一方の手で椰子の箒をぎゅっと握り、自分だけに聞こえる音楽に合わせて動いている。

アベナは咳払いをした。「クマシに行きたいと思ってます。死ぬまでに一度でいいから見ておきたいんです」

何か音がするかと耳に当ててみたり、何か味がするかと唇に当ててみたり、引っ繰り返してみたりと、手の中の種を仔細に調べていた父親は、鋭い視線を娘に向け、「だめだ」とにべもなく答えた。

母親は身を屈めたままだが、もう掃除を続けてはいない。硬い粘土の床と箒がこすれる音は、今はアベナの耳には届いていなかった。

「もう旅に出てもいいころです」とアベナは言って、冷静なまなざしを父親へ向けた。「ほかの村の人たちと出会ってもいいころです。わたしはあっという間に、子なしの年増になってしまいます。この村と隣の村しか知らないまま。クマシを訪ねてみたいんです。大きな町がどんなものかを自分の目で確かめて、アシャンティ国王の宮殿の脇を歩きたいんです」

〝アシャンティ国王〟という言葉を聞いて、父親は拳を握りしめた。種が砕け散り、粉々の破片が指の隙間からこぼれ落ちる。「アシャンティ国王の宮殿を見たい？　何のために？」

「わたしはアシャンティ族じゃないんですか？」とアベナは挑むように言った。父親にファンティ訛りがある理由を、肌の色が薄い理由を、この機会に説明してほしかったのだ。「うちの先祖はクマシの人だったんでしょう？　わたしはずっとこの村で、お父さんの悪運の奴隷にされてきました。あなたは〝つきなし〟と呼ばれてますが、本来は〝恥さらし〟か〝腰抜け〟か〝嘘つき〟のはずです。どれなんですか、お父さん？」

この発言に、父親は娘の左頬を強く打ち、顔が種の粉末まみれになる。アベナは痛みの走った場所に手を伸ばした。叩かれるのは生まれて初めてだった。村のほかの子供たちは、桶から水をこぼしたというささいな理由でも、結婚前に男と寝たという深刻な理由でも、当たり前のように折檻を受けていた。しかし、アベナの両親は決して娘に体罰を加えなかった。むしろ娘を対等に扱い、娘に意見を求め、将来の予定を娘と話し合った。両親がアベナに禁じたのは、アシャンティ族の領地に行くことだけ。ケープコーストを中心とする海岸地方に用はなく、アシャンティ王の本拠であるクマシ、もしくはファンティ族の領地に行くことだけ。

ファンティ族には敬意を抱いていない一方、アベナはアシャンティ族としての大きな誇りを持っていた。イギリスとの戦争で、アシャンティの戦士の勇猛ぶりが、戦士たちの強さが、自由な王国という希望が噂で伝わってくるなか、誇りは毎日のように膨らんでいった。

憶えているかぎり、両親は次から次へと口実を作りあげてきた。まだ若すぎる。まだ初潮が来ていない。まだ結婚していない……。きっと自分は未婚のまま人生を終えるのだろう。両親はクマシで人を殺したのではないか、国王の警護隊や国王自身から手配されているのではないか、という考えに傾きはじめていたが、今となってはもうどうでもいい。

アベナは顔の粉を拭い、片手をぎゅっと握った。しかし、拳をふるう前に、母親が背後から近寄ってきて、腕をつかまれてしまう。

「やりすぎよ」と母親は言った。

父親がうなだれたまま小屋を出ていく。外からの涼しい風が、むき出しのうなじに当たったとき、アベナは声をあげて泣きはじめた。

「座りなさい」と母親が言い、今まで父親が座っていた腰掛けを身振りで示す。アベナは言われたとおりにして、母親をじっと見た。六十五という年齢ながら、見た目は娘と大差なく、今でも驚くような美しさを保っている。水桶を持ちあげるために屈み込むと、村の少年たちがひそひそと言葉を交わしたり、口笛を吹いて冷やかすほどだ。「わたしたち夫婦は、クマシでは歓迎されない存在なの」母親は自分に向かってしゃべっていた。硬い外殻を纏った蛹《さなぎ》みたいな記憶が、蝶に羽化して飛び立ち、二度と戻ってこないというような口ぶりだった。「わたしはクマシの出身だけど、若いころ、お父さんと結婚するために、両親に反抗した。お父さんはわたしを迎えに来てくれたの。はるばるファンティ領から」

アベナはかぶりを振った。「どうしてお父さんとの結婚を反対されたの？」

アコスアは娘の手に自分の手を重ね、ゆっくりと撫ではじめた。「あなたのお父さんは、昔……」いったん話を区切り、正しい言葉を探す。アベナは母親の気持ちを理解した。夫とはいえ誰かの秘密を話すのは気が進まないのだ。「お父さんは大物の息子だった。とてつもない大物ふたりの孫だった。だけど、誰かに決められた人生を歩むのではなく、自分自身の人生を歩みたいと望んだ。自分の子供にもそうしてほしいと望んだ。わたしに言えるのはこれだけ。クマシを訪ねてきなさい。もうお父さんはあなたを止めないわ」

母親が父親を探しに小屋を出ていく。アベナは周りの赤粘土壁を凝視した。父親は大物の地位を継げたのに、あえてこの生活を選んだ。円を形作る赤粘土、藁束で葺かれた屋根、切り株の腰掛け二、三脚を置くのが精一杯の狭い小屋。外に広がる農場の荒れ地は、農場の名にふさわしい働きをしたことがない。父親の決断は、娘に恥をもたらした。未婚の子なしという恥を……。アベナはクマシに行くつもりだった。


夜、アベナは両親が床につくのを見計らい、家を抜け出してオヘネ・ニャルコの屋敷へ向かった。第一夫人のメフィアが、自分の離れの外で湯を沸かしている。もともとの湿気と鍋からの湯気で体は汗だくだった。

「ねえ、メフィア、旦那さんは中にいる?」とアベナは訊いた。メフィアが目をぐるりと回し、扉のほうを指さす。

オヘネ・ニャルコの農場は、毎年豊作が続いていた。村は二哩《マイル》四方の広さしかなく、首長や大物の肩書きを持つ者もいないが、オヘネはこの一帯で大いに尊敬を集めていた。ほかの場所に生まれていても、きっと大成したはずの人物であると。

「あんたの女房には嫌われてるね」とアベナは言った。

「俺がまだおまえと寝てると思ってるからな」と切り返すオヘネの目は、悪戯っぽい光をたたえている。アベナはぶん殴りたくなった。

ふたりのあいだに起こったことを考えると、身が縮むような感覚に襲われる。あのころは互いに子供だった。いつもいっしょで、悪戯ばかりしていた。あるとき、オヘネは股ぐらの棒が芸をすることに気づいた。アベナの父母は毎週、長老たちからのお裾分けを集めに出掛けており、両親の留守中の小屋で、アベナはオヘネから芸を披露された。

「見たか?」とオヘネは言った。アベナが触ると、棒が持ちあがる。ふたりともそれぞれの父親についていては、同じ現象を目撃したことがあった。オヘネは、父親が夫人たちの離れを渡り歩いているときに。アベナは、自分専用の小屋を建ててもらう前に。しかし、ふたりはオヘネにも同じ芸ができるとは思っていなかったのだ。

「どんな感じがするの?」とアベナは訊いた。

オヘネが肩をすくめて笑う。アベナはいい気持ちなのだと察した。アベナを生んだ両親は、娘に心の裡をはっきりと語らせ、やりたいことを追求させた。たとえ世間では男だけに許されたことであろうと。今、アベナは目の前のものを欲していた。

「あたしの上に横たわって!」何度も見た両親の行為を思い出し、アベナは強い口調で言った。村人はみな、両親を笑い物にしていた。〝つきなし〟は貧しすぎて第二夫人さえ持てないのだと。しかし、真実は違う。狭い小屋の端で寝たふりをしていたいくつもの夜、アベナは父親のささやき声を耳にしたものだった。「アコスア、君は唯一無二の人だ」

「結婚式を挙げるまで、あれはやっちゃいけないんだぞ!」オヘネが自制心をきかせて答える。村の子供たちはみな、挙式前に体を重ねた男女の寓話を叩き込まれていた。交合の最中に男根が木に変わり、枝が女の胃まで伸びて抜けなくなった、という荒唐無稽な話もあれば、村を追放された、大金を払わされた、恥さらしと呼ばれた、という単純ながら真に迫った話もあった。

結局この夜、アベナはオヘネを説き伏せた。少年はぎこちない手で探索したあと、入口に猛攻を加えて突破した。体の内部を突かれ、少女は痛みを感じた。一回、二回、それっきり。各々の父親の口から洩れ聞こえたような、大声のうめき声やすすり泣きはなかった。オヘネはやって来たときと同じように去っていった。

あの当時のアベナは、強いうえに揺るぎなく、口先だけでオヘネを思いどおりに動かせた。しかし今、目の前に立つオヘネ・ニャルコは、胸を張って気障《きざ》な笑みを浮かべ、アベナが言いよどむ頼み事を待ち受けている。

「クマシまで連れていってほしいの」とアベナは言った。未婚女の一人旅は賢明ではない。父親が連れていってくれないのもわかっていた。

オヘネ・ニャルコが笑い、大きく荒々しい声が響く。「ダーリン、今すぐクマシに連れていくのは無理だ。二週間以上の旅になるし、雨季がすぐ目の前に迫ってきてる。俺は農場の作物を世話しなければならない」

「今だって作物の世話は、ほとんどあんたの息子たちがやってるじゃない」とアベナは言った。オヘネから英語で〝ダーリン〟と呼びかけられるのを、アベナは嫌っていた。子供のころ、父親が母親に言ったのを聞きつけ、教わった意味をそのままオヘネにしゃべってしまったのだ。第一夫人が外で夕食を作っているあいだに、子供たちが外で畑仕事をしているあいだに、〝愛しい人〟などと呼ばれても虫酸が走るだけだ。長年にわたる仕打ちを考えると、自分に恥をかかせておいて、口先だけで取り繕おうとするのは、馬鹿にされているとしか思えない。畑を一目見ただけでも、第二夫人を賄える富がすぐ手に入るのは明らかなのだから。

「でも、誰が息子たちに指示を出すんだ？　俺の生き霊か？　ヤム芋が育たなければ、おまえを嫁に迎えられないぞ」

「今まで結婚してくれなかったんだから、この先も結婚してくれないでしょ」アベナは小さな声で言った。喉の奥にみるみる硬い塊が出来上がり、自分でも驚く。結婚を冗談の種にされるのは我慢ならなかった。

オヘネ・ニャルコが舌打ちし、アベナを胸に抱き寄せる。「今は泣くな。俺がアシャンティの首都をおまえに見せてやる。それでいいだろ？　だから今は泣くな、ダーリン」


オヘネ・ニャルコは約束を守る男だった。週末が来ると、ふたりはクマシに、アシャンティ王の本拠地に向けて旅立った。

アベナには何もかもが新しく感じられた。故郷の村では屋敷といっても、囲い地の中に小屋がひとつふたつあるだけだが、クマシの屋敷はまさに屋敷と呼ぶにふさわしく、ひとつの囲い地の中に、石造りの小屋が五つも六つも建てられていた。建物は驚くほど高く、よく母親から聞いた物語に出てくる、十呎《フィート》の巨人を思わせる。巨人は悪戯をする子供がいると、突然襲いかかり、粘土の大地の上から攫っていくのだ。この町に住む巨人が水を汲んできて、火を焚いて湯を沸かし、子供を煮込んでスープにする場面を、アベナは思い描いた。

歩いても歩いても、クマシの町は果てがなかった。名前を知らない人がいる場所に来るのは、生まれて初めてだ。目測がきかない農場を訪れるのも、初めてだ。故郷の村では、各家族が持てる農地はきわめて限られていた。しかし、クマシの農場は広大で、豊穣で、大勢の人が働いている。町の中心には物売りが集まり、アベナが見たこともない品々を並べていた。イギリスやオランダとの交易が盛んだった時代の名残りだ。

午後、ふたりはアシャンティ王の宮殿を通りかかった。横幅も奥行きも驚くほど長く、妻や子供や奴隷などを含め、百人は住める規模だとアベナは当たりをつけた。

「〝黄金の床几〟は見られないの？」とアベナは訊いた。オヘネ・ニャルコの案内で、床几が保管されている部屋に足を踏み入れる。立ちふさがるガラスの壁のせいで、見ることはできても触れることはできなかった。

アシャンティの国としての魂、すなわち〝スンスム〟が宿るとされる〝黄金の床几〟。全体を純金で覆われた床几は、天空から遣わされ、初代アシャンティ国王であるオセイ・トゥトゥのもとに降り立った。国王その人であろうと、床几に座ることはもってのほかだ。アベナはなぜだか目頭が熱くなっていた。物心がついて以降、村の老人たちから床几の話はさんざん聞かされてきたが、自分の目で見るのはこれが初めてなのだ。

宮殿をひととおり見学し終わると、ふたりは黄金の門から外へ出た。同時に、男が中へ入ってくる。アベナの父親と同じ年頃。派手で絢爛豪華なケンテ布の着衣に身を包み、杖をついている。男は立ち止まり、アベナの顔を凝視した。

「おまえは幽霊か？」と叫びに近い声で言う。「おまえなのか、ジェームズ？　戦争で死んだとみんなが噂をしていても、わたしはそんなはずがないとわかっていたんだ！」男が右手を伸ばし、アベナの頬に軽く触れる。あまりにも長く、あまりにも馴れ馴れしく撫でつづけるので、オヘネは男の手を離させる必要に迫られた。

「ご老体、この人が女性なのがわかりませんか？　ここにはジェームズなんていません」

視界をはっきりさせたいのか、男がぶんぶんと頭を振る。ふたたびアベナへ向けられたまなざしは、ただただ困惑の色を漂わせていた。「失礼した」と言って、男が足を引きずりながら去っていく。

男との距離が離れると、オヘネ・ニャルコはアベナの体を門の外へ押しやった。ふたりは町の喧噪の中へ戻った。アベナの肘をつかんで舵取りをしながら、「あの爺さんは目が不自由だったんだろう」

とオヘネがつぶやく。

もう聞こえるわけもないのに、「しいいっ」とアベナは言った。「あの服装からすると、王族の人かもしれないのよ」

オヘネがふんと鼻を鳴らし、「あの男が王族なら、おまえだって王族だ」と言って、がさつな笑い声を響かせる。

ふたりは散策を続けた。オヘネは帰る前に、クマシの顔見知りと会って、新しい農機具を調達したいと考えていた。他方アベナは、せっかくクマシの町を楽しめる機会なのに、知らない人たちとの交流に時間を無駄遣いしたくなかった。日暮れに再会することを約束して、ふたりはいったん別れた。

強靭な足裏の皮膚が痛み出すまで歩きつづけた。少し痛みをやわらげようと、椰子の木陰でしばし休みをとる。

「すみません、奥さん。キリスト教についてお話がしたいのですが」

アベナは顔を上げた。肌の色が濃くて筋骨逞しい男。拙いトウィ語は、憶えたばかりなのか、それとも、使わなくて錆びついたのか。相手の言葉は何とか理解できたものの、相手の顔は、アベナが知っているどの部族にも該当しなかった。「あなたの名前は？　どこの部族の人なの？」

男が笑みを浮かべ、首を左右に振る。「わたしの名前や部族に意味などありません。いっしょに来てください。この町でわたしたちが行なっている活動をお見せします」興味を惹かれたアベナは、男についていった。

たどり着いた先は、一区画の空き地。むき出しの土は、町並みの連なりを途切れさせたくないと、欠けた歯のような状態は嫌だと、何かが建てられるのを待っているように、何かを建ててくれと乞うているように見えた。当初はほとんど動きがなかったが、やがて部族不詳の男たちが現れ、腰掛けにする切り株を空き地へ運び込んできた。続いてひとりの白人が姿を現す。アベナは生まれて初めて白人を目にした。〝つきなし〟には白人の血が混じっていると噂されていたが、娘から見ると、父親は自分より少し肌の色が薄いだけだった。

村の人々からは、こう聞かされていた。白人は奴隷と金を目当てに黄金海岸《ゴールドコースト》までやって来た。目的のためなら手段は問わない。盗む、騙す、ファンティ族には同盟を約束する、アシャンティ族には権力を約束する。望みのものを得る手段を白人は必ず探し出してくる……。しかし、とうとう奴隷貿易は終焉を迎え、二度目のイギリス・アシャンティ戦争にも決着がついた。〝悪い人《アブロ・ニ》〟と呼ばれる白人は、不愉快な存在であり、今まで引き起こしてきた厄介事に鑑みて、ここアシャンティでは歓迎されざる存在となっていた。

アベナはそんな白人に視線を向けた。倒木の切り株に座り、部族不詳の黒人たちとしゃべっている。

「あれは誰？」アベナは隣の男に尋ねた。

「あの白人かい？　彼なら宣教師だよ」

宣教師がアベナを見てにっこりと笑い、近くに来いと身振りで示す。しかし、もう日暮れが迫っていた。町の西端には椰子の木が並んでおり、木立が作り出す天蓋の下に太陽は沈みかけている。オヘネ・ニャルコは自分を待っているはずだ。

「わたしは行かないと」と言いながら、その場を離れようとする。

「待って！」肌の色の濃い男はアベナに声をかけた。その背後では、宣教師が立ちあがり、アベナのあとを追おうとしている。「我々はアシャンティ全域に教会を建設していきます。もしも困ったことができたら、近くで我々を探してみてください」

アベナは走りながらうなずきを返した。待ち合わせ場所にたどり着いたとき、オヘネ・ニャルコは少女から、焼いたヤム芋を買っていた。アベナと同じく、叢林地帯の小さな村から来たらしい少女は、アベナと同じく、何か新しいものを見たいと、自分の環境を変えたいと願ったに違いない。

「よお、クマシの女じゃないか」とオヘネ・ニャルコは言った。少女がヤム芋の壺を頭の上に戻し、一定間隔で尻を左右に振りながら歩み去る。「遅刻だぞ」

「白人に会ったわ」アベナは弾んだ息を鎮めるため、誰かの小屋の壁に掌を押し当てたまま言った。

「教会の人だって」

オヘネが地面に唾を吐き、ちっと舌を鳴らす。「ヨーロッパ人どもめ！　奴らはどうしてもアシャンティを放っておけないのか？　前の戦争で負けただけじゃ懲りないのか？　奴らが持ち込んでくるものは、何であろうとお断りなんだ！　宗教を広めたいなら、ファンティに広めればいい。その前に俺たちがファンティを滅ぼしてやるけどな」

アベナは上の空でうなずいた。アシャンティとイギリスのあいだで続く争いについては、村の男たちからよく聞いていた。ファンティはイギリスを支持してやがる。白人はひとりたりともこの国に足を踏み入れさせないぞ。ここの土地はもうおまえらの所有物じゃないと言ってやるんだ……。しかし、農業を営む村の人々は、戦争をまのあたりにした経験などなく、絶対に守ると息巻く黄金海岸《ゴールドコースト》そのものを見た者さえほとんどいない。

村の長老のひとり、パパ・クワベナが奴隷貿易について語ったのも、ちょうど今日と同じような夜だった。「知ってるじゃろうが、北部に住んでおった儂《わし》のいとこは、真夜中に小屋から攫われてしもうた。あっという間の早業じゃった！　犯人がどこの誰かもわからん。アシャンティ族の戦士か？　はたまたファンティ族か？　儂らには見当もつかん。どこへ連れ去られたのかさえ！」

「城だ」とアベナの父親は言った。全員が声の主を振り向く。〝つきなし〟だ。村の寄り合いでは、いつも後ろのほうに座り、いつも膝の上に娘を抱いていた。本来なら息子しか参加は許されないが、〝つきなし〟に限っては憐れみからお目こぼしされている。

「城じゃと？」パパ・クワベナが訊く。

「ファンティ領の海岸沿いにケープコースト城と呼ばれる城がある。異国《アブロチレ》に、アメリカやジャマイカに送られる前の奴隷は、その城に閉じ込められていたんだ。アシャンティの奴隷商が捕虜を連れてきて、ファンティやエウェやガーの仲買人が拘束して、イギリスかオランダ、いや、いちばん高い値をつけた誰かに売り飛ばす。すべての人々に責任がある。我々みんなに……我々みんなに」

男たちが全員、うんうんとうなずく。城が何かも知らず、アメリカが何かも知らないのに、〝つきなし〟の前で馬鹿をさらしたくなかったのだ。

オヘネ・ニャルコがヤム芋の焦げた部分をぺっと吐き出し、片手をアベナの肩に乗せる。「おまえ、だいじょうぶか？」

「お父さんのことを考えてたの」とアベナは答えた。

オヘネ・ニャルコが顔をほころばせる。「ああ、〝つきなし〟か。おまえが俺とここにいるのを知ったら、彼は何て言うだろうな？　かけがえのない〝息子〟のアベナが、長年の禁を破ってると知ったら？」笑い声をあげ、「さあ、行くぞ。彼のもとにおまえを帰してやらないと」

ふたりは静かに旅路を急いだ。偉丈夫のオヘネが先導し、危険な地域に道を切り拓いていく。アベナはできるだけ危険について考えないようにした。二週間目が終わるとき、地平線に故郷の村が小さく見えてきた。

「今日はここで休むとしようか？」目の前の一角を指してオヘネが言う。アベナの見るところ、誰かが野営した跡のようだった。数本の倒木が小さな洞《ほら》みたいになっており、中に滞在できるよう地面は片づけられている。

「まだ先へ進めるんじゃないの?」とアベナは言った。故郷と父母が恋しくなってきていた。言葉が話せるようになって以降、アベナは両親にすべてを話してきた。父親の怒りが収まっていないことはわかっていても、今回の旅をふたりに話すのが待ちきれない。父親もきっと話を聞きたがるだろう。両親は老いてきている。悪い感情をいつまでも持ちつづける暇などないのだ。

オヘネ・ニャルコはすでに荷物を降ろしはじめている。「まだたっぷり一日はかかる行程だし、俺はもうへとへとなんだ、ダーリン」

「そんなふうに呼ばないで」アベナはそう言うと、自分も荷物を地面に置き、狭い木の洞窟に腰を下ろした。

「でも、おまえはダーリンだ」

アベナはこの言葉を発したくなかった。口の中で堰《せ》き止めたものの、喉をせりあがってきて、唇を内側から押してくるのが感じられる。「だったら、どうしてわたしと結婚しないの?」

オヘネ・ニャルコが隣に腰を下ろす。「前にも話し合ったはずだぞ。次に大豊作の年が来たら、おまえを嫁にもらう。部族のわからない女とは結婚するなと、俺は両親からさんざん言われてきた。たとえ子供が生まれたとしても、おまえは子供に不名誉をもたらすだけだって。でも、両親はもう俺にあれこれ注文をつけてこない。村の連中が何を言おうと気にならない。おまえを産むまで、おまえの母親が不妊だと思われてたのも気にならない。おまえが名前のない男の娘なのも、気にならない。うちの土地がおまえを娶る潮時だと教えてくれたら、すぐにでも俺は結婚する」

アベナは相手の顔を見られなかった。代わりに椰子の樹皮を見つめる。角のとれたダイヤ形が斜交いに並んでいる。どれも違うが、どれも同じ。

オヘネがアベナの顎を持ち、自分のほうへ向ける。「我慢してくれ」

「あんたが第一夫人と結婚してから、あたしはずっと我慢してきた。うちの両親は高齢で、腰が曲がりはじめてる。もうすぐ木みたいにばったり倒れるでしょう。そのあとはどうなるの？」両親亡きあとの孤独を想像してなのか、今の孤独が身につまされてなのかわからないが、込みあげてくる思いと闘う前に、涙が顔を伝っていった。

オヘネ・ニャルコが両手を伸ばし、アベナの左右の頰を親指で拭おうとするが、あまりの量に拭いきれなくなり、指の代わりに唇を使って、形成されはじめた塩辛い航跡にキスをする。

すぐにふたりの唇が重なり合う。アベナが憶えている唇とは違っていた。子供のころと違って薄くなく、油を塗るのを拒んでいたころと違って乾いていない。ふっくらとした肉厚の唇は、アベナの唇と舌を捕らえる罠になっていた。

ほどなくふたりは、洞の影の中で身を横たえる。アベナは巻衣を脱ぎながら、やはり脱衣中のオヘネが息を呑む音を耳にした。ふたりは最初、互いにただ見つめ合うだけだった。相手の体をためつすがめつし、かつて知っていた姿と重ね合わせる。

伸びてくるオヘネの手に、アベナは身をすくませた。前回、触れられたときの記憶が蘇ったのだ。両親の小屋の床に横たわり、藁葺きの屋根をじっと眺め、こんな行為に意味があるのかと訝しんだあの日。痛みは悦びを大きく凌駕《りょうが》しており、村じゅうの小屋で、アシャンティじゅうの小屋で、世界じゅうの部屋で同じことが行なわれているわけを、アベナはどうしても理解できなかった。

今のアベナは、オヘネの両手で腕をつかまれ、固い赤粘土の地面に押さえつけられていた。相手の腕を嚙んでやると、うなり声とともに手が離れたので、すかさず抱きつきに行き、自分のほうへ引き寄せる。アベナの脳裏で演じられる場面を知っているみたいに、オヘネは思いどおりに動いてくれた。アベナは相手を中へ受け入れた。そして、オヘネ以外のすべてを頭から追い払った。

ふたりは果てた。精も根も尽き、汗まみれで休息をとる。アベナはオヘネの胸に頭を預けた。まるで息切れをする枕だ。心臓の鼓動が鼓膜を揺すぶってくる。

アベナは遠い昔、父親の農場のために、一日じゅう水汲みをしたことがあった。小川まで歩き、流れに桶を浸し、家まで戻って大盥に水を空けた。もう陽が沈みかけていたが、どれだけ多くの水を運んできても、充分な量にはならないように思えた。次の朝、作物はすべて死んでいた。小屋の前の畑には、しおれた茶色の葉が散乱していた。

当時のアベナはわずか五歳。生かすために全力を尽くしても死んでしまう場合がある、という事実を理解していなかった。アベナにわかるのは、毎朝、父親が作物の状態に気を配り、作物が育つよう祈りを捧げていること。決して娘に泣く姿を見せず、あらゆる不運を新たな好機のように受け止めること。収穫の季節が来るたび、いつもどおりの良くない結末を迎えても、頭を高く上げてふたたび挑戦を始めること。だから、アベナは父親の代わりに泣いた。

小屋にいる娘を見つけ、父親は隣に腰を下ろした。「おまえはどうして泣いているんだ?」

「作物がみんな死んじゃった。あたしがうまくやれば助けられたのに!」すすり泣きの合間にアベナは答えた。

「アベナ、作物が死ぬとわかっていたら、おまえはどんな行動をとったと思う?」

アベナはしばらく考え、手の甲で洟《はな》を拭ってから言った。「もっと水を運んできた」

父親がうなずく。「だったら、次はもっと水を運んできなさい。しかし、今回のことで泣く必要はない。おまえの人生に、後悔の余地があってはならないんだ。何かをしている瞬間に、迷いがないと感じられたなら、確信を感じられたなら、あとになって後悔するはずがないだろう?」

父親の話は理解できなかったが、アベナは聞きながらうなずいてみせた。しかし、あの当時でさえ、父親が自分自身に言い聞かせているのはわかっていた。

オヘネの呼吸と鼓動に合わせて、アベナの頭も動く。混じり合った汗がふたりのあいだをゆっくり伝い落ちるなか、アベナは父親の言葉を思い出した。そう、後悔は何もない。


アベナがクマシを訪問した年、村の畑はどこも不作だった。翌年も状況は同じで、さらに四年のあいだ不作が続いた。村人の移住が始まった。絶望に打ちひしがれるあまり、よりによって恐怖の北部を目指す者さえいた。誰にも所有されていない土地を求め、まだ自分たちを見捨てていない土地を求め、ヴォルタ川を越えていったのだ。

アベナの父親はかなりの高齢となり、腰だけでなく手もまっすぐに伸ばせないありさまだった。もう農作業はできなかった。だから、アベナは父親の代わりに働き、毎年毎年、痩せた土地がひたすら死を吐き出すのをまのあたりにした。食うや食わずの村人たちは、これは何かの罰ではないかと噂したが、罰に耐えるしかないことも理解していた。

かつて豊穣を誇ったオヘネ・ニャルコの畑までもが、不妊の状態に陥り、次の豊作が来たらアベナを娶るという約束はどんどん先送りされた。

アベナとオヘネの逢瀬《おうせ》は続いた。クマシ旅行から一年目、まだ収穫の結果が予測できないころ、ふたりは人目を憚らなかった。「アベナ、気をつけなさい。悪い行ないは悪いものを引き寄せるから」と母親は娘に忠告した。朝、アベナの小屋からオヘネがこっそり抜け出すのを見られたのだ。しかし、アベナは耳を貸さなかった。村人に知られて何がまずいの?　妊娠したからって何がまずいの?　もうすぐ自分はオヘネ・ニャルコの妻になるのだ。幼馴染みから妾に変わるわけではないのだ。

しかしこの年、オヘネ・ニャルコの作物が真っ先に枯れた。人々は頭をかき、理由を考えた。やがてほかの村人の作物も枯れ、村に魔女がいるのではとささやかれだした。〝つきなし〟がもたらすはずの災い事が、遅まきながらやって来たのか？　不作が始まって二年目の末、アベナの小屋から戻るオヘネ・ニャルコの姿を、アバという名の女が目撃した。

「アベナよ！」次の村の寄り合いでアバが叫んだ。部屋には老人たちがぎっしり集まっていた。アバは上下動する胸を片手で押さえ、「あの女がオヘネ・ニャルコに悪運をつけて、その悪運が村のみんなに広まったのさ！」

長老たちはオヘネ・ニャルコとアベナから事情を聴き取り、八時間のあいだ善後策を話し合った。次の豊作のあとに結婚する約束をした、というオヘネ・ニャルコの主張は理にかなっていた。これには害はないものの、密通を罰さずに放置することはできない。子供たちは結婚前提の不義が許されると考えてしまうだろうし、迷信深い一部の長老たちは、土地の不毛はアベナが原因だと主張して譲らなかった。長老衆の意見が一致していたのは、土地が不妊なのにアベナが懐妊するのを許すべきではないことと、アベナを村から追放した場合、激怒したオヘネ・ニャルコが畑の回復に手を貸してくれなくなるだろうこと。話し合いはようやく結論に達し、村民すべてに対して告知がなされた。アベナが妊娠したとき、もしくは、不作が七年続いたとき、彼女を村から追放する。妊娠の前に、もしくは、七年が過ぎる前に、豊作の年がやってくれば、村に留まることが認められると。

「旦那は家にいる？」不作が六年に入って三日目、アベナはオヘネ・ニャルコの妻に尋ねた。雨が降っているときに自宅を出たが、短い道のりを歩ききったとき、もう雨はやんでいた。

メフィアは目を向けもしなければ、口を開きもしなかった。実際の話、第一夫人はオヘネと喧嘩をした夜以降、アベナといっさい口をきいていない。妻は、もう密会はやめてほしい、一族の恥をさらすのはやめてほしいと懇願し、夫は、約束を撤回するつもりはないと答えたのだ。それでもアベナは機会があるたび、できるかぎりメフィアに感じよく接しようと努めてきた。

気まずい沈黙が続き、耐えられなくなったところで、アベナは小屋の扉を開けた。中では、オヘネが小さなケンテ布の袋に何かを詰めている。

「どこかへお出掛け？」戸口に立ったままアベナは訊いた。

「オスに行ってくる。噂によると、あの町の誰かが新種の作物を持ち込んできたらしい。ここでも栽培できるって話だ」

「そのあいだ、わたしはどうしたらいいの？　あんたがいなくなったとたん、村から放り出されるかも」

オヘネ・ニャルコが詰めていたものを下に置き、両腕でアベナを抱えあげて、顔を同じ高さにする。

「おまえを追い出した連中には、俺が帰ってきたあと、落とし前をつけてやる」

オヘネはアベナを下に降ろした。外では子供たちが、トウェアピアの樹皮を拾い集めている。樹皮から歯ブラシを作り、クマシで売って食べ物に換えてくるのだ。これがオヘネ・ニャルコにとって恥ずかしい状況なのを、アベナは知っていた。子供たちは何か有益なことをしているのではない。父親に養う能力がないから、仕方なくやっているだけなのだ。

この日、ふたりは手早く愛を交わし、ほどなくオヘネ・ニャルコは旅立っていった。アベナが自宅へ戻ると、両親が火の前に座り、植物の塊茎《かいけい》をあぶっていた。

「オヘネ・ニャルコの話だと、オスの町あたりで新しい作物がとてもよく育ってるそうよ。オヘネが調達に出掛けたから、村のために持ち帰ってくれるはず」

母親がうなずき、父親が肩をすくめる。オヘネとの件でふたりに恥をかかせてしまったのを、アベナは承知していた。将来の追放が告げられたとき、両親は長老衆のところへ足を運び、考え直してほしいと情理を尽くして訴えた。あの当時も今も、〝つきなし〟は村でいちばんの高齢だ。地元の出身者ではないため、長老衆の仲間入りは許されなかったものの、それでも年長者の言葉には耳を傾けるというしきたりは守られていた。

「うちには子供がひとりしかいないんだ」と老いた父は言った。しかし、長老衆は顔を背けるだけだった。

談判から帰ったあと、夕食の席で母親が言った。「おまえは何てことを」口許を覆う両手の中に泣き声を洩らし、それから両手を天に向かって掲げる。「こんな子供を授かるほど、わたしは罪深いのですか？」

しかし、当時はまだ不作が二年続いただけだった。豊作がやってきてオヘネと結婚できるのは間違いない、とアベナは両親に請け合った。母親の不妊体質を受け継いだのか、父親の家系の呪いを受け継いだのか、いずれにしてもアベナが子供を身ごもらず、追放を免れているという事実は唯一の救いと言えた。

「ここでは何も育たん」と老いた〝つきなし〟はつぶやいた。「この村はもうおしまいだ。今のような暮らしを続けるのは無理だろう。塊茎と木の皮だけを食べて、あと一年、生き延びられる者は誰もいない。村の連中は、おまえひとりを追放するつもりでいるが、実際は、ここの大地が我々みなに追放の刑を下したのだ。今にわかる。そうなるのは時間の問題だ」

一週間後、オヘネ・ニャルコが新しい種とともに戻ってきた。新種の作物の名前はカカオ。これがすべてを変えるとオヘネは言った。東部のアクアペンの人々はすでに、カカオからの恩恵を懐に入れていた。異国の白人に売れたときのうまみは、かつての交易に引けを取らないという。

「このちっちゃな種にいくら払ったか、あんたたちにはわからないだろう！」みなが見えるよう、みなが触れるよう、みながにおいを嗅げるよう、オヘネは種を掌の上に載せた。「だが、これには村ひとつぶんの価値がある。俺を信じてくれ。我々はもうゴールドコーストとは呼ばれなくなる。これからはカカオコーストだ！」

オヘネの言葉は正しかった。数カ月のあいだに、カカオの木はみるみる生長し、金色と緑色と橙色の実をつけた。こんな植物を見た経験がなく、好奇心の虜となった村人は、熟す前の莢《さや》に触れたり、中身を取り出そうとしたりするので、オヘネ・ニャルコと息子たちは、見張りをすべく外で寝るはめになった。

息子たちにしっしと追い払われたとき、もしくは、オヘネ・ニャルコ自身から怒鳴られたとき、村人は「でも、これで食っていけるのか？」と訝った。

カカオ栽培が始まってからの数カ月、オヘネとの逢瀬はどんどん少なくなっていったが、この状況はむしろアベナをほっとさせた。栽培に打ち込めば打ち込むほど、豊作が来るのは早まり、豊作が早まれば結婚も早まる。たまに会っても、オヘネが持ち出す話題といえば、カカオのことと、栽培にどれほど元手がかかったかということ。オヘネの手からは嗅いだことのない奇妙なにおいがした。甘く、濃く、土臭い。オヘネと別れたあとも、触れられたところが同じにおいを発しつづけていた。真円を描く黒い乳首からも、耳の後ろからも。カカオはすべてに影響を与えていた。

ついにオヘネ・ニャルコは、収穫の時が来たと宣言した。村の男と女が全員、駆り集められ、オヘネの指示どおりに、いや、オヘネが東部の農夫から教わったとおりに作業をした。カカオの実を割り開けると、甘そうな白い果肉に包まれた紫色の種が出てくるので、種を果肉ごとバナナの葉の上に並べ、その上からまたバナナの葉をかぶせる。作業が終わると、オヘネ・ニャルコは村人たちを帰した。

「こんなもんで食ってけるわけがない」家まで戻る道中で村人たちはささやき合った。カカオの実の中を見た人々の一部は、失意のあまり、すでに荷造りを始めていた。しかし、残りの村人は五日後にもニャルコの屋敷を訪れ、発酵した種を天日に干して乾燥させた。村人たちはそれぞれ、ケンテ布の袋を無償で渡しており、乾燥済みの種は袋に詰められた。

オヘネ・ニャルコが小屋へ袋を運び込むあいだ、村人たちはあたりを見回し、「このあとは、どうするんだ？」と互いに問いかけた。

「このあとは、みんな休んでくれ」小屋の外で待っていた集団にオヘネが告げる。「俺は明日、取引市場に出向いて、売れるだけ売ってくる」

この日の夜、オヘネはアベナの小屋で寝た。四十年来の夫婦みたいに、あからさまで人目を憚らぬ振る舞いは、結婚が近いという希望をアベナに与えた。しかし、自分の隣で床に横たわる男は、村人全員の前で利益回収を約束した自信満々の男ではない。股間を布で覆い隠す前から知っている男は、アベナの腕の中で震えていた。

「うまくいかなかったらどうしよう？　売りさばけなかったらどうしよう？」女の胸に顔を埋めたまま、オヘネが問いかける。

「シーッ！　そんなふうに言うのはやめなさい」とアベナはなだめた。「きっと売れる。売れなきゃだめなのよ」

大きな泣き声と震えがやまないため、アベナは「あっちも心配だし」という言葉を聞き逃した。たとえ耳に入っても意味はわからなかったろうが。

　翌朝、目を覚ましたとき、オヘネの姿はなかった。村人たちはオヘネの凱旋に備え、痩せこけた若い山羊を見つけて殺し、筋張った肉が軟らかくなるのを願って丹精込めて煮込んだ。はしっこさと目敏さを鼻にかける子供たちは、母親たちの目を盗んで、調理中の山羊の肉片をむしり取ろうとしたが、子供の悪戯に第六感が働く母親は、伸びてきた手を引っぱたき、手首をつかんで火の上にかざした。子供が泣きだして行儀よくすることを誓うまで。

　オヘネ・ニャルコは当日の晩も、次の日の晩も戻らなかった。帰ってきたのは三日目の昼。オヘネの背後には、丸々と太った山羊が四頭、綱につながれて続いていた。なかなか前に進もうとせず、まるで肉切り包丁の鉄のにおいを嗅ぎつけたみたいに、悲しそうな泣き声をあげている。往路でカカオ豆が詰まっていた布袋には、復路ではヤム芋とコラノキの種が詰まっており、新鮮な椰子油と大量の椰子酒もおまけについていた。

　村人たちは数年ぶりに大がかりな祝いの宴を催した。舞いが舞われ、歓声があがり、女たちのむき出しの胸が細かく上下動する。年寄りの男と女はアドワの踊りを披露し、軽く腰を揺らしながら、上へ向けた両手を持ちあげ、それから前へ差し出した。まるで母なる大地から何かをいただき、すぐにまた大地へお返しするみたいに。

　村人の胃は小さくなっているらしく、早々に食べ物で腹を満たしたあと、今度は別腹を甘い椰子酒で満たしはじめた。

　〝つきなし〟とアコスアは、不作の年が終わった幸せを噛みしめ、互いに身を寄せたまま、村人たちの踊りを眺めたり、音楽に合わせて満腹の腹を叩く子供たちを眺めたりした。

　祝宴のさなか、アベナはオヘネ・ニャルコを観察した。村への激しい愛を示す人々を、オヘネはしげしげと見渡していた。しかし、誇らしげな顔には、アベナにもよくわからない表情が混じっている。

「よくやったわね」とアベナは近づきながら言った。この夜は、オヘネからずっと距離を置かれていた。宴の最中に注目を浴びたくないのだろう、とアベナは解釈した。今回の件がアベナ追放にどんな影響を与えるのか、という疑問を村人たちに持たせたくないのだろうと。しかし、アベナは影響のことばかりを考えていた。まだ誰にも話していないが、生理が四日遅れている。初潮を迎えて以来、四日遅れの経験がなかったわけではなく、死ぬまでにはまだ何度か経験するのかもしれないが、それでも、今回〝こそ〟はと思えた。

アベナがオヘネ・ニャルコに望むのは、屋根の上から自分への愛を叫ぶこと。村全体が腹を満たし、祝宴を楽しんだのだから次は、俺はおまえを嫁にすると言ってほしかった。明日ではなく今日。今日この日に。この祝宴もふたりのものにしてほしかった。

しかし、オヘネはこう言った。「やあ、アベナ。腹いっぱい食べたか？」

「ええ、ありがとう」

オヘネがうなずき、ひょうたんの杯で椰子酒をあおる。

「あんたはよくやった、オヘネ・ニャルコ」アベナは手を伸ばし、相手の肩を触ろうとしたが、手は空気とこすれ合っただけだった。オヘネは視線を合わそうともしない。「どうしてよけたの？」と訊きながら、アベナはオヘネから後ずさった。

「なんだって？」

「その〝なんだって〟って言い方、まるでこっちの頭がおかしいみたいじゃない。あたしが触ろうとしたら、あんたがよけたのよ」

「静かに、アベナ。騒ぎを起こすな」

アベナは騒ぎを起こさず、背を向けて歩き去った。踊る村人たちを通り過ぎ、泣いている両親を通り過ぎ、ひたすら歩きつづけた。そして、自分の小屋にたどり着くと、片方の手を胸に、もう片方の手を下腹部に押しつけた姿勢で、床に横たわった。


翌日、長老衆が訪ねてきたとき、アベナは同じ姿勢をとっていた。不義の七年目を迎える前に不作が終わり、アベナがまだ身ごもっていないため、村に残っていいと告げに来たのだ。オヘネ・ニャルコの収穫は利益がとても大きく、約束は果たされるだろうと長老衆は言った。

「きっと彼はわたしと結婚しない」アベナは床の上で、体を左右へ転がしながら言った。片手は下腹部、片手は胸。それぞれ痛い部分を押さえつけている。


長老衆は頭をかき、互いに顔を見合わせた。アベナはあまりにも待ちくたびれて、とうとう狂気に呑み込まれてしまったのか？

「どういう意味かね？」と長老のひとりが質す。

「きっと彼はわたしと結婚しない」とアベナは繰り返し、それからごろりと体を返して、長老衆に背中を向けた。


長老衆はオヘネ・ニャルコの小屋に押し寄せた。来季の作付けの準備に取りかかっていたオヘネは、農業を営む村人全員に配るため、種をより分けていた。

「彼女がそう言ったのか」とつぶやくオヘネは、長老衆を見あげもせず、より分けの作業を続けていた。種の山のうち、ひとつはサルポング家に、ひとつはジャシ家に、ひとつはアサレ家に、ひとつはカンカム家に。

「いったいどうなっとるんだ、オヘネ・ニャルコ？」

オヘネは山を作り終えた。午後になれば、各家の長が受け取って持ち帰り、自分たちの狭い畑にまき、奇妙な新種の植物が芽吹いて生い茂るのを待つ。村はすぐさま昔の姿を取り戻すだろう。いや、昔の繁栄をしのぐことになるかもしれない。

「カカオを手に入れるために、俺はオスのある人物と約束を交わした。彼の娘を嫁にもらうと。カカオ取引で得た品々の残りは、すべて結納品として差し出す必要がある。だから、今季はアベナと結婚できない。彼女には次の機会を待ってもらう」

一方、ようやく固い床から立ちあがり、膝と背中の土を払ったアベナは、自分にこれ以上待つ気がないことを知っていた。

「この村を出ていくわ、お父さん」とアベナは言った。「ここにはもういられないし、馬鹿にされるのもいや。わたしはもう充分に苦しんだ」

父親が体で小屋の戸口をふさぐ。歳をとってよぼよぼなので、娘が触れただけで倒れ、道は開かれるだろう。アベナは何にも邪魔されず出ていけるはずだ。

「行かせるわけにはいかない」と父親が言う。「まだだめだ」

アベナの様子を注視しながら、ゆっくりと戸口から離れ、娘が動かないのを確認すると、シャベルを持って外へ出ていき、敷地の隅を掘りはじめた。

「何をしてるの?」とアベナは訊いた。〝つきなし〟は汗をかいている。動きはとても遅く、娘は父親にやるせなさを感じた。シャベルを奪い取り、代わりに自分で掘る。「捜し物は何なの?」

父親は膝をつき、両手で土をかき分けはじめた。土をつかんでは、しばらく持ったあと、指でふるいにかけていく。動きが止まったとき、掌の上に残っていたのは、黒い石の首飾りだった。

アベナは父親の隣にしゃがみ込み、首飾りをじっと見つめた。金色に輝いていて、触るとひんやりとした感触がある。

父親は大きく空気を吸い込み、乱れた息を鎮めようとした。「これはわたしの祖母、おまえの曾祖母のエフィアが持っていたものだ。エフィアもこれを実の母親から与えられた」

「エフィア」とアベナは繰り返した。祖先の名前を聞くのはこれが生まれて初めてだ。名前を舌の上でじっくりと味わう。何度でも何度でも口にしたかった。エフィア、エフィア。

「わたしの父は奴隷商で、莫大な富を持っていた。ファンティを捨てようと決心したのは、家業に手を染めたくなかったからだ。わたしは自分自身のために働きたかった。村の連中からは〝つきなし〟の呼び名を賜ったが、農作業の季節がやってくるたび、わたしは〝つき〟を感じる。この土地を所有できたこと。この名誉ある仕事に携われること。一族の恥ずべき仕事に携わらずに済むこと。村の人々がこのちっぽけな土地を与えてくれたとき、わたしは無上の喜びを覚え、感謝のしるしとしてこの石をここに埋めたのだ。

行くと言うなら、もうおまえを止めはしない。だが、どうかこれを持っていってほしい。願わくは、わたしと同じくおまえにも御利益《ごりやく》があらんことを」

アベナは首飾りを身につけ、父親と抱擁を交わした。母親が戸口に立って、土まみれの父娘を見守っている。アベナは立ちあがり、母親の体をぎゅっと抱き締めた。

次の日の朝、クマシに向けて旅立った。町のキリスト教の教会にたどり着いたとき、アベナは首飾りの石に触れ、先祖に感謝の言葉をつぶやいた。

第二部

H

Hを殴り倒すには警官三人、鎖で縛るには警官四人の手が必要だった。

「俺はなんにもしちゃいねえぞ！」というHの叫び声は、誰もいない空間に虚しく響くだけ。警官たちは早々に引きあげていた。あれほどすばやく歩き去る人間を、Hは見た憶えがない。自分は相当に恐れられているようだ。

Hは鉄格子をがたがたと鳴らした。本気を出しさえすれば、細い鉄棒をひん曲げ、へし折ることなどわけないという自信があった。

「殺される前にやめとけ」と同じ房の男が言う。

Hは男の顔をバーミングハムの周辺で見かけたような気がした。ひょっとすると、郡部のどこかの農場で、いっしょに小作仕事をしたことがあるのかもしれない。

「誰も俺を殺せやしねえ」とHは言った。鉄棒に力を加えつづけていると、指のあいだから金属の悲鳴が聞こえはじめる。とそのとき、同房者の手を肩に感じた。間髪を容れず振り向いたため、男には考える暇も動く暇もない。Hは相手の喉をつかみ、体ごと上へ押しあげてやった。身の丈六フィートを超えるHに持ちあげられ、男の頭の先が天井とこすれる。あと少し高く掲げられていたら、天井を突き破っていただろう。「二度と俺の体に触んな」

「白人どもがあんたを殺さないとでも思ってるのか？」小さな声がゆっくりと絞り出される。

「いったい俺が何をした？」Ｈは男を地面に降ろしてやった。そのまま男が膝をつき、あえぎながら長々と空気を吸い込む。

「あんたは白人女をじろじろ見てたって話だ」

「誰がそんな話を？」

「警察さ。あんたを捕まえに行く前、罪状をどうするかって連中が話し合ってるのを、小耳に挟んだんだよ」

Ｈは男の隣に座った。「連中の話だと、俺がちょっかいを出したのは誰だ？」

「コーラ・ホッブズ」

「ホッブズなんて女をじろじろ見てた憶えはねえな」Ｈは怒りを新たにした。白人女との醜聞を噂されるなら、昔世話になった小作の元締めの娘より、美人でなければ救われない。

「若いの、気をつけろ」と男が言う。向けられてくる視線は積年の恨みに満ちており、Ｈは突如として、年かさの小柄な男に得体の知れぬ恐怖を覚えた。「あんたに罪があろうがなかろうが関係ない。連中はあるって言うだけでいいんだ。それだけでいいんだ。体がでっかくて筋骨隆々だから、自分は安全だって思ってないか？　違うぜ。白人どもはあんたが目に映ることが我慢ならない。あんたみたいな図体の黒人が、孔雀《くじゃく》みたいに誇らしげに歩くのを誰も見たくないんだ。あんたは怯えってものをかけらも持ってなさそうだしな」男が牢屋の壁に頭を預け、しばし瞼を閉じる。「戦争が終わったとき、あんたはいくつだった？」

Ｈは逆算しようとしたが、もともと数字に強いほうではない。南北戦争はかなり昔の出来事なので、数えられる上限を超えていた。「確かじゃねえが、たぶん十三ぐらいだ」

「ふうむ、やっぱりな。幼かったあんたにとって、奴隷制は目の中の小さな斑点みたいなもの。そうだろ？　誰も教えないなら、俺が教えてやる。戦争は決着がついたかもしれないが、まだ終結しちゃいない」

男がふたたび瞼を閉じる。壁につけたままの頭を、あっちへこっちへと転がす。Hは疲れ切った表情を看てとり、いったいいつから牢屋に座っているのかと訝った。

「俺の名前はH」とHは沈黙を破った。和平の申し出だ。

「Hは名前じゃないだろう」目をつぶったまま男が言う。

「俺にはこれしかねえんだよ」

ほどなく男が眠りに落ちる。Hは鼾《いびき》の音を聞き、胸の上下動を見守った。戦争が終わった日、Hはかつての主人の農園を離れ、ジョージアからアラバマを目指して歩きはじめた。新しい自由に似つかわしい新しいものを見聞きしたかったのだ。自由になれたことがとても嬉しかった。知り合いはみな、ただ自由に幸せを感じていた。しかし、嬉しさはあまり長続きしなかった。

郡の牢屋に放り込まれてから四日が過ぎた。二日目には同房者がいなくなっていた。どこへ連れていかれたのかはわからない。ようやく自分の番がやってきたが、看守たちは罪状について何も教えてくれず、今夜じゅうに罰金十ドルを支払えとだけ告げた。

「貯金は五ドルしかねえ」とHは言った。小作仕事でこれだけの額を貯めるには、十年近くの歳月が必要だった。

「家族が援助してくれるかもしれんぞ」と言った副所長はすでに歩き去り、次の収監者とやりとりをしていた。

「家族はひとりもいねえよ」とHは誰にともなくつぶやいた。ジョージアからアラバマまでの旅も独りきりだった。もとより孤独には慣れていたが、アラバマでの暮らしは孤独に実体を与えた。夜、眠るときは、孤独を抱き締めることができた。鋤の柄の中にも、ふわふわと流される綿花の中にも、孤独は存在していた。

十八歳のとき、イーシという女と出逢った。当時すでに巨漢だったため、Hは誰からも難癖をつけられなかった。部屋へ入っていくと、男も女も場所を譲り、前にぽっかりと空間ができた。つねに一歩も退かなかったのはイーシだけ。今までに知り合った中では、最も頑固で融通がきかない女だが、イーシとの付き合いは、老若男女を問わず最も長く続いた人間関係だった。イーシに助けを求めることも考えられるが、別の女の名前で呼びかけてしまって以来、一言も口をきいてもらえなくなっていた。裏切ったのは間違いだった。嘘をついたのはもっとひどい間違いだった。このやましさが解消されるまで、イーシに連絡などできない。聞いた話では、息子や夫を捜しに警察署を訪れた黒人女性が、警官たちによって奥の部屋へ連れていかれ、罰金を払う別の方法があると吹き込まれるらしい。だめだ、とHは思った。イーシにとって自分はいないほうがいい存在だ。

一八八〇年七月のうだるような日の夜明け前、Hは十人の男と鎖でつながれ、アラバマ州によって売り飛ばされ、バーミングハム郊外の鉱山で働くこととなった。

「次」と現場監督が叫び、副所長がHを前へ押し出す。いっしょに列車で連れてこられた十人の男は、すでにひとりずつ検分を受けていた。いや、十人の男と呼ぶのは語弊があるだろう。ひとりは十二歳ほどの子供で、列車の中ではずっと身震いしていた。涙を流しながら現場監督の前に引き出されると、小便をちびり、足許の水溜まりの中へ溶け落ちてしまいそうに見えた。あの少年の歳だと、現場監督が机の上に置いているような鞭は、おそらく見たことがないだろう。夜にうなされるような、両親から聞かされた物語でしか知らないだろう。

「自慢のでかぶつだ」と副所長が言い、現場監督に強靭さを実証すべく、Hの両肩を後ろから力いっぱい握りしめる。部屋にいる男の中では、Hが最も背が高く、最も力が強い。実際、列車に乗っているあいだじゅう、頭の中を巡っていたのは、どうやったら鎖をぶちこわせるかだった。

現場監督は口笛を吹いた。椅子から立ちあがって、商品の周りを一回りする。腕をむんずとつかまれたので、Hは監督に飛びかかろうとしたが、手枷と足枷に阻まれてしまった。鎖は断ち切れなかったものの、手が届きさえすれば、一瞬で監督の首をへし折れることは間違いない。

「どう、どう！」と監督が言う。「行儀を仕込む必要がありそうだな。こいつにいくらの値段をつける？」

「一カ月につき二十ドル」と副所長が答える。

「おいおい、知ってのとおり、ここじゃ一等の労働者でも上限は十八ドルだぞ」

「あんたも認めたとおり、こいつはでかぶつのうえに、ある程度の耐久性も保証できる。ほかの奴らみたいに、鉱山で簡単にくたばったりはしないはずだ」

「こんなまねは許されねえぞ！」とHは叫んだ。「俺は自由だ！ 自由な人間なんだ！」

「違うな」現場監督はぴしゃりと言った。Hに用心深い視線を向け、コートの内側からナイフを抜き出し、机の上に置かれた鉄鉱石で研ぎはじめる。「自由な黒んぼなど存在しない」ゆっくりとHに歩み寄り、切れ味の増したナイフを首へ押しつけた。冷たい刃が今にも皮膚を突き破る感覚を味わわせるためだ。

鉱山の現場監督は副所長を振り向いた。「こいつには十九ドル出そう」と言って、ナイフの切っ先をゆっくり横へ滑らせる。Hの首に現れた細く赤い横一文字は、まるで監督の言葉を下線で強調しているかのようだ。「たしかにこいつはでかぶつかもしれんが、切れば血が出るところはほかの奴らと変わらん」

　農園で働いていた長い年月のあいだ、地面の下に土と水と虫と根以外の何かがあるなどとは考えたことがなかった。今、まのあたりにしているのは、地下に存在するひとつの都市だ。今までに住んだり働いたりしたどの郡と比べても、この都市は面積が大きく、どの郡と比べても不規則に広がっていた。住民のほとんどすべては黒人の男と少年。この街では、通りの代わりに立て坑が走り、家の代わりに切り羽が並んでいた。そして、切り羽はもちろん、ありとあらゆる場所にもれなく石炭がある。

　新人がいちばん難儀するのは、最初の千ポンド分の石炭を掘り出すまでだ。ここを過ぎれば、スコップ扱いは上達していく。Hは一日に何時間も、膝立ちのまま働いた。一カ月が経過するころには、スコップが自分の腕の延長みたいに感じられ、まるで新たな重荷に適応するかのごとく、肩甲骨を中心に筋肉が盛りあがりはじめた。

　Hはスコップと一体化した腕を携え、ほかの男たちとともに、鉱山の立て坑を六百五十フィートほど降下していった。地下都市に足を踏み入れたあとは、この日の作業現場である切り羽まで、三ないし七マイルの徒歩行に移る。Hは大柄ながらもはしっこく、脇腹を下にした姿勢で、高い場所の隙間にも入り込めたし、四つん這いの姿勢で、岩を爆破したあとの横坑へ這い進み、目指す切り羽にたどり着くこともできた。

　切り羽でのHは、体を低く保ち、膝立ちや腹這いや横臥の姿勢で、およそ一万四千ポンドの石炭を掘り出した。Hを含む四人鉱夫はみな、一日の終わりに鉱山を離れるとき、必ず幾重もの黒い塵の層に包まれていた。腕は熱を持ち、とにかく熱かった。燃えるような痛みは、石炭に火がつくかと思うほど。あまりの激痛にHは、よくこれで鉱夫全員が命を落とさないなと訝しんだ。しかし、鉱山で人を殺すのは、もちろんこの痛みだけではない。一万二千ポンドのノルマを達成できなかった囚人が鞭で打たれる場面は、一度ならず目撃した。終業時に計量したところ、ある三等鉱夫が掘り出した石炭は、一万千八百二十九ポンドだった。百七十一ポンドの不足を確認すると、現場監督は囚人に命じて、壁に両手を突っ張って立たせ、死ぬまで鞭をふるいつづけた。白人の見張りたちは、翌日一杯、亡骸《なきがら》を放置した。塵の毛布に包まれていくありさまを、ほかの囚人たちへの見せしめとしたのだ。段状の採掘現場が崩れ、囚人が生き埋めになったこともあった。男と少年を百人単位で吹き飛ばす粉塵爆発も、頻繁に発生した。夜は同じ鎖につながれ、昼は隣同士で働いた男が、翌日、不可解な理由で死ぬのも珍しくなかった。

昔のHは、よくバーミングハムに移住することを夢見ていた。南北戦争が終わって以降、ずっと小作人として働いてきたが、バーミングハムの街では黒人が独立した人生を築きあげられるらしい、という噂を耳にしたからだ。しかし、今のこのありさまは何だ？　これが人生と呼べるのか？　少なくとも奴隷時代は、主人が金をドブに捨てたくないなら、自分を生かしつづける必要があった。現在では、たとえ自分が死んでも、別の囚人が鉱山に貸し出されるだけだろう。騾馬《らば》のほうがよっぽど価値があるわけだ。

Hは自由だったころをほとんど憶えていなかった。自由そのものを取り戻したいのか、自由を思い出せる記憶力を取り戻したいのか、それさえもよくわからない。Hはときどき、ようやく寝棚まで帰り着いたあと、過去を思い出す方法を思い出そうとした。十五人ほどが枷につながれたまま、長い木製の寝棚を共有するので、全員が同じ動きをしないかぎり、就寝中は身動きひとつできないのといっしょだ。Hは今でも心の中に呼び起こせるものを、無理やりにでも片っ端から思い浮かべてみた。ほとんどはイーシに関する記憶。彼女の肉厚な肢体。別の名前で呼んだとき、彼女の目に宿った表情。

彼女を失うとなったときの恐怖感。そして悲しみ……。眠っている最中に、鎖が足首をかすめ、イーシの手の感触かと錯覚することがあった。Hはいつも不思議に思った。金属と皮膚は似ても似つかないからだ。

鉱山で働く囚人はほとんど全員が、Hと似たような背景を持っていた。奴隷の経験があり、一度は自由になったものの、奴隷の立場に逆戻りした黒人。Hと同じ鎖につながれているティモシーは、戦後に建てた自作の家のすぐ前で逮捕された。近くの野原で一晩じゅう、犬が遠吠えをしていたため、玄関を出て静かにしろと犬に言い聞かせた。すると翌朝、警察が押しかけてきて、騒乱を起こした罪でお縄にされてしまったのだ。ソロモンという服役囚は、五セント硬貨を盗んで逮捕され、懲役二十年の判決を下された。

ときどき看守のひとりが、三級の白人労働者を連れてきた。肌の白い新入りは、黒人と鎖でつながれると、最初の数分間はただ文句だけを垂れ流す。兄弟《ブラザー》である白人看守たちに、自分は黒んぼより優れていると主張し、慈悲を乞い、辱めは勘弁してくれと懇願する。新入りは悪態をつき、泣きわめき、駄々をこねる。しかし、鉱山へ送り込まれると、すぐに学びとる。ここで生き延びたいなら、黒人たちを信頼するしかないと。

かつてHは、トーマスという白人の三級鉱夫と組まされた。新入りの腕はひどい震えに襲われ、スコップを持ちあげることさえできなくなっていた。トーマスはまだ入って一週間だったが、ノルマを達成し損ねた場合、相棒ともども鞭打ちの刑に処され、死ぬこともありうるという話を聞き及んでいた。Hがじっと見守る前で、震える腕はわずか数ポンドの石炭で音をあげた。トーマスは地面にくずおれて、泣きながら途切れ途切れにつぶやいた。こんなところで死にたくない。黒んぼに看取られるのはごめんだと。

Hは無言のまま、トーマスのスコップを取りあげた。現場監督に注視されながら、片方の手に自分のスコップ、もう片方の手に相棒のスコップを握り、ふたり分のノルマをこなしていった。

「スコップの両手使いをする奴なんざ初めて見たぞ」仕事のあとで現場監督は言った。声にはかすかな敬意がこもっていたが、Hはただうなずきだけを返した。地面に座ったまま動かず、すすり泣きを続けるトーマスに、現場監督が蹴りを見舞う。「この黒んぼに命を救われたな」自分を見あげてくる新入りに、Hは何も言わなかった。

この日の夜、両隣には鎖でつながれた男、二フィート頭上には別の寝棚という状況で、Hは自分の両腕が動かないことに気づいた。

「どうかしたか?」不自然なほど動かないHに、鉱夫仲間のジョーシーが訊く。

「腕の感覚がねえんだ」恐怖に駆られ、Hはささやいた。

ジョーシーがうなずく。

「ジョーシー、俺は死にたくねえ。死にたくねえ。死にたくねえ。死にたくねえ」Hは言葉を繰り返すのを止められず、すぐさま自分が泣いていることに気づいたが、涙も止められなかった。目の下に溜まっている石炭の塵が顔を流れ落ちはじめる。小声の反復は続いた。「死にたくねえ。死にたくねえ」

「さあ、静かに」とジョーシーが言い、鎖をガチャッ、ガチャッと鳴らしながら、できる範囲でHの体をきつく抱き締めてやる。「今夜は誰も死にやしないよ。今夜は」ふたりはあたりを見回し、大きな音で目を覚ました者がいないか確かめた。Hが白人の三等労働者を救った話は、すでに鉱山じゅうの知るところとなっているが、誰もが知っているとおり、現場監督が手心を加えてくれるわけでは断じてない。次の日には、また一からノルマをこなしていく必要があった。

翌日のHは、朝番としてまたもやトーマスと組むことになっていた。朝番の男たちが起床したのは、まだ月が空で輝いているころ。細い三日月は両端が上を向いており、まるで黒い肌をした夜が、白い歯を見せて、歪んだ笑みを浮かべているみたいだ。男たちは食堂まで行き、コーヒー一杯と肉一枚にありつく。それから、袋に詰められた昼食用の弁当を受け取り、地表から二百フィートばかり降下して、鉱山の腹の中へ足を踏み入れた。Hとトーマスはさらに二マイルほど斜め下へ進んでいき、ようやく当日の作業現場である切り羽に到着した。現場監督はH・トーマス組に加えてジョーシー・ブル組も投入した。普通なら、ひとつの房に入るのはふたりだけだが、この房は掘削がきわめて難しく、ずんぐりした威圧的な外見ではなく、KKK団に負わされた顔の火傷から渾名を賜っていた。ある晩、誰の目にも悪人だと見分けがつくよう、KKKはブルにいわゆる〝焼き印〟を押したのだ。雄牛《ブル》という三等鉱夫は、

朝のうちは何をしようとしても、Hの両腕は錨を結びつけられたみたいにまっすぐ垂れ下がっていた。コーヒーと肉を断ったときと同じく、昼食の袋も持ちあげることができず、昇降機の立て坑にもどうにかよじのぼる始末。午前中は、なるべく周りの注意を惹かないよう努めた。仕事を始めるときに備え、できるだけ力を節約しておきたかったのだ。

この日の切断役は、ジョーシーだった。身長五フィート四インチの小男だが、岩の扱い方については、Hが知る誰よりも精通していた。周りすべてから敬意を集める一等鉱夫で、八年の刑期の七年目にもかかわらず、一年目と同じくらい熱心に働いている。ジョーシーは口癖のように言っていた。自由を手に入れたら、黒人の先達にならって、商売として鉱山で働く。自由な鉱夫は鞭打たれない……。

この日、岩と岩の隙間は、高さ約一フィートしかなかった。このような狭い場所に無理やり体をねじ込んだ男が、体を震わせて過呼吸を起こし、地表へ送り返される場面をHは何度も目撃してきた。

一度など、男が潜り込む途中で動きを止め、恐怖のあまり前進も後退もできなくなり、最後には呼吸までできなくなった。現場にジョーシーが呼ばれ、男を引っ張り出そうとしたが、到着したときにはもう死んでしまっていた。

ジョーシーは狭い場所を見ても瞬きひとつしない。小さな体で岩塊の下に取りつくと、仰向けになって隙間の上側を削りはじめた。この作業が終わったあとは、本人の好む表現を借りれば、岩の声に耳を傾けながら、穴をひとつ開ける。ががらと崩れだしそうな場所を、ジョーシーを即死させかねない場所を、音を頼りに回避するわけだ。穴が用意できたら、ダイナマイトを仕掛けて点火する。石炭の岩塊がばらばらに吹き飛んだら、トーマスとブルが鶴嘴《つるはし》で適当な大きさに砕き、あとは全員でトロッコに積み込む。

Hはスコップを持ちあげようとしたが、両腕の筋肉に力が入らなかった。精神を集中し、肩、前腕、手首、指に力を入れようとしたが、何も起こらない。

最初、ブルとトーマスはHを眺めているだけだった。しかし、ジョーシーがHの分の山を積みはじめると、ブルもそれにならい、数時間が経ったと思えたころには、トーマスもHの分を肩代わりしだした。切り羽にいる全員が、自分の石炭の山だけでなく、Hのノルマも分担したのだ。

「昨日は、手伝ってくれて助かったぜ」作業が終わったとき、トーマスが言った。

Hの痛む腕は、相変わらず気をつけの状態のままだった。動かない石みたいな、引力で脇腹にくっついているような感覚。Hはトーマスにうなずきを返した。以前は、白人が黒人に使った方法で、白人を殺してやりたいと夢想したものだった。縄、鞭、木、立て坑……。

「なあ、どうしてHって呼び名になったんだ?」とトーマスが訊く。

「俺も知らねえ」とHは答えた。かつては、鉱山から逃亡することだけを考えていた。どこかに反対側へ抜けられる道がないか、自由に続く抜け道はないかと思考を巡らせ、地下都市をじっくり観察したこともあった。

「よせやい。誰か名づけた人がいるはずだろ」

「元の主人の話じゃ、母さんが腹の中の俺をHって呼んでたらしい。出産前にちゃんとした名前をつけるよう周りから言われても、絶対に首を縦に振らなくて、結局は自殺しちまった。主人が言うには、母さんの息が絶える前に、みんなで腹をかっさばいて、俺を引きずり出したんだと」

トーマスはもう何も言わず、最後にもう一度、感謝のうなずきを送った。一カ月後、トーマスが結核で死んだとき、Hはその名前を思い出せなかった。脳裏に浮かんだのは、代わりにスコップを握ってやったとき、相手から向けられた表情だけだった。

これが鉱山生活の日常だ。今では、ブルの行方もわからなかった。刑務所が新しい鉱山会社と契約したり、鉱山会社が別の会社に吸収されたりして、配置転換される囚人は少なくないのだ。友達を作るのはたやすくても、友人関係を継続させるのは不可能。最後に聞いた噂では、ジョーシーは刑期を勤めあげたらしい。現在の服役囚たちは、旧友が念願の自由な鉱夫になった、という話で持ちきりだった。耳で聞いたことだけはあっても、自分がなれるとは夢にも思えない自由な鉱夫に。

一八八九年、Hは囚人としては最後の千ポンドの石炭を掘り出した。投獄期間のほとんどをロックスロープ鉱山で働き、勤勉さと高い技能で刑期は一年短縮された。昇降機で地上へ連行され、日の光の中で、刑務所長に足枷を外されたとき、Hはまっすぐ太陽を見あげた。今日の出来事がたちの悪い冗談で、地下都市へとんぼ返りさせられる場合に備え、日光を溜め込んでおきたかったのだ。太陽が目の中で、黄色い十数個の点に変わるまで、Hは直視を続けた。

帰郷を考えたが、よく考えると、故郷がどこかもわからなかった。働いていたいくつかの農園には、もう居場所などないだろうし、そもそも家族と呼べる存在はいない。二度目の自由を手にした最初の夜、Hはただひたすら歩きつづけ、鉱山が目に入らない場所へ、石炭のにおいが鼻腔にまとわりつかない場所へたどり着いた。最初に行き当たった酒場へ入ると、店内は黒人で賑わっており、Hはなけなしの金で酒を一杯注文した。

この日の朝、Hはシャワーを浴び、足首についた枷の痕を、爪に入り込んだ煤《すす》をこすり落とそうとした。そして、炭鉱で働いていたことを誰かに見破られる痕跡はない、と確信できるまで鏡との睨めっこを続けた。

酒をちびちび飲んでいると、女の姿が目に留まった。頭に浮かぶのは、綿花の茎と同じ肌の色だということ。Hはこういう茶色っぽい黒が恋しかった。もう十年近くのあいだ、石炭の真っ黒だけを見てきたからだ。

「悪いけど、ねえちゃん、ここは何て店だい？」とHは尋ねた。イーシをほかの女の名前で呼んで以来、異性と話をするのは初めてだ。

「入る前に看板を見なかったの？」女が頬笑みながら言う。

「見なかったみたいだ」

「店の名前は〈ピートズ〉よ、ミスター……」

「俺の名前はHだ」

「ミスターHってわけね」

ふたりは小一時間話し込み、Hは相手の身の上を訊き出した。女の名前はダイナ。住んでいるのはモービルだが、バーミングハムのいとこを訪ねてきた。いとこは敬虔なキリスト教徒の女性で、近親者が酒を飲む姿にいい顔をしないらしい。結婚を申し込もうか、という考えが芽生えはじめたとき、別の男がふたりの会話に割り込んできた。

「半端じゃなく強そうだな、あんた」と男が言う。

Hはうなずいた。「半端じゃないと思うぜ」

「どうやったらそんなふうに強くなれる？」と問われ、Hは肩をすくめた。「またまた。袖をまくって、筋肉を見せてくれよ」

Hは笑いはじめた。しかしダイナを見ると、満更でもなさそうに目をきらきらさせている。だから、Hは袖をまくりあげた。

当初、ふたりはうなずきながら観賞していたが、急に男のほうが近づいてきた。「何だ、これ？」と言って袖を引っ張る。肩口の後ろ側で、安っぽい生地に裂け目が入り、最後には背中があらわになった。

「なんてこと！」ダイナが両手で口を覆う。

Hは首を後ろへ伸ばし、自分の背中を見ようとした。しかし、何があるのかを思い出し、見る必要がないことを悟る。奴隷制度が終わっておよそ二十五年。できたばかりの新しい背中の傷、鞭打ちを受けた証拠である傷は、自由な人間にあってはならないものだった。

「知ってるぞ！」と男が言う。「こいつは鉱山で働いてる囚人だ。そうとしか考えられない！　ダイナ、こんな糞野郎としゃべっても時間の無駄だぞ」

ダイナは時間を無駄にしなかった。男といっしょにHから離れていき、今ではカウンターの反対側に立っている。Hは袖を元に戻し、刻印を持つ自分が自由な世界へ戻れないことを知った。

Hはバーミングハムのプラットシティ地区に居を定めた。白人黒人を問わず、前科者たちが寄り集まっている街だ。かつての囚人鉱夫は今、自由な鉱夫として働いていた。到着した日の夜、周りの人々に尋ねて回ると、わずか数分でジョーシーの行方が知れた。家族でいっしょに暮らすため、プラットシティに妻子を呼び寄せたのだという。

「誰かいい人はいないの？」と訊くジョーシーの妻ジェーンは、Hのための塩漬け豚を炒めるのに忙しかった。十年のあいだ、ひょっとするとそれ以上、まともな料理を食べていないという事実を埋め合わせようとの心遣いだ。

「ずっと昔だけど、イーシって名前の女がいた。でも今は、俺からの連絡を喜ぶとは思えねえ」

ジェーンが悲しげな表情を浮かべる。きっとイーシの物語を聞かぬうちから、すべてを理解した気でいるのだろう。彼女自身が結婚した相手も、突如として現れた白人によって、犯罪者の烙印を押されているのだから。

「リル・ジョー！」とジェーンが叫び、子供が現れるまで繰り返す。「うちの息子のリル・ジョーよ。この子は字が書けるの」

Hはリル・ジョーをためつすがめつした。どう見ても十一歳は超えていないはずだ。骨の目立つ膝と澄んだ目。父親にそっくりだが、もちろん違う部分もある。もしかしたら、体を使う仕事に就かざるをえないかもしれないし、もしかしたら、まったく新しい種類の黒人として、頭を使った仕事をすることになるかもしれない。

「この子に手紙を代筆させるといいわ」とジェーンが言う。

「いや」とHは答えた。イーシと最後に会ったときの光景が思い出される。逃げるように部屋を出ていく姿は、まるで亡霊に追われているみたいだった。「手紙を書く必要はねえ」

ジェーンが二度、三度と舌を鳴らす。「そういう話は聞きたくないね。今、あんたが自由だってことを、誰かに知ってもらう必要がある。少なくとも、この世界の誰かに知ってもらう必要があるんだ」

「口幅ったいようだけど、俺には自分がいる。今までずっとそれで充分だった」

ジェーンは長いあいだHをねめつけた。Hはその視線から憐れみと怒りを看てとったが、気にはならない。Hが折れることはなく、最後にはジェーンが折れる。

翌朝、Hはジョーシーと鉱山まで歩き、自由な労働者としての働き口はないかと尋ねた。

ミスター・ジョンと呼ばれる責任者は、Hにシャツを脱いでみろと言った。背中と両腕の筋肉をじっくり検分したあと、口笛を吹く。

「ロックスロープで十年の懲役を食らった奴が、生き残ったうえに、一見の価値がある肉体を誇れるってか？　悪魔と取引でもしたんだろう」とミスター・ジョンが言い、射るような青い目を向けてくる。

「勤勉に働いただけですよ、ミスター」とジョーシーが答える。「勤勉なうえに頭も切れる」

「おまえが請け合ってくれるのか、ジョーシー？」

「こいつより優秀な鉱夫は、わたしぐらいなもんですって」

鉱山から戻るとき、Hの両手には鶴嘴が握られていた。


プラットシティでの生活は楽ではないものの、Hからしてみると、過去のどの場所よりも良い暮らしと言ってよかった。Hは今まで見たことのない光景をまのあたりにした。白人の家族と黒人の家族が隣り合って住む。ふたつの色が同じ組合に入り、同じ目的のために闘う。生き残りたいなら互いを信頼すべしと鉱山は教えてくれた。そして、プラットシティという鉱山町を作りあげるとき、この考え方が採り入れられた。町民は鉱夫仲間、前科者ばかりであり、誰もがバーミングハムの中心部でどんな扱いを受けるかを知っていた。だからこそ、すぐに忘れ去られる過去の知恵を活用しようとしたわけだ。

Hの仕事は前と変わらなかった。違うのは、給料をもらえる点だ。州立刑務所と鉱山会社との契約上、月給十九ドルの一等鉱夫だったという経歴が評価され、適切な賃金が支払われた。今では、一カ月に四十ドルが、自分の懐に転がり込んでくることもある。ホッブズ農園では小作農として二年のあいだ働いたが、雀の涙ほどの額しか貯金できなかった。暗くねじ曲がった体験ではあっても、鉱山はHの人生に起こった最良の出来事だった。新しい技能を、しかも有用な技能を身につけさせてくれたのだから。Hの両手はこんりんざい、綿花を摘んだり、畑を耕したりしなくて済む。

ジョーシーとジェーンは親切にも、Hを自宅に迎え入れてくれたが、当人は誰かのすねをかじる生活に、他人の家族と住む生活に疲れてきた。だから、プラットシティに移ってきた最初の月、鉱山での仕事が終わると、まっすぐジョーシーの家と隣接する空き地へ向かい、自分の家の建設に取りかかった。

ある晩、木材に釘を打っていたとき、ジョーシーが会いに来た。

「どうしてまだ組合に入ってないんだ?」とジョーシーが訊く。「おまえみたいな喧嘩っ早さが活かせる組織だぞ」

Hは別の鉱夫仲間から良質な材木を手に入れていたが、自宅の建設に使える時間は、午後八時から午前三時まで。残りの起きている時間は、鉱山での仕事だ。

「もう喧嘩っ早い性格じゃねえ」とHは言った。現場監督にナイフで切られて以降、首の傷が増えたわけではないが、今でもときどき傷痕をなぞっている。理由なく白人は自分を殺せる、という事実を改めて心に刻み込むためだ。

「ほう、もうそんな性格じゃないと？　よしてくれ、H。我々の闘争の目的は、おまえのためにもなるんだ。この家が完成したって、呼んでわいわいやる相手もいないだろう？　組合の活動はおまえにいい効果をもたらすはずだ」

生まれて初めて出席する会合で、Hは腕を組んだままいちばん後ろに陣取った。部屋の前方では、医者が黒肺病について講釈を垂れている。

「鉱山を出る際、体の外側を覆っている鉱物の塵は、そう、体の内側にも入り込んでいる。そして、病気を引き起こす。労働時間の短縮、換気状況の改善。諸君はこれらを勝ちとるために闘うべきだろう」

決断には一カ月かかった。ジョーシーの勧誘の言葉だけでなく、Hはいろいろと納得したうえで組合に加入した。実のところ、以前から鉱山内で死ぬことが怖かった。自由な身分は、その恐怖を癒してはくれなかった。昇降機で立て坑を降下していくたび、脳裏に自らの死が映し出された。医者によれば鉱夫たちは、Hが見たことも聞いたこともない病気に罹りつつあるらしい。しかし、自由を手に入れた今の自分なら、少なくとも、身の危険を何らかの価値あるものと交換することができる。

「闘う目的は金にするべきだ」とHは言った。

全員がいっせいに声の主のほうへ首を巡らせ、部屋の中がざわつきはじめる。「両手スコップのHが来てるぞ」「あれが両手スコップか？」Hはもっと早くに参加すべき存在だった。

「粉塵を吸い込まずにいるのは不可能だぜ、先生」とHは言った。「ここに雁首揃えてる男どもはほとんど全員、あんたの言うとおり棺桶に片足を突っ込んでる。あの世へ行く前に、金をもらっといて損はねえ」

Hの背後で、会議室の扉がゆっくりと開き、片脚のない少年がたどたどしく入ってくる。どう見ても歳は十四を超えていない。しかし、Hは少年のこれまでの人生を思い描けるように感じていた。たぶん、少年は選別係として仕事を始めたのだろう。石炭の山の前にうずくまり、不純物を取り除く作業に従事していたが、ある日、外で駆け回っている姿が責任者の目に留まり、足の速さを買われて輪止め係に抜擢された。少年はトロッコと併走し、足を地面に踏ん張って減速させていた。しかし、一台のトロッコは速度が落ちず、軌道から飛び出して、少年の片脚と未来を奪った。医者が鋸で患部を切断したあと、少年が最も悲しんだのは、父親と同じ一等鉱夫になれないという事実だったかもしれない。

壇上の医者は視線を、Hから片脚の少年へ転じ、ふたたびHへ戻して言う。「金にけちをつけるつもりはない。誤解しないでくれ。だが、採鉱の作業の安全性は、今よりずっと向上できる余地がある。命も、闘う価値のある目的だぞ」医者は咳払いをし、黒肺病の兆候について話を続けた。

家へ戻る途中の夜道で、Hは片脚の少年について考えはじめた。自分はいともたやすく、少年の物語を描き出せた。実際の世界でも、ひとつの人生はいともたやすく進路を変えられてしまう。同房者に「誰も俺を殺せやしねえ」と言った場面をHはまだ憶えているが、今では周りじゅうに自分の死の可能性が看てとれる。若いころにあれほど傲慢でなかったら、人生は変わっていたのだろうか？　警察に逮捕されなければ？　愛する女を裏切ったりしなければ？　きっと今ごろは、自分の子供たちに囲まれているはずだ。小さな畑を所有し、充実した人生を送っているはずだ。

突然、Hは息苦しさを感じた。十年分の粉塵が肺から喉へ逆流し、気道をふさいでいるみたいだ。前屈みになって何度も何度も咳き込む。咳が収まると、おぼつかない足取りでジョーシーの家にたどり着き、玄関扉をノックする。

眠そうな目のリル・ジョーが扉を開けてくれた。「パパはまだ寄り合いから帰ってきてないよ、Hおじさん」

「パパに会いに来たんじゃねえんだ、坊主。実は――実は、手紙を書きてえんだが、手を貸してもらえるか？」

リル・ジョーはうなずいた。いったん家の中へ引っ込み、必要な道具を持って玄関へ戻ってくる。Hの口述を少年は書き留めた。

『親愛なるイーシ。俺はHだ。今は自由の身になって、プラットシティに住んでいる』

Hは手紙を翌日の朝いちばんで投函した。

「必要なのはストライキの指令だ」と白人の労働組合員が言う。

組合の集会場所である教会で、Hはいちばん前の列に陣取っていた。絶えず問題が持ちあがってくるなか、一番手として挙げられる解決策は決まってストライキだった。Hは注意深く聞き耳を立てた。鼻歌みたいに静かな同意のつぶやきが、教会の中を駆け抜けていく。

「俺らのストに誰が関心を持つってんだ？」とHは問うた。最近、会合でのHの発言力は大きくなってきている。

「賃金面もしくは安全面での改善がないかぎり、我々は労働を拒否すると上に教えてやればいい。連中も聞く耳を持たざるをえないさ」

Hは鼻を鳴らした。「白人が黒人の話を聞いたことが一度でもあるか？」

「俺は今ここにいて、話を聞いているが？」

「おまえは前科者だからだ」

「おまえも同じ前科者じゃないか」

Hは部屋の中を見回した。参加者は総勢五十人ほどで、半分以上が黒人で占められている。

白人へ視線を戻し、「おまえは何の罪を犯した?」とHは尋ねた。

最初、白人は答えようとしなかった。下を向いたまま、何度も何度も咳払いをする。いいかげん喉の中は空っぽだろうに、とHが思ったころ、ようやく言葉が搾り出される。「人を殺した」

「殺人か？ 俺の友達のジョーシーが、どうしてあそこへ放り込まれたのか、おまえも知ってるよな？ 白人女が通りかかったとき、道路の反対側へ渡らなかったからだ。そんなくだらない理由で、ジョーシーは九年の刑を食らった。白人のおまえは、人を殺して同じ刑期だ。前科者っていったって、俺らとおまえとじゃ大違いなんだよ」

「今は力を合わせるべきときだ」と白人が言う。「鉱山でと同じように。地下と地上とでやり方を変えるのは理屈に合わない」

声をあげるものはひとりもいなかった。全員がただHに視線を向け、その発言もしくは行動を見守っている。二本目のスコップを手に取ったときの話は、誰もが一度は耳にしていた。

最後にHはうなずいてみせ、翌日にはストライキが開始された。

初日に集まったのはわずか五十名だが、会社の上層部に要求の一覧を突きつけた。賃金の引き上げ、病人への処遇改善、労働時間の短縮……。白人の組合員たちが要求書を書きあげ、リル・ジョーが大声で読みあげて、黒人の組合員たちに内容が適切かどうかを確認させたのだ。会社側は、自由な鉱夫を囚人と置き換えるのは簡単だと回答してきた。実際一週間後には、客車一両分の黒人受刑者が運ばれてきた。全員が十六歳以下の新入りたちは、怯えきった表情をしていた。労働力不足を補うために、さらに多くの黒人少年が逮捕されると思うと、Hはストを中止したくなった。この週の終わりまでに、労使のあいだで合意できたのは、争議で死者を出さないという一点のみだった。

さらに多くの囚人が駆り集められ、送り込まれてきた。あまりにも多くの黒人が鉱夫として動員されてきたため、南部にはもうムショ勤めの経験がない黒人はひとりもいないのでは、とHは訝った。ストに参加しなかったにもかかわらず、囚人に仕事を奪われてしまった自由鉱夫たちも、争議に加わってきた。Hはジョーシーとジェーンの家を訪ね、リル・ジョーといっしょにプラカードを作った。

「何て書いてあるんだ？」Hはリル・ジョーの脇、タールで文字が書かれた板を指さした。

「賃金を上げろ、だよ」と少年が答える。

「あっちのは？」

「結核はごめんだ」

「どこで読み方を習った？」とHは訊いた。リル・ジョーに対する愛情は大きくなってきていたが、友人の息子の姿は、自分に息子がいない痛みを引き起こさせた。

リル・ジョーが使っているタールのにおいが、Hの鼻毛に絡みついていた。少し咳き込んだとき、口から黒っぽい涎《よだれ》の糸が引く。

「パパが警察に連れていかれるまで、ハンツヴィルの学校にちょっと通ってたんだ。パパが逮捕されたとき、パパだけじゃなく家族みんなが調子に乗ってるって陰口を叩かれた。調子に乗ってるから、白人女性が通りかかっても、道路の反対側に渡らなかったんだって」

「で、おまえはどう思ってるんだ？」とHは質問した。

リル・ジョーが肩をすくめる。

翌日、ジョーシーとHは活動現場にプラカードを持ち込んだ。寒い中に整然と並んでいるのは、およそ百五十名の男。彼らがじっと見守る前で、新入りの囚人の一団が前を通り過ぎ、鉱山の奥深くへ降ろされるための列に並ぶ。

「ガキは勘弁してやれよ！」とHは大声で叫んだ。昇降機を待つ少年のひとりが失禁したのを見て、思い出したのだ。同じ鎖につながれ、ロックスロープまで連行されてきた少年も、現場監督の前に立たされたとき、やはり自分のズボンを濡らし、いつまでも泣きつづけていた。「まだほんのガキじゃねえか！　勘弁してやれよ！」

「だったら、こんな愚行をやめて仕事に戻るんだな」と声が返ってくる。

ちょうどその瞬間、失禁した少年が逃げ出した。Hの視界の隅に、ぼんやりとした人影の動きが映るや否や、銃声が響き渡る。

スト参加者たちは整列を崩し、鉱夫を見張る少数の白人幹部に襲いかかった。昇降機を破壊し、トロッコの中身をぶちまけたあと、トロッコそのものも破壊する。Hは白人幹部のひとりの喉をつかみ、巨大な穴の上で宙づりにしてやった。

「てめえらがここでやった悪行は、いつの日か世界が知ることになるぞ」はっきり恐怖に染まった青い目は、Hが手に力を込めたため、今にも破裂しそうになっていた。

Hは白人幹部を立て坑へ投げ落としてやりたかった。地面の下の都市と対面させてやりたかった。しかし、すんでのところで自分を押し止める。白人連中に何と言われようと、自分はもう囚人ではないのだ。


ストはさらに六カ月のあいだ続き、ようやく上層部が折れた。組合側は五十セントの賃上げを勝ちとった。争議で死んだのは、逃亡しようとした少年ひとりだけ。賃上げはちっぽけな勝利だが、勝利の恩恵は全員にもたらされる。逃亡した少年が死んだあと、ストの参加者たちは乱闘現場の後始末を手伝った。スコップを手に、少年の遺体を見つけ出し、無縁墓地に葬った。鉱山で命を落とし、墓標すらない数百名の囚人といっしょに眠る少年。埋葬を手伝った連中がどう感じたかはわからないが、少年は感謝しているはずだとHは思った。

賃上げが発表された組合集会のあと、Hはジョーシーと帰途についた。友人が自宅へ向かうのを見届け、それから隣の自分の家へ向かう。家の前にたどり着くと、玄関扉は開けっ放しで、屋内から馴染みのないにおいが漂い出てきた。Hは鶴嘴を身に帯びていた。鉱山の石炭屑と泥がべったり付着したままの道具を、頭上に振りかぶる。現場監督の誰かが訪問してきたに違いない。次の展開に備えつつ、忍び足で前進していく。

中にはイーシがいた。腰にはエプロン、頭にはハンカチーフ。野菜を料理中の竈から振り向き、Hとまっすぐ向かい合う。

「その物騒なものを下ろしたほうがいいと思うけど」とイーシは言った。

Hは自分の両手を見た。頭のほんの少し上に構えていた鶴嘴を、体の脇まで、それから床の上まで下ろしていく。

「手紙は受け取ったわ」というイーシの言葉に、Hはうなずいた。ふたりはしばらくのあいだ立ち尽くし、互いに見つめ合った。ようやくイーシが声を取り戻す。

「近所のミズ・ベントンを訪ねて、読んでもらわなくちゃならなかった。届いた直後は、ただテーブルの上に放置してた。毎日、見ないふりをして、どうしようかって迷ってた。うじうじ考えてるうちに、二カ月が経ってたってわけ」

鍋の底で豚の脂身がぱちぱちと音を立てはじめる。イーシが音に気づいているかどうか、Hにはわからなかった。ふたりは見つめ合ったまま、決して視線をそらさなかったからだ。

「H、あなたには理解してほしい。あの女の名前で呼ばれたとき、わたしは『まだ奪い足りないの？』って思った。前に持ってたものは、ほとんど全部なくなってたから。わたしの自由、わたしの家族、わたしの肉体……。わたしは名前すら所有できないの？　少なくともあなたにとってのわたしは、イーシという名前に値しない人間なの？　ママが直々につけてくれた名前なのに。ママといっしょにいられたのは六年間で、わたしは砂糖黍《さとうきび》農園で働くために売り飛ばされた。ママに関する持ち物は、名前だけなの。わたし自身の持ち物も、名前だけなの。あなたはその名前さえ、わたしにはくれなかった」

　鍋の上に煙が立ちこめはじめている。煙は高く高く昇り、イーシの頭の周りでダンスを踊ったあと、イーシの唇にキスをした。

「長いあいだ、あなたを許す心の準備ができなかった。準備ができたころには、あなたは白人に罪を償わされてて、無実の罪なのはわかってたけど、あなたを釈放させる方法は誰も教えてくれなかった。あのとき、わたしは何をすればよかったの、H？　教えてよ。わたしは何をすればよかったの？」

　イーシが背を向け、料理に戻り、鍋の底をこそぎはじめる。持ちあげられた匙の中身は、今までにHが見た何よりも黒かった。

　Hはイーシに歩み寄り、両腕で体を抱きあげ、相手の全体重を感じとった。石炭の重さとは、人生の三分の一近くのあいだ、持ちあげつづけてきた黒い石の山の重さとは、同じではない。イーシは簡単に屈服してくれなかった。Hに体を預けてきたのは、鍋の焦げつきを落とし終えたあとのことだった。

四つ切りにしたヤム芋を熱々の椰子油へ落とすたび、アクアはジュッという音に跳びあがりそうになった。油の音は、飢餓感を漂わせており、与えられたものをすべて呑み込むような勢いがあった。

初めて聞く音を識別できるよう訓練してきたため、アクアの聴力は今も鋭さを増している。幼少期を過ごしたキリスト教学校では、あらゆる問題と苦悩と恐怖を神に託せと教えられた。だから、エドウェソの町に移住後、白人が生きたまま火に呑み込まれるのを見聞きすると、両膝のほこりを払ってからひざまずき、事件の映像と音を神に差し出した。しかし、神はいったん受け取ったものを、永久に預かりつづけることを拒み、毎晩、アクアに恐怖を突き返してきた。身の毛もよだつ悪夢の中で、火はすべてを焼き尽くしつつ、ファンティ領の海岸から、はるか内陸のアシャンティ領まで到達した。夢の中の火は、女性のような形をとった。この〝火の女〟は赤子ふたりを胸に抱いていた。進撃のあいだずっと連れていた赤子たちが、奥地の森で急に姿を消すと、悲しみに暮れる〝火の女〟は、橙と赤とわずかな青の交じった火を放ち、目に入る喬木と灌木をことごとく焼き払った。

初めて火を見たのがいつなのか、アクアは憶えていなかった。しかし、初めて火の夢をみたときは憶えている。あれは一八九五年。母親のアベナが自分を妊娠中に、クマシの宣教師を訪ねた十六年後。そのアベナが亡くなった十五年後のことだ。あの当時、夢に出てくる火はまだ黄土色の閃きでしかなかったが、現在では怒り狂う〝火の女〟と化している。

聴力が今も鋭さを増しているため、夜は、仰向けか俯せでしか寝ることができない。負荷のかかる横向きは恐かった。アクアの考えでは、夢は敏感な耳を通じて自分に入り込んでくる。昼のあいだは、揚げ物の音にくっついて過ごし、夜になると、自分の心を住み処にしようとする。だから、夢が体を素通りしてくれるよう、アクアは平べったい姿勢で眠った。耳をふさぐことはできない。いくら怖くても、アクアには新しい音を聴く必要があった。

自分の叫び声で跳び起きたとき、またあの夢をみたのだとわかった。まるで息みたいに、まるでキセルの煙みたいに、音はアクアの口から洩れ出していた。隣で寝ていた夫のアサモアも目を覚まし、いつも脇に置いてある鉈へすばやく手を伸ばす。夫は妻へ視線を走らせ、子供たちの姿を確かめてから、戸口に侵入者の姿を探し、最後にアクアをじっと見た。

「今のはいったいどういうことだ？」とアサモアが質す。

突然の寒気に、アクアは身を震わせた。「夢をみたの」と答えるが、アサモアに抱き寄せられて初めて、自分が泣いていることに気づく。「あなたも、村の有力者たちも、あの白人を焼き殺すべきじゃなかった」と夫の胸板に話しかけると、アサモアは妻を突き放した。

「おまえは白人の肩を持つのか？」

アクアはぶんぶんと首を振った。アサモアを伴侶として選んだとき以来、自分の過去が夫の懸念材料となっていることは知っていた。白人宣教師たちと暮らした経験が、アクアを弱い人間に育て、アシャンティ族らしさを失わせたのではという懸念だ。「そうじゃない。問題は火なの。わたしはずっと火の夢をみてるのよ」

アサモアが舌打ちをする。夫は生まれてからずっとエドウェソで暮らしてきた。頬にはアシャンティの刻印が彫られており、アシャンティの国はアサモアの誇りなのだ。「アシャンティ王が国外追放されたってときに、火なんかを気にしてられると思うのか？」

アクアは返す言葉がなかった。国王のプレンペー一世は長年、イギリスによるアシャンティ王国の統治を拒み、アシャンティの人々が主権を持ちつづけるべきだと主張してきた。しかし、イギリスが国王を捕らえて流刑に処したため、アシャンティ全土で醸成された怒りは先鋭化の度を強めている。夫の心にふつふつと沸きあがる怒りを、自分の夢が押し止められないことはアクアも理解していた。だから、夢のことは自分で解決する必要がある。仰向けか俯せで眠り、二度とアサモアに叫び声を聞かせてはならない。

アクアは昼間を夫の屋敷で過ごした。いつもいっしょにいるのは、姑のナナ・セルワ、そして、アベエとアマ・セルワという名前の娘たちだ。毎朝、まずは掃除から取りかかるが、単純な反復作業は落ち着きを与えてくれるので、アクアはこの家事を楽しみながらこなした。キリスト教学校でも掃除はアクアの担当だった。赤粘土の床を掃くアクアを見た新任の先生は、学校の床がむき出しの赤粘土である事実に驚き、声をあげて笑った。「土の上の土を掃くとはこれいかに？」宣教師の出身地の床はどうなっているのだろう、と当時のアクアは訝しんだ。

掃除のあとは、ほかの女衆に交じって料理をした。アベエはまだ四歳だが、巨大なすりこぎがお気に入りで、「お母さん、見て！」と言いながら、小さな体で自分より背の高い棒にしがみつく。これで手伝いをしているつもりなのだ。重さで引っ繰り返るのではと、アクアははらはらさせられた。よちよち歩きのアマ・セルワが、輝く大きな瞳で、フーフー用のすりこぎのてっぺんを見る。それから視線を、ぶるぶると踏ん張る姉へ、最後には母親へと転じた。

「おまえは強い子だね！」とアクアは長女を褒めたが、背後でナナ・セルワの舌打ちが聞こえる。

「引っ繰り返って怪我するよ」と言ったあと、姑はアベエの手から棒を奪い取り、やれやれと首を左右に振った。何をしても認められないことはわかっている。実際ナナ・セルワは、口癖みたいに言っていた。実の母親に死なれ、白人たちの手で躾けられた女が、子供の育て方を知っているわけがないと。アクアはいつもだいたいこの時間帯に、姑から市場で食材を買ってこいと言いつけられた。買ってきたものはあとで調理され、外で会議や立案に跳び回ったアサモアと男衆に振る舞われる。

アクアは市場までの道のりが好きだった。周りの詮索するような視線を気にせず、ようやく自由に考えられるからだ。四六時中、屋敷の中をうろつく女と老人は、小屋の壁の一点を凝視する自分を笑い物にした。アサモアの嫁選びに疑問を持ち、「あの女はまともじゃない」と大声で揶揄《やゆ》した。しかし、アクアはただ虚空を見つめていたわけではない。虚空には、ほかの誰にも見えない人々が住んでおり、この別世界が伝えてくる音を、この別世界の人々が発する声を、聴き取るために耳を澄ましていたのだ。アクアはさすらい人だった。

市場へ向かう途中では、町民が白人を焼き殺した現場に立ち寄った。名もなき被害者はやはりさすらい人で、運悪く、間違った時期に間違った場所に居合わせてしまった。最初のうち、白人の身は安全だった。木陰に横たわり、本で太陽から顔を守っていた。道に迷ったのですか、助けが必要ですか、と尋ねようとしたアクアの前に、突然、わずか三歳のコフィ・ポクがよたよたと歩き出てきた。そして、小さな人差し指を白人へ向け、〝オブロニ〟と大声で叫んだ。

この言葉は、アクアの耳に突き刺さった。初めて聞いたのは、まだクマシの町にいたころ。キリスト教学校に通っていない子供が宣教師を〝オブロニ〟と呼び、呼ばれた当人は燃えさかる太陽みたいに顔を紅潮させ、その場を立ち去ったのだった。まだ六歳だったアクアにとって、〝オブロニ〟は〝白人〟という意味でしかなく、なぜ宣教師が取り乱したのか理解できなかった。こういうときは、母親のことを思い出せないのが悔しかった。母親なら答えを知っているかもしれないのに……。夜になると、アクアはこっそり寝床を抜け出し、町外れにある呪術師の小屋へ向かった。初めて白人がゴールドコーストにやって来たころから、このあたりに出没していると噂される人物だ。

　アクアから話を聞いたあと、「考えてみなさい」と呪術師は言った。キリスト教学校では、白人の呼び名は〝先生〟か〝師〟か〝ミス〟。母親のアベナが死んだとき、アクアは宣教師に育てられることとなった。引き受け手が宣教師しかいなかったからだ。呪術師は続けた。「〝オブロニ〟はもともと、ふたつの言葉だった。〝アブロ・ニ〟だ」

「悪い人《アブロ・ニ》？」とアクアは訊いた。

　呪術師がうなずく。「アカン人のあいだじゃ、宣教師は悪い人、害をもたらす人なんだよ。南東部のエウェ族には、〝ずる賢い犬〟って渾名をつけられた。親切そうなふりをして、あとで噛みついてくるからだ」

「宣教師様は悪人じゃないわ」とアクアは言った。

　呪術師はいつも懐にコラノキの種を入れている。アクアとの出会いもコラノキの種がきっかけだった。母親が死んだあと、アクアは町の通りで、母親を求めて泣きわめいていた。当時はまだ、死というものを理解できていなかった。市場に行ったり海に行ったり、母親の姿が見えなくなるたび、アクアはただ泣き声をあげた。泣くのは恒例行事でも、あの日にかぎっては、母親は戻ってこなかった。娘をシッとなだめ、体を抱き締め、顔に口づけをしてくれなかった。泣いているアクアを見つけて、呪術師はコラノキの種を与えた。アクアは種を噛んで落ち着いた。いっときだけ。

　呪術師は種をアクアに渡し、「どうして宣教師は悪人じゃないんだ？」と訊いた。

「神に仕える人だから」

「神に仕える人はみんな悪人じゃないのか？」

　アクアはうなずいた。

「俺は悪人か？」と呪術師に訊かれ、アクアはどう返答していいかわからなかった。初めて会った日、コラノキの種をもらった日、宣教師は建物の外で、いっしょにいるふたりを目撃した。アクアの手をひったくるようにつかみ、強引に引き離し、二度と呪術師としゃべらないよう言い聞かせた。呪術師はその名の通り呪術をする輩《やから》だ。あの男は先祖に祈りを捧げ、舞いを踊り、植物や鉱物や骨や血を集めて呪いの供物にしている。いくら諭しても、因習を決して改めようとしないし、洗礼を受けようともしないのだ……。アクアは呪術師が悪人とみなされているのを知りながら、宣教師たちにばれたら厄介事の海に呑み込まれるのを知りながら、会いに行くのをやめなかった。学校の人たちとは違っていても、呪術師は親切心と愛情を示してくれた。むしろ温かさと真摯さでは勝っていたかもしれない。

「あなたは悪人じゃないわ」

「悪人かどうかは、その人の行動で判断するしかないんだ、アクア。あの白人は自分の行ないが原因で渾名をつけられた。今回のことを憶えておけ」

アクアは憶えていた。コフィ・ポクが木陰で眠る白人を指さして「オブロニ！」と叫んだとき、記憶が蘇った。あたりから人がみるみる集まり、数カ月のあいだ鬱積してきた怒りが頂点に達した。群衆は白人を叩き起こし、木に縛りつけた。そして火をたき、白人を焼いた。最初から最後まで、白人は英語で叫んでいた。「頼む、言葉が通じないならそれでもいい。とにかく放してくれ！　わたしはただの旅行者だ。政府の回し者じゃない！　政府とは無関係なんだ！」

群衆の中で英語を解するのは、アクアひとりだけではなかった。群衆の中で白人に助けの手を差し伸べなかったのも、アクアひとりだけではなかった。

市場から戻ると、屋敷はてんてこ舞いだった。空気から感じとれる混沌は、濃さと重さを増している。喧噪、恐怖、調理中の食べ物から立ちのぼる煙、飛び交う蠅の羽音……。ナナ・セルワは汗の膜に包まれており、しわの目立つ両手で次々とフーフーを丸めていた。大挙してやって来た男たちに、食事を振る舞わなければならないのだ。姑が顔を上げ、アクアの姿に気づく。

「アクア、どこか悪いのかい？　何をぼけっと突っ立ってるんだ？　こっちへ来て手伝っておくれ。次の会議が始まるまでに、男どもの腹を満たしてやらないと」

アクアは頭をぶんぶんと振り、白昼夢を追い払った。ナナ・セルワの横に腰を下ろし、すりつぶされたキャッサバを受け取り、きれいに小さく丸めては、姑と反対側に座っている女へ手渡す。隣の女が椀にスープを注いで料理は完成だ。

男たちは絶叫に近い声量でしゃべっており、ひとりひとりの話の内容を聴き取るのは不可能に近い。しかし、声には同じ感情が込められていた。憤怒。逆上。夫の居場所はわかっていても、アクアはあえて顔を見ようとしなかった。自分の立場はわきまえている。姑や、ほかの女たちや、老人たちといっしょに過ごすべきであり、視線で夫に質問を投げかけるべきではないのだ。

「何が起こってるんです？」とアクアはナナ・セルワにささやいた。姑が脇に置いてあるひょうたん鉢の水で手を洗ったあと、巻衣で拭って乾かす。

ナナ・セルワは声を潜め、ほとんど唇を動かさずに言った。「今日、イギリスのフレデリック・ホジソン総督がクマシにやって来てね。プレンペー一世の国外追放を解くつもりはないって通告したそうだよ」

アクアは歯を嚙み合わせたまま、隙間から息を吸い込んだ。これはまさに、みなが恐れていた事態だ。

「それだけじゃない」と姑が続ける。「総督は〝黄金の床几〟の引き渡しを要求してきた。自分で座ってみるとか、女王への手土産にするとか、言ってたらしい」

アクアの手が素焼きの深鉢の中で震えだし、カタカタという低い音がして、フーフーの形が崩れていった。みなが恐れていた事態より深刻だ。前の戦争の繰り返しでは済まず、犠牲者も数百人では収まらないだろう。男たちは生まれついての戦士であり、戦いを知り尽くしている。白人に〝黄金の床几〟を奪われれば、アシャンティの魂は死んでしまう。男たちが座視するはずはない。

ナナ・セルワの伸ばした手が、アクアの手に触れた。アサモアに求婚され、結婚して以降、こうやって姑から優しい態度を示されたことは、数えるほどしかない。これから何が起こり、どんな結果がもたらされるのかを、ふたりの女は知っていた。

翌週にはクマシで、アシャンティ族の首長たちの会議が催された。洩れ伝わってきた話によると、男たちが及び腰の姿勢に終始し、イギリスにどう回答しどう行動するかで意見を一致させられずにいると、エドウェソの太后、ヤア・アサンテワアが立ちあがってイギリスとの開戦を主張したらしい。男がやらないなら女がやると。

ほとんどの男が夜のうちに旅立った。アサモアは娘たちにキスをした。妻にもキスをしたあと、しばし抱擁を交わした。身支度する夫を、アクアは見守った。出発する夫を、アクアは見守った。アサモアには、町の男たち二十名が同行した。あとに残った数少ない男たちは、日がないちにち屋敷に座ったまま、食事が出されるのを待っていた。

ナナ・セルワの夫、すなわちアクアの舅は死ぬまで毎晩、柄が金色の鉈をそばに置いて寝ていた。夫亡きあとのナナ・セルワは、いつも夫が寝ていた場所に、金色の鉈を置くようになった。鉈は体の代わりだった。ヤア・アサンテワアの召集命令がエドウェソに届いて以降、姑は寝床から鉈を持ち出し、屋敷の中で持ち歩きはじめた。まだアシャンティのために戦いに赴いていない男たちも、大振りな武器を携える老女を見て、戦場へ出立していった。こうして戦争が始まった。

宣教師の机の上には、細長い鞭が置かれていた。

「おまえはもう、ほかの子たちと授業を受ける必要はない」と宣教師は言った。子供から〝オブロニ〟と呼ばれた数日後のことだ。この件をアクアはほとんど忘れていた。午前中の授業では、自分の英語名、デボラ《Deborah》の綴りを習ったばかり。同じ教室の生徒の中でいちばん長い名前なので、アクアは苦心に苦心を重ねて名前を綴った。「これからは、わたしが直々に授業をする。わかったか?」

「はい」とアクアは答えた。きっと英語名を習得したという報告が届いたのだろう。だから特別授業を受けられるのだ。

「座りなさい」と宣教師が言う。

アクアは座った。

宣教師は机の鞭を手に取り、生徒のほうへ向けた。先端部とアクアの鼻との距離は、わずか数インチ。寄り目にすると先っぽがよく見え、その瞬間に恐怖が襲ってきた。

「おまえは罪人で異教徒だ」という宣教師の言葉に、アクアはうなずいた。学校の教師陣も、よく生徒に同じ話をしていた。「おまえの母親は未婚の身で妊娠し、わたしのもとに助けを求めてきた。わたしが手を差し伸べたのは、神がそう望むと考えたからだ。しかし、彼女は罪人で異教徒だった。おまえのように」

ふたたびアクアはうなずいた。恐怖が胃のあたりに居場所を定めたらしく、吐き気が込みあげてくる。

「黒い大陸に住む人々はみな、邪教の信仰を捨て、神に帰依《きえ》しなければならない。この地を訪れたイギリス人から、道徳的で善良な生き方が示されることに、感謝をすべきなのだ」
今回はアクアはうなずかなかった。宣教師の顔を見たが、そこに浮かぶ表情を何と表現したらいいのかわからない。命じられたとおり、立ちあがって地面に膝をつき、五度の鞭打ちを受け、罪を悔い改め、「神よ女王陛下を護りたまえ」と繰り返した。退出の許可をもらい、ようやく恐怖から解放されたとき、脳裏にひとつの言葉がぱっと浮かぶ。〝飢え〟。宣教師は飢えているように見えた。取って食われそうな感じだった。

毎日、太陽がまだ眠っているあいだに、アクアは娘たちを起こした。巻衣を身につけたあと、ふたりといっしょに土道を歩いていく。ナナ・セルワやアコスやマンベエなど、エドウェソの女衆はもう集まりはじめていた。歌の音頭をとるのは、声がいちばんよく通るアクアだった。

アウラデ・ニャメ・クム・ドム
オボオ・アデエ・ニャメ・クム・ドム
エンネエ・イェレコクム・ドム・アファ・アデエ
オボオ・アデエ・ニャメ・クム・ドム
ソソ・ベ・フヌ、メジェデ・ベ・フヌ

通りを行き来しながら、女衆は唄った。幼いアマ・セルワの声は、目立つものの調子外れ。ちんぷんかんぷんな言葉を並べ立て、歌がお気に入りの部分に差しかかったときだけ「この世を創った神よ、敵の軍団をやっつけろ！」と叫び声を発する。こんなアマ・セルワを、何度か女衆は先頭に立たせた。

幼子は小さな足を勇ましく踏み鳴らして歩き、アクアは途中から抱きかかえて運ぶはめに陥った。

歌の行進のあと、いったん屋敷へ戻り、自分と娘たちの体を洗い、戦争遂行を支持するしるしとして、白粘土を体に塗り込んだ。食事をとり、ふたたび行進に出る。女衆は交代制で男衆のための料理を作り、いつでもそれを戦場へ発送できるようにした。夜、アクアはひとりで眠った。相変わらず、火の夢は続いている。今はアサモアがいないので、自分の悲鳴で跳び起きる状態が戻ってきていた。


アクアとアサモアは結婚して五年。夫の本職は商人だった。クマシの町で取引をしているとき、キリスト教学校でアクアを見初め、立ち止まって声をかけた。この日以降、一日も欠かさず話をしに行き、二週間後には結婚を申し込んだ。エドウェソでいっしょに暮らそうと。帰る家のないみなしごだと知っていたのだ。

アクアの目から見ると、アサモアにはこれという優れた点がなかった。アクワシと違って、顔立ちが整っているとは言い難い。アクワシは毎週日曜日に教会を訪れる男で、おどおどした態度で後ろのほうに立ち、娘を差し出してくる母親たちに気づかないふりをしていた。生まれてこのかた、もっぱら肉体の活かし方を模索してきたアサモアは、頭脳の活かし方を心得ているようにも見えなかった。捕まえたり、作ったり、奪ったりしたものを、ただ市場に持ち込むだけ。実際金の計算はろくにできず、一度などアクアの目の前で、ケンテ布の服二着を一着の値段で売っていた。アサモアは最善の選択肢ではなかった。しかし、手堅い選択肢ではあり、アクアは喜んで求婚に応じた。この当時は諦めかけていた。宣教師のもとで永遠に過ごすことになるのではないか？　奇妙な生徒／先生ごっこを、異教徒／救済者ごっこを続けることになるのではないか？　アサモアとの結婚は、可能性を垣間見せてくれた。ひょっとすると自分の人生にも、想像とは違う何かが起こるのではないか？

アサモアの件を打ち明けたとき、「結婚は許さない」と宣教師は言った。

「あなたにその権限はありません」将来の計画を持ち、脱出の望みが見えた今、アクアは勇気が湧いてくるのを感じていた。

「おまえは……おまえは罪人だ」と宣教師がつぶやき、両手で頭を抱え込む。「おまえは異教徒だ」声はさっきよりも大きい。「おまえは自分の罪について、神に赦しを乞う必要がある」

アクアは答えなかった。およそ十年のあいだ、自分は宣教師の飢えを満たしてきた。これからは自分の飢えに対処したかった。

「神に自らの罪の赦しを乞え！」と宣教師が叫び、鞭をアクアに投げつける。

鞭はアクアの左肩に当たった。鞭が床に落ちるのを眺め、それから落ち着いた態度で部屋を退出する。背後から宣教師の声が耳に届いた。「あの男は主のしもべではない。しもべではないのだ」しかし、アクアは神を何とも思っていなかった。当時は十六歳。一年前に例の呪術師はこの世を去っていた。宣教師の目を盗めるときはいつも、呪術師に会いに行き、宣教師から神について学ぶたびに疑問が増えていく、と愚痴をこぼしたものだった。もしも神が偉大かつ全能なら、なぜ白人を介して接触してくるのか？　なぜ、聖書に記された時代と同じく、人々に自ら存在を知らしめないのか？　野火を起こしたり、死者を歩かせたりしないのか？　なぜ、母親はよりにもよって白人を頼り、宣教師の教会に駆け込んだのか？　なぜ家族がひとりもいなかったのか？　友人さえいなかったのか？　これらの重大な疑問をぶつけても、宣教師は決して答えようとしなかった。呪術師はこう説明してくれた。キリスト教の神の本質とは、疑うことにあるのかもしれない。巨大な渦を巻く〝なぜ〟の円環こそが神なのだと。この説明にアクアは納得できず、呪術師が死んだころには、キリスト教の神にも満足できなくなっていた。対照的に、アサモアは現実だった。手で触れることができた。腕はヤム芋みたいに太く、肌はヤム芋みたいな褐色をしていた。もしも神が〝疑問〟なら、アサモアは〝肯定〟、繰り返される〝肯定〟だった。

　戦争が始まった現在、ナナ・セルワの態度はこれまでになく優しい。毎日、誰彼が死んだという話が聞こえてきて、姑と嫁は固唾《かたず》を呑んだ。伝令の口からアサモアの名前が洩れ出るのは時間の問題だと、ふたりは認識していたのだ。


　エドウェソは空っぽ。男のいない状態そのものが、当たり前みたいに感じられはじめた。ときどきアクアの脳裏には、ほとんど前と変わらないという考えがよぎるが、目に留まるのは、誰もいない畑と、腐りゆくヤム芋と、嘆き悲しむ女たち。アクアの夢も悪化の一途をたどっていた。夢に出てくる〝火の女〟は、子供を失ったことに怒っており、ときどき自分に話しかけてきた。アクアと名前を呼ばれたような気もした。〝火の女〟の顔立ちに親近感を覚え、質問をしてみたくなるときもあった。焼かれた白人を知っているのか？　火に心を動かされる人は、みんなこの世界の一部なのか？　あなたは自分を呼んでいるのか？　しかし、アクアは何も問いかけず、悲鳴をあげながら目覚めた。この動乱のまっただ中で、アクアは子を身ごもっていた。下腹部の形としっかりした重みから、少なくとも妊娠六カ月と思われた。

　戦争が半ばを過ぎたある日、アクアは戦士たちへ送るヤム芋を茹でていた。そして、竈の火から視線を上げられなくなった。

「またかい？」とナナ・セルワが言う。「おまえの怠け癖はもう直ったと思ったんだがね。うちの男衆が闘ってるのは、おまえに火を見つめさせて、夜に悲鳴をあげさせて、それを子供たちに聞かせるためなのか？」

「いいえ、お義母さん」とアクアは答え、体全体を振り動かして、忘我の状態から抜け出そうとした。しかし、次の日も同じ状態に陥り、ふたたび姑から叱責を受けた。同じことが二度、三度と繰り返され、とうとうナナ・セルワはアクアが病気だと断定した。そして、病が肉体を去るまで小屋の中に留まらせるべきだと決めた。母親が完治するまで、娘ふたりは祖母と暮らすことになった。

自分の小屋への流刑は、初日にかぎり、アクアにとってありがたい休息だった。男衆が戦争に赴いて以降、戦いの歌を唄いながら町を練り歩き、大鍋の前に立って汗をぼたぼたと落とす日々が続き、まったく休む暇がなかったからだ。アクアは夜の帳《とばり》が降りるまで眠らない腹づもりだった。小屋に夜が訪れ、部屋の中に恐ろしい闇を投げかけるまでは、いつもアサモアが寝ている場所で横臥し、夫のにおいを思い出しながら、寂しさを紛らわせようとしていた。しかし、アクアは数時間で眠りに落ち、ふたたび〝火の女〟が夢に現れた。

〝火の女〟の姿は大きくなっていた。黄土色と青色の髪は、藪みたいに絡み合っている。豪胆さを増した女は、周りにあるものをただ焼くだけではない。今では、アクアの存在に気づき、アクアのほうへ視線を向けていた。

「おまえの子供たちはどこだ？」と女が質す。アクアは恐ろしすぎて答えられなかった。まるで体が檻に閉じ込められたようだ。夢の中にいる感覚はあっても、その感覚を支配することができない。眠っている自分を揺り起こせ、と感覚に命じることもできなければ、〝火の女〟に水をかけて自分の夢から追い出せ、と感覚に命じることもできないのだ。

「子供たちがどこにいるのかを、おまえはつねに知っていなければならない」という女の言葉に、アクアは身の毛がよだった。

翌日、小屋を出ようと試みた。しかし、ナナ・セルワは扉の外に〝でぶっちょ〟を座り込ませていた。太りすぎで戦闘に参加できず、同輩たちに後れをとった〝でぶっちょ〟は、アクアを閉じ込めるのにぴったりの大きさだった。

「お願い！」とアクアは叫んだ。「一日でいいから子供たちに会わせて！」

〝でぶっちょ〟は微動だにしなかった。隣に立っていたナナ・セルワが怒鳴り返す。「病気が治ったあとなら、いくらでも会えるよ！」

この日いちにち、アクアは抵抗を続けた。扉を押しても、〝でぶっちょ〟はびくともしない。金切り声をあげても、〝でぶっちょ〟は一言も発さない。扉を叩く音も、〝でぶっちょ〟の耳には届かないようだった。

外の音からすると、定期的にナナ・セルワがやって来て、食べ物と飲み物を差し入れているらしい。〝でぶっちょ〟は礼以外に何も言わない。ようやく役に立てる方法を見つけた、という高揚感のようなものが伝わってくる。アクアの小屋の扉にまで、戦争は及んでいた。

夜が訪れるころ、アクアはしゃべることが怖くなった。小屋の隅でうずくまり、今まで知り得たすべての神に祈りを捧げる。耳にたこができるほど聞かされた宣教師たちの説明では、怒りと愛を併せ持つというキリスト教の神。アカン人にとって全知全能の神であるニャメ。大地神のアサセ・ヤアだけでなく、その子供のビアとタノにも祈りを捧げた。昔話を面白くするために登場させられる悪戯好きなアナンシにさえ……。眠気が襲ってこないよう、大きな声で一心不乱に祈った。夜が明けるころ、衰弱しきったアクアは、〝でぶっちょ〟と闘う腕力はもちろん、〝でぶっちょ〟が扉の外にいるかどうかを確かめる気力さえなくしていた。

このような状況が一週間も続いた。かつて宣教師たちからは、一日じゅう祈りに費やす場合もあると教えられていた。当時はまったく理解できなかったが、アクアは今それを実践していた。祈禱は神々しい行為でも聖なる行為でもない。トウィ語や英語で単調に発されるものでもない。ひざまずいたり手を組んだりして執り行なうものでもない。アクアにとっての祈禱は、熱に浮かされたような詠唱だった。頭で理解されていない心の欲求が具現化した言語だった。黒ずんだ掌で床の粘土をこそぎ取ることだった。部屋の暗がりの中でしゃがみ込むことだった。何度も何度も何度も、一音節の言葉を唇のあいだから漏らすことだった。

火。火。火。

結婚のためにアクアが孤児院から出ていくことを、宣教師は許さなかった。そして、アサモアの求婚を打ち明けた日からは、個人授業をやめ、異教徒呼ばわりするのをやめ、罪を悔い改めさせることをやめ、「神よ女王陛下を護りたまえ」と繰り返させるのをやめた。宣教師はただアクアを監視した。

「わたしを引き止めても無駄よ」とアクアは言った。居室にある私物をまとめ終わるところだった。日暮れ前にアサモアが迎えに来る予定だ。エドウェソでの生活が待っている。

宣教師は戸枠の中に立っていた。手には例の鞭。

「なに？　行かないって言うまで、折檻するつもり？」とアクアは訊いた。「ここに留まらせたいなら、わたしを殺すしかないわよ」

「母親のことを話してやろう」宣教師がようやく口を開く。鞭を床に落としたあと、すぐそばまで歩み寄ってきた。あまりに距離が近いので、かすかに魚くさい口臭が嗅ぎとれるほどだ。この十年のあいだ、宣教師は鞭の長さより近くに来たことがない。この十年のあいだ、宣教師はアクアの家族について、疑問に答えることを拒んできた。「母親のことを話してやろう。おまえが知りたいことは何でも」

アクアは一歩後ずさった。宣教師も一歩後ずさり、視線を下げる。

「おまえの母親のアベナは、決して悔い改めようとしなかった。我々を頼ってきたときは、すでに子を——おまえを、自らの罪を——身ごもっていた。彼女はイギリスに唾を吐きかけた。理屈っぽくて、怒りっぽくて、わたしの見るところ、嬉々として罪を背負っていた。おまえについても、おまえの父親についても、悔恨の情を持っていなかった。おまえの父親は男としての務めを果たさず、彼女の面倒をみようともしなかったのに」

宣教師の声は今にも消え入りそうで、アクアは自分が相手の話を聞いているのかどうかわからなくなってきた。

「おまえが生まれたあと、わたしはアベナを水辺に連れていき、洗礼を受けさせようとした。彼女は行きたがらなかったが、わたしは——わたしは強引に事を運んだ。森の中を川まで引きずっていくとき、彼女は手足をばたつかせて抵抗した。無理やり水に顔をつけさせたときも、手足をばたつかせて抵抗した。抵抗して、抵抗して、抵抗して、気づいたら動かなくなっていた」宣教師が顔を上げ、ようやくアクアと目を合わせる。「わたしはただ彼女を悔い改めさせようとしただけだ。ただ悔い改めさせようと……」

宣教師が泣きはじめる。アクアの注意を惹いたのは、涙でもなければ泣き声でもなかった。うなりを思わせる耳障りな音だった。まるで喉の奥の何かがねじ切られたみたいな音だった。

「母さんの遺体はどこにあるの？」とアクアは訊いた。「遺体に何をしたの？」

音が止まり、宣教師が口を開く。「森の中で焼いた。持ち物すべてといっしょに焼いた。神よ我を赦したまえ！　神よ我を赦したまえ！」

音がぶり返す。今回は体の震えが伴い、宣教師は激しい痙攣によって、すぐさま床に崩れ落ちた。

アクアは部屋から出るために、宣教師の体をまたぎ越さなければならなかった。

週の終わりにアサモアが戻ってきた。姿はまだ見えないものの、アクアは鋭い聴力で夫の声を聞き分けた。しかし、体は重しで地面に押しつけられているみたいだった。腕と脚はまるで、暗い森に転がる太い倒木のように重い。

扉の向こうでは、ナナ・セルワが泣きじゃくり、甲高い声で叫んでいる。「わたしの息子！　ああ、わたしの息子！　わたしの息子！　ああ、わたしの息子！」鋭いアクアの聴力は、新たな音を捉えた。大股の一歩。空白。大股の一歩。空白。

「〝でぶっちょ〟はここで何をやってるんだ？」とアサモアが質す。声がはっきりと聞こえたので、アクアは行動を起こそうと考えた。しかし、夢想の空間へ戻ってしまったかのように、心が望むとおりに体が動いてくれない。

ナナ・セルワは泣くのに忙しく、質問に答えることができなかった。〝でぶっちょ〟の巨石を思わせる胴が転がるように移動し、扉をあらわにさせる。アサモアが中へ入ってくるが、アクアはまだ立ちあがることができなかった。

「いったい何がどうなってるんだ？」とアサモアはがなった。泣きすぎたナナ・セルワの体が震えはじめる。

「病気になったんだよ。病気だから、あたしたちは……」

姑の声が尻すぼみになる。アクアはさっきの音を耳にした。大股の一歩。空白。大股の一歩。空白。大股の一歩。空白。目の前にはアサモアが立っていた。しかし、二本あるはずの脚は一本しか見当たらない。

アクアと視線をうまく合わせるため、アサモアが注意深く身をかがめる。あまりにもうまく平衡がとれており、片脚に今生の別れを告げてからどれくらい時間が経っているのだろうか、とアクアは訝しんだ。アサモアは〝空白〟とうまく折り合いをつけているように見えた。

夫は妻の膨らんだ腹に気づいた。ぶるっと身を震わせ、おずおずと手を伸ばす。アクアはアサモアの手を見た。この一週間、不眠が続いている。最近では、蟻がぞろぞろと指を這い回るようになっていた。アクアは蟻を振り払いたいと思った。いや、アサモアの大きな指と自分の小さな指を絡め合い、蟻を乗り移らせてもいい。

アサモアは立ちあがって母親のほうを向き、「娘たちはどこだ?」と訊いた。地面に囚われた状態のアクアを見て、改めて泣きだしていたナナ・セルワは、孫娘のところへ走っていく。

アベエとアマ・セルワが小屋に入ってきた。アクアの目には、何も変わっていないように見える。ふたりは相変わらず指をしゃぶっていた。祖母が躾のために、朝昼晩の三回、指先にトウガラシを塗っているのに、幼い姉妹は辛さに慣れてしまったらしい。娘ふたりは片方の手を祖母とつなぎ、もう片方の手の指をしゃぶりながら、視線をアサモアからアクアへと移した。アベエは無言のまま、まるで木の幹に抱きつくように、小さな体全体でアサモアの脚にすがりついた。フーフー用のすりこぎみたいに、自分より強くて頑丈なものにしがみつくのが大好きなのだ。よちよち歩きで母親に近づくアマ・セルワは、どうやらさっきまで泣いていたようだった。大きく開け放たれた口の上唇まで太い洟水が線を引き、まるで、小さな洞穴から出たナメクジが、大きな洞窟に入っていくみたいだ。アマ・セルワは父親の膝に触れたあと、母親のところまでどうにかたどり着き、隣に寝そべった。自分の壊れた心が娘の小さな心と、同じ調子で脈打つのをアクアは感じた。手を伸ばして娘に触れ、両腕の中で抱き締めてやる。アクアは立ちあがり、部屋の中の状況を見定めた。

戦争は九月に終結し、あたりの大地にはアシャンティ敗北の爪痕が現れはじめた。ひどい干魃《かんばつ》に襲われた結果、屋敷の周辺では赤粘土にいくつもの長い裂け目が走った。農作物が枯れたため、満足な食事はとれなくなった。備蓄用の食べ物は戦時中に、残らず前線の男たちへ送られていた。すべてを投入してしまったのは、自由の下で豊穣がもたらされ、すべてを取り返せると確信していたからだ。エドウェソの闘う太后、ヤア・アサンテワアはセーシェルに島流しとなり、町の人々がその姿を見ることは二度となかった。ときどき、アクアは当てもなくぶらつく途中で、ヤア・アサンテワアの館を通りかかり、〝もしもの話〟に思いを巡らせた。

地べたから立ちあがったあの日、アクアは声を出したくなかった。かといって、娘たちとアサモアが視界から消えることにも耐えられなかった。だから壊れた家族は、互いに身を寄せ合って寝た。それぞれの個人的な戦いによって負わされた傷が、ほかの家族の存在によって癒されることを願って……。

最初のうち、アサモアは妻に触れたがらず、アクアは夫に触れられたくなかった。脚が消えたあとの空間は、アクアを嘲笑っているかのようだった。夜、寝台でいっしょに横たわっていても、アサモアの隣でどのような体勢をとればいいかわからない。以前は、背中を丸めて夫のほうを向き、片方の脚を夫の両脚に挟み込ませた。しかし今は、同じ体勢でくつろぎが得られず、妻の居心地の悪さが、夫の居心地の悪さを育てていた。アクアはもう熟睡できなかった。しかし、起きている妻を見ても、苦しんでいる妻を見ても、アサモアが嫌な顔をするため、仕方なく寝ているふりをした。呼吸の流れに合わせて、波のように胸を上下動させてみせた。ときどき、アサモアは体を横へ向け、アクアの様子に目を凝らした。眠ったふりをしていても、夫の考えがひしひしと伝わってきた。うっかり目を開けたり、呼吸と上下動の調子を乱したりすると、轟くような太い声で早く寝ろと叱られた。演技で夫を納得させられたときは、アサモアの本物の寝息と、自分の偽物の寝息が同調するのを待った。そして、横たわったまま、〝火の女〟がいなくなるのを願った。運よく眠れたときは、自分で自分に起床の合図を出すまで、〝火の女〟を見なくて済むように望みつづける。熟睡とは程遠く、夢の国の浅い水溜まりから、上澄みをすくったような眠りだが……。

ある日、アサモアは寝ることに嫌気がさし、妻の首に鼻を押しつけた。

「起きてるのは知ってるんだ。ここ数日、一睡もしていないじゃないか、アクア」

アクアは寝たふりを続けた。肌に吹きかかる熱い息を無視し、静かな呼吸を一定に保つ。

「アクア」アサモアは体をさらにねじった。唇が妻の耳に触れ、〝アクア〟の名が固い棒となって鼓膜を叩く。

名前を繰り返し呼ばれても、アクアは答えなかった。一週間の監禁生活が明け、初めて屋敷の外に出たとき、すれ違う町の人々は視線をそらした。アクアに対するナナ・セルワの仕打ちを傍観したことで、後ろめたさとばつの悪さを感じているらしい。姑はアクアの姿を見ると号泣してしまうため、許しを乞う言葉はいつも尻切れとんぼになった。例の白人を〝オブロニ〟と指弾し、焼死のきっかけを作った子供、コフィ・ポクだけは物言わぬアクアを見て、「いかれ女」とささやいた。

この日の夜、男はいかれ女を仰向けにさせ、一物を挿し入れた。初めは荒々しく、その後はおずおずと腰を動かす。アクアが瞼を開けると、アサモアはいつもよりゆっくりと、両腕を使って押し引きを繰り返していた。夫の鼻梁から汗が滴り、妻の額に着地したあと、流れ落ちて地面まで到達する。

果てたアサモアは妻に背を向け、すすり泣きを漏らしはじめた。娘ふたりは父母と離れたところで、親指をしゃぶりながら眠っている。アクアも夫に背を向けた。疲れ切ったせいで、すっと眠りに落ちる。朝になり、火の夢をみなかったことに気づき、もう自分はだいじょうぶだと感じた。数週間後、ナナ・セルワが嫁の股ぐらから、片方の手で赤子のヤウを取りあげ、もう片方の手で臍の緒を断ち切る。弱々しくも大きな産声を聞いたとき、アクアは息子もだいじょうぶだと感じた。

アクアの口数はゆっくりと増えはじめた。眠れる夜はあまりないが、実際に眠れたときは、無意識のままあたりをさまよい歩いた。目が覚めたとき、扉の前で寝ていたこともあれば、娘たちのあいだで体を丸めていたこともある。眠りがすぐに途切れるため、夢遊も長続きしないのが不幸中の幸いだ。アクアは夫の隣の定位置へ戻り、屋根の藁と泥をじっと見つめ、細かい隙間から太陽が顔をのぞかせるのを待った。稀にだが、アサモアも眠りの中で、夜にさまよい歩くアクアを見咎めた。しかし、鉈へ手を伸ばそうとするところで、失った片脚に思い至って追うのを諦める。夢の中の夫は、自分の妻と自分自身の惨めさに敗北したのだろう、とアクアは感じた。

アクアは町の人々に心を開かなかった。喜びをもたらしてくれるのは、子供たちだけだった。せわしない早口のおしゃべりが無意味に続く二歳の時期が過ぎ去り、アマ・セルワは意味の通る会話ができるようになってきた。子供たちと長い散歩をするのは日課になっており、何時に出掛けるのかと村人から訊かれることはない。いつ木の棒が蛇に見えるのかとか、いつ食べ物を焦がすのかとか、質問されることもなくなった。〝いかれ女〟と陰口をささやくなら、ナナ・セルワに聞かれないよう気をつける必要があった。姑の耳に入ってしまったら最後、毒舌を雨あられと浴びせられ、本物の毒みたいな痛みを味わわされるからだ。

アクアは散歩に出掛けるとき、まずは娘たちに、どこへ行きたいのかを尋ねた。赤子のヤウを巻衣で背中にくくりつけ、娘たちから目的地が指示されるのを待つ。たいていの場合、答えは同じ。ヤア・アサンテワアの館だ。太后の栄誉をたたえるべく、流刑後も館は以前と同じように保たれていた。娘たちは好んで館の門の外に立ち、戦争のあとに作られた歌を唄う。お気に入りのひとつは、

コオ・コオ・ヒン・コオ
ヤア・アサンテワア・エエ！
オバア・バシア
オジイナ・アプレモ・アノ・エエ！
ワイェ・ベ・エジャエ
ナ・ワボ・ンモデン

ときどきアクアは、小さな声で合唱に加わり、旋律に合わせて背中のヤウを前後に揺すりながら、大砲と闘った女を讃えた。

娘たちが幼いため、散歩の途中で頻繁に休みをとる必要があった。お気に入りの休憩場所は、やはり木陰だ。アクアは長い午後を子供たちと過ごし、信じられないほど大きな木から、小さな影のお裾分けをもらい、その中でうたた寝をした。

こういう日のアマ・セルワは、「あたし、歳をとったら、ヤア・アサンテワアみたいになりたい！」とよく宣言をする。娘たちは疲れ切って歩けなくなっていた。しかし、近くにある木といえば、白人が焼き殺された例の一本だけ。焦げた樹皮の黒さは、根から這い上がって、いちばん低い枝まで達している。アクアは最初、この場所での休憩に抵抗を感じたが、背中の赤子の重さはヤム芋十山に匹敵した。結局アクアは足を止め、隣にヤウを置いて、自分は仰向けに横たわった。まだ元に戻っていな

い下腹部の小山のせいで、足許に寝転がっている娘たちの姿が見えない。

「将来、みんながあなたの歌を唄うわけね？」とアクアは言った。アマ・セルワがくすくすと笑いだす。

「そう！　みんなが言うの。あのご婦人を見ろ。かのアマ・セルワだ。強いうえに美しいではないか？」

「あなたはどうなの、アベエ？」強力な真昼の太陽を手で遮りながら、アクアは長女に問いかけた。

「ヤア・アサンテワアは太后で、〝大物〟の娘なのよ」とアベエが言う。「だから歌に唄ってもらえるの。わたしとアマ・セルワは、白人に育てられた〝いかれ女〟の娘にすぎないわ」

最近のアクアは以前と違って、体がすぐに反応しなくなっていた。妊娠中、お腹の赤ん坊に栄養と活力を奪われてしまったせいなのか、それとも、小屋の床で一週間の流刑生活を経験させられたせいなのか。跳び起きるように立ちあがり、長女の目を見据えたいと思っても、実際にできたのは、ゆっくりと腰を左右にひねり、充分な勢いがついてから上半身を起こすことだけ。目に映ったアベエは、木の皮をむいて遊んでいた。

「誰がわたしをいかれてるって言ってたの？」と問いただすと、厄介事の瀬戸際にいるとまだ理解できない長女は、肩をすくめてみせた。アクアはもっと感情を表に出したかったが、怒るための力が体内のどこにも見つからない。睡眠が必要だ。圧倒的に睡眠が足りなかった。二日前には、料理をしている途中で、両目が睡魔に抗えなくなり、油に投入したヤム芋のことをすっかり忘れてしまった。ナナ・セルワに揺り起こされたとき、ヤム芋は黒焦げになっていた。しかし、姑は何も言わなかった。

「みんながお母さんを〝いかれ女〟って呼んでる」とアベエが答える。「ときどきお祖母ちゃんが叱りつけるけど、今でもそう呼んでるんだ」

アクアは岩に頭を預け、黙ったままでいた。そのうち、娘たちのかすかな寝息が、小さな蝶々みたいに周りを漂いはじめた。

夕刻、子供たちを連れて戻ると、屋敷の真ん中でアサモアが食事をとっていた。

「うちの娘たちのご機嫌はどうかな?」父親めがけて駆け寄り、抱きついてくるふたりに、アサモアが尋ねる。アクアはその様子を離れたところから見守り、小屋へ向かう娘たちを目で追った。今日は暑い一日だった。小屋へ走り込むアマ・セルワは、もう巻衣を脱ぎはじめており、布地がまるで旗みたいに後ろへはためいている。

「息子のご機嫌はどうかな?」アクアの背中、巻衣の揺りかごで眠るヤウに、アサモアは問いかけた。父親が赤子に触れられるよう、アクアは夫に歩み寄っていった。

「ニャメ神の思し召しで、この子は元気よ」と言うと、夫がうなり声で賛意を示す。

「こっちで何か食べるといい」アサモアが母親を呼び、ナナ・セルワがほんの一瞬で姿を現す。加齢は姑から身の軽さを奪っていなかった。何かを所望する長男の叫びを、聞きつける能力も衰えていない。外へ出てきたナナ・セルワが、アクアに向かってうなずく。嫁の顔を見ても泣かなくなったのは、わずか数日前のことだ。

「栄養たっぷりの乳を出すには、ちゃんと食べないと」ナナ・セルワはフーフーの用意に取りかかるため、ひょうたん鉢の水に両手を浸した。

アクアは腹がふくれるまで食べた。今にも破裂して、臍から母乳があふれ出してきそうだ。食後に手を洗っているあいだも、脳裏に浮かんでくるのは、足の下を流れる母乳の川。アクアはナナ・セルワに礼を言い、体をねじるようにして腰掛けから立ちあがり、アサモアに両手を差し出して、ひょいと腰を上げるのを助けたあと、ヤウを抱いて小屋へ入っていった。

娘ふたりはすでに寝息をたてていた。いともたやすく夢の世界へ入り込めるふたりを、アクアは羨ましく思った。毎朝、祖母にトウガラシを塗られているのに、相変わらず親指をしゃぶる癖は直っていない。

隣のアサモアが一度、二度と寝返りを打つ。戦争から戻ってきた当初と比べれば、夫もよく眠れるようになってきていた。しかし、ときどきは真夜中に、脚の幻へ両手を伸ばし、実体がないことに気づいて、小さな声ですすり泣くこともある。夫が目覚めたあとも、アクアは決してそのことに言及しなかったが。


アクアは自分の小屋で仰向けになり、両の瞼に閉じる許可を与えた。そして、ケープコーストの砂浜に寝転がる場面を思い描く。波みたいに睡眠はやって来た。初めは丸まった爪先を舐め、むくんだ足へ、痛む足首へと進む。口や鼻や目に達したとき、もう恐怖はなくなっていた。

夢の世界へ入ったあとも、アクアは同じ浜辺にいた。実際に訪れたのは一度きり。学校の宣教師たちといっしょだった。海岸近くの村に新しく学校を建てるべく出掛けていったものの、地元の人々から歓迎されなかったのだ。当時、アクアは海の色に魅了された。今まで自分の世界に存在していなかったため、この色を表現する言葉はどこにもなかった。木の緑とも違うし、空の青とも違うし、石やヤム芋や粘土にも似たような色はない。夢の世界のアクアは、うねる海の波打ち際へ歩み寄った。爪先を水に浸けると、ひんやりとした感覚が伝わってくる。涼風と同じように、喉の奥で味わえそうだと考えていると、たちまち海が燃えあがり、涼風が熱風に変わった。アクアの喉の奥から込みあげてくる風は、ぐるぐると渦を巻きはじめ、あまりの回転の速さに、口の中で押し止めていられなくなった。思わず吐き出した風は、烈火の海を動かしはじめ、海の底深くへ潜り込んでいく。渦巻く風と燃え立つ海は、最後にひとつの形となって落ち着いた。今ではもう至極身近に感じられるあの女だ。

今回、〝火の女〟は怒っていなかった。海の上から手招きされたアクアは、恐怖を覚えながらも前へ一歩踏み出した。足が焼ける。慌てて足を上げるが、下からは自らの肉の焼けるにおいが漂ってきた。それでもアクアは、〝火の女〟の後ろを進みつづけ、自分の小屋らしき場所へたどり着いた。〝火の女〟は今、ふたりの〝火の子供〟といっしょにいる。初めて夢で会ったとき、〝火の女〟が抱いていた子供たちだ。それぞれ一本の腕でがっちりと抱え込まれた子供は、ひとりは右の乳房に、もうひとりは左の乳房に頭を預けている。ふたりの泣き声は無音だが、アクアは泣き声を目で見ることができた。例の呪術師が好んだキセルの煙みたいに、口の中から漂い出てくるからだ。アクアは赤子を抱きたいという衝動に駆られ、両手を伸ばした。手が炎に包まれるが、構わず子供たちに触れる。アクアはほどなく、燃える手でふたりをあやし、炎の縄で編まれたような髪と、石炭みたいに真っ黒な唇を弄んだ。〝火の女〟がようやく子供たちと再会できたことに、アクアは心の平安を、いや、心の喜びさえも感じた。〝火の女〟はすんなりと子供たちを抱かせてくれた。奪い返そうとする素振りもなく、むしろ、アクアと娘たちの様子に見入り、歓喜の涙を流していた。ファンティ領の海と同じ色の涙。幼いころの記憶にあるとおり、緑でもなく青でもない色合いだ。とそのとき、涙の色が凝縮を始めた。緑の要素はもっと緑に、青の要素はもっと青に。涙の奔流は、アクアの両手の火を消していき、それとともに、〝火の子供〟たちの姿も消していった。

「アクア、いかれ女！　アクア、いかれ女！」

腹の中の空洞がどんどん広がり、そこに自分の名前が響き渡るのを、アクアは感じていた。不安がずっしりとのしかかってくる。ゆっくり瞼を開けていくと、目に映るのは、エドウェソの町の風景だった。アクアは運ばれていた。十人以上の男たちが、自分を頭上に掲げている。状況を認識したアクアは、続いて体の激痛を認識した。視線を下げると、両手と両足に火傷を負っていた。

男たちの後ろには、嘆き悲しむ女衆が続いていた。「悪い女！」と何人かが叫び、「邪な女！」と別の何人かが叫ぶ。

女衆のさらに後ろでは、アサモアが杖をつきながら、必死になって一団を追いかけていた。

男衆は白人を焼き殺した例の木に、アクアを縛りつけた。ここでようやくアクアは声の出し方を思い出した。

「やめて、みんな。いったい何が起こってるのか、教えてちょうだい！」

長老のアントウィ・アギエイが、集まってきた男たちに大声で言う。「この女は、何が起こっているのかを教えてほしいそうだ」

男たちがアクアの手首に縄を巻きつける。火傷を負った箇所が悲鳴をあげ、アクアも悲鳴をあげた。

アントウィ・アギエイが続ける。「悪が自らの悪行を知らぬとは、そんなことがありうるのか？」

長老の問いかけに、群衆は固い地面で足を踏み鳴らした。

腰にも縄が回される。

「〝いかれ女〟として知られてきたこの女は、とうとう我々の前で正体を現しおった。本当は〝悪い女〟、〝邪な女〟だったのだ。白人に育てられた輩には、白人と同じ死に様がふさわしかろう」

アサモアは人をかき分け、群衆のいちばん前までたどり着いた。「やめてくれ」

「この女をかばうのか？　おまえの子供たちを殺した女なのだぞ？」とアントウィ・アギエイががなる。長老の怒りは群衆の怒号として反響した。踏み鳴らされる足、激しく打ち合わされる手、波のごとくうねる罵声。

アクアは頭が真っ白になった。子供たちを殺した女？　子供たちを殺した女？　これは夢だ。夢に違いない。

アサモアが泣き声をあげはじめ、妻とまっすぐ目を合わせる。アクアは視線で答えを乞うた。

「ヤウはまだ生きてる。すんでのところで助けられたが、俺にはひとりしか運び出せなかった」アサモアは妻を見据えたまま、群衆に向かって訴えかけた。「息子は母親を必要としている。アクアを俺から奪わないでくれ」

アサモアは視線をアントウィ・アギエイに、それからエドウェソの人々に移した。寝ていた者たちも起き出し、野次馬に加わり、待ち受けていた。悪い女が焼き殺されるのを見物するために。

「これ以上、俺に肉を失わせたいのか？」とアサモアは群衆に問うた。

ほどなくアクアの縄が断ち切られた。群衆が去ったあと、残された夫婦はふたりで屋敷へ戻っていく。ナナ・セルワと医者がヤウの手当てをしていた。赤ん坊は泣き叫んでいるが、その声は、小さな体の外から響いてくるように感じられた。アベエとアマ・セルワをどこへやったのか、教えてくれる者は誰もいなかった。いや、アクアに話しかけてくる者はひとりもいなかった。

ウィリー

秋のとある土曜日、ウィリーは教会の舞台の奥に立っていた。賛美歌集が閉じないよう、どうにか片手だけで固定する。空いた手で脚を叩き、ビートを刻むためだ。ソプラノを率いるのはシスター・バーサ、アルトを率いるのはシスター・ドーラ。胸が大きくて心が広いふたりは、今日にも〝恍惚の境地〟を体験できると信じている。

「ウィリー、あなたに必要なのは、思い切り歌を唄うことよ」とシスター・バーサが言う。ウィリーは清掃の仕事からまっすぐ駆けつけてきていた。教会へ入るときに、慌ててエプロンを外したほどだ。自分でも気づいていないが、額にはべったりと鶏の脂がくっついていた。

客席にカーソンの姿が見える。きっと退屈しているのだろう。最近のカーソンはしつこいほど、学校に行きたいという要望を繰り返していたが、赤ん坊のジョセフィンの世話が一段落するまで、通わせてやる余裕はない。この件を説明するたび、鋭い目つきでにらみ返してくるため、南部へ送って妹のヘイゼルに預かってもらおうかと何度も夢想した。まなざしに憎悪を漂わせてはいても、子供ひとりぐらいなら妹は受け入れてくれるだろうが、現実味がないのは自分でもわかっている。故郷に宛てた手紙では、すべてが順調だと、ロバートと仲むつまじく暮らしていると何度も伝えてきた。一度そちらに伺いますと妹は返信を寄越すかもしれないが、決して実現しないこともウィリーは知っている。ヘイゼルにとっては南部がすべてであり、北部と関わる気などいっさいないのだ。

「そう、あなたに必要なのは、背負ってる十字架を主に受け取ってもらうことよ」とシスター・ドーラが言う。

ウィリーは頰笑んだ。そして、低音のパートをハミングしはじめる。

「帰る準備はできてる?」舞台を降りたあと、ウィリーはカーソンに訊いた。

「とっくの昔に」とカーソンが答える。

ふたりは教会をあとにした。涼しい秋の一日。川からは爽やかな風が吹き寄せてきた。通りを行き交う自動車は数えるほど。すれ違った赤褐色の肌の女性は、いかにも金持ちという格好をしており、雲みたいにふかふかのアライグマの毛皮を身に纏っていた。レノックス街に建ち並ぶ店の広告看板はこぞって、デューク・エリントンの木曜、金曜、土曜の公演を宣伝している。

「もうちょっと散歩していこう」とウィリーは言った。カーソンは肩をすくめるが、すぐにポケットから手を出し、足取りも軽快になっていく。どうやら自分の提案が、相手の琴線に触れたらしい。

数台の車が通り過ぎるのを待つあいだ、ウィリーは共同住宅の窓を見あげた。六人の子供がこちらを見おろしている。いちばん背の高い最年長がいちばん後ろで、いちばん背の低い最年少がいちばん前。みごとな子供のピラミッドだ。ウィリーは手を振ってみせたが、突然、大人の女が現れて六人を窓から引きはがし、カーテンを閉めてしまった。ウィリーとカーソンは通りを渡った。この日、ハーレムの街頭は何百人もの人々であふれ返っていた。いや、何千人かもしれない。歩道は人の重みで沈み込み、文字どおりひびが入る路面が何カ所もあった。通りではミルクティー色の肌の男が歌を唄っている。男の隣では、樹皮色の肌の女が両手を打ち合わせ、頭を上下に振り動かしている。今日のハーレムはさしずめ、数え切れないほどの楽器で構成される黒人の一大バンドだ。そして、街という舞台は足許から崩れそうになっていた。

ふたりは七番街を南へ折れ、ウィリーがときどき清掃の仕事で小銭を稼がせてもらっている床屋を通り過ぎ、数軒の酒場と一軒のアイスクリーム屋を通り過ぎる。ウィリーは財布の中に手を入れ、指先が金属に触れるまでまさぐった。カーソンに五セント銅貨を放ってやると、幼い息子からは笑みが返ってくる。こんなふうに笑顔を見せてくれたのは何年ぶりだろうか。しかし、甘い頬笑みは苦くもあった。カーソンが泣いてばかりだった日々を思い出してしまうからだ。あのころ、世界にはウィリーとカーソンのふたりしか存在せず、息子は母親に満足していなかった。ウィリーは自分のことだけで精一杯だった。カーソンが店へ飛び込み、アイスを持って戻ってくると、ふたりは散歩を再開した。

このまま七番街を南下して、プラットシティまで歩き通せるなら、ウィリーは本当にそうしていたかもしれない。カーソンがコーンの上のアイスを丁寧に舐め、舌という鑿《のみ》で丸い形を彫刻していた。舌でアイスを一周すると、注意深くできばえを吟味し、それからまた舌を這わせる。こんなに幸せそうな表情を見るのは、いつぶりなのか思い出せない。カーソンにこれほどたやすく、これほど満足げな顔をさせられることも、すっかり忘れていた。必要なのは散歩と五セント玉だけ。永遠に歩きつづけていれば、ひょっとすると、ウィリーも幸せを感じはじめるのかもしれない。故郷のプラットシティを捨て、遠く離れたハーレムでどんな目に陥っているかも、ひょっとすると忘れられるかもしれない。

ウィリーの肌は石炭ほど黒くない。物心ついたころから、石炭とは嫌というほど付き合ってきたので、この判断は確かだ。しかし、ロバート・クリフトンが親に連れられて、ウィリーの歌を聴きに来たとき、ウィリーは衝撃を受けた。こんなに肌の白い黒人少年は見たことがない、という考えだけで頭がいっぱいになり、いったんこの思考に取り憑かれると、自分の肌の色はどんどん、あれの色に近づいていくような気がした。毎日毎日、父親の爪のあいだや衣服の隙間に入り込んで、鉱山から運ばれてくるあれの色に……。

ウィリーが労働組合の会議で国歌を独唱するようになってから、一年半が経っていた。父親のHは労組の委員長だから、唄いたいという希望をうまく伝えさえすれば、機会をものにするのはそれほど難しくなかった。

ロバートが見物に来た日、ウィリーは教会の奥の部屋で、音階の練習をしていた。

「準備はいいか？」とHが尋ねる。娘が唄わせてほしいと頼み込むまで、会議で国歌が披露される習慣はなかった。

ウィリーはうなずき、神聖なる場所へ、組合員すべてが待つ場所へ歩を進めた。まだ幼いなりに、自分がプラットシティ随一の歌い手であるのは知っている。ひょっとすると、バーミングハム近郊でいちばんかもしれない。十歳の体から、大人びた声が発されるのを見物するためだけに、男も女も子供もこぞって会議に参加していた。

「国歌独唱です。起立を」とHが促し、聴衆がそれに従う。娘が初めて国歌を唄ったとき、父親は目を潤ませていた。唄い終わったあと、ウィリーはある男の発言を耳にした。「〝両手スコップ〟を見てみろよ。老いぼれて円くなったんじゃねえか？」

ウィリーは国歌を唄い、にこやかな観衆に見守られながら、頭の中に思い描いた。腹の底の洞窟を源とする声。父親を含めた目の前の男たちと同じように、自分という鉱山の奥深くまで潜り、何か貴重なものを掘り出してくる自分……。唄い終わったウィリーは、すべての人々が立ちあがり、手を打ち鳴らし、口笛ではやし立てるのを目にして、坑道の奥の岩にたどり着けたことを知った。国歌のあと、鉱山労働者たちは会議に入った。ウィリーは父親の膝の上に座り、退屈さを感じながら、また唄いたいなと考えていた。

「ウィリー、今夜の君の歌はとてつもなく素晴らしかったよ」会議のあと、ひとりの男が話しかけてくる。ウィリーは妹のヘイゼルと教会の外に立ち、Hが戸締まりをするあいだ帰宅する人々を眺めていた。男に見憶えはなかった。あとで聞いた話だが、男は新参者の元服役囚で、自由な鉱夫として働く前は、鉄道関係の仕事をしていたらしい。「うちの息子のロバートを紹介するよ。こいつは恥ずかしがり屋だが、君の歌をとても気に入ってるんだ」

ロバートが父親の背後から姿を現す。

「さあ、しばらくいっしょに遊んでもらいなさい」男がロバートを少し前へ押しやり、自分はさっさと帰途につく。

父親の肌はコーヒーの色なのに、息子の肌はクリームの色だった。ウィリーはプラットシティで、白人と黒人がともに行動する場面を見てきたが、白人と黒人がひとつの家族になっている例は知らなかった。もちろん、ひとりの人間の中に白人と黒人が同居している例も……。

「いい声をしてるね」とロバートは言った。しゃべるときも下を向いたままで、地面を蹴って少量の土ぼこりを舞いあがらせる。「僕は君の歌を聴きに来たんだ」

「ありがと」とウィリーは答えた。ようやくロバートが視線を上げて笑みを浮かべる。会話が成立したことに、ほっとしたような表情だ。ウィリーは相手の目を見て驚いた。

「どうしてあなたの目はそんなふうなの？」と思わず疑問が口をつく。ヘイゼルは姉の膝の裏側に隠れ、ロバートを盗み見ていた。

「そんなふうって？」とロバートが訊き返す。

ウィリーは適切な言葉を探したが、一語で説明するのが無理なのはわかっていた。ロバートの目はさまざまなものに似ている。自分とヘイゼルはよく泥水を跳ね散らして遊ぶが、ああいう水溜まりの上澄みの部分みたいでもあった。昔、大きな草の葉を背負った黄金色の蟻が、丘を横切っていくのを観察したことがあるが、あのきらきらと輝く胴体みたいでもあった。ロバートの目は、今この瞬間にもどんどん変化する。これを言葉でどう伝えたらいいかわからず、ウィリーはただ肩をすくめてみせた。

「あなた、白人なの？」とヘイゼルが訊き、ウィリーは妹の体を突いた。

「違うよ。ママの話じゃ、うちの一族には白人の血がたくさん入ってて、ときどき白人の部分が表に出てくるんだってさ」

「そんなの変よ」とヘイゼルが言って、首を左右に振る。

「おまえの親父はよぼよぼじゃないか。それだって変だぜ」というロバートの言葉に、ウィリーは思わず体を突き飛ばしてしまった。少年がよろけて尻もちをつき、茶と緑と金の目で驚いたように見あげてくるが、ウィリーは相手のことを気にしなかった。父親はバーミングハムの歴史に残る屈指の鉱夫だ。ウィリーにとって父親は人生の光であり、父親にとってウィリーは人生の光だった。父親は耳にたこができるほど、どれだけ子供の誕生を待ち、待ち焦がれ、待ち望んだかを娘に話して聞かせた。おまえをやっと授かったとき、あまりの幸せに大きな石炭の心が溶け出したと。

ロバートが立ちあがり、体についたほこりを払い落とす。

「あーあ」とヘイゼルが声を漏らし、ウィリーのほうを振り向く。姉を責める材料を見つけたという表情だ。「お母さんに言いつけようっと！」

「やめてくれ。なんともない」ロバートがウィリーを見ながら言う。「僕はなんともないから」

この突き飛ばしの一件は、ウィリーとロバートのあいだにあった壁みたいなものを壊し、ふたりはこの日を境に、これ以上ないほど親しい関係となっていった。互いに十六歳でデートをしはじめ、十八歳で結婚し、二十歳で子供が生まれた。プラットシティの人々は、この夫婦のことを話すとき、ふたりの名前をつなげて一息で発音した。ロバートウィリーと。

カーソンが生まれた一カ月後、父親のHがこの世を去り、その一カ月後に母親があとを追うように亡くなった。鉱夫は総じて短命だ。友達の中には、母親のお腹で泳いでいるあいだに父親を失った者もいるが、だからといってウィリーの喪失感がやわらぐわけではなかった。

最初の数日は、悲しみに打ちひしがれた。カーソンを見る気にも、抱く気にもなれなかった。夜、赤ん坊が眠ったあとは、ロバートが両腕を巻きつけてきて、尽きることのない涙を唇で拭ってくれた。

「愛してるよ、ウィリー」とささやいてくるが、この愛はなぜだかウィリーの傷を抉り、ウィリーの泣き声は激しさを増す。なぜなら、両親がいないこの世界にも、まだ何か素晴らしいものが残っている、という事実を信じたくないからだ。

ウィリーは葬儀で歌の独唱役を務め、参列者たちの嘆きと悲しみの声は、鉱山の奥深くにまで響き渡った。これほどの悲嘆をまのあたりにするのは、生まれて初めてだった。両親を見送るべく、数百名の人々が顔を揃えてくれるとは思ってもみなかった。唄いはじめると、声が震えていた。ウィリーの中で何かが揺さぶられていた。

『わたしが王冠をかぶろう』とウィリーは唄った。鉱山の周辺を練り歩きながら、豊かな声がとどろき、穴の底で跳ね返って葬列まで戻ってくる。ほどなく一行は、名前も顔もない大勢の男や少年が葬られた無縁墓地を通りかかった。少なくとも父親が自由な身で死んだことを、ウィリーは感謝した。少なくともその点だけは本当によかった。

『わたしが王冠をかぶろう』カーソンを両腕に抱きながら、ウィリーはふたたび唄った。息子の弱々しい泣き声は伴奏、息子の心臓の鼓動はメトロノーム。歌を唄っていると、小さな蝶々みたいな音符が、自分の口から漂い出てくるのが見えた。悲しみの一部を運び去ってくれるのがわかった。自分がこの状況を乗り越えられることを、ウィリーは知っていた。

ウィリーはプラットシティを、目の中の塵みたいに感じはじめ、この感覚から逃れられなくなった。ロバートも見るからに、町を離れたくてうずうずしていた。もともとロバートは、炭鉱夫として働くにはいささかひ弱だった。少なくとも、鉱山会社の上層部にはそうみなされていた。十三歳の誕生日を迎えて以降、およそ年に一回は雇ってほしいと陳情を試みたものの、ことごとく断られてきたのだ。

仕方なくロバートは、プラットシティの町で店員をしていた。

カーソンが生まれたあと、ロバートは突然、自分は店員で終わる器ではないと思いはじめた。そして毎週毎週、すべての時間を仕事の愚痴に費やした。

「店員の仕事には栄誉がない」ある晩、ロバートは妻に言った。ウィリーは自分の腹に、幼いカーソンの腹をくっつけていた。母親のイヤリングに反射する光をつかもうと、カーソンが手を動かしている。「炭鉱夫にはそれがある」とロバートは続けた。

下まで降りる機会を得られたら、夫は鉱山の中で命を落とすだろう、とウィリーはつねづね考えていた。父親は死ぬ何年も前に、鉱山内で働くのをやめていた。ロバートより大きさで二倍、強さで十倍まさっていても、咳き込みが完全に止まることはなく、黒い粘液が唇から糸を引いたり、顔が苦痛に歪んだり、目が飛び出しそうになったりした。父親の背後に透明人間がいて、太い首を両手で絞め、窒息死させようとしているかのようだった。ウィリーのロバートに対する愛情は、想像の範囲を超えるほど深かったが、目に映る夫の姿は、首を締めつけてくる手に対処できる男ではなかった。この話をロバートにしたことは一度もない。

ロバートは部屋の中を行ったり来たりするようになった。ウィリーの耳には、五分遅れで動く掛け時計の秒針の音が、教会での公演中に響く調子外れの手拍子みたいに聞こえた。不快なのに途切れない音……。

「引っ越すべきだ。北へ行こう。どこか僕が新しい仕事を学べる場所へ。君の家族がいなくなった今、プラットシティに留まる理由は何もない」

「ニューヨーク」思い浮かんだ言葉をウィリーはそのまま口にした。「ハーレム」まるで記憶が蘇ったかのようだった。一度も行ったことがないのに、人生の中にしっかり存在が感じられた。予感。未来の記憶と言ってもいい。

「へえ、ニューヨークか？」ロバートが笑顔で言い、カーソンを両腕で抱きかかえる。突然、光を見失った赤ん坊は、びっくりして大声で泣きはじめた。

「あなたは何かの仕事を見つけられるだろうし、わたしは歌を唄えるし」

「へえ、歌手の仕事をするって？」ロバートは息子の目の前で指をぶらぶらさせ、カーソンの視線がそれを追いかける。あっちへこっちへと。「ソニー坊や、おまえはどう思う？　ママが歌手になるってさ？」ロバートが指を下げていき、最後にカーソンの柔らかい腹をくすぐる。赤ん坊はきゃっきゃっと大きな声で笑った。

「ソニーはこの話を気に入ったみたいだぜ、ママ」と言ってロバートも笑った。


どんな人にも誰かしら、北へ移住した知り合いがいた。どんな人にも誰かしら、北で暮らしている知り合いがいた。ウィリーとロバートの場合はジョー・ターナーだ。プラットシティ時代のターナーは、ジョシーの賢い息子で、リル・ジョーと呼ばれていた。現在のターナーはハーレムで教師として働いており、一家を西一三四丁目の自宅に迎え入れてくれた。

ハーレムに初めて来たときの感覚を、ウィリーは死ぬまで忘れないだろう。プラットシティは鉱山町で、すべての物事は、地面の下の埋蔵物を中心に回っていた。対照的に、ハーレムの中心は空だった。ビルは今までに見たどんな建物よりも高く、ビル同士が押し合いへし合いしながら、張り詰めた雰囲気を醸し出している。初めて吸ったハーレムの空気は清澄で、石炭の粉塵が鼻の穴から入り込み、喉の奥で味わうはめになることはない。普通に呼吸できるだけでもわくわくした。

「まず何よりも先に、歌を唄わせてくれる場所を見つけてこないと、ジョー。街角で唄ってる女性たちを見たけど、わたしのほうがずっとうまく唄える。間違いないわ」三つあるスーツケースの最後を運び込み、ウィリーたちは狭い共同住宅の一室に落ち着いた。ひとりで家賃を払うのは厳しいから、旧友と同居するのは願ったり叶ったりだとジョーは言ってくれていた。

「ウィリー、街角の少女に負けるようじゃ困るよ。街頭から建物の中へ入るために、君はほかに何をするつもりなんだい？」とジョーが笑う。

ロバートはカーソンがぐずらないよう、体を上下に軽く揺すっていた。「何より先にすべきなのは、僕の仕事を見つけることだ。僕が男だってことを忘れてるんじゃないか？」

「ええ、あなたは男よ。忘れてなんかない」ウィリーは片目をつぶってみせ、ジョーが呆れたように目をぐるりと回す。

「今は、この家に赤ん坊が増えてもらっては困る」とジョーは言った。

この夜も、のちの夜の大半も、家族三人は同じマットの上で眠った。煉瓦造りの高いビルの四階。マットの敷かれた居間は狭く、天井には大きな茶色の染みがある。ここで寝た最初の夜、ウィリーにはこの染みさえもが美しく見えたものだった。

ジョーが住んでいる建物は、黒人家族だけであふれ返っていた。ほとんど全員が、ルイジアナ、ミシシッピ、テキサスから着いたばかりの新参者だ。建物に入る途中で、ウィリーはアラバマ訛りを耳にした。声の主である男は、幅広の長椅子を細い戸口へ押し込もうとしており、扉の反対側では、同じ訛りで指示が出されている。もっと左へ、もうちょっと右へと。

次の朝、ウィリーとロバートは息子をジョーに預かってもらい、ハーレムの散歩に出掛けた。近所で〝従業員募集〟の張り紙を見かけるかもしれないという期待もあった。何時間もあたりを歩き回り、ふたりで会話を交わし、ほかの人々を観察し、故郷とハーレムの相違点を、そして類似点を、ひとつ残らず吸収していく。

角を曲がってアイスクリーム屋の前を通りかかったとき、店の扉に求人のビラが貼られていると気づき、ふたりは中に入ってみようと決意した。店の誰かから話を聞くためだ。ウィリーは扉の踏み段の縁につまずいた。夫の両腕で抱き止められ、支えてもらっているあいだに、なんとか体勢を元に戻す。まっすぐ立った妻にロバートが笑いかけ、頬にすばやくキスをした。店内へ入ると、ウィリーは店員と目が合った。相手の視線に沿って、寒風が吹きつけてきて、腹の奥の炭鉱にまで到達する。

「ちょっといいですか」とロバートは声をかけた。「外の張り紙を見たんですけど」

「あんたは黒人女と結婚してるのか?」店員がウィリーを見据えたまま訊く。

ロバートの視線もウィリーに向けられる。

ロバートは穏やかな口調で続けた。「店員の経験ならあります。南部にいたときに」

「仕事はないよ」と店員が告げる。

「今言ったように、僕には店員の経験が――」

「仕事はない」さっきよりもぶっきらぼうな口調。

「行きましょう、ロバート」とウィリーは言った。二度目の通告の前に、体は半分ほど戸口から外へ出ていた。

二ブロックのあいだ、ふたりは口をきかなかった。レストランの店頭の求人広告が目に留まっても素通りした。ウィリーがロバートの表情を確かめる必要はなかった。ほどなくふたりはジョーのアパートに帰り着いた。

「もう戻ってきたのかい?」入ってくる夫婦にジョーが声をかける。カーソンはマットレスの上で、体を丸めておとなしく眠っていた。

「ウィリーがソニーの様子を確かめたいって。それに、あんたにも休息を与えなくちゃって。そうだよな、ウィリー？」

ウィリーはジョーの視線をひしひしと感じながら答えた。「ええ、そうなの」

ロバートがきびすを返し、あっという間に部屋を出ていく。

ウィリーは赤ん坊の隣に腰を下ろし、寝顔をじっと見つめた。一日じゅう、見つめたままでいられるのだろうかと疑問が湧き、試してみることにした。しかし、しばらくすると、漠然とした違和感と無力感に襲われ、パニックが引き起こされる。赤子が息をしていないのではないか？　母乳を求めて泣きわめかないのは、赤子が空腹をうまく感じられないからではないか？　この新たな大都市に引っ越してきてから、母親とほかの女との見分けがつかなくなったのではないか？　泣き声を聞くためだけに、ウィリーはカーソンを目覚めさせた。初めは小さかった声が、腹の底からの甲高い声に変わったとき、ようやっと落ち着きを感じることができた。

「ジョー、ロバートが白人に間違えられたの」とウィリーは言った。カーソンを見つめているあいだも、ずっとジョーの視線が感じられていた。

ジョーがうなずき、「なるほど」と真面目な口調で答えたあと、ウィリーを置いて部屋から出ていく。

ウィリーは不安なままロバートの帰りを待った。プラットシティを離れたのは間違いではないか、という疑念が初めて頭をよぎる。引っ越してからまだ連絡をとっていないヘイゼルのことを考え、懐郷の念が波みたいに押し寄せてきた。絶望感。悲愴感。今回の未来の記憶は、孤独を思い起こさせた。孤独がひたひたと迫ってくるのが感じられる。自分はこの状況と折り合いをつけていかねばならないだろう。

やっとロバートがアパートに戻ってきた。床屋に寄ってきたらしく、髪は短く刈り揃えられている。貯金の残りをはたいて、新しい服も買ってきたようだ。故郷を出たときから着ていた服は、どこにも見当たらない。ロバートが妻の隣に座り、カーソンの背中を撫ではじめる。ウィリーは夫に視線を向けた。どこか別人のように見える。

「貯金を使ったの？」とウィリーは訊いたが、夫は目を合わせようとしない。ロバートが最後にこういう態度をとったのは、いつのことだったか？　初めていっしょに遊んだとき、自分に突き飛ばされても、地面に尻もちをついても、ロバートはまっすぐな視線を返してきた。飢えたような貪欲なまなざし。初めて気になったのもこのまなざしだったし、初めて惚れ込んだのもこのまなざしだった。

「俺は親父みたいにはならないぜ、ウィリー」息子を見据えたまま、ロバートが口を開く。「ひとつのことしかできないような男にはならない。俺は家族みんなのために人生を切り拓く。それができるって俺にはわかるんだ」

ようやくロバートは妻と視線を合わせ、頬を撫でてやったあと、手を首の後ろへ回した。「もう来てしまったんだ、ウィリー。ここにいようぜ」

〝ここにいる〟ウィリーは、毎朝、ロバートといっしょに起き出す。階下のベスという老婦人が、アパートの赤ん坊の世話を安い手間賃で一手に引き受けてくれており、カーソンの身の回りの準備をして預けに行く。ロバートは髭を剃り、髪を櫛で整え、シャツのボタンをはめる。それから、夫婦ふたりでハーレムに踏み出し、仕事探しに取りかかる。ロバートはしゃれた服で、ウィリーは地味な服で……。

〝ここにいる〟ふたりは、もう歩道を並んで歩かなかった。いつもロバートがウィリーの少し先を歩き、互いに手で触れ合うこともなくなった。人前で夫の名前を呼ぶこともなくなった。通りで転んでも、強盗にあっても、車に轢《ひ》かれそうになっても、ロバートと呼ぶべきではないのだ。前に一度経験したとおり、夫の名を呼んでロバートが振り返ると、周りの注目を浴びてしまうのだ。

当初、ふたりはハーレムで仕事を探した。夫はある店に雇ってもらったものの、一週間後、勘違いした白人客からこっそり質問をされた。あんたを目当てに通ってくる黒人女の常連が何人もいるみたいだが、どうやって手を出さずに自制していられるのかと。夜、帰宅したロバートは泣きながらウィリーに打ち明け、白人客が言ったのはおまえのことかもしれないと悔しがった。そして、このいざこざが理由で店を辞めてしまった。

翌日、ふたりはまた職探しに出たが、南へ向かっていると、ウィリーはロバートとはぐれてしまった。夫はマンハッタンの風景に溶け込み、数秒で見分けがつかなくなった。せわしなく歩道を行き交うたくさんの白い顔の中に完全に紛れ込んでいた。二週間後、ロバートはマンハッタンで仕事を見つけた。

さらに三カ月後の十二月、ウィリーも仕事を見つけてきた。モーリス家の家政婦だ。モーリス家は裕福な黒人一家で、ハーレムの南端に住んでいる。まだ黒人であることの諦観に至っておらず、白人たちが住む地域に少しでも近づこうと、街が許すかぎり少しずつにじり寄っていた。しかし、接近はここが限界だ。通りの向かいの建物に住みたいなら、一家の肌の色はもっと白くなければならない。

日中、ウィリーはモーリス家の子供の世話をした。食事を与え、風呂に入れ、昼寝をとらせる。それから、家の中を隅から隅まで掃除した。モーリス夫人が必ずあとで確かめるため、燭台の下もきれいに拭かなければならない。夕刻の早い時間帯には料理を始めた。モーリス家は黒人の〝大移動〟以前からニューヨークに住んでいるが、彼らの食卓に並ぶのは、はるか遠い南部の台所で作られたような料理だ。たいていはモーリス夫人が最初に帰ってくる。裁縫師という仕事柄、手にはしょっちゅう刺し傷や出血の痕があった。夫人の帰宅と入れ替わりに、ウィリーはモーリス家を出てオーディション会場へ向かった。

しかし、ジャズの店で唄うには、ウィリーの肌は色が濃すぎた。オーディションの準備をしているときに、実際に店の関係者からそう言われた。痩せ細った長身の男が、紙袋を持ちあげ、ウィリーの頬と見比べる。

「濃すぎる」

ウィリーはかぶりを振った。「でも、わたしは唄えます。聴いてください」口を開き、深く息を吸い込み、腹を風船みたいに膨らませようとするが、男が二本の指で腹を突き、風船から空気を抜く。「濃すぎる」と痩せぎす男は繰り返した。「ジャズクラブってとこは、もっと色の薄い娘のための場所なんだ」

「さっき、真夜中よりも濃い色の男の人が、トロンボーンを持って店に入ってくるのを見ましたけど」

「娘って言っただろ？　君が男なら可能性はあった」

わたしがロバートみたいな色だったら、とウィリーは思った。夫には職業の制約はないはずだが、恐怖心が先に立って踏み出せずにいる。黒人であるとばれる恐怖。学のなさがばれる恐怖。ある晩、ロバートは打ち明けてきた。どうして〝そんなふうな〟しゃべり方なのかと人に訊かれ、話すのが怖くなってしまったと。ロバートは何の仕事をしているのかをきちんと報告してくれず、海と肉のにおいを漂わせてアパートに帰ってきた。しかし、一カ月分の給料は、ウィリーが今まで生きてきたなかで見たこともないような額だった。

注意深いロバートと荒々しいウィリー。ふたりは昔からずっとこうだった。初めて寝た夜、ロバートはあまりにも緊張しすぎ、細かく震える左腿に一物がぺたっと張りついていた。たとえるなら、腿という川に引っかかった棒きれだ。

「君の親父に殺されちゃうよ」とロバートが言う。ふたりは十六歳で、それぞれの親は組合の会合で留守にしていた。

「今は父さんのことなんてどうでもいいでしょ、ロバート」とウィリーは言って、棒きれを勃たせようとした。視線を合わせたまま、ロバートの指を一本ずつ口に入れ、一本ずつ先端を噛んでいく。一物を自分の中へ導き入れ、体勢を入れ替えて自分が上になり、相手が懇願するまで動きつづけた。やめてくれ。やめないでくれ。もっと早く。もっとゆっくり……。ロバートが瞼を閉じると、体を噛んで無理やり開かせ、自分の姿を目に映させた。ウィリーはショーの主役になるのが好きなのだ。

ロバートのことなのに、自分を中心に考えてしまう。自分がロバートなら、慎重さもほどほどにして、肌の薄さをもっとうまく利用するだろう。夫の体に、夫の皮膚に、自分の声を埋め込みたい。そうすれば、ジャズクラブの舞台に立てるだろうし、テーブルの上で両親に歌を聴かせたときみたいに、すぐさま戻ってくる聴衆の反響を、どんどん大きくなるざわめきを感じられるだろう。なんともまあ、うまく唄うじゃないか。おまえの言うとおりだったな。

「なあ、君さえよければ、夜にこのクラブを清掃する仕事があるぞ」と痩せぎす男が言う。頭の中が闇に変わる前に、ウィリーは思考の世界から引き戻された。「給料も悪くない。ここで働いてれば、そのうち、何かにつながるかもしれないし」

ウィリーはすぐさま働くことを決め、夜、アパートに戻ると、モーリス家で夜勤を頼まれたと夫に説明した。信じてくれたかどうかはともかく、ロバートがうなずく。この晩、ふたりは息子をあいだに挟んで寝た。カーソンはいくつか言葉を口にしはじめていた。先日は、預けていたベスの部屋から連れ帰ろうとすると、幼い息子がベスを〝ママ〟と呼び、ウィリーは喉の奥に不快な塊が固着するのを感じた。だから、カーソンを自分の体に強く押しつけ、ジョーの部屋へ向かって階段をのぼっていったのだった。

「給料も悪くないのよ」とウィリーはロバートに言い、カーソンの親指を口から引き抜いた。赤ん坊が泣きだし、母親に向かって「だめえ！」と叫ぶ。

「おいおい、ソニー。ママにそんな口をきいちゃいけないぞ」カーソンが親指を口へ戻し、父親をじっと見つめる。「これ以上稼ぐ必要はない」とロバートは妻に言った。「今でも充分に足りてるだろう、ウィリー。もうすぐ、家族だけで暮らせるかもしれない。君は働かなくてもいいんだ」

「住む家のあてはあるの？」とウィリーは切り返した。嫌味のつもりはなかった。引っ越しという思いつきは魅力的だ。自分の部屋が持てれば、カーソンと過ごす時間を増やせるだろう。とはいえ、まだまだ理想の生活とはかけ離れている。自分の理想とも、家族の理想とも。

「探せばどこかあるさ、ウィリー」

「どこ？　わたしたちがどんな世界で生きてると思ってるの？　驚きよね。あなたはうまく扉から抜け出て、〝この〟世界でよろしくやってる。本当なら、黒んぼ女と寝てるってことで、誰かに殴られてもおかしくないのに――」

「やめろ！」とロバートが言う。これほど力のこもった夫の声を、ウィリーは初めて聞いた。「そんな話はするな」

ロバートがごろっと体を転がし、壁に顔を向ける。ウィリーは仰向けのまま、天井をじっと見つめつづけた。大きな茶色の染みは、もろくなってきているように見える。いつなんどき、すべてが自分たちの上に崩れ落ちてきてもおかしくない。

「ウィリー、俺は昔と変わってない」とロバートが壁に向かって言う。

「昔と変わってなくても、昔と同じでもない」とウィリーは答えた。

ふたりは朝まで言葉を交わさなかった。あいだのカーソンが鼾をかきはじめ、その音がどんどん大きくなっていく。まるで腹の中の轟きが、鼻の穴から洩れ出してきているかのようだ。天井崩落のBGMみたいにも聞こえ、ウィリーは恐怖を感じはじめた。赤ん坊がまだ言葉を話せないころなら、まだプラットシティにいたころなら、きっとカーソンを眠りから覚まさせただろう。しかし、ここハーレムでのウィリーは、まったく動くことができず、その場にじっと横たわったまま、轟きを、崩落を、恐怖を味わいつづけるしかなかった。


ジャズクラブの掃除は難しい作業ではない。ウィリーは夕食時が来る前に、ベスにカーソンを預け、レノックス街六四四番地へ向かった。

モーリス家での仕事に似てはいるが、もちろん違うところもある。ジャズクラブの観客は白人のみ。毎晩、舞台に立つ演者は、例の痩せぎす男が説明したとおりの女たちだった。長身、焼けた肌、ずば抜けた能力、と男は言っていたが、現実には、五フィート五インチ、薄い色の肌、若い年齢だ。ウィリーはごみを集め、箒をかけ、床を拭き、舞台上を凝視する客たちを凝視した。ウィリーの目には、何もかもが奇妙に映った。

とある出し物では、男優がアフリカの密林で道に迷う演技をしていた。腰蓑をつけ、頭と両腕には刺青が描かれている。口から発されるのは、言葉ではなくうなり声。胸筋をぴくぴくさせ、どんどんと叩く男優は、長身、焼けた肌、ずば抜けた能力を併せ持つ少女たちからひとりを選び、ぬいぐるみのごとく肩の上に担ぎあげる。観客は腹を抱えて笑った。

ある晩など、仕事中という盾に隠れつつ、南部を題材とする出し物を盗み見ていると、クラブで見かけた俳優の中では最高に肌の黒い三人が、舞台の上で綿花を摘みはじめた。太陽は暑すぎるし、綿花は白すぎる、とひとりの男が文句を垂れる。男は舞台の縁に腰掛け、だるそうに両脚を振った。前へ後ろへ、前へ後ろへ。

ほかのふたりが男に歩み寄り、立ったまま手を男の肩に置いた。それから、ウィリーが初めて聴く歌を唄いはじめる。あれこれと気遣いをしてくれる至極親切な主人を持てた自分たちは、みんな大いに感謝をするべきだという内容の歌だ。歌が終わるころ、三人はふたたび立ちあがり、綿花摘みの作業に戻っていた。

これはウィリーが知っている南部ではない。両親が知っていた南部でもない。しかし、観衆の男たちの声から判断するに、誰も南部に足を踏み入れた経験は持っていないようだった。彼らの望みは、笑い声をあげ、酒を飲み、若い娘たちを口笛で冷やかすことだけ。舞台で唄うより舞台を掃除するほうがまし、という負け惜しみが本音になりそうなほどの状況だった。

クラブの仕事を始めてから二カ月が過ぎた。引っ越しの話をした夜以降、ロバートとの仲はあまりうまくいっていない。いや、夫はほとんどアパートに帰ってこなくなった。たいていの場合、夜明けの少し前に仕事から戻ると、マットの上にはカーソンがひとり寝転がっていた。毎日、学校から戻ったジョーが、ベスのところから引き取り、寝かしつけておいてくれるのだ。ウィリーは息子の隣に潜り込んで、目を大きく見開いたまま待った。ロバートの編み上げ靴が廊下を近づいてくる音を。カツッ、カツッ、カツッという音は、一晩のあいだ、夫が自分のものになることを意味する。本当に音が聞こえたら、本当に夫が帰ってきたら、ウィリーはすばやく瞼を閉じた。そして、クラブの舞台上で演者が披露するように、夫婦のあいだの〝ごっこ〟を始める。ロバートの役回りは、妻の隣にそっと身を滑り込ませること。ウィリーの役回りは、今でも夫を信じていると、今でも夫婦の絆を信じていると、相手に信じ込ませることだ。

ウィリーはごみを捨てるためにクラブの外へ出ていった。店内へ戻ると、支配人が歩み寄って来る。いらいらしている顔だが、いらだち以外の表情は見たことがなかった。戦争帰りの支配人は、よろよろと脚を引きずっており、これがなければもっと堅気の職に就けたのに、といつも愚痴をこぼしている。唯一、満足げな表情をするのは、店の建物の外へ出て、でこぼこの煉瓦壁に寄りかかり、一本、また一本、さらに一本と紫煙をくゆらすときだけだ。

「男子便所で誰かがゲロをしやがった」と言って、支配人が外へ向かう。

ウィリーはただうなずきを返した。一週間に一度は起こる事態なので、改めて指示されなくても手順は心得ている。バケツとモップをつかみ、現場に乗り込んでいった。便所の扉をノックする。一度、そして二度。返事はない。

「入りますからね」とウィリーは強い口調で言った。おずおずと入室するより、有無を言わさず実行したほうがうまくいくと、数週間前に発見したのだ。酔っ払いは往々にして人の言うことなど聞かない。

便所の中の男も、間違いなくそうだった。背中を丸めて、洗面台に顔を突っ込み、ぶつぶつと独り言を言っている。

「ああ、ごめんなさい」とウィリーは声をかけた。出直そうとしてきびすを返す瞬間、男が顔を上げ、鏡ごしに目と目が合う。

「ウィリー？」と男が訊く。

声の主が誰かはすぐにわかった。しかし、ウィリーは振り返らず、答えもしなかった。夫だと気づけなかった、という事実だけが頭の中を駆け巡っていた。

かつてのウィリーは自信を持っていた。単なるデート相手だったころも、結婚した初期のころも、自分自身のことよりロバートのことのほうをよく知っていると信じ切っていた。相手の好きな色を言えるとか、夕食の好みを察せるとか、単なる浅い知識の問題ではない。本人ですらまだ知りえないことを事前に知る、というもっと深い知識だ。たとえば、透明人間に首を絞められたとき対処できる人物ではないといったようなこと……。カーソンの誕生はロバートを変えたが、良い方向への変化ではなかった。息子が生まれてから、ロバートは自分自身をひどく怖がるようになり、いつも自らの選択肢に疑念を抱いた。なぜなら、自らの求める基準を一度たりとも満たせなかったからだ。この基準は、父親の惜しみなき愛の中で設定され、この愛は、息子と妻のために道を切り拓いた。ときとして大きな代償と引き換えに……。ロバートのことは知り尽くしているはずなのに、丸まった背中や垂れた頭を認識できなかった事実は、ウィリーに怖気をふるわせた。

ふたりの白人が便所に入ってきたが、ウィリーの存在には気づいていない。ひとりは灰色のスーツ、もうひとりは青色のスーツに身を固めている。ウィリーは固唾を呑んだ。

「まだここにいたのかよ、ロブ？　もうすぐ女の子たちが舞台へ出てくる時間だぞ」と青スーツが言う。

夫は絶望的な表情を妻に向けた。言葉を発していない灰スーツが、ロバートの視線をたどって、ウィリーの体へとたどり着く。ウィリーを上から下までじっくりと見定めた灰スーツの顔に、ゆっくりと笑みが広がっていった。

ロバートは首を左右に振った。「いや、何でもないんだ。もう行こう」と言って笑顔を作ろうとするが、ほとんど即座に口角が下へ引き戻される。

「どうやらロバートはもう女を調達したみたいだぞ」と灰スーツが言う。

「この娘は便所の掃除に来ただけだ」とロバートは答えた。妻の視線を浴びながら、夫の視線に哀願が混じりはじめる。ウィリーはようやく、自分が面倒に巻き込まれかけているのだと理解した。

「おれたちも客席へ戻る必要はないかもな」灰スーツは肩から力を抜き、体を壁にもたせかけていた。

青スーツの顔にもにやけ笑いが広がる。

ウィリーはモップを強く握りしめた。「もう行かないと、そろそろ支配人が探しに来ます」ロバートと同じく、白人っぽいしゃべり方をまねようとする。

灰スーツがモップをさっと取りあげ、「まだお掃除が残ってるぞ」と言ってウィリーの顔を撫でる。両手は下へ移動していくが、乳房に到達する直前、ウィリーは唾を吐きかけた。

「ウィリー、だめだ！」

スーツ男たちはロバートを振り向いた。灰スーツが顔の唾を拭い、青スーツが「知り合いなのか？」とロバートに訊く。ウィリーの見るところ、灰スーツは相棒より一歩も二歩も先に状況を把握しはじめており、あらゆる手掛かりを心の中でつなぎ合わせようとしていた。ロバートのほの暗い肌の色、深みのある声、家にも帰らず連日の夜遊び……。灰スーツがロバートをねめつける。「おまえの女なんだろう？」

ロバートの目は涙で潤みはじめた。悪酔いのせいですでに血の気は失せているが、またいつ吐き気に襲われてもおかしくない。ロバートは質問にうなずきを返した。

「だったら、こっちへ来てキスしてやったらどうだ？」と言う灰スーツは、もう左手でズボンのジッパーを下ろし、右手で一物をしごきはじめていた。「心配するな。彼女には指一本触れないから」

灰スーツは約束を守った。この夜、〝おつとめ〟はロバートがひとりで引き受け、便所のドアの見張り役は青スーツが担った。涙に濡れたキスを何回かしたあと、ロバートは相手を気遣いながら体に触れた。しかし、挿入しろと要求する前に、灰スーツには絶頂が訪れていた。体が小刻みに震え、溜め息混じりの声が洩れる。どうやら灰スーツは、みるみるこのゲームに飽きが来たようだった。「明日はご出社いただかなくて結構だぞ、ロブ」と言い捨てて、青スーツといっしょに便所を出ていく。

閉じられる扉が起こした弱い風を、ウィリーは感じた。体じゅうの毛が逆立つ。材木にでもなったみたいに全身が強張っていた。ロバートが手を伸ばしてくる。自分にまだ体の支配権があると気づくまで、一瞬の間が空いてしまったため、身を引いたときには、もうロバートの手が届いていた。「僕は今夜、出ていく」潤んだ目を茶色、緑色、金色に輝かせながら、夫はふたたび泣き声を漏らしはじめた。

何を今さら、とウィリーが声にする前に、ロバートの姿は消えていた。

相変わらずカーソンはアイスクリームを舐めつづけていた。片方の手にはコーン、もう片方の手には母親の手。息子の肌を肌で感じていると、それだけでウィリーは涙があふれてきた。このままずっと歩いていたい。必要なら、はるかミッドタウンまで遠征してもいい。息子がこれほど幸せそうな顔をするのはいつ以来か、ウィリーは思い出せなかった。

ロバートと訣別したあと、ジョーから求婚されたが、とてもそんな気にはなれなかった。カーソンを連れて、真夜中にアパートを出ていき、翌日の午前中には新しい住み処を見つけた。知り合いの誰とも顔を合わせなくて済むよう、ほどほどに遠い場所を選んだが、どうしてもハーレムを離れることはできなかった。そして、偉大なる都市の小さな一郭に過ぎないハーレムは、ウィリーにとって圧力を感じる源となりはじめていた。すべての顔がロバートに見える一方、ロバートの顔はひとつもなかった。

カーソンは泣きっぱなしだった。数週間ずっと泣きつづけていると思えるほど、とにかく泣き止んでくれなかった。新しいアパートでは、カーソンを預けられるベスはおらず、日中、働きに出掛けているあいだは、ひとりで留守番させるしかなかった。間違いのないよう、窓を閉め、扉に鍵をかけ、鋭利なものを隠した。夜になって帰宅すると、カーソンはひとりで眠りについており、マットは絶えざる涙でぐっしょりと濡れていた。

ウィリーはいろいろな雑用仕事を掛け持った。ほとんどは清掃だが、今でもときどきはオーディションに参加している。オーディションの終わり方はいつも同じだ。自信満々で舞台にのぼる。口を開けるが、喉からはまったく声が出てこない。やがて涙があふれはじめ、目の前の人物に許しを乞う。あるオーディション担当者はウィリーに言った。そんなに許しが欲しいなら教会へ行けと。

だから、ウィリーはその言葉に従った。プラットシティを離れて以降、すっかりご無沙汰だった教会は、いくら食べても飽きない大好物となっていた。日曜が来るたび、五歳になったばかりのカーソンを引きずり、レノックス街と七番街のあいだの西一二八丁目のバプテスト教会に通った。イーライと出逢ったのも、この教会でのことだった。

イーライは気まぐれに教会を訪れる信者だが、信徒団からは今でもブラザー・イーライと呼ばれている。なぜなら、魂の果実の持ち主であるとみなされていたからだ。どんな果実なのか、ウィリーは知らなかった。通いはじめてからの一カ月は、最後列に座り、カーソンを膝の上に乗せていた。もうだっこするような歳ではなく、息子の体重で両脚が痛んだ。そのとき、イーライが教会に入ってきた。林檎の袋を脇に抱え、後ろの扉に背中を預ける。

牧師の声が響いた。「神の火が天から降り、羊としもべを灼き、呑み尽くしました。わたし独りが難を逃れ、こうやってあなた方に伝えているのです」

「アーメン」とイーライが言う。

ウィリーは座席からイーライを見あげ、ふたたび視線を牧師へ戻した。説教が続く。「お気をつけて。荒れ野から激しい風が吹きつけてきて、家屋敷の四隅を打ちのめし、若い男たちの上に倒れてきて、みんな死んでしまいました。わたし独りが難を逃れ、こうやってあなた方に伝えているのです」

「神のご加護を」とイーライが言う。

紙袋ががさがさと音を立て、ウィリーの視線は、林檎を取り出すイーライの姿を捉えた。イーライがウィンクをしながら林檎をかじり、ウィリーはすばやく牧師へ視線を戻した。「神は与えたまい、神は奪いたもう。神の御名をたたえるべし」

「アーメン」とウィリーはつぶやいた。カーソンがそわそわしはじめたため、脚の上で軽く揺すってやるが、身をくねる動きがひどくなるだけだった。イーライが息子に林檎を手渡してくれた。カーソンは両手で林檎を持ち、大きく口を開き、ほんの一部をかじり取る。

「ありがとう」とウィリーは言った。

イーライが頭を扉のほうへ傾けてみせ、「いっしょに散歩しよう」とささやく。ウィリーは誘いの言葉を無視し、林檎が床に落ちないよう、息子にしっかりと持たせる手伝いをした。

「いっしょに散歩しよう」イーライの声はさっきよりも大きい。扉近くの案内係がシッと声を出し、次はさらに大きな声を出されるのではと恐れたウィリーは、椅子から立ちあがり、男といっしょに教会を出ていった。

イーライはカーソンと手をつないで歩いていた。ハーレムで散歩をすれば、レノックス街に自然と行き着く。あらゆる汚いもの、醜いもの、素晴らしいもの、美しいものが集まる場所なのだ。例のジャズクラブも健在で、店の前を通るとき、ウィリーはぶるぶるっと身震いした。

「どうしたんだい？」とイーライが訊く。

「ただ寒気がしただけよ」とウィリーは答えた。

ウィリーにとっては、ハーレムじゅうを散歩したような感じがした。こんなに歩いたのはいつ以来か思い出せない。こんなに長いあいだ、カーソンが泣き声をあげないのも、信じられない事態だった。散歩中、息子は満足げな表情で、林檎をいじくることに没頭している。ささやかな平和をくれたイーライを、ウィリーは抱き締めたくなった。

「あなたは何をしてる人なの？」ようやく座る場所を見つけたあと、ウィリーはイーライに尋ねた。

「僕は詩人だ」とイーライが答える。

「何か傑作はある？」とウィリーは訊いた。

イーライは頰笑み、カーソンが手にぶら下げている林檎の芯を取りあげた。「いいや。でも、駄作を量産してる」

ウィリーは笑った。「あなたの好きな詩は？」ベンチの上で、イーライがすばやく距離を詰めてくる。ウィリーは久しぶりにはっと息を吞んだ。異性に対してこんな感覚を持ったのは、ロバートと初めてキスをした日以来だ。

「有史以来、最高の詩は聖書だね」とイーライが言う。

「だったら、もっと頻繁に教会で姿を見かけてるはずだけど？　あなたは聖書を勉強するべき人間に見えるわ」

今度はイーライが笑い声をあげる。「詩人は学ぶことより、生きることに時間を費やすべきなんだ」

実際、イーライはいわゆる〝生きること〟をたくさんやっていた。付き合った当初は、ウィリーにとっても、さまざまな活動は〝生きること〟だった。イーライといっしょに過ごすのは、目まぐるしい経験であり、ニューヨークの街じゅうに連れていってもらった。イーライと出逢うまでは夢にみることもできなかった場所にも……。イーライは何でも食べたがり、何でも試したがった。そして、懐具合をまったく気にしなかった。ウィリーが妊娠しても、冒険精神は膨らんだだけに見えた。イーライはロバートと正反対だった。カーソンの誕生で、ロバートは大地に根を張ることを望んだが、ジョセフィンの誕生で、イーライは翼を広げることを望んだ。

赤子が腹から抜け出す直前、イーライは飛び立っていった。最初は、三日間の飛行だった。

ウィリーの元へ戻ってきたとき、イーライは酒のにおいをぷんぷんさせていた。「僕の赤ちゃんのご機嫌はいかがかな?」と言って、ジョセフィンの顔の前で指を小刻みに揺らしてみせる。ジョセフィンは純朴な目でその動きを追った。

「どこへ行ってたの、イーライ?」とウィリーは言った。心には怒りが満ちていたが、なるべく声に出ないよう努める。ロバートが夜遊びに明け暮れ、しばらく帰ってこなくなったとき、ウィリーは文句を言わずに放置してしまった。同じ過ちを繰り返すつもりはない。

「おっと、僕に怒ってるのか、ウィリー?」とイーライが訊く。

カーソンがイーライのズボンの裾を引っ張る。「林檎を持ってない、イーライ?」と尋ねるカーソンは、どんどんロバートに似てきており、ウィリーはそれが我慢ならなかった。今朝、髪の毛を切ったばかりなのだが、毛の量が少なければ少ないほど、ロバートの面影が顔をのぞかせる。散髪のあいだじゅう、カーソンは脚を蹴り出し、金切り声をあげていた。罰として尻を叩くと、静かにはなるものの、今度は、意地悪い目を母親へ向けてくる。どちらのほうがたちの悪い行為か、ウィリーには判断がつかなかった。どうやらカーソンは母親を憎みはじめているみたいだった。そして母親はといえば、子供への憎しみを持たぬよう心の中で葛藤していた。

「もちろん、君のために林檎を持ってきたぞ、ソニー」とイーライが答え、ポケットからさっと取り出す。

「ソニーって呼ぶのはやめて」とウィリーは歯の隙間から声を吐き出した。忘れようとしている男のことを思い出してしまうからだ。

イーライの表情がかすかに曇り、両目を拭ってから、「すまない、ウィリー。許してくれ。僕が悪かった」

「僕の名前はソニーだ！」カーソンはそう叫んで、林檎にかじりついた。「僕はソニーでいたいんだ！」という声とともに、口から果汁のしぶきが飛び散る。

ジョセフィンが泣きだし、ウィリーは娘を抱きあげてあやしはじめた。「あなたの行動が何を引き起こしたかわかる？」という非難の言葉にも、イーライは涙を拭いつづけるだけだった。

子供たちは成長した。ウィリーは一カ月連続で毎日、イーライの姿を見ることもあった。こういうときは、泉のごとく詩が湧き出てくるため、著作の稼ぎで生活は楽になった。いろいろな家での掃除を終えてウィリーが帰ってくると、アパートの部屋には紙くずが散らばり、あちこちに紙の山ができあがっていた。〝飛翔〟や〝ジャズ〟など、たった一語だけが記された紙もあれば、一編の詩がすべて記された紙もあった。紙束のいちばん上に、自分の名前が記されているのを見つけたとき、ウィリーはもしかしたら、イーライの放浪癖が治まってくれるのではと思った。

しかし、飛行は繰り返され、稼ぎも止まった。初めのうち、ウィリーは赤ん坊のジョセフィンを連れて仕事場に赴いたが、それが原因で得意先を二軒失ったため、学校に通わせられそうにないカーソンと、自宅で留守番をさせるしかなくなった。今度はそれが原因で、六カ月に三回も転居を余儀なくされた。もっともこの当時、ウィリーの知り合いはひとり残らず、強制退去の瀬戸際に立たされていた。中には、赤の他人が二十人集まってひとつの部屋を借り、ひとつのベッドを分かち合っている例もあった。アパートを追い出されるといっても、なけなしの家財道具を一ブロックほど移動させるだけ。ウィリーは新しい大家に、夫は有名な詩人だと説明した。自分でもよくわかっているとおり、正式な夫でもなければ、詩人として有名でもないのに……。あるとき、一晩だけ帰ってきたイーライに、ウィリーは罵声を浴びせかけた。「詩を食べて生きてくわけにはいかないのよ、イーライ」このあと、ウィリーはイーライの姿を三カ月も見ていない。

ジョセフィンが四歳、カーソンが十歳になったとき、ウィリーは教会の聖歌隊の一員となった。隊の合唱を初めて聴いたとき以来、ずっと参加したいと望んではいたのだが、たとえ演壇に毛の生えたようなものでも、舞台に上がると例のジャズクラブを思い出さずにはいられなかった。イーライと出逢って以降、教会とはご無沙汰だったが、イーライが飛び立ったため、ふたたび教会に通うようになっていた。しかし、思い切って聖歌の練習に参加してからも、ひっそりと後ろの列に立ち、声は出さずに唇だけを動かす状態が続いた。

ウィリーとカーソンの散歩は、ハーレムの境界線に近づきつつあった。息子がアイスクリームのコーンをばりばりと食べながら、どうするのと目で問いかけてくる。ウィリーは安心させようと笑顔を返したが、母も息子も、いつまでも進みつづけられないことを知っていた。〝色〟が変わりはじめたら、きびすを返さなければならないのだ。

しかし、ふたりは引き返さなかった。今やあたりには大勢の白人がいて、ウィリーは恐怖を感じはじめていた。カーソンの手を両手で握りしめる。黒人と白人が交じり合っていたプラットシティ時代は、あまりにも遠い過去であり、ほとんど夢の中の出来事だったように感じられる。ウィリーは今、ここニューヨークで、できるだけ肩をすぼめ、頭を低くし、体を小さく見せようと努めていた。カーソンも同じことをしているのが感じられる。ふたりはこの体勢のまま、二ブロックほど進んでいった。ハーレムの黒い海は、白が押し寄せる別の世界に変わっている。母子は交差点で足を止めた。数え切れないほどの通行人がいる中で、ウィリーは気づいてしまった。有り得ない偶然だが、それでも実際に気づいてしまったのだ。

ロバートが目に留まった。片膝をつき、三、四歳の男児の靴紐を結んでやっている。ロバートの反対側には、男児の手を握る女の姿があった。女のカールした金髪は短く、いちばん長い毛の房がようやく顎先をかすめるぐらい。ロバートは立ちあがり、女にキスをした。一瞬、あいだの男児が押しつぶされる。ロバートは視線を上げ、交差点のほうを見やり、ウィリーと目が合った。

車が何台か通り過ぎ、カーソンが母親のシャツの裾を引っ張る。「渡らないの、ママ？　車は行ったから、もう渡れるよ」

通りの向こう側で、女の唇が動いていた。それから、女がロバートの肩に触れる。

ウィリーはロバートに頬笑んだ。自分は相手を許しているのだと、このとき初めて気づく。笑顔が圧力弁を解放したような感覚。怒りと悲しみと困惑と喪失が体内から抜け、空の彼方へと飛び去っていったみたいだった。彼方へと。

ロバートが頬笑みを返してくる。しかし、すぐにまた金髪女のほうを向き、何か言葉を交わしたあと、三人で別の方向へ歩み去っていった。

カーソンが母親の視線の先を追い、今までロバートがいた場所にたどり着く。「ママ?」と息子はふたたび問いかけた。

ウィリーはかぶりを振った。「いいえ、カーソン。ここは渡らないわ。もう引き返す潮時だと思う」


この週の日曜日、教会は人でごった返していた。春に詩集が出版される運びとなり、幸せでいっぱいのイーライは、ウィリーが憶えているかぎり、最も長い滞在記録を更新していた。今は信者席の真ん中に陣取って、ジョセフィンを膝に乗せ、カーソンを隣に座らせている。牧師が説教壇にのぼり、「信徒の諸君、神は偉大か?」と問いかけた。

会衆は「アーメン」と声を揃えた。

「諸君、神は偉大か?」

「アーメン」

「諸君に伝えよう。今日、神はわたしをあちらの側へ連れていってくださった。諸君、わたしは十字架を降ろし、二度と背負うことはないであろう」

「栄光あれ、ハレルヤ」と会衆が叫ぶ。

ウィリーは聖歌隊の後ろのほうに立ち、賛美歌集を握りしめていた。両手が小刻みに震えはじめ、Hのことに思いを馳せる。父親は毎晩、鉱山からスコップと鶴嘴を持って戻ると、玄関ポーチに道具を置いて長靴を脱ぎ、それからようやく自宅に足を踏み入れた。なぜなら、隅々まで掃除が行き届いた家に、粉塵のあとを点々とつけたりすれば、イーシの小言を嫌というほど聞かされるはめになるからだ。スコップを置いて家の中へ入り、娘たちの出迎えを受けるときが、一日のうちで最高の瞬間なんだ、と在りし日のHは口癖のように言っていた。

ウィリーは信者席に目を凝らした。イーライが膝の上でジョセフィンを弾ませ、幼い娘は歯茎をむき出して笑っている。手の震えはまだ収まっておらず、教会内が静まり返った瞬間、ウィリーは賛美歌集を床に落としてしまった。どさっという大きな音が響き渡り、神聖な場所に集まった全員、信徒や牧師やシスター・ドーラやシスター・バーサやほかの聖歌隊員たちが、いっせいに振り向く。しかし、ウィリーは前に進み出て、震えながら歌を唄いはじめた。

ヤウ

熱風《ハルマッタン》の吹く季節がやってきた。硬い粘土の地面から砂埃が巻きあげられ、教室の窓を通って入り込んでくるのを、ヤウはまのあたりにした。タコラディにある学校の二階。ここで教鞭を執ってもう十年になる。今年のハルマッタンはどれほどの猛威をふるうのだろうか？　まだエドウェソに住んでいた五歳のころ、激しすぎる風の力は、いともたやすく木の幹をへし折った。風に交じった砂塵の密度は高く、手を前へ差し出すと、指が見えなくなってしまうほどだった。

ヤウは原稿をごちゃ混ぜにした。二学期が始まる前の週末の教室にやってきたのは、ここなら頭が回ると思ったからだ。うまくいけば筆も進むと。ヤウは出版予定の本の題名をじっと見た。『アフリカ人にアフリカを所有させよ』二百ページまで書き進めたものの、没にした分量もそれに等しい。今は題名さえもが腹立たしかった。ヤウは紙束を片づけた。このまま書きつづければ、無分別なことをしかねないとわかっているからだ。たとえば、自らの心の窓を開け放ち、風にページを運び去らせるとか。

「あなたに必要なのは妻よ、ミスター・アジェクム。その馬鹿馬鹿しい本の執筆じゃなくて」

この週のヤウは、もう六日もエドワード・ボアヘンの家で夕食をとっていた。日曜日には、七日になる予定だ。エドワードの妻は、夫がふたりいるとよく愚痴をこぼすが、ヤウは折に触れて料理の腕を褒めており、きっと温かく迎えつづけてくれると信じていた。

「君がいるのに、どうして妻が必要になるんだ？」とヤウは訊いた。

「おいおい、言葉に気をつけろ」エドワードが食事を中断して言う。妻が目の前に皿を置いて以降、口内への詰め込み作業の手を止めるのはこれが初めてだった。

ヤウはタコラディのローマカトリック学校で歴史を教えており、エドワードも同じ学校の数学教師だ。ふたりはアクラのアチモタ校で知り合い、ヤウはこの友情を、ほかのほとんどのものよりも大切に育んできた。

「独立がすぐそこまで来ている」とヤウが言うと、ボアヘン夫人が例のごとく、胸の奥底からの溜め息を洩らす。

「来ているなら来させればいいでしょう。あなたのその話はもう聞き飽きたわ」と夫人は言った。「夕食を作ってくれる人がいなかったら、独立できたって意味はないでしょうに！」水を取ってくるため、夫人が小さな石造りの家へ急いで入っていくと、ヤウは笑い声をあげた。革命推進派の新聞がこの会話を記事にしたとき、夫人の写真にどんな説明書きをつけるかが目に浮かぶようだった。「標準的なゴールドコーストの女性、独立より夕食に高い関心」

「おまえがすべきなのは、金を貯めて、イギリスかアメリカに留学することだ。教壇から革命は導けない」とエドワードが言う。

「アメリカへ行くには歳をとりすぎたよ。この歳では革命も無理だ。そもそも、白人に教育を頼ったら、白人が学ばせたい方法でしか学ぶことができない。祖国に戻った我々が建設するのは、白人が我々に建設させたい国家、白人に対して奉仕を続ける国家になってしまう。これでは、我々は永遠に自由を手に入れられない」

エドワードがかぶりを振る。「おまえは融通が利かなすぎる、ヤウ。どこかで始めなければ物事は動かない」

「だから、自分たちの力だけで始めようと言っている」これは本の主題そのものだ。しかし、ヤウはあえて口をつぐんだ。議論の行方がどうなるかはもうわかっている。ふたりが生きてきたのは、ちょうどアシャンティがイギリスの植民地に吸収された時代だ。ふたりの父親は、自由のために数々の戦争を闘った。ふたりは同じものを望んでいるが、どうやって手に入れるかでは考え方が異なる。実のところヤウは、自分が革命を率いることができるとは思っていなかった。執筆中の本が完成したとしても、読者などどこにもいないかもしれないのだ。

ボアヘン夫人が大きな鉢で水を持ってくる。ふたりの男は手をすすぎはじめた。

「ミスター・アジェクム、知り合いに素敵な娘がいるの。まだ子供が産める歳だから、何も心配は――」

「もうそろそろお暇しないと」ヤウは相手の話を遮った。無礼な態度なのはわかっている。ボアヘン夫人の言い分は正しかった。自分に夕食を作るのは彼女の役目ではない。とはいえ、自分に説教を垂れるのも彼女の役目ではない、という反論がどうしても湧いてきてしまうのだ。ヤウはエドワードと握手を交わし、夫人とも握手を交わし、校庭に面した小さな自宅へ向かった。

一マイルほどある校庭を横切るとき、サッカーに興じる少年たちの姿が見えた。みんなが機敏に動き、己の肉体を自由自在に操っている。同じくらいの歳のころ、自分には決して持てなかった動きの大胆さだ。しばらくのあいだ、立ち止まって少年たちを観察した。ほどなく、自分のほうへボールが飛んでくる。ボールを受け止めたヤウは、ささやかな運動競技に参加できたことをありがたく思った。

少年たちが手を振り、ボールを回収すべく、新入生をひとり送ってよこす。歩いて近づいてくる新入生は、初めのうちはにこにこしていたものの、距離が詰まるにつれ、笑みを失って恐怖の表情を浮かべた。少年が無言のまま、ヤウの前に立ち尽くす。

「ボールを返してほしいのか?」とヤウは訊いた。視線を合わせたままの少年がすばやくうなずく。

ヤウはボールを投げてやった。意図したよりも返球に力がこもる。ボールを受けた新入生は走って戻っていった。

「あの人、顔をどうしたんだろう?」仲間のところへ駆け寄る少年の声を、ヤウは耳にした。そして、答えが聞こえる前にその場を離れた。


この学校で教えはじめて十年の月日が経った。毎年、同じことの繰り返し。男子新入生という種がまかれ、校庭という畑で花を咲かせていく。刈り揃えたばかりの髪の毛、プレスしたばかりの制服。彼らが持ち込んでくるのは、時間割と、教科書と、両親や出身地の人々がかき集めてくれた少額の小遣いだ。新入生は互いに情報を交換し合う。この教科はこの先生で、あの教科はあの先生で。そして、アジェクム先生の名が出ると、兄や従兄から聞いたという歴史教諭の話を誰かが語りはじめるのだ。

二学期の初日、ヤウは新入生が教室へ集まってくる様子を観察した。白人の本を学ぶために選抜された生徒たちは、裕福な家庭の出身者や、聡明な頭脳の持ち主なので、基本的に行儀がいい。教室までの通路はがやがやと騒がしく、故郷の村々での暮らしぶりが想像できる。本の存在を知る前は、子供が本を望んでいる——子供に本が必要だ——と家族が気づく前は、歌や踊りや取っ組み合いをしていたのだろう。しかし、いったん教室にたどり着き、小さな木机の上に教科書を広げると、呪文をかけられたみたいにおとなしくなっていく。学期初日の教室はしんと静まり返り、窓の張り出しで餌をねだる幼鳥たちの鳴き声までが聞こえた。

「黒板に何が書いてあるかわかるかな?」とヤウは質問した。〝最上級〟と呼ばれる受け持ちのクラスは、大多数が十四、五歳の生徒で構成されている。彼らは下級のクラスで英語の読み書きを修得済みだ。担任を任された当初は、英語ではなく現地語で授業をすべきだと主張したが、校長には一笑に付されてしまった。馬鹿げた望みなのは自分でもわかっている。試しにやってみようにも、現地語の種類があまりにも多すぎるからだ。

ヤウは生徒たちを観察した。どの生徒が最初に手を挙げるかは、いつも的中する。椅子の上で前のめりになり、一番乗りのライバルはいないかと視線を左右に巡らせるからだ。今回は、ピーターというとても小柄な生徒が真っ先に挙手した。

「『歴史は物語である』と書いてあります」抑圧されていた興奮を解き放ちながら、ピーターが答える。

「『歴史は物語である』」とヤウは繰り返した。ひとりひとりの生徒としっかり目を合わせながら、机と机とのあいだを進んでいき、教室のいちばん奥で足を止める。教師の姿を見るため、後ろへ首を巡らせる生徒たちに、ヤウは問うた。「わたしがどうやってこの傷を負ったか、物語を語りたい者はいるか?」

生徒たちがもじもじしだす。四肢の動きは頼りなげで弱々しかった。互いに顔を見合わせ、咳払いをし、視線をそらす。

「遠慮は要らないぞ」ヤウは頬笑み、励ますようにうなずいた。「ピーターはどうだ?」今さっき、嬉々として発言していた少年は、まなざしで慈悲を乞いはじめている。新しいクラスの初日は、いつもヤウ好みの展開となった。

「アジェクム先生、僕ですか？」とピーターが言う。

「君はどんな物語を聞いた？　わたしの傷について」いや増す恐怖を少しでもやわらげてやりたいと、ヤウは相変わらず頬笑んでいた。

ピーターが咳払いをし、床を見つめたまま言う。「噂によると、あなたは火から生まれました。あなたが知識に明るいのは、火が燃えているからだと」

「誰かほかには？」

エデムという少年がおずおずと挙手する。「僕が聞いた話では、先生のお母上は、アサマンドからの悪霊と闘っていました」

続いてウィリアム。「先生のお父上は、アシャンティの敗北を悲しむあまり、神を呪ってしまったため、神の報復を受けたと聞きました」

次はトーマス。「僕が聞いたのは、あなたが自分で傷をつけたという話です。授業の初日にしゃべるネタが欲しくて」

生徒がみな笑い声をあげ、ヤウは一本取られたという思いを押し殺した。もちろん、自分の授業の噂は広く出回っている。上級生が下級生に、予測される事態を伝えているからだ。

それでも、ヤウは先を続けた。教室の前まで戻っていき、教壇から生徒たちを見る。先行きが不透明なゴールドコーストの秀才たちを。火傷の教師から白人の本を学ぶ子供たちを。

「誰の話が正しいのかな？」とヤウは質問した。生徒たちは教室の中を見回し、意見を同じくする発言者に視線を据え、まなざしで一票一票を投じる。

ざわめきが収まったころ、ピーターが手を挙げた。「アジェクム先生、どの物語が正しいか、僕たちは知ることができません」ほかの同級生を見回し、ゆっくりと理解を浸透させる。「知ることができないのは、その場に立ち会っていないからです」

ヤウはうなずいた。教室のいちばん前の椅子に座り、若者たち全員へ視線を向ける。「これが歴史の問題点だ。自らの目で見ていない事象、自らの耳で聞いていない事象、自ら経験していない事象を、我々は知ることができない。どうしても他者の言葉に頼る必要がある。はるか昔の時代、出来事に立ち会った人は、物語の形で子供に伝えた。子供が出来事を知れるように。子供がその子供に物語を語れるように。これは何代にもわたって繰り返されてきた。親から子へ、また親から子へ。しかし今の我々は、物語の矛盾という問題に直面している。コジョ・ニャルコによれば、村を襲った戦士たちは赤い衣を着ていたが、クワメ・アドゥによれば、衣は青だった。こうなった場合、我々はどちらの物語を信じるのか？」

少年たちは静まり返った。じっとヤウを見つめたまま待つ。

「我々が信じるのは、権力を持った側の物語だ。権力者は、誰かに命じて物語を書かせることができる。だから、我々は歴史を学ぶ際、つねに自問自答しつづける必要がある。誰の物語が欠けているのか？　権力側の声が主流を占めるために、誰の声が抑圧されたのか？　この点を解き明かせば、失われた物語を発見できるはずだ。そして、発見した物語を基盤とすることで、完璧ではなくとも、全体像がよりはっきりと見えはじめる」

教室は静まり返ったままだ。張り出し窓の幼鳥たちは、相変わらず餌を待ち、母鳥を呼びつづけている。ヤウは自分の発言について、少年たちに考える時間を、答えをひねり出す時間を与えたが、誰も声をあげないので、自ら口を開いた。「教科書を開きなさい。ページは――」

誰かの咳払いの音が聞こえ、視線を上げると、ウィリアムが手を挙げている。ヤウはうなずきで発言を許した。

「恐縮ですが、アジェクム先生、僕たちはあなたの傷について、まだ物語を聞かせてもらっていません」

ヤウは生徒全員の視線が自分へ向けられているのを感じた。頭を下げた姿勢を保ったまま、顔の左側を手で触れたくなる衝動に、でこぼこの革みたいな手触りを感じたくなる衝動に抗う。子供のころは、たくさんの線やひだが入った傷痕を見ると、頭の中に地図が思い浮かんだ。この地図を頼りにエドウェソから脱出したいと、幼いヤウは望んでいた。ある意味、望みは実現した。故郷の村はヤウの姿を見たくなく、おそらく、学校に通うための金をかき集めてくれた。勉学の資金を援助したいという気持ちだけでなく、自分たちの恥を思い出させる存在にいなくなってほしかったのだろう。しかし、村からの脱出を除くと、地図みたいな火傷の痕は、ヤウをどこへも導いてくれなかった。結婚はしていないし、指導者にもなれていない。そう、今もエドウェソは自分とともにあるのだ。

ヤウは傷痕に触れなかった。代わりに、注意深く教科書を下に置き、笑顔を浮かべろと自分に言い聞かせた。「わたしはまだ赤ん坊だった。だから、人づてに聞いたことしか知らない」

人づてに聞いた内容はこうだ。夢遊病を患ったエドウェソの〝いかれ女〟、ヤウの母親であるアクアは、小屋で火事を起こしてしまった。赤ん坊だったヤウと姉たちは眠っていた。父親のアサモアは、子供をひとりだけしか、息子ひとりだけしか助け出せなかった。アサモアは〝いかれ女〟が焼き殺されるのを阻止し、夫婦は町外れに追放された。まだ母親の乳房の味を忘れていない時期に、町の人々は金をかき集めて、火傷の息子を遠くの学校にやった。在学中に父親は死んだ。〝いかれ女〟はまだ生きている。

進学のために町を出て以降、エドウェソには一度も戻っていない。長いあいだ、母親からは手紙が届いていた。母親の自筆ではなく、そのときそのときに、誰かに頼み込んで代筆してもらった手紙だ。会いに来てほしいと懇願する内容だったが、ヤウは一度も返信せず、やがて母親からの手紙は途絶えた。学生時代は休みになると、エドワードの故郷であるオセイム村で過ごした。エドワードの実家の人々は、まるで本当の家族のように迎え入れてくれ、ヤウも家族に対するような愛情を返した。変な遠慮や躊躇のない愛情。毎晩、仕事帰りの男についていく迷子の犬みたいに、ただそばを歩かせてもらっているだけで幸せな気分になれた。ヤウはオセイムにいるとき、初めて異性に興味を持った。学校ではロマン派詩人の授業がいちばん好きだったため、夜を徹して、ワーズワースやブレイクの詩をせっせと木の葉に書き写した。そして、目当ての少女が水を汲む川辺に、木の葉をまいた。

ヤウはこの作業をまるまる一週間にわたって繰り返した。イギリスの白人の言葉が、少女にとって無意味なのはわかっていた。相手が英語を読めないこともわかっていた。葉っぱの言葉の意味が知りたくなって、自分を頼ってくるという目算だった。ヤウはこの筋書きを毎晩、頭の中で思い描いた。脳裏に浮かぶ少女は、葉っぱの束を手に近づいてきた。そして、ヤウは少女を相手に、『ひとつの夢』や『夜の想い』をそらんじた。

しかし、少女が頼ったのはエドワードだった。少女に葉っぱの言葉を読んであげたのは、エドワードだった。葉っぱをまいたのがヤウだと少女に教えたのも、エドワードだった。

「知ってるだろうけど、あいつは君が好きなんだ。いつか結婚を申し込むかもしれない」とエドワードは少女に言った。

少女は首を横に振り、嫌そうに舌打ちをした。「あの人と結婚したら、わたしの子供は醜くなっちゃう」

この日の夜、エドワードの部屋のベッドで、エドワードの隣に横たわっているとき、エドワードから打ち明けられた。傷が遺伝しないことは彼女に説明したんだけど、と。

五十歳の誕生日を間近に控えた今、ヤウはあれが現実だったのかどうか自信を持てなくなっている。


学校は学期末を迎えた。六月になると、ンクロフル出身の政治指導者、クワメ・エンクルマが会議人民党を結成し、さっそくエドワードが新党に参加した。相変わらず夫婦の夕食にヤウがやって来ると、エドワードは好んで「独立は目の前だぞ、兄弟」と発言した。とはいえ、訪問の回数はどんどん減っていた。ボアヘン夫人が五人目の子供を授かり、ひどい悪阻《つわり》に悩まされていたからだ。あまりの体調の悪さに、夫妻は客をもてなすのをやめた。最初に招かれなくなったのは、同僚のほかの教師たちや、町で知り合った友人たちだったが、ヤウもそのうち居心地の悪さを感じはじめた。

だから、住み込みの家政婦を雇う話が進んだ。記憶にあるかぎり、ヤウは自宅に他人を迎え入れることに抵抗してきた。献立の種類は少ないものの、いくつかの料理は充分においしく作れた。水汲みも洗濯もひとりでこなせる。学校で生徒に厳しく指導するほど、自宅をきれいに保ってはいないが、別に気にはならなかった。家に他人を入れなくて済むなら、他人に見られながら食事をしなくて済むなら、散らかった部屋や質素な食事はいくらでも我慢できた。

「おかしな奴だ！」とエドワードが言う。「おまえは教師なんだぞ。一日じゅう視線を浴びっぱなしじゃないか」

しかし、ヤウにとっては別物だった。教壇にいるのは、素の自分ではない。村に代々伝わる踊り手や語り部を演じてみせているだけだ。しかし、自宅では本物の自分になる。孤独と憤怒と照れくささとばつの悪さを感じている男に。このような実態を誰かに見られたくはない。

エドワードが候補者全員をじっくりと検分し、最後にヤウがエステルという女性を選んだ。地元タコラディ出身のアハンタ族だ。

エステルは十人並みの少女だった。どちらかと言えば、不格好な部類に入るだろう。頭と比べて目が大きすぎ、体と比べて頭が大きすぎる。仕事の初日、ヤウはエステルがこれから暮らす奥の部屋を案内したあと、自分はほとんどの時間を執筆に費やすと説明した。そして、執筆中は邪魔をしないよう言いつけ、書斎の机へ戻っていった。

本の内容は迷走を始めている。ゴールドコーストの独立運動を率いる政治指導者たち、いわゆる〝六巨頭〟は、いずれも英米の留学経験を持っており、エドワードと同じく独立が近いと確信しつつ、激しいながらも辛抱強い活動を続けていた。ヤウは自由を求めるアメリカの黒人の運動について、片っ端から文献を読みあさってきた。そして、すべての文章の中で燃えあがる怒りに感銘を受けた。自分の本もそうでありたいと思った。学理的な怒りで満たしたいと切望した。しかし、今のところ目立っているのは、長ったらしい泣き言だけだった。

「すみ、ませんん、先生」

ヤウは原稿から視線を上げた。お手製の長い箒を持って、エステルが目の前に立っている。箒なら家にたくさんあると言ったのだが、どうしても自分のを使いたいと譲らなかった箒だ。

「英語で話す必要はないぞ」とヤウは言った。

「はい、先生。でも、うちの、あねに、言われたんです。きょうしをしてる人には、英語を使いなさいって」

エステルからは怯えが感じられた。両肩にはこれでもかと力が入っているし、箒を強く握りすぎて、指の関節のまわりが赤くなりはじめている。ヤウは若い娘の緊張をほぐしてやれるなら、自分の顔を隠したかった。

「トゥィ語は話せるかな？」ヤウは母親のお国言葉で尋ねた。エステルがうなずく。「好きにしゃべって構わない。知ってのとおり、英語には食傷気味なんだ」

ヤウの言葉は、門を開いたかのような効果があった。エステルの体からはみるみる余計な力が抜けていく。相手を怯えさせていたのは火傷の痕ではなく、むしろ言語の問題だったのだとヤウは理解した。会話には、雇い主との教育や階級の差が出やすい。白人の本について教える先生が相手なら、白人の言語で話しかけなければならない、とエステルは身構えてしまったのだろう。今、英語から解き放たれたエステルは、まぶしいばかりの笑みを放っている。こんな笑顔を見るのは何年ぶりだろうか、とヤウは思った。前歯のあいだの隙間は広く、まるで誇り高き門戸のようだ。ヤウは無意識のうちに、門戸の向こう側をのぞき込んでいた。視線は喉を通り過ぎ、内臓を通り過ぎ、魂の居場所まで到達するような勢いだった。

「先生、寝室の掃除を終えたんですけど、部屋の中の本はものすごい量ですよ。知ってました？　あれを全部、読んだんですか？　先生は英語を読めるんですよね？　先生、椰子油はどこに置いてあります？　台所を探しても見当たらなくて。使いやすい台所ですよね。夕食には何が食べたいですか？　市場に買い物に行ったほうがいいですか？　先生は何を書いてるんですか？」

呼吸をしているのだろうか、とヤウは疑問に思った。しているのだとしても、息の音は聞こえない。何を言おうかと考えながら、弄んでいた原稿を脇に置く。

「夕食は君が好きに決めていい。わたしは何でも構わない」

エステルはうなずいた。ほかの質問に対する答えがなくても、不満そうな表情は浮かべていない。

「山羊の唐辛子スープを作ります」と言いながら、視線を下へ向けてあちこちへ動かす。まるで、思考をぽろっと落としてしまい、床の上を探しているかのようだ。「今日は市場に行きます」少女は顔を上げた。「市場までいっしょに行ってもらえませんか？」

突然、ヤウは憤怒を、もしくは狼狽を感じた。どちらの感情なのか自分でも判別できなかったため、前者で対応することを選び、「どうして市場に同行する必要があるんだ？　わたしの代わりをするために、君は雇われたんじゃないのか？」と声を荒らげる。

エステルの口が閉じられ、エステルの魂への入口が隠される。少女は小首を傾げ、それから雇い主をじっと見つめた。まるで、相手には顔があって、その顔には傷があることに、今になって気づいたかのようだ。もう少しだけヤウを凝視してから、エステルはふたたび笑みを浮かべた。「もしかしたら、執筆の息抜きがしたいのかもって思ったんですよ。頭の中で仕事をする人は、すごくのめり込みやすいから、体も使わなくちゃいけないことを、ときどき思い出させてあげないといけない。これはお姉ちゃんの受け売りですけど、市場まで歩かないと、今日はまったく体を使わないことになりますよ？」

今度はヤウが頰笑む番だった。エステルが笑い声をあげ、幅広の口がめいっぱい開く。ヤウは奇妙な衝動に襲われた。口に手を突っ込み、奥から幸せの一部を引っ張り出し、ずっと自分の手許に置いておきたいと。

ふたりは市場に出掛けた。胸に赤ん坊を抱く太った女たちが、スープや玉蜀黍やヤム芋や肉を売っている。若い少年や大人の男たちが、互いに物々交換の話し合いをしている。食べ物を売る人のほかに、木の彫り物や木の太鼓を売る者もいた。ヤウはひとつの屋台の前で立ち止まり、十三歳ほどに見える少年が細身のナイフを使って、太鼓に紋章を彫り込むようすを眺めた。少年の父親が脇に立って、作業を注意深く見守っている。去年のクンドゥム祭で見た男だ、とヤウは気づいた。今まで見た中でも、一、二を争う太鼓打ちだった。息子へ注がれる視線は、自分以上の太鼓打ちに育てたいと語っている。

「太鼓を叩きたいんですか？」とエステルが訊く。

ヤウはエステルの視線に気づいていなかった。他人の存在を意識すべき場面に慣れていないのだ。いずれにせよ、ヤウは憤怒を感じていなかった。単に狼狽していただけだった。

「わたしが？　太鼓を？　いやいや。叩き方を習ったことさえない」

うなずくエステルは、買ったばかりの山羊を、縄につないで引っ張っていた。ふたりが歩いていると、ときどき山羊が膝を曲げ、蹄で地面を掘り、空中に頭突きをし、角で陽光を反射させる。エステルが縄を強く引っ張り、山羊が悲しそうな鳴き声をあげた。引き手に対する抗議なのかもしれないが、もしかすると、いつもどおり鳴いているだけなのかもしれない。

何かを言うべきだとヤウはわかっていた。咳払いをしてエステルを見るが、言葉が喉に詰まって出てこない。少女は笑みを返してきた。

「とってもおいしい山羊の唐辛子スープを作りますからね」

「そんなにおいしいのか？」

「はい。先生のお母さんの手作りかと勘違いするほど、おいしいですよ。先生のお母さんはどこにいるんです？」エステルが息継ぎなしに質問を繰り出す。

山羊が立ち止まり、鳴き声をあげる。エステルは縄をもう一周り手首に巻きつけて引っ張った。山羊の引き手を代わろうと申し出るべきでは、とヤウは閃いたが、結局は言い出せなかった。

「わたしの母はエドウェソで暮らしている。六歳の誕生日以来、もうずっと会っていない」ここで一息つき、「これは母がつけたんだ」と言って火傷の痕を指さす。よく見えるよう、ヤウは体の角度を変えた。

エステルが足を止め、ヤウもそれにならった。少女の視線を感じ、一瞬、手が伸びてくるのでは、傷痕に触れられるのではと怯える。しかし、それは杞憂《きゆう》に終わった。

エステルは言った。「先生はすごく怒ってるんですね」

「ああ」とヤウは答えた。他人に対してはもちろん、自分自身に対しても怒りの存在を認めるのは稀なことだった。鏡の中の姿を長く見れば見るほど、ひとりぼっちの暮らしが長く続けば続くほど、愛する祖国の植民地支配が長引けば長引くほど、怒りは大きくなっていった。そして怒りの矛先は、雲みたいにつかみどころのない母親という存在に向けられた。ほとんど顔を思い出せない女性に、傷を見ると考えずにはいられない女性に。

「怒りは先生に似合いませんよ」とエステルが言って、山羊の縄をふたたび強く引く。先に行くひとりと一匹を追いながら、ヤウは山羊の鳴き声を耳にした。


ヤウは恋に落ちていた。気づくまでには五年の月日が過ぎ去った。いや、もしかすると、会ったその日に気づいていたのかもしれない。今は夏。霧みたいにまとわりつく暑さは、絶え間なく低い音をぶんぶんと放ち、実際に耳で聞き取ることができた。夏期は受け持ちの授業がないため、日がないちにち、座ったまま読書と執筆に明け暮れる暇がある。しかし、ヤウは机の前から、掃除をするエステルの姿を眺めた。果てしなく浴びせられる質問に対し、迷惑そうな表情を装ってはいるが、実を言うと初日に市場から戻って以降、すべての質問にひとつひとつ答えようとしてきた。雨が降っていない日には、外に出て、生い茂るマンゴーの大木の下に座り、井戸から水を汲むエステルの姿を眺めた。通りがバケツをふたつ持って家の中へ戻るとき、油膜みたいな汗で覆われた両腕の筋肉が収縮する。

けにエステルが笑みを浮かべた。前歯の隙間がとても愛しく、ヤウは叫び声をあげたくなった。すべてのものが、ヤウに叫びを欲させた。しかし、ふたりの隔たりは、決して越えられぬ長い峡谷を思わせた。老いたヤウと、若いエステル。学のあるヤウと、学のないエステル。疵物《きずもの》のヤウと、まっさらなエステル。それぞれの差違が峡谷をさらに深くしていく。越えるすべなどない。

だから、ヤウはしゃべらなかったが、夕刻になると、エステルは質問を連発してきた。夕食には何を食べたいか？　今は何について書いているのか？　独立運動について新しい情報はないのか？　まだ留学の検討を続けているのか？

ヤウは必要以上の発言を控えた。

「今日のバンクーは粘り気が強すぎますね」ある日、夕食中にエステルが言う。ここで働きだしたころの若い家政婦は、自室で食事をとりたいと強く主張していた。雇い主との同席が不適切との言い分は、まさしく正論だ。しかし、エステルがひとりで食べているあいだ、すべての質問の行き場がなくなるという選択肢は、ヤウにとって不適切の範疇を超えていた。だから今のふたりは、ヤウの小さな木製テーブルで、向かい合わせに座って夕食をとっている。

「おいしいよ」ヤウはそう言って頰笑んだ。自分が見目麗《みめうるわ》しい男だったらと悔やまれる。粘土みたいに皮膚がすべすべだったらと。ヤウは存在だけで女を落とせるような男ではない。何か行動に出る必要がある。

「いいえ。前にはもっとずっとおいしいバンクーを作れたんです。我慢しないでください。お気に召さないなら、食べる必要はありません。何か別の料理を作ります。スープはどうです？」

持ち去られそうになる皿を、ヤウは押さえつけた。

「おいしいよ」さっきよりも強い口調で繰り返す。エステルの心を勝ちとるには、何をすべきなのだろうか？　ここ五年のあいだに、エステルは質問を通じて、本当のヤウをどんどん引き出していた。学校の授業のこと、エドワードのこと、過去のこと……。

「わたしとエドウェソへ行く気はないか？」とヤウは訊いた。「母を訪ねるつもりなのだが？」口に出した瞬間、たちまち後悔に襲われる。長いあいだ、エステルは母親との再会をしつこく推奨してきた。ヤウは話をそらしたり無視したりしてきたが、今、恋はヤウに向こう見ずな行動をとらせている。エドウェソの〝いかれ女〟の生死さえわからないというのに。

エステルが曖昧な表情で言う。「わたしに同行してほしいですか？」

「旅行中に、食事を作ってくれる人が必要になるかもしれない」証拠を隠滅すべく、ヤウは慌てて言い訳をひねり出した。

しばらく考え込んだあと、エステルがこくりとうなずく。追撃の質問が発されないのは、ふたりが知り合ってから初めてのことだった。


タコラディからエドウェソまでは二百六キロメートルの距離がある。ヤウは一キロ一キロを痛感させられた。一キロにつき一個の石が、喉に詰まっていくような感覚を味わわされた。二百六個の石が口の中を占め、しゃべることができない。もちろん、エステルの質問にも答えられなかった。あとどのくらい旅は続くんですか？　町の人たちにわたしのことをどう説明するんですか？　お母さんに会ったとき、どんな言葉をかけるつもりですか？　二百六個の石は、言葉の通過を妨げた。エステルもどんどん口数が少なくなっていった。

エドウェソの記憶はほとんどなく、町が変わっていてもヤウにはわからないだろう。町にたどり着いたとき、真っ先にふたりを出迎えたのは、うだるような暑さだった。昼寝のあとの猫みたいに、陽射しがびろんと背中を伸ばしている。今日、町の中心の広場には、人影が二つ三つしか見当たらない。しかし、その数人は、あからさまな視線を向けてきており、突然現れた車もしくはよそ者の姿に衝撃を受けているようだった。

「あの人たちは何を見てるんでしょうか？」とエステルが小さくなってささやく。おそらく、未婚女が男と旅するのはけしからん、と思われることを心配しているのだろう。下を向いたままだし、並んで歩こうともしないので、言葉で聞かなくともヤウにはわかった。

しばらくすると、四歳未満に見える小さな男の子が、父母に連れられて通りかかった。母親の巻衣の長い端を握ったまま、もう片方の小さな人差し指をヤウに向ける。「見てよ、ママ、あの顔！　あの顔！」

母親の反対側に立つ父親が、幼い息子の手をさっと下げさせる。「馬鹿なまねをするな！」と言ったあと、父親は息子が指さしていた先に目を凝らした。

両手に袋を持った父親が、首をかしげながら、よそ者ふたりに近づいていく。「ヤウか？」

ヤウは旅行鞄を地面に落とし、男に近づいていった。「そうですが？　失礼ながら、あなたのことを思い出せなくて」太陽から目を護るため、眉毛の上に手でひさしを作る。それから、その手を前へ差し出し、男に握手を求めた。

「俺はコフィ・ポクと呼ばれてる」男がそう言って、手を握り返してくる。「おまえが村を出たとき、俺は十歳だった。これは妻のギフティと息子のヘンリーだ」

ヤウはほかのふたりとも握手を交わし、それからエステルを振り向いた。「これはわたしの……。これはエステルです」エステルも三人と握手を交わす。

「〝いかれ女〟に会いに来たんだな」コフィ・ポクはすぐさま失言に気づき、手で口を覆った。「すまない。アクアに」

相手の泳ぐ目と、ゆっくり動く口を見て、ヤウは理解した。コフィ・ポクは長いあいだ、渾名でしか呼んだことがないのだ。もしかしたら、本来の名前で呼んだことは一度もないのかもしれない。ヤウが知るかぎり、自分が生まれるかなり前から、母親は〝エドウェソのいかれ女〟と呼ばれていた。

「気にしないでください。ここに来た目的は、そう、母に会うことです」

このとき、コフィ・ポクの妻が夫に耳打ちを始めた。コフィ・ポクの両眉が上がり、顔の表情が輝く。そして、初めから自分の考えであるかのように話しはじめた。

「おまえと奥方は旅で疲れ切ってるはずだ。俺と女房は、ふたりをお招きしたい。どうかうちに逗留してくれ。夕食を振る舞おう」

ヤウは首を左右に振りはじめた。コフィ・ポクがその動きを打ち消すように手を振る。「是非とも来てくれ。それに、おまえの母親は不規則な生活をしてる。今日は訪問を控えて、明日の夕方まで待ったほうがいい。おまえが訪ねることは、人をやってあらかじめ伝えておく」

アクアの家に直行する予定だったヤウとエステルは、招待を固辞しきれず、広場からポク宅までの一マイル弱の距離を歩いた。到着したとき、コフィ・ポクのほかの子供たち、娘三人と息子ひとりは食事の準備に取りかかっていた。息子が背丈の二倍はあるすりこぎをまっすぐに持ち、娘がすり鉢の中のフーフーを返し終わった瞬間、息子はすりこぎをフーフーめがけて落とし、娘は激突の寸前で手を引っ込める。

「やあ、子供たち」とコフィ・ポクは呼びかけた。子供がそれぞれの作業の手を止め、立ちあがって両親に挨拶をするが、ヤウに気づくと声を潜めて目を見開く。

髪の毛を頭の左右でまとめた末娘らしい女の子が、兄のズボンの裾を引っ張り、「〝いかれ女〟の息子だよ」と小さな声で言う。ささやき声は全員の耳に届き、このときヤウは確信を得た。生まれ故郷の町では、自分の物語が伝説になっているのだと。

全員がその場に立ち尽くし、しばらくのあいだばつの悪さを味わう。突然、エステルが筋肉質の太い腕で、少年からすりこぎを取りあげ、考える暇も動く暇も与えず、すばやくすり鉢の中のフーフーをつきはじめた。フーフーの塊が平たく整えられたあと、すりこぎが地面にどさっと落とされる。

全員の視線が集まると、「もう充分！」とエステルは叫んだ。「この人はずっと苦しんできたのに、故郷でもこんな目に遭わされるの？」

「うちの子供たちを許してください」とポク夫人が言う。一同が出会って以来、夫の口を借りずに直接しゃべるのはこれが初めてだ。「物語を何度も聞かされてきたから、思わず口に出てしまっただけなんです。二度と同じ過ちは繰り返させませんから」ポク夫人は五人の子供ひとりひとりと目を合わせた。散歩から帰ってきた下の息子を含め、全員が母親の真意をすぐさま汲み取る。

コフィ・ポクが咳払いをし、客人ふたりに身振りで少し離れた椅子を示す。家長のうしろをついていくとき、ヤウはエステルに「ありがとう」とささやいた。エステルが肩をすくめ、「わたしを頭のおかしな女だと思わせとけばいいんです」と言う。

ふたりは食事の席についた。子供たちがこわごわと、しかし心のこもった給仕をしてくれる。コフィ・ポクと夫人は、ヤウの母親の状態をあらかじめ伝えた。

「おまえの父親が町外れに建てた家で、家政婦とふたりだけで暮らしてる。もうほとんど外へ出ることはないが、たまに庭の手入れをする姿を見かける。素敵な庭だ。女房はちょくちょく、あそこにお邪魔して、咲いてる花々で目の保養をさせてもらってる」

「訪問時には母と話を？」とヤウは夫人に尋ねた。

夫人が首を横に振る。「いいえ。だけど、いつもわたしに優しく接してくれて、お土産に花を持たせてくれることもある。もらった花は、教会へ行くとき、娘たちの髪飾りの代わりにするの。きっと良い縁談が舞い込んでくるわ」

「心配するな」とコフィ・ポクは言った。「間違いなく彼女はおまえがわかる。心が息子を見分けるはずだ」夫人とエステルもうなずき、ヤウは目をそらした。

中庭は暗くなってきたが、暑さはいっこうに収まらず、蚊や蚋《ぶよ》の羽音に形を変えてまとわりついてくる。

ヤウとエステルは料理を食べ終わった。礼を言ったあと、部屋に案内される。エステルは床で寝ると言い張り、ヤウはマットに身を横たえた。スプリングが硬い代物で、背中とのあいだで戦いが勃発する。そんなこんなで、ふたりは眠りに落ちた。

午前中は訪問の準備をし、エドウェソを散策して回り、いろいろな食べ物を口に運んだ。ポク夫妻の説明によると、ヤウの母親はほとんど睡眠がとれず、朝方より夕方の活動を好んでいるらしい。だから、ふたりは時間を潰した。エステルがタコラディを離れたのは人生で二度目。初めての町で見慣れぬ光景に目を輝かせる姿は、ヤウに愛しさを感じさせた。

町の人々はみな、ふたりを夫婦だと思い込んでいた。ヤウは勘違いを訂正せず、嬉しいことに、エステルも訂正をしなかった。そう望んでくれているのか、否定するのが失礼だと考えているだけなのか、ヤウにはわからない。いずれにせよ、怖くて直接訊くことはできなかった。

すぐに空が暗くなりはじめる。影がいっそう濃くなるたび、ヤウは胃が締めつけられるのを感じた。エステルは注意深くヤウの顔色をうかがっていた。自分がどう感じるべきなのか、顔に指示が書いてあるかのように。

「怖がらないで」とエステルが声をかける。

五年前に出会って以来、エステルには帰郷を促されてきた。説得には〝赦し〟という言葉が使われたが、ヤウは赦しを信じていない。白人がアフリカに乗り込んできた際、いっしょに持ち込んできた言葉。キリスト教徒が身につけ、ゴールドコーストの人々の前で、自由かつ声高に駆使する詭弁。ボアヘン夫妻やエステルと白人教会を訪れたとき、稀な機会なのに何度となく聞かされたため、赦しにはこういう印象が植えつけられていた。実際白人はみな、悪行に手を染めながら赦しを叫んだ。若いころのヤウは、そもそも悪行を犯すなと教えればいいのにと思ったが、歳を重ねるにしたがって真相が見えてきた。〝赦し〟とは事後になされる行為だが、実際は、未来まで続く悪行の一部でもある。そして、人々の目を未来へ向けておけば、現在進行中の害悪に気づかれないで済むかもしれないのだ。

ついに夕刻となり、コフィ・ポクはヤウとエステルを、町外れにあるアクアの家まで案内していった。庭に生い茂る植物を見て、ヤウは瞬時にここだとわかった。長い緑の茎の先端では、見たこともない色の花が咲いている。風のせいなのか、動き回る虫のせいなのか、植物の茎がこすれ合って音をたてていた。

「俺はここでお暇させてもらう」玄関のかなり手前で、コフィ・ポクは言った。この町でも、ほかの多くの町でも、近くまで来ておいて家の主に挨拶をしないのは、普通なら失礼な行為とみなされるはずだ。しかし、ヤウは案内役の居心地の悪そうな表情に気づいた。だからコフィ・ポクに手を振り、去っていく背中にもう一度礼を投げかける。

玄関の扉は開いているが、ヤウは二度ノックし、エステルはその後ろに控えた。

「はい？」と困惑気味の声が応える。ヤウよりも年かさに見える女性が、素焼きの鉢を持って姿を現した。ヤウを見て、火傷に気づき、はっと息を呑む。鉢が地面へ落ちて粉々になり、赤茶色の破片が戸口から庭まで飛び散った。細かい粘土の破片は決して見つからず、自らの源たる大地に吸収されていくだろう。

家政婦の女性は叫びはじめた。「神のお慈悲に感謝します！　彼を生かしておいてくれたことを、神に感謝します。我らが神よ、彼は死んでなんていなかった！」部屋の中を踊って回り、「奥様、神があなたの息子を連れてきてくれましたよ！　奥様、神があなたの息子を連れてきてくれましたから、息子さんに会えないままアサマンドに旅立つ必要はなくなりましたよ。奥様、こっちへ来て見てください！」

背後では、エステルがささやかなお祝いに、両手を打ち合わせている。ヤウは振り返らなかったが、自分を見守る明るい笑顔が目に映るようだった。それを思うと心が温かくなり、屋内へ少し足を踏み入れるための勇気が与えられる。

「あたしの声が聞こえてないのかしら？」と家政婦が独り言をつぶやき、建物の奥のほうをさっと振り向く。

最初、ヤウは女性のあとをついていったが、途中からは、居間にたどり着くまでまっすぐ歩きつづけた。部屋の隅に女性が座っている。

「ようやくあなたは故郷へ戻ってきたのね」と母親は笑顔でヤウに言った。

あらかじめ母親が家の中にいると知っていなければ、外見だけで判断することはできなかっただろう。ヤウは五十五歳だから、アクアは七十六歳のはずだが、もっと若く見えた。まなざしは若者のように屈託がなく、頰笑みからは寛容さだけでなく聡明さも感じられる。立ちあがると背筋はぴんと伸びており、一年一年の重みも背中を湾曲させるには至っていなかった。息子に歩み寄るとき、四肢にはぎこちなさがなく、流れるような動きを関節が邪魔することもない。母親は息子に触れた。火傷の痕の残る両手で、息子の両手を握り、曲がった親指で、息子の手の甲を撫でる。火傷の痕の柔らかさを、ヤウは感じた。とても、とても、柔らかかった。

「やっと息子が故郷へ帰ってきた。夢は必ず現実になる。必ず現実になる」

母親は息子の手を握りつづけた。戸口で家政婦が咳払いをする。ヤウが振り向くと、家政婦とエステルが笑顔で戸口に立っていた。

「奥様、夕食を作りますね！」と家政婦が声を張りあげる。いつもこんなに声が大きいのか、自分の存在が声量を増させているのか、とヤウは疑問に思った。

「どうぞお構いなく」とヤウは言った。

「おやおや？　久方ぶりに息子が戻ってきたっていうのに、母親が山羊を潰さなくてどうするんだい？」家政婦が舌打ちしながら部屋を出ていく。

「君はどうする？」ヤウはエステルに訊いた。

「あの人が山羊をしめてるあいだに、誰がヤム芋を茹でるんです？」エステルが悪戯っぽい口調で答える。

ふたりの背中を見送ったあと、ヤウは初めて神経の高ぶりを覚えた。突如として、長い長いあいだ感じていなかった何かが湧きあがってくる。

母親は息子の火傷の痕に手を置いた。火傷を負った指で、火傷を負った顔をなぞる。ほぼ半世紀のあいだ、ヤウ以外は触れたことのない傷痕を……。「何をするんです？」とヤウはがなった。

息子の怒声にもめげず、母親は傷痕に指を走らせつづけた。火傷に覆われた自らの指で、息子の失われた眉、盛りあがった頬、ケロイドの残る顎をなぞる。母親がすべてに触れ終わったとき、ヤウの口からはすすり泣きが洩れはじめた。

母親は息子を床に横たわらせ、頭を自分の胸に引き寄せ、低い声で唱えはじめた。「わたしの息子！　我が息子！　わたしの息子！　我が息子！」

長いあいだ母子はこの体勢のままでいた。ヤウが今までにないほどの涙を流したあと、アクアが世界へ向けて息子の名を叫んだあと、息子は体を引き離し、母親の姿をまじまじと見る。

「物語を聞かせてほしい。この傷にまつわる物語を」とヤウは言った。

母親が溜め息を漏らす。「あなたの傷の物語を語るには、まず、わたしの夢の物語を語らなくてはいけない。わたしの夢の物語を語るには、まず、わたしの家族の物語を、わたしたちの家族の物語を語らなくてはいけない」

ヤウは待った。母親が立ちあがり、自分にならうよう身振りで示す。それから、部屋の片端にある椅子を指さし、自分はもう片方の端の椅子に座った。母親の視線は、息子の頭の後方、壁に据えられている。

「まだあなたが生まれる前、わたしは悪夢をみはじめた。夢の最初はいつも同じ――火でできた女がわたしを訪問してきた。彼女は両腕にひとりずつ、火の子供を抱えていた。でも、いつからか子供たちの姿は消え、火の女はその怒りをわたしにぶつけるようになった。

悪夢をみはじめる前から、わたしは具合がよくなかった。わたしの母親はクマシの学校で、宣教師の手にかかって命を落としている。あなたは知っていた？」

ヤウはかぶりを振った。祖母の件は初耳だ。たとえ聞いていたとしても、当時の自分は幼すぎて憶えていなかったろう。

「わたしは宣教師に育てられた。唯一の友達は呪術師だった。少女時代のわたしはいつも悲しかった。

なぜなら、悲しいのが人生だと思い込んでいたから。あなたの父親と結婚したとき、わたしは幸せになれると思った。あなたの姉たちが生まれたとき……」

　ここで声が詰まるが、アクアは胸を張り、ふたたび話を続けた。

「あなたの姉たちが生まれたときも、わたしは幸せになれると思った。けれど、エドウェソの広場で白人が焼かれるのを見てしまって、また悪夢が始まった。戦争が始まると、悪夢はもっとひどくなった。あなたの父親が片脚を失って戻ってくると、さらに悪化した。あなたを身ごもっても、悲しみは止まらなかった。眠りと闘おうとしたけど、わたしは人間で、眠りは人間じゃなくて、最初から勝ち目はなかった。ある晩、眠っているあいだに、わたしは小屋で火事を起こしてしまった。聞いた話だと、あなたの父親はひとりしか、あなたしか助け出せなかった。でも、それは必ずしも真実じゃない。あなたの父親は、町の人々からわたしを救ってくれた。そして何年ものあいだ、わたしは助けられたことを後悔してきた。

　食事を与えるときしか、あなたとの面会は許されなかった。そのうち、あなたは遠くにやられ、わたしには行き先が伏せられた。あれからずっと、わたしはククアとこの家で暮らしている」

　ちょうど呼び出されたかのように、年配の家政婦ククアが椰子酒を持って現れる。最初にヤウ、それからアクアに酒を注ごうとするが、後者に断られると、入ってきたときと同じようにそっと出ていった。

　ヤウは水みたいに椰子酒をあおった。空の椀が足許に転がると、ふたたび母親へ注意を向ける。アクアはひとつ深呼吸をして、先を続けた。

「火事のあとも、悪夢は収まらなかった。いいえ、今でさえ続いている。わたしは夢の中で、火の女と懇意になっていった。火事の日もそうだったけれど、ときどきケープコーストの海に連れていかれた。カカオ農園の場合もあったし、クマシの場合もあった。理由はわからない。わたしは答えを知りたくて、もう一度キリスト教学校を訪ね、母親の家族のことを質問した。宣教師は母親の私物をすべて焼いたと言っていた。けれど、それは嘘だった。ひとつだけ宣教師が隠し持っていたものがあったの」

アクアはエフィアの首飾りを息子に差し出した。母親の手の中で輝きを放つ黒い石。ヤウは石に触れ、滑らかな手触りを感じとった。

「わたしはこの首飾りを、呪術師の跡継ぎのところへ持っていった。これを先祖に供えれば、わたしを罰するのをやめてくれると思ったから。あの当時、ククアはたぶん十四で、いっしょに儀式をしていると、呪術師の跡継ぎから待ったがかかった。跡継ぎは急に首飾りを取り落として、『おまえの血筋に悪がいるのを知ってるか?』と訊いてきた。自分のことを言われたと思ったから、自分が犯した過ちのことだと思ったから、わたしはうなずいた。けれど呪術師の跡継ぎは、『おまえが身につけてるこれは、本来おまえのものではない』と言った。悪夢の件を打ち明けると、火の女は、わたしを訪ねてきた先祖ということだった。跡継ぎはこう続けた。黒い石は火の女の所有物で、だからこそ今、取り落とすほど熱くなった。おまえが火の女に尋ねれば、祖先について教えてくれるだろう。おまえは選ばれたことを光栄に思うべきなのだ……」

ふたたびヤウの中で怒りが湧いてきた。なぜ光栄に思う必要がある? 母親も息子も人生を台無しにされたというのに? こんな人生に満足しろというのか?

アクアは息子の怒りを感じとったようだった。老いた体を動かし、息子へ歩み寄って地面に膝をつく。ヤウは足が濡れたのを感じ、母親が泣いていることを知った。

アクアが息子を見あげて言う。「わたしは自分のしたことが許せない。未来永劫、許せない。けれど、火の女の話を聞いているうちに、跡継ぎの話の辻褄が合ってきた。血筋の中に悪がいるという話よ。火の女によると、間違った結果が出るとも知らずに、間違った行動をした先祖がいた。わたしは警告として手を焼かれたけれど、彼らに警告は発されなかった」

差し出された母親の手を、ヤウはためつすがめつした。ふたりは同じ皮膚をしていた。

「我が息子、わたしにはわかったことがある。悪は悪を生む。悪は成長する。だから、家の中でも、広い世界でも、悪のはじまりを見逃してしまいがちになるのよ。ごめんなさい。あなたを苦しませて。ごめんなさい。あなたの苦しみがあなたの人生にとどまらず、これから結婚する女性にも、これから生まれてくる子供にも、暗い影を落とすことになってしまって」

息子の驚きの視線に、母親はただ笑みを返した。「あなただろうとわたしだろうと、母親だろうと父親だろうと、ゴールドコースト人だろうと白人だろうと、間違いを犯した人間は、投網《とあみ》を打つ漁師に似ている。漁師は食べるのに必要な数匹だけを取って、残りは水の中へ返してやる。魚が元の暮らしに戻れると思い込んでの行動だけど、たとえ今は自由の身でも、いったん捕まったことは誰も忘れない。それでもね、ヤウ、あなたは自分自身を解き放たなくてはだめよ」

ヤウは母親を床から立ちあがらせた。「自由になりなさい、ヤウ。自由に」と繰り返す母親を両腕で抱き締めた。そして、母親の軽さに驚いた。

ほどなくエステルとククアが、食べ物の入った鍋を次々と運び込んでくる。ふたりは夜が更けても、ヤウとアクアに料理を振る舞いつづけた。母子の食事は太陽が昇るまで終わらなかった。

ソニー

ブタ箱はソニーに読書の暇を与えた。母親が請け出してくれるまでの時間は、デュボイスの『黒人のたましい』をぱらぱらめくるのに使われた。すでに四回読破しているが、いまだに飽きがこない。鉄の檻の中で、鉄のベンチの上に座っている目的を、再確認させてくれる。全米黒人地位向上協会《NAACP》での仕事に無益さを感じるたび、ソニーは『黒人のたましい』のすり切れたページをめくり、決意をさらに強めてきた。

警察署の扉から勢いよく飛び込んでくるなり、ウィリーは「よく飽きないねえ」と言った。片方の手にはぼろぼろのコート、もう片方の手には箒が握られている。ソニーが物心ついてからずっと、母親はアッパーイーストサイドの邸宅の掃除を仕事にしてきたが、白人の家にある箒を信頼せず、いつも自前の箒を持ち運んでいた。地下鉄駅から地下鉄駅へ、街の通りから邸宅の中へと。十代のころのソニーにとって、箒は羞恥心の種でありつづけた。母親が十字架を背負っているみたいだったからだ。バスケットボールのコートで友達と遊んでいるときに、箒を持った母親から名前を呼ばれたなら、キリストを知らないと言ったペテロと同じように関係を否認したに違いなかった。

「カーソン！」という母親の大声に、無反応を貫くときは、心の中に正当な言い分が存在していた。自分はずっと昔から〝ソニー〟で通っているという事実だ。母親にあと数回「カーソン」と叫ばせたあと、ソニーはようやく「何だよ？」と答えた。帰宅してから代償を支払わされるのはわかっている。母親は聖書を引っ張り出し、息子について神への祈りを叫びはじめるだろう。しかし、どうしても自分を止められなかった。

警官が監房の扉を開けるとき、ソニーは『黒人のたましい』を手に取った。デモ行進中に逮捕されたほかの男たちに会釈し、母親の脇をかすめていく。

「あと何回ぶち込まれれば気が済むんだい、えっ？」というウィリーの声を背に、ソニーは歩きつづけた。

同じ質問を自分に投げかけた回数は、百回では足りない。ブタ箱の汚い床から何度起きあがればいいのか？　行進に何時間費やせばいいのか？　警官につけられた傷をいくつ収集すればいいのか？　市長や知事や大統領に何通手紙を送ればいいのか？　何かを変えるにはあと何日必要なのか？　変化が起きたとして、それは本当の変化と言えるのか？　アメリカは前と違う国になるのか、それとも、ほとんど同じ国のままなのか？

ソニーにとってのアメリカの問題は、人種による隔離が存在することではない。隔離を望んでも隔離してもらえないという現実だ。記憶にあるかぎり、ソニーは白人と関わらないようにしてきた。しかし、これほど巨大な国でありながら、どこにも逃げ場などなかった。ハーレムの中でさえ、目で見えるものと手で触れられるものは、ほとんどすべてが白人に所有されていた。ソニーが望んだのはアフリカだった。マーカス・ガーヴェイはいいところに目をつけた。リベリアとシエラレオネでの試みは評価に値した。少なくとも理論の上では。問題なのは、理論どおりに現実が動いてくれない点だ。人種隔離の現実は、ソニーがバスに乗るたび、前方の座席に陣取る白人の姿を見せつけられることを意味した。洟水を垂らした白人の子供からも、「小僧《ボーイ》」呼ばわりされることを意味した。人種隔離の現実の中では、区別を不平等と感じざるをえず、〝この現実〟をソニーは受け入れられなかった。

「カーソン、聞いてるのかい！」とウィリーが叫ぶ。この歳になってまで、子供みたいに拳骨を落とされたくはなく、ソニーは母親と顔を向き合わせた。

「何だよ？」

母親が息子を睨みつけ、息子が母親を睨み返す。人生の最初の数年間、ソニーにはウィリーしかいなかった。どれだけ記憶をたぐっても、父親の姿を思い出すことはできず、自分を父親の顔も知らない子にした母親を、息子は今でも許せずにいる。

「おまえは石頭の馬鹿野郎だ」とウィリーが言って、ソニーを押しのけて通り過ぎる。「ブタ箱で過ごす時間があるなら、子供たちと過ごす時間を作ってやりな。おまえに必要なのはそれだよ」

最後の部分は声が小さく、ソニーはほとんど聴き取れなかったが、実際に言ったかどうかにかかわりなく、ウィリーの言いたいことはわかっていた。息子が怒っているのは、母親が父親を不在にしたからであり、母親が怒っているのは、息子が父親の轍《てつ》を踏んで、不在がちな父親になってしまっていたからだった。


ソニーはNAACPで住宅問題を担当しており、ほかの男女と班を組んで、週に一度ハーレムの各地区で人々の暮らしぶりを聴き取っていた。

「ゴキブリと鼠が大量に出るから、歯ブラシを冷蔵庫にしまっておかなきゃならないんだよ」と子持ちの女性が言う。

今日は月の最後の金曜日。ソニーはまだ前夜の頭痛を引きずっていた。「ふむふむ」と相づちを打ちながら、眉の上の汗を手で拭い、ずきずきする痛みもいっしょに払拭しようとする。女性がしゃべっているあいだ、ソニーはメモ帳に書き込むふりをした。しかし、ひとつ前の家でも、もうひとつ前の家でも、聞かされる内容は同じだった。いや、聴き取りの調査などするまでもなく、ソニーは借家人たちの言い分を知っていた。自分とウィリーと妹のジョセフィンは、同じような住環境や、もっとひどい住環境に置かれてきたのだから。

今でも鮮明に思い出せる。母親の二人目の夫、イーライが当月分の家賃を持ち逃げしたとき、ウィリーは住まわせてくれそうな知り合いを訪ねて、ブロックからブロックへと駆けずり回った。ソニーはまだ赤ん坊のジョセフィンを抱え、母親のあとをついていった。結局、落ち着いた先の共同住宅の一室では、なんと四十人が寝食をともにしていた。そのうちのひとり、病気がちな老女は肛門の抑えがきかず、毎晩、部屋の隅に座って震えながら、泣きながら、自分の靴を糞で満たしていた。そして、排泄物を食べに鼠たちが集まってきた。

にっちもさっちもいかなくなったウィリーが、仕事先の高級マンションに息子と娘を連れ込んだこともある。依頼主は休暇で旅行中だった。住人がふたりだけなのに、寝室は六つ。だだっ広い空間を前に、ソニーはどうしていいのか途方に暮れ、一日じゅういちばん狭い部屋で過ごした。怖くて何にも触れなかった。下手に指紋をつけようものなら、母親に拭き取る手間をかけさせるだけと知っていたのだ。

「おじさんが助けてくれるの?」と男の子の声がした。

ソニーはメモ帳を取り落とし、声の主へ視線を向けた。小柄な少年だが、まなざしの奥に何かを秘めている。おそらくは外見より年上で、十四、五歳というところだろう。少年は女性に歩み寄り、肩に手を置いた。じろじろと見られていたため、ソニーも相手の目を観察することができた。男女を問わず、これほど大きな眼球は今までに見た憶えがない。長い睫毛は、恐ろしい蜘蛛の色っぽい脚を彷彿させた。

「どうせできないんだろ?」と少年が言い、すばやく二度まばたきする。蜘蛛の脚みたいな睫毛がもつれるのを見たとき、突如としてソニーの心は恐怖に満たされていった。「どうせ何もできないんだろ?」と少年が続ける。

ソニーはなんと答えていいかわからなかった。わかるのは、この場を逃げ出すべきだということだけだった。

一週間経っても、一カ月経っても、一年経っても、少年の声が頭の中で響いていた。二度と会わなくて済むよう、ソニーは住宅問題担当からの異動を願い出た。

「どうせ何もできないんだろ?」

ソニーはふたたび、デモ行進の最中に逮捕された。別のデモ行進でも。また別のデモ行進でも。三度目の逮捕のあと、手錠をかけられていたソニーは、警官のひとりから顔にパンチを食らった。腫れあがった片目が見えなくなりはじめ、唾を吐きかけてやろうと唇をすぼめた瞬間、警官が見えるほうの目をのぞき込み、かぶりを振りながら言った。「そんなことをしたら、明日まで生きていられないぞ」

息子の顔を見た母親は、すすり泣きを洩らしはじめた。「こんなことなら、アラバマを離れるんじゃなかったよ!」日曜日にウィリーの家で夕食をとる約束を、ソニーはすっぽかした。この週は仕事もすっぽかした。

「どうせ何もできないんだろ?」

ミシシッピ州のジョージ・リー師は、投票の登録をしようとして撃ち殺された。

アラバマ州モントゴメリー市のローザ・ジョーダンは、隔離措置が廃止されたばかりのバスに乗っていて銃撃された。彼女は妊娠中だった。

「どうせ何もできないんだろ?」

ソニーは仕事をすっぽかしつづけ、日がないちにちベンチに座っていた。隣にいる男は、七番街の床屋の掃除夫だ。ソニーは男の名前を知らない。しかし、いっしょに座って話をするのは楽しかった。ウィリーと同じように、自前の箒を持ち歩いている、という事実に惹きつけられたのかもしれない。母親とのあいだでは有り得ないが、男とは気を遣わずに話をすることができた。「無力さを感じたとき、あんたはどうしてる？」とソニーは尋ねた。

男は〈ニューポート〉を長く深く吸い込み、「これが役に立つ」と言って紙巻き煙草を振ってみせた。ポケットから小さなグラシン紙の包みを取り出して、ソニーの掌の上に置き、「それでもだめなら、こいつだ」

ソニーはしばらく麻薬を指で弄り回した。言葉を発さずにいると、床屋の掃除夫が箒を持って立ち去る。一時間近くのあいだ、ソニーはベンチに腰掛けたまま、中身のことを考えながら、小さな包みを指から指へと動かしつづけた。麻薬のことを考えながら、十ブロック離れた自宅にたどり着く。麻薬のことを考えながら、夕食のために卵を焼く。もし自分の過去の行動で何も変わらなかったのなら、無理やりにでも変化を起こすしかないのかもしれない。しかし、翌日の昼までに、このことについて考えるのはやめた。

ＮＡＡＣＰに電話して辞職したあと、ソニーは包みをトイレに流した。


「何でお金を稼ぐつもり？」とジョセフィンがソニーに訊く。収入がなくなり、自分の部屋を賄えなくなったため、将来の算段がつくまで母親の家に転がり込んでいたのだ。

ウィリーは流し台の前で、黒人霊歌《ゴスペル》を鼻で唄いながら、皿を洗っていた。聞き耳を立てていないと強調したいとき、母親の鼻歌は最大の音量となる。

「どうにかするさ。いつもそうやってきただろう？」ソニーの声は挑戦的だが、ジョセフィンは売られた喧嘩を買わず、椅子に背を預けて突然黙り込んだ。母親の鼻歌は少し大きくなり、母親の両手は皿を乾かしにかかる。

「皿拭きを手伝うよ、ママ」と言ってソニーは勢いよく立ちあがった。

間髪を容れず説教が始まったため、兄妹の会話を盗み聞きしていたことがわかる。「昨日、ルシールがここに立ち寄ったよ。おまえを捜してるんだと」母親の言葉に、息子がうめき声を洩らす。「あの娘《こ》に電話をしてやるべきだと思うけどね」

「必要なときに連絡する方法は教えてある」

「アンジェラとロンダは？　あの娘たちにも教えてあるのかい？　おまえが〝不在〟のときに限って、うちを訪ねてくるみたいに思えるけど」

ソニーはまたうめいた。「あいつらには何もやる必要はないよ、ママ」

母親がふんと鼻を鳴らし、鼻ではなく喉で歌を唄いはじめる。ソニーは悟った。早々にここを出ていく必要がある。女たちが自分の行方を捜しているなら、そして、母親がゴスペルを歌っているなら、自分ひとりの居場所を確保したほうがいい。


就職の相談をするため、友人のモハメドに会いに行った。「おまえもネーション・オブ・イスラムに参加すべきだ」とモハメドが言う。「NAACPなんか忘れちまえ。あれはクソの役にも立たねえ」

ソニーはモハメドの長女から、水の入ったコップを受け取った。それから、モハメドに肩をすくめてみせる。勧誘されたのはこれが初めてではない。しかし、ネーション・オブ・イスラムに参加するためには、母親が敬虔なキリスト教信者をやめなければならず、そんな日は決してやって来ないだろう。さらに言うと、母親の教会に連れていかれ、後ろの席で過ごした日々は、幼心に〝神の怒り〟という概念を植えつけていた。わざわざ神の怒りを買うようなまねはしたくなく、「イスラムだってクソの役にも立たないだろ」とソニーは言った。

モハメドはもともとジョニーという名前だった。ふたりが知り合ったのは、ハーレムじゅうのバスケットボール場で、リングに球を叩き込んで遊んでいた少年時代まで遡る。そしてバスケをしなくなり、でっぷりと腹がせり出してきても、ずっと友人関係は続いていた。

知り合った当時、呼び名はまだ〝カーソン〟だった。しかしコートの中では、短い〝ソニー〟のほうが気安くてしっくりときたため、本人は〝ソニー〟を採用した。母親はこの呼び名を嫌った。父親が使っていたからという理由は知っているが、当のソニーは父親のことをまったく憶えておらず、思慕の念から選んだわけではまったくない。シュートを決めたとき、「いいぞ、ソニー！　いいぞ、ソニー！」と囃される響きが好きなだけなのだ。

「世間は就職難だぜ、ソニー」とモハメドが言う。

「おまえは顔が広い。なんでもいいんだ」

「学校にはどれぐらい通ってたっけ？」

「二年」とソニーは答えた。実際のところ、サボり、転校、放校の繰り返しだったため、ひとつの学校に進級まで居続けた記憶はない。あるとき、母親は何を血迷ったか、息子をマンハッタンの名門白人学校に通わせようとした。ウィリーは眼鏡をかけ、いちばん上等な万年筆を持って、学校の事務室に意気揚々と乗り込んでいった。こぎれいな服装をした白人の子供たちが、これ以上ないほど落ち着いた態度で、ぴかぴかで清潔な建物を出入りする様子を見ていると、ソニーは自分の通った学校を思い出さずにはいられなかった。ハーレムの学校は天井が崩れかけ、名状しがたい悪臭が漂っていた。どちらも同じ〝学校〟と呼ばれるのだから驚きだ。白人学校の事務員たちは、ウィリーにコーヒーを勧めた。そして、お子さんをここに通わせるのは一言で言って不可能です、一言で言って不可能なのです、と告げた。家に戻る道すがら、母親は片方の手で息子の手を握り、もう片方の手で涙を拭った。ウィリーを慰めようと、ソニーは学校なんて行かないから気にしなくていいよと言ったが、母親は学校に行かないなんて考えは間違ってると諭した。

「その条件じゃ難しいな」とモハメドが言う。

「どうしても仕事が必要なんだ、モハメド。切羽詰まってる」

モハメドはゆっくりとうなずきながら考えを巡らせた。翌週、ソニーはモハメドから電話番号を教えられた。ネーション・オブ・イスラムを辞め、酒場の経営を始めた人物の番号だ。二週間後には、イーストハーレムに新規開店したジャズクラブ、〈ジャズミン〉で飲み物の注文を取っていた。

就職の目処が立った日の夜、ソニーは母親の家から荷物を運び出した。勤め先は母親に伝えなかった。なぜなら、ジャズにしろ何にしろ、ウィリーは世俗の音楽を決して認めなかったからだ。母親は教会のために唄い、キリストのために声を使った。母親にとって音楽とはそういうものだった。ソニーはかつてウィリーに尋ねた。ビリー・ホリデイみたいに有名になりたくないのかと。甘美な歌声で白人からも注目される存在になりたくないのかと。母親はただ視線をそらし、〝そういう生き方〟には気をつけろと言った。

〈ジャズミン〉は開店したばかりのクラブで、出演者に関しても客に関しても、大物を惹き寄せるまでには至っていなかった。ほとんどの営業日は客席が半分ほどしか埋まらず、従業員の多くは売れないミュージシャン。誰かに見出されて出世することを願っており、開店から半年も経たずにどんどんと辞めていった。だから、ソニーが筆頭バーテンダーになるまで、長い時間はかからなかった。

「ウィスキーをちょうだい」ある晩、くぐもった声がソニーを呼んだ。女の声だとすぐにわかったが、客の顔は見えなかった。カウンターのいちばん端に座り、両手で頭を抱え込んでいるからだ。

「顔が見えない人には給仕できませんよ」とソニーは言った。女がゆっくりと頭を上げる。「こっちへ来て、グラスを受け取ってくれませんか？」

これほど緩慢に動く女を、ソニーは見た憶えがなかった。まるでどろどろした深い水をかき分けながら歩いているみたいだ。どう見ても十九歳未満なのに、動きは人生に疲れ切った老女さながらで、急な動作による骨折を恐れているかのよう。ソニーの真正面のスツールに、どすんと尻を落としたときも、急ぐような素振りは微塵も見せなかった。

「長い一日でしたか?」とソニーは訊いた。

女が頬笑む。「長くない日がある?」

ソニーは注文の飲み物を用意した。女が今までのようにゆっくりとした動きで酒をすする。

「ソニーといいます」

女がふたたび笑みを浮かべる。まなざしを見るかぎり、ソニーに対する興味が増しているようだ。

「アマニ・ズレーマ」

ソニーは喉の奥で笑った。「なんですか、その名前は?」

「あたしの名前よ」女が立ちあがり、相変わらずの緩慢な動きで、グラスを手に持ったまま、店内を横切って舞台へ上がる。

演奏していたバンドの構成員たちが、女に会釈したように見えた。アマニは一言も発さないのに、ピアニストが立ちあがってスツールを明け渡し、ほかの連中も舞台の上に通り道を作る。

アマニはピアノの天板にグラスを置き、鍵盤に沿って両手を動かしはじめた。ピアノの前でも、先ほど目にした切迫性の欠如は健在で、指はただ物憂げに散策を続けている。

しかし、いったんアマニが唄いだすと、店の中は静まり返っていった。小柄ながら声はみごとなまでに深く、実物よりも体を大きく見せている。演奏の前に砂利でうがいをしたような太いしゃがれ声。歌とともにゆっくりと揺れる体。ひとつの方向へ動いたあと、頭が先に方向転換し、それから体全体があとに続く。スキャットが始まると、少ない観衆からうめき声やうなり声が洩れ、一度か二度、「アーメン」の叫びもあがった。表通りから入ってきて戸口のところに立ち、アマニの姿を垣間見ようとする者も何人かいた。

曲の終わりのハミングは、はらわたを総動員して搾り出されているように聞こえた。魂が住むと言われる腹の奥底から、響いてくるかのようだった。ソニーの頭の中で、子供のころの記憶が蘇った。母親が初めて教会で唄った日。自分はまだ幼く、赤ん坊のジョセフィンはイーライの膝の上で暴れていた。ウィリーは賛美歌集を床に落とし、大きな音にびっくりした会衆が、いっせいに視線を集中させた。ソニーは心臓が喉から飛び出しかかった。考えてみると、母親にはいつもばつの悪い思いをさせられてきた。当時のソニーは、いつもウィリーに怒りか恥ずかしさを感じていた。しかし、母親が歌を唄いはじめると、空気は一変した。『わたしが王冠をかぶろう』とウィリーは唄った。『わたしが王冠をかぶろう』

今までに聞いた何よりも美しい音色だった。ソニーは母親に愛情を感じた。過去には愛したことなどなかったみたいに。会衆は口々に「唄え、ウィリー」「アーメン」「最高」と言った。母親が褒美を受け取るのに、天国まで待つ必要はない、とソニーは思った。褒美はもう見えていた。母親はすでに王冠をかぶっていたのだ。

拍手喝采が轟きはじめるなか、アマニはハミングを終わらせ、にっこりと頬笑んだ。ピアノの天板からグラスを取り、中身を飲みながら舞台を降りてくる。ソニーの前まで戻り、カウンターに空のグラスを置いたあと、アマニは何も言わずに店を出ていった。

ソニーは知り合い程度の男女といっしょに、イーストサイドの公営団地で暮らしていた。良い判断とは思わなかったが、新しい住所は母親に教えてあった。母親からルシールに洩れたと気づいたのは、娘を抱いた当人が現れたときだった。

「ソニー!」という叫び声が聞こえた。声の主は、共同住宅の外の歩道に立っていた。たぶんハーレムにいるソニーは百人を下らないだろう。ソニーは呼ばれたのが自分だとは認めたくなかった。

「カーソン・クリフトン、上にいるのは知ってるのよ」

この建物に裏口はなく、ルシールが階段を見つけるのは時間の問題だ。

ソニーは三階の窓から上半身を乗り出した。「何の用だ、ルース?」自分の子供を見るのはおよそ一年ぶり。娘の体はとても大きく、小柄な母親が腰に抱えるのは無謀と言っていいが、ルシールはいつも、いざというときに発揮すべき力を蓄えていた。

「わたしたちを部屋に上げなさい!」とルシールが怒鳴り返す。ふたりを迎えに下りていく前に、ソニーはジョセフィンが〝古女房の溜め息〟と呼ぶものを洩らした。

ルシールが来て十秒で、招き入れたことを後悔する。

「わたしたちにはお金が必要なの、ソニー」

「ママが金を渡してるのは知ってるんだぞ」

「この子に何を食べさせてると思ってるの? 空気? 空気じゃ子供は育たないわ」

「君に渡せるものは何もないよ、ルシール」

「この部屋を借りてるじゃない。先月、あなたから援助してもらったって、アンジェラ本人から聞いたんだから」

ソニーはかぶりを振った。女たちはそれぞれが自分に嘘をついてくるし、互いに嘘をつき合っている。「君と最後に会ってから、アンジェラとは一度も会ってない」

ルシールがわざとらしく咳払いをする。「あなた、それでも父親なの！」

ソニーは腹が立っていた。子供など望んでいないのに、結局は三人の子供の父親になってしまった。一人目はアンジェラの娘。二人目はロンダの娘。ルシールの娘は三番目で、腹の中からなかなか出てこなかった。ソニーがいくらやめてくれと説得しても、毎月、ウィリーは三人にいくらかの金を渡していた。三人にも無心はよせと言いつづけているが、女たちは聞く耳を持っていないのだ。

アンジェラが娘のエッタを産んだとき、ソニーはまだ十五歳だった。アンジェラは十四歳。ふたりは結婚してきちんと筋を通すつもりでいた。しかし、アンジェラの両親が妊娠に気づき、胎児の父親がソニーだと知ると、娘をアラバマ州の親族に預け、そこで赤ん坊を出産させた。アンジェラたちが戻ってきても、ソニーは会わせてももらえなかった。

アンジェラに対しても娘に対しても、ソニーはきちんと筋を通すつもりでいた。しかし、若すぎるうえに仕事もなく、アンジェラの両親から役立たずの能なしと指摘されたとき、相手の言い分が正しいのかもしれないと思いはじめた。そして、信仰復興の伝道集会で南部を回っている若手牧師と、アンジェラが結婚した日、心が壊れそうになった。牧師は一度旅回りに出ると、新妻はハーレムで数カ月のあいだひとりになるため、ソニーはもしもアンジェラを取り戻せたなら、二度と離しはしないと考えていた。

ソニーはときどき、自分の姿を鏡で見た。目に映る容貌は、母親の顔の要素がまるでなかった。鼻は母親のものではない。耳も母親のものではない。幼いころは何度も母親に問いただした。自分の鼻、耳、肌の色の薄さはどこから来てるの？　父親のことを尋ねたときは、こう返されるのが落ちだった。おまえに父親なんていない。父親はいなくても、ちゃんと育ったんだからいいじゃないか……。「ちゃんと？」ソニーは鏡の中の男を揶揄した。「ちゃんと？」

「ルシール、この子を赤ん坊扱いするのはよせ。よく見てみろ」

娘は小さな脚を器用に操って、よろけながらも部屋じゅうを歩き回っている。ルシールは殺意のこもった視線でソニーを睨み、子供をさっと抱きあげて外へ向かった。

「それと、もうママに金をせびりに行くんじゃないぞ！」ソニーは相手の背中に言葉を浴びせかけた。ルシールがどすどすと足音を響かせながら、階段を下りて通りへと出ていく。


二日後、ソニーは〈ジャズミン〉に出勤していた。アマニがいつ舞台に立つのか、同僚たちに尋ねてみたが、知っている者は誰もいない。

「彼女は風の吹くままだから」カウンターを拭きながら、〝盲目のルイス〟が言う。ソニーは無意識に溜め息をついていたらしく、「その音はあれだな」とルイスは付け加えた。

「あれって？」

「ソニー、おまえさんは欲しがってる」

「悪いか？」とソニーは言った。一目惚れした女を欲しがる気持ちについて、盲目の老人がいったい何を知っているというのだろうか？

「女は見た目だけじゃないぞ。中身も考えないと」ソニーの心を読んだかのようにルイスが言う。

「あの女はすっからかんだ。欲しがる価値なぞない」

ソニーは聞く耳を持たなかった。アマニと再会できたのは、さらに三カ月後。このころのソニーは、アマニを積極的に捜していた。次から次へとクラブをのぞいて回り、ゆっくりとした動きで舞台に上がっていく女を待った。

ようやく見つけたアマニは、クラブの奥のテーブル席に座っていた。眠っていると気づいたのは、ほんのすぐそばまで近づいたとき。息づかいに鼾が混じっていたのだ。ソニーは店内を見渡したが、この一角は薄暗く、アマニに注意を向けていそうな者は誰もいない。ソニーは腕を押してみた。反応なし。もう一度、さっきより強く押す。やはり反応なし。三度目で、アマニの頭がゆっくりと横へ向きはじめる。巨岩を彷彿させる動き。アマニは二度、まばたきをした。重い瞼と濃い睫毛がいっしょに、悠々と、ゆったりと上下動する。

ようやく視線が合ったとき、ソニーはまばたきが必要なわけを理解した。充血した目、開いた瞳孔。今度はぱちぱちと二回、すばやくまばたきをする。アマニを観察していて、ソニーははっと気づいた。捜し当てたあとのことを何も考えていなかったと。

「今夜は唄うのかい？」

「あたしが唄いそうに見える？」

ソニーは答えなかった。アマニが首と肩の伸びをしはじめる。何かを払い落とすかのように、全身をぶるぶると震わせ、ふたたびソニーを見て尋ねた。「ねえ、何が望みなの？　何が望みなの？」

「君だ」とソニーは認めた。唄っている姿をまのあたりにした日から、アマニが欲しかった。ソニーの心を捉えたのは、ゆっくりした歩き方ではない。母親に関するお気に入りの記憶が、声を聞いていて呼び起こされた事実でもない。あの夜、アマニが唄いだしたとき、自分の中で何かが開かれるのを感じた。この感覚を少しでいいから自分の手でつかみ、自分のもとにとどめておきたかったのだ。

アマニが頰笑みながらも、呆れたようにかぶりを振る。「じゃあ、ついてきて」

ふたりは通りへ出ていった。ソニーの義父イーライは散歩が好きで、いっしょに暮らしていたころは、ソニーとウィリーとジョセフィンを街じゅうに連れていってくれたものだった。ひょっとすると、母親が散歩好きになったのは、義父の影響なのかもしれない、とソニーは思った。母親といっしょに街の白人地区まで歩いていった日のことは、今でも憶えている。いつまでもずっと、永遠に散歩が続くと思っていたのに、母親は突如として打ち切りを告げた。いくら考えても中止の理由はわからず、ソニーはいつの間にか失意のさなかにあった。

ＮＡＡＣＰの仕事でよく知っている街並みを、ソニーはアマニと通り過ぎていった。落ちぶれ者が通うジャズクラブ、安い食べ物を売る屋台、そして床屋。街角に立つヤク中たちはみな、両手に持った帽子を前へ差し出している。

「君の名前のことをまだ教えてもらってなかったな」とソニーは言いながら、通りの真ん中で寝ている男をまたぎ越した。

「何が知りたいの？」

「君はイスラム教徒なのかい？」

アマニが馬鹿にしたように、小さな笑い声をあげる。「いいえ、あたしはイスラム教徒じゃない」

ソニーは続きを待った。すでに自分はしゃべりすぎていた。前のめりに質問攻めにはしたくないし、自分の欲望や弱点をさらすのも嫌だった。だから、相手がしゃべるのを待つ。「アマニはスワヒリ語で〝調和〟を意味するのよ。歌手を始めたとき、新しい名前が必要だって感じた。ママはわたしをメアリーって名付けたけど、メアリーなんて名前の歌手が大物になれるわけがない。あたしはネーション・オブ・イスラムにもアフリカ回帰運動にも参加してないけど、あたしとアマニは相性がいいって感じた。だから、自分のものにしたってわけ」

「アフリカ回帰運動には参加してないけど、アフリカの名前を使ってる？」ソニーは隠していた政治観が這い上がってくるのを感じた。アマニの年齢は自分の半分ほど。彼女が生まれ落ちたアメリカは、ソニーの生まれ落ちたアメリカと同じではない。人差し指をアマニの目の前で左右に振りたくなるのを、ソニーは必死に抑え込んだ。

「だって、戻ることはできないでしょ?」アマニが足を止め、ソニーの腕に触れる。今までになく真剣な表情だ。さっき店内で眠っていたとき、夢に出てきた誰かとは違って、ソニーは実在する人間なのだと、今ようやく考えはじめたかのようだった。「そもそも行ってもいない場所へ帰るなんて無理よ。あそこはもうあたしたちのものじゃない。あたしたちの場所はここなの」アマニが体の前で、片手を右から左へと動かす。ハーレムすべてを、ニューヨークすべてを、アメリカすべてを、掌に収めようとしているみたいだ。

たどり着いた先は、ウェストハーレムの外れにある公営住宅団地。建物は施錠されておらず、ソニーが通路に足を踏み入れたとき、最初に目に留まったのは、壁際にずらりと並ぶ麻薬常用者たちの姿だった。マネキンのようでもあり、斎場で見た死体のようでもある。斎場では葬儀業者が死体を操っていた。腕を組ませたり、顔を左へ向けさせたり、腰を曲げさせたり……。

見える範囲では、廊下の生ける死体じみた人々は誰にも操られていない。ここが麻薬窟であると、ソニーはすぐさま気づいた。アマニのゆっくりとした眠そうな動きについても、拡大した瞳孔についても、知りたかった点は聞くまでもなく明らかとなった。しかし、ソニーは募るいらだちをごくりと呑み下した。なぜなら、今の自分にとって重要なのは、アマニに見透かされないことだからだ。いっしょにいる時間が長くなればなるほど、自制心の喪失を強く感じはじめるという事実を。

ふたりは部屋に入った。汚いマットレスに横たわる男が、壁を背に、丸めた体を自分であやしている。ふたりの少女がそれぞれの腕を指で叩き、別の男が持つ注射器を受け入れる準備をしている。ソニーとアマニが入ってきても、ほかの男女は視線を上げようともしなかった。

室内のどこを見ても、ジャズ用の楽器が目にとまった。トランペットがふたつ、ベースがひとつ、サックスがひとつ。アマニは荷物を下に置き、少女の片割れの隣に腰を下ろした。少女がようやく顔を上げ、新たな参加者たちにうなずきを送る。アマニはソニーのほうを向いた。ソニーはまだドアノブから完全に手を離しておらず、成り行きを遠巻きに見守っていた。

アマニは何も言わなかった。男が注射器をいちばん近くの少女に手渡し、その少女が隣の少女に注射器を手渡し、次の少女がアマニにその注射器を差し出す。しかし、アマニは相変わらずソニーを見ていた。そして、相変わらず何も言わなかった。

ソニーの目の前で、アマニが腕に針を突き刺し、白目をむく。ふたたび視線が合ったとき、アマニは「これがあたしよ。まだ欲しいと思う?」という台詞を吐く必要はなかった。

「カーソン! カーソン、中にいるのはわかってるんだよ!」

声は聞こえていたとも言えるし、聞こえていなかったとも言える。ソニーは自分の頭の中だけで生きていた。どこまでが中の世界で、どこからが外の世界なのかわからず、どっちの世界からの声か確信が持てるまでは応えたくなかった。

「カーソン!」

ソニーは静かに座っていた。少なくとも自分では静かだと思っていた。しかし、汗がだらだらと流れ落ち、胸は激しく上下動を繰り返している。死ぬような目に遭いたくないなら、すぐさま麻薬を調達しに行く必要があった。

扉の外側の呼びかけが祈りに変わったとき、ソニーは声の主が母親なのだと知った。過去にも二、三度、ウィリーには押しかけられたことがある。あの当時はまだ、ハイになっていない時間のほうが長く、麻薬はほぼお楽しみの範疇に入っていた。いざとなれば使用を制御できるという感覚もあった。

「主よ、息子をこの責め苦から解き放ってください。父なる神よ、息子が地獄へ落とされるほどの、地獄を垣間見るほどの罪を犯したのは知ってます。ですが、どうぞ息子をわたしの許へ送り返してください」

禁断症状がここまでひどくなければ、母親の祈りは心地よかったかもしれなかった。大きく息を吸ったとたん、急に気分が悪くなり、部屋の隅に吐瀉物《としや》をまき散らす。

母親の声は大きくなっていた。「主よ、あなたが息子を苦しみから解き放てることを、わたしは知ってます。息子に恵みを与えてください。息子を見放さないでください」

ソニーはまさに解き放たれることを望んでいた。四十五歳の麻薬常用者は、疲れと吐き気に悩まされているが、麻薬を断とうとする際の気持ち悪さは、使いつづける倦怠感をつねに凌駕した。

母親の祈りはささやきに変わっていた。いや、ひょっとすると、耳の機能が低下したのかもしれず、そのうちに何も聞こえなくなった。ほどなく誰かが帰宅するだろう。同居している常用者のひとりぐらいは、外で麻薬を調達してくるに違いなかった。誰も持っていなければ、いつもどおり、調達のための手順に取りかからねばならない。しかし、今回のソニーは、同居人の帰宅を待たなかった。

両腕をついて床から立ちあがり、扉に耳をくっつけて、母親がいなくなったことを確かめた。確認がとれると、ハーレムに挨拶すべく外へ足を踏み出す。

ハーレムとヘロイン。ヘロインとハーレム。今のソニーはもう、このふたつを分けて考えることができなかった。言葉の響きまで似ていて、どちらもソニーを殺そうとしている。薬物中毒者《ジャンキー》とジャズも一心同体だ。両者は互いに餌を与え合っており、今では、トランペットの音を耳にするたび、腕に注射器を突き立てたくなった。

ソニーは一一六丁目を進んだ。調達はいつもたいてい一一六丁目で、過去の経験から、ヤク中や売人は瞬時に判別できる。今日も、必要なものを持っている人物に行き当たるまで、視線による通行人たちの走査を続けた。頭の中の世界で生きてきた結果、この能力が身についたとも言える。自分の同類はすぐに判別できるのだ。

一人目のヤク中に出くわし、薬を持っていないかと訊くと、首を横に振られた。二人目に出くわし、在庫はないかと尋ねると、やはり首を横に振られたが、二人目は営業中の売人を指先で示してくれる。

母親はもう無心に応じてくれなかった。聖書を吊して歩く旦那が、旅回りで小金を稼いできたときは、アンジェラから金をもらえることもある。ソニーは有り金をはたいたが、売人から渡された麻薬はほんの少量。なきに等しかった。

アマニに知られたくないので、部屋へ戻る前に打ってしまいたい。なきに等しい量でも、横取りされるのはごめんだ。ソニーは食堂のトイレで注射器を使った。みるみる吐き気が消え去っていく。部屋に帰り着いた時点では、ほとんど良好な状態に戻っていた。しかし、〝ほとんど〟が意味するのは、少しでも良化させるために、すぐにまた調達が必要になるという現実だ。少しでも良化させるために、何度も、何度も、何度も……。

アマニは鏡の前に座って、髪の毛を編んでいた。「どこに行ってたのよ?」

ソニーは答えなかった。手の甲で鼻を拭い、冷蔵庫の周りで食べ物を漁りはじめる。ここはレキシントン街一一二丁目のジョンソン団地。扉に鍵がかけられたことは一度もない。ヤク中は部屋のあいだの行き来が激しいからだ。今もテーブルの前の床では、気を失った誰かが横たわっている。

「さっき、あなたのママが来てたわ」とアマニが言う。

ソニーはパンを見つけ、黴《かび》の周りにかじりついた。アマニに視線を向けると、髪が編み上がったらしく、全身を鏡で確かめようと、ちょうど立ちあがったところだった。腹周りは太さを増しはじめている。

「日曜日の夕食をいっしょに食べたいから、あなたに家まで来てほしいそうよ」

「これからどこへ出掛けるんだ？」と質問をぶつける。アマニが着飾っていると、ソニーはいい気がしない。薬と引き換えに体を差し出すまねは二度としない、という約束はずっと前に交わしていたが、そもそもソニーは、アマニが約束を守り通せるとは考えていなかった。麻薬常用者の言葉に大した値打ちはないからだ。髪型と化粧をばっちり決め、夜のハーレムを歩き回るアマニを、念のために尾行したことも何回かあった。そして毎回、同じ悲しい結末をまのあたりにした。アマニはクラブの経営者に懇願する。もう一度、本当に一度だけでいいから唄わせてほしいと。しかし、聞き入れてくれる経営者はほとんどいない。あるとき、ハーレムで最もみすぼらしいクラブが色よい返事をくれた。ソニーはいちばん奥の席でこっそりと見守ったが、舞台上のアマニを出迎えたのは、虚ろなまなざしと静寂。かつてのアマニを憶えている者などひとりもいなかった。客たちの目に映るのは、今のありのままの姿だった。

「ママに会いに行ったほうがいいわ、ソニー。あたしたちの懐が少し温かくなるかもしれない」

「よしてくれ、アマニ。知ってのとおり、ママはもう何もくれやしないよ」

「あなたがこぎれいな格好で行けば、くれるかもしれないでしょう。シャワーを浴びて髭を剃るのよ。何かもらえる可能性はある」

ソニーはアマニに歩み寄った。背後に立ち、両腕で腹を抱え込み、しっかりした重さを感じとる。

「君は俺に何かくれないのか、ベイビー？」と耳元でささやく。

アマニが体をくねらせはじめるが、両腕で押さえつけると抵抗は和らぎ、最後には体を預けてきた。

ソニーは本心からアマニを愛したことはなかった。ずっとアマニを欲していただけだった。このふたつの違いを学ぶまでには、長い時間がかかった。
「髪を整えたばかりなのよ、ソニー」と言いながらも、すでに首を左へ傾け、うなじの右側をあらわにしている。相手が舌を這わせやすいように。「ちょっとでいいから、何か歌を聴かせてくれないか」とソニーは言って、相手の胸へ手を伸ばした。体を触れられてアマニはハミングを始めるが、歌を唄ってはくれなかった。

手が胸から下へとさまよう。たどり着いた草むらは、ソニーを待ち受けていた。ここでアマニが『愛するポーギー』を唄いはじめる。あまりにも小さな歌声は、ほとんどささやきに聞こえた。ほとんど。指先が湿地帯を探り当てると、ささやきは合唱に変わった。今夜、アマニがジャズクラブを訪ね歩いても、誰も唄わせてはくれないだろう。しかし、ソニーならいつでも唄わせられるのだ。

アマニが部屋を出ていき、玄関扉がまだ閉まらないうちに、「ママに会ってくるよ」とソニーは約束した。

靴の中には、グラシン紙の包みを入れてある。これは保険だ。ソニーは自宅から母親の家まで、何ブロックもの距離を歩いた。大きな足指が麻薬の包みに覆いかぶさり、小さな拳みたいな塊が靴を膨らませていた。爪先で包みをつかみ、包みを放す。包みをつかみ、包みを放す。

目的地までのあいだに建ち並ぶ団地を通り過ぎるとき、母親とまともに話をしたのはいつが最後だったか思い出そうとした。あれは一九六四年。暴動のさなかだった。金を貸してあげるから、教会の前で会いたいとウィリーは頼んできた。「おまえが死ぬのを見るのも、もっとひどい目に遭うのを見るのも嫌なんだよ」と言って、献金皿に載せた残りを手渡してくる。金を受け取りながらソニーは思った。死ぬよりひどい目って何なんだ？　しかし、周りをよく見てみると、明快な物証が転がっていた。わずか数週間前に、ニューヨーク市警は微罪を犯した十五歳の黒人生徒を撃ち殺した。この事件は暴動を引き起こし、若い黒人男性と少数の黒人女性が警察とやり合った。報道機関の論調は、ハーレムの黒人たちを非難しているように聞こえた。暴力と狂気に満ちた怪物さながらの黒人は、厚かましくも、街頭で子供を撃つなと要求していると……。ソニーは自宅へ戻る道すがら、母親にもらった金を握りしめながら、主張の正しさを証明したがる白人と出くわさないよう願った。心はまだ理解していなくても、体は知っていた。アメリカで最悪なのは、黒人であることなのだと。生ける屍となるのは、死ぬよりひどい目と言える。

扉を開けたのはジョセフィンだった。妹は片方の手で乳飲み子の娘をあやし、もう片方の手で息子を抱きかかえており、「道にでも迷ったの？」と言ってさも嫌そうな視線を向けてくる。

奥にいた母親が「行儀が悪いよ」とジョセフィンを咎める。しかし、ソニーは妹のいつもどおりの態度が嬉しかった。

「お腹は空いてるかい？」ウィリーはそう尋ねると、ジョセフィンから赤ん坊を奪い、台所へ向かって歩きだした。

「先にトイレを使わせてもらうよ」と答えたソニーは、すでに目的地への移動を始めていた。ドアを閉めて便器に座り、靴の中からグリシン紙の包みを引っ張り出す。母親と会ってまだ一分も経っていないのに、すでにいらだちが募りはじめていた。この場面を乗り切るには、何かの手助けが必要だ。

トイレから戻ると、皿には料理が盛りつけられていた。食事をするソニーを、母親と妹がじっと見つめる。

「何でふたりとも食べないんだ？」

「兄さんが一時間半も遅刻するからでしょ！」歯を食いしばったままジョセフィンが言う。

ウィリーはジョセフィンの肩に手を置き、ブラジャーの中から小遣いを取り出した。「ジョージー、ちびたちに何か買ってきてやったらどうだい？」

妹が母親に向けた表情は、どんな発言よりもソニーを傷つけた。ふたりだけにして身の危険はないかと問うていたからだ。そして、心許なげな母親のうなずきは、息子の心を崩壊の瀬戸際まで追い込んだ。

ジョセフィンが子供たちを集めて外へ出ていく。乳飲み子のほうを見るのは初めてだった。訪ねてきた母親から生まれたという話は聞いていたが……。よちよち歩きの息子は前に見たことがある。ある日、閑静な通りでジョセフィンたちとすれ違ったが、うつむいたまま気づいていないふりをしたのだ。

「食事をありがとう、ママ」とソニーは言った。皿はもうすこしで空になる。あまりにも速くかき込んだため、息子は吐き気を感じはじめていたが、母親は礼の言葉にうなずきを返すと、皿に大量のお代わりを盛りつけた。

「最後にまともなものを食べたのはいつだい？」

ソニーは肩をすくめた。相変わらず母親の視線は自分に注がれている。またぞろ、いらだちがぶり返してきた。打ったのが少量だったので、効果は急速に薄れつつある。席を立ってもう一度打ちたいところだが、トイレとの頻繁な往復は、母親の疑念を深めるだけだろう。

「おまえの父親は白人だった」とウィリーが落ち着いた口調で言う。ソニーは危うく、かぶりついていた鶏の骨で喉を詰まらせそうになった。「ずっと昔、おまえはよく父親のことを訊いてきたけど、わたしは何も教えなかった。だから今、おまえに話そうと思う」

ウィリーは立ちあがり、流し台の横の水差しからコップに紅茶を注いだ。ソニーの視線を背中に浴びつつ、中身をがぶがぶと飲み、コップが空になると、お代わりを注いでテーブルまで持ってくる。「初めから白人だったわけじゃない」と母親が続ける。「知り合ったときは黒人だった。肌の色は黒よりも黄色に近かったけど、とにかく有色人種なのは間違いない」

ソニーは咳き込んだ。鶏の骨を弄り回しながら、「なんで前に教えてくれなかったんだ?」と訊く。怒って当然の場面だが、どうにか感情を抑え込む。ここに来た目的は金だ。今はまだ、母親と喧嘩をするわけにはいかない。今はまだ。

「話そうとは考えたさ。ほんとだよ。おまえは一度、父親と会ってる。西一〇九丁目まで散歩した日のことを憶えてるかい? おまえの父親は、通りの向こう側に立ってた。白人の女房と、白人の子供といっしょにね。男の正体を教えるべきかもしれないって思ったけど、やっぱり、黙って立ち去らせたほうがいいって考え直した。だから、おまえの父親を引き止めないで、わたしたちはハーレムに戻ってきたんだよ」

ソニーは鶏の骨を真っ二つにへし折った。「ママはパパを引き止めるべきだった。俺に話すべきだったし、パパを引き止めるべきだった。どうしてママはいつもいつも、いいように利用されて黙っていられるんだ? 俺の父親にも、イーライにも、教会にも。ママは何かのために闘ったことなんてないんだ。一度たりとも。人生のうちで一日たりとも」

母親がテーブルごしに手を伸ばし、息子の肩の上に置く。それから、相手が目を合わせてくるまで、ぎゅっと力を込めた。「それは違うよ、カーソン。わたしはおまえのために闘った」

ソニーは皿の上の骨二本に視線を戻した。そして、靴の中の包みを爪先で感じる。

「デモ行進をしてたから、何かを成し遂げたような気になってるのかい? 行進ならわたしもしたよ。わたしはおまえの父親といっしょに、赤ん坊のおまえを連れて、はるばるアラバマから行進してきたんだ。はるばるハーレムまでね。わたしの息子はもっといい世界を見るはずだった。わたしが見てきたのよりもいい世界を。わたしの両親が見てきたのよりもいい世界を。わたしは有名な歌手になるはずだった。ロバートは白人のために鉱山で働かなくても済むはずだった。あれも行進だったんだ、カーソン」

ソニーはトイレのほうをちらちらと見はじめた。席を立って、包みの中身を全部打ってしまいたい。これを最後に長い長いあいだ、調達の資金は賄えなくなるかもしれない、とソニーにはわかっていた。

ウィリーは息子の皿を片づけ、自分に紅茶のお代わりを注いだ。ソニーの視線を浴びながら、流し台の前に立って、長く深く液体を流し込み、自分を落ち着かせようと、胸と背中を上下動させる。ウィリーは息子に視線を据えたまま、テーブルまで戻って真正面に腰を下ろした。

「おまえはいつも怒り狂ってた。子供のころでさえ腹を立ててた。おまえの目を見ると、母親を殺したいんじゃないかって思ったもんだ。わたしには理由がわからなかった。答えにたどり着くまでには、長い時間がかかったよ。おまえの父親は人生を選べたのに、おまえ自身には人生の選択肢がひとつもない。そして、おまえはそのことを、生まれながらに知ってるみたいだった」

ウィリーは紅茶をすすり、それから虚空をじっと見つめた。「白人には選択肢がある。仕事も選べるし、住む場所も選べる。黒人に子供を産ませておいて、ぱっと姿をくらますことも選べる。初めから存在してなかったみたいに振る舞う奴もいる。和姦にしろ強姦にしろ、黒人女のほうから上にまたがってきて、勝手に妊娠したみたいに振る舞う奴もいる。白人は黒人の運命さえ選択する。昔は黒人を売っ払ってたし、今は黒人をとにかくムショに送り込む。わたしの父さんがやられたみたいにね。こうやって黒人男は子供たちと引き離されてきた。おまえを、わたしの息子を、わたしの父さんの孫を見ていて、胸が張り裂けそうになるのは、この街におまえの赤ん坊たちがいて、ハーレムを行ったり来たりしてるのに、父親の顔はもちろん、名前さえも知らないってことだよ。どう考えたって、こんな状態はまともじゃない。おまえは何かを学ぶとき、わたしだけを手本にしたんじゃない。自分でも知らないうちに、実の父親を手本にした部分もあるし、白人を手本にした部分もある。わたしが〝行進〟をしてきた結果、息子がヤク中になったのを見ると、悲しくてしかたないけど、もっと悲しいのは、父親と同じ考えを持ってる息子を見ることだ。子供たちから逃げられるって考えをね。おまえが今のままの生活を続けるなら、もう白人は何も手を下す必要がない。おまえを支配するためには、奴隷として売り飛ばさなくてもいいし、炭鉱へ送り込まなくてもいい。今のままのおまえなら、もう支配してるも同然だから。きっと白人は言うだろう。これはおまえ自身が招いた事態だって。自業自得だって」

ジョセフィンが戻ってきた。子供たちの服にはべったりとアイスがつき、小さな顔には満足げな笑みが浮かんでいる。ジョセフィンは盗み聞きに時間を費やさず、子供たちを寝かしつけるため、まっすぐ寝室へ向かった。

ウィリーが胸の谷間から札束を引っ張り出し、ソニーの前のテーブルに叩きつける。「これが目的で来たんだろう?」

母親の目に涙が溜まっていくのを、ソニーはまのあたりにした。相変わらず足の指は麻薬の包みを感じており、手の指は金をつかみたくてうずうずしている。

「金を持って出てってもいいんだよ。それがおまえの望みなら」とウィリーが言う。「出てってもいいんだよ。それがおまえの望みなら」

ソニーの望みは、叫ぶことだった。金をつかみ取ることだった。靴から包みを抜き出し、残っている中身をどこかで打ち、母親から聞いた話をすっかり忘れることだった。しかし、どれも実行に移さなかった。ソニーは母親の家にとどまった。

マージョリー

「すみませーん、おねえさん。お城を、ケープコースト城を案内するよ。五セディだよ。アメリカから来たんでしょ？　奴隷船も案内するよ。たった五セディだよ」

声をかけてきた少年はおそらく十歳くらいで、マージョリー自身よりふたつか三つ年下なだけ。祖母の家政婦といっしょに、トロトロという乗り合い自動車から降り立って以降、ずっとあとをついてきていた。これは地元民のやり口だ。観光客が下車するのを待ち構え、ガーナ人なら無料だと知っているもので、言葉巧みに金を巻きあげようとする。マージョリーは無視を貫こうとしたが、暑いうえに疲れもひどかった。アクラからのトロトロの旅はおよそ八時間にも及び、汗まみれの他人の体を押しつけられた感触が、今でもまだ背中や胸や脇腹に残っている。

「ケープコースト城を案内するよ、おねえさん。たった五セディだよ」と上半身裸の少年が繰り返す。少年の皮膚から放射される熱が自分へ向かってくるのを、マージョリーは感じた。長旅がやっと終わったのに、ふたたび他人の体に接近されるのは耐えられない。思わずマージョリーはトウィ語で叫んでいた。「この間抜け、わたしはガーナ人よ。見てわからないの？」

少年が英語で続ける。「でも、アメリカから来たんでしょ？」

怒り心頭のマージョリーは足を止めなかった。リュックサックの紐がきつく肩に食い込んでいる。きっと痕が残ってしまうだろう。

マージョリーは祖母を訪ねてガーナまでやって来た。これは毎年夏の恒例行事だ。数年前、祖母は海の近くで暮らしたいと、ケープコーストの町に移住してきていた。以前住んでいたエドウェソでは、周りから〝いかれ女〟と呼ばれていたが、ここでの呼び名は単なる〝おばあさん〟。噂の中の祖母は、年輪をたくさん重ねた結果、ガーナの歴史すべてを暗唱できるのだという。

祖母は湾曲した木の杖に寄りかかったまま、「わたしの子供が会いに来てくれたのかい？」と言った。背中から腰にかけての曲がり具合は、杖の曲がり具合を模倣しており、まるで四六時中、嘆願を続けているかのように見える。「アクワーバ、アクワーバ、アクワーバ」

「わたしのおばあちゃん。会いたかったわ」とマージョリーは答えた。きつく抱き締めすぎたため、祖母の口から小さい悲鳴が洩れる。

「こら、わたしを壊しに来たのかい？」

「ごめんなさい、ごめんなさい」

祖母に呼ばれた若い下働きが、大きな荷物を運び去る。マージョリーはゆっくりと慎重に、ずきずきする肩からリュックサックの紐を外していった。

ひきつる孫の顔を見て、祖母が尋ねる。「痛むみたいだね？」

「何でもないわ」

これは条件反射だった。痛みについて訊いてくる相手が父か祖母だと、とぼける癖がついてしまっているのだ。幼いころマージョリーは誰かから教えられた。父親の顔の火傷も、祖母の手足の火傷も、激痛の果てに刻み込まれたものだと。だから、同じようなひどい傷のない自分には、痛みを訴える資格などなかった。あるときマージョリーは膝の白癬《はくせん》に気づいた。様子を見ているうちに、患部はどんどん、どんどん、どんどん広がっていったが、およそ二週間のあいだ両親には隠しつづけた。とうとう太腿の裏からふくらはぎまでが白癬に覆われ、膝を曲げるのが難しくなってしまった。切羽詰まって両親に打ち明けると、母親は吐き、父親は娘をさっと抱きあげて救急病院へ駆け込んだ。待合室に父娘を呼びに来た女性職員は、驚きの表情を浮かべた。娘の脚の白癬ではなく、父の顔の火傷に。女性職員は父親のほうに、手当てが必要なのはあなたですねと確認した。

今、祖母の両手にじっと目を凝らしても、火傷の痕としわしわの皮膚を見分けることは難しい。祖母の肉体の全景は、廃墟へと変貌してしまっている。若い女という国が凋落してきた結果、この光景が残ったのだ。

祖母の家までは、タクシーに乗ってきた。浜辺に面した広く開放的な平屋。街中でこの規模の家に住めるのは、少数の白人ぐらいだろう。マージョリーが三年生のとき、父母はアラバマ州を離れてガーナに戻り、この家の建築を手伝った。逗留は何カ月にも及び、その間、娘は父母の友人に預けられた。夏になり、ようやくガーナで家族と合流したマージョリーは、扉のない美しい平屋と恋に落ちた。家族三人で住むハンツヴィルの狭いアパートと比べて面積は五倍。平屋の前面には、庭代わりの浜辺が広がっていた。マージョリーにとっての庭とは、枯れそうな草が載ったみすぼらしいコンクリ板だった。どうして両親はこんな素晴らしい故郷を離れられたのだろうという疑問が、夏のあいだじゅう脳裏に取り憑いていた。

「おまえは息災だったかい、我が子よ？」と祖母が訊き、台所に蓄えてあるチョコレートを差し出す。マージョリーはとりわけチョコに目がなく、母親は口癖のように冗談を言っていた。あなたはカカオの実がぱかっと割れて生まれてきたのよ、と。

マージョリーはうなずき、祖母のもてなしにあずかった。「今日は海辺に行くの？」と質問する口の中では、いっぱいに頬張ったチョコレートが溶けていく。

「トウィ語でしゃべりなさい」祖母がぴしゃりと言い、孫娘の後頭部をこつんと叩く。

「ごめんなさい」マージョリーはもごもごと答えた。ハンツヴィルの自宅では、両親が娘にトウィ語で話しかけ、娘が両親に英語で答えている。この方式が導入されたのは、マージョリーが幼稚園から先生の短い手紙を持ち帰った日からだった。手紙にはこうあった。

『マージョリーは進んで質問に答えてくれません。口数もとても少ないです。お嬢さんは英語を理解しているのでしょうか？　理解していないなら、第二言語クラスで英語を学ばせることもご検討ください。もしかすると、マージョリーには特別支援が有効かもしれません。我が園には素晴らしい特別教育プログラムも揃っております』

両親は激怒した。父親は手紙を大声で四度も読みあげ、読み終わるたびに「この愚かな女に何がわかるというのだ」とがなり声をあげた。しかし、この日を境に毎晩、マージョリーは両親から英語で問題を出されるようになり、トウィ語で答えかけると、「英語を使いなさい」という叱責が飛んできた。今では、ぱっと頭に浮かんでくる第一言語は英語だ。祖母の要求が両親とは逆なのを、肝に銘じておかなければならない。

「これから水辺に出掛けるよ。荷物を置いてきなさい」と祖母が言う。

祖母と海に出掛けるのは、マージョリーにとって、この世で好きなことのひとつだ。自分の祖母は、ほかの人たちの祖母とは違っていた。夜、眠ったまま話をする。眠ったまま闘うときもあれば、眠ったまま室内を行ったり来たりするときもある。祖母の手足と父の顔に火傷を残した出来事は、物語として耳にしていた。エドウェソの人々に〝いかれ女〟と呼ばれる理由も知っているが、祖母の頭はいかれてなどいない。祖母はただ夢をみるだけ、幻影が見えるだけなのだ。

ふたりは水辺まで歩いていった。祖母の動きはとても遅く、まったく動いてないように思えてくる。ふたりとも靴をはいておらず、浜と海の境にたどり着くと、波がやって来るのを、足指のあいだに隠れた砂を洗い流してくれるのを待つ。マージョリーは瞼を閉じた祖母を見つめ、祖母が話しはじめるのを辛抱強く待った。このために、ふたりは水辺を訪れたのだ。これはふたりの決まり事だった。

「石は身につけてるかい？」と祖母が訊く。

マージョリーは反射的に首飾りへ手を伸ばした。石を父親から渡されたのは、わずか一年前。ようやく託せる歳になったと父は言った。もともと首飾りは祖母アクアのものだった。祖母の前の持ち主はアベナ。ジェームズ、クエイ、美しきエフィアと遡り、はじまりのマアメに、大火事を起こした女に行き着く。首飾りは一族の歴史の一部だ、決して外すな、決して手放すな、と父親は言った。今、首飾りは目の前の海を反射しており、黒い石の中では金色の波が輝いている。

「はい、おばあちゃん」とマージョリーは答えた。

アクアは孫の手を取り、ふたたびあたりを静寂が包み込んだ。「おまえはこの水の中にいる」ようやく祖母が口を開く。

マージョリーは厳粛にうなずいた。十三年前、自分が生まれた日に、両親ははるばる大西洋の向こう岸へ臍の緒を郵送し、祖母は臍の緒を海に沈めた。アクアにとっての息子と義理の娘は、結婚とアメリカ移住を決断したとき、もうすでにかなりの高齢だったが、祖母はそんなふたりにひとつだけ頼み事をした。もしも子供を授かれたなら、子供に関する何かをガーナに送ってほしいと。

「うちの一族はここで、ケープコーストで始まった」と祖母は言った。ケープコースト城を指さし、「わたしは夢の中で、この城を見つづけていた。でも、理由はわからなかった。ある日、海の水に近づいたとき、先祖たちの魂に呼ばれているのを感じた。自由な魂は砂浜から話しかけてきたけれど、水中の深い深い深いところに囚われた魂もいて、わたしは声を聞くために海へ分け入っていった。あまりにも沖まで来てしまって、もう少しで引きずり込まれるところだった。海の奥底に囚われて、決して自由になれない魂と、もう少しで対面するところだった。彼らはまだ生きていたころ、自分がどこから来たのか知らなかった。だから死んだあとも、乾いた陸地に上がるすべを知らない。わたしがおまえをここに連れてくるのは、たとえおまえの魂がさまよっても、故郷がどこにあるかを憶えていられるようにするためなんだよ」

マージョリーはうなずいた。祖母が孫の手を取り、沖へ沖へと進んでいく。これは、故郷へ戻る方法を忘れないための夏の儀式だった。

アラバマに戻ったマージョリーは、三段階ほど肌の色が濃くなり、五ポンドほど体重が増えていた。ガーナ滞在中に初潮が来て、祖母は両手を叩いて喜び、女になった孫を歌で祝福した。マージョリーはガーナを離れたくなかったが、学校の始業が迫り、両親は滞在の延長を許してくれなかった。

高校への進学が予定されていた。マージョリーはずっとアラバマを嫌ってきたが、より新しくより大きな学校は、嫌悪感の理由をすぐさま思い出させてくれた。自宅があるのは、ハンツヴィルの南東側。同じブロックはもちろん、数マイル四方に黒人の家族は一組も住んでいない。新しく通う高校には、今まで見慣れた比率より多くの黒人学生がいたが、二、三度会話を交わしただけで、自分と違う種類の黒人なのだとわかった。しかも、黒人らしくないのはマージョリーのほうだった。

「なんでそんな話し方なの?」登校初日、黒人の女学生が集まって昼食をとっていたとき、リーダー格のティシャが訊いてきた。

「そんな話し方って?」とマージョリーは言った。すかさずティシャが「そんな話し方って?」と口まねをする。誇張された特徴は、ほとんど英国式の発音だった。

翌日、マージョリーはぽつんと椅子に座り、英語の授業で使う『蠅の王』を読んでいた。片方の手には本、もう片方にはフォーク。読書に没頭していたため、鶏肉にかぶりつこうとして失敗したことを、空気の味がして初めて気づく。ふと顔を上げると、ティシャたちがじっとこちらを見つめていた。

「なんでそんな本を読んでるの？」とティシャが訊く。

マージョリーは口ごもった。「よ、よ、予習はしておかないと」

「予習はしておかないと」とティシャが口まねをする。「あんたの発音は白人みたいだね。しろーい女、しろーい女、しろーい女」

囃し立てが続くなか、マージョリーは涙を堪えることしかできなかった。ガーナでは、白人が姿を現すと、必ず子供に指をさされる。赤道の太陽の下、黒くてつやつやの子供たちの小集団は、肌の色が自分と違う人間を見つけては、小さな指を向けて「オブロニ！　オブロニ！」と叫ぶ。違いに大喜びして、くすくすと笑う。マージョリーがこの光景を初めて目にしたとき、色の違いを指摘された白人はショックを受け、怒りを募らせていった。そして、案内をしてくれている友人に「どうして子供たちはあんなことを言いつづけるんだ？」と尋ねた。

この日の夜、父親のヤウはマージョリーを脇へ連れていき、昼間の白人の疑問に対する答えを知っているかと訊いた。肩をすくめる娘に、ヤウはこう解説した。今の〝オブロニ〟の意味は、昔とはすっかり変わってしまった。よちよち歩きの国家であるガーナの若者は、宗主国の人々がいない環境下で生まれてきた。母親世代や、もっと上の世代は、毎日白人の姿を目にしていたが、そうでない世代では、言葉が新しい意味を持ったわけだ。新世代が暮らす現在のガーナは、黒人が圧倒的大多数を占め、数マイル四方を見渡しても、同じ肌の色の人間しか存在していない。このような世代にとって、誰かを〝オブロニ〟と呼ぶのは悪意ある行為ではなく、皮膚の色で人種を解釈しているに過ぎない。今、ティシャたちに〝しろーい女〟と囃されながら、下を向いて涙を堪えているマージョリーは、またしても現実を思い知らされることとなった。ここアメリカでは、話し方や音楽の好みにさえ、〝白〟と〝黒〟の区別がつけられうる。対してガーナでは、ありのままの自分でいるしかない。自分の肌が世界に公言するとおりの存在として生きるだけだ。

「気にしちゃだめよ」ある晩、母親のエステルは言った。娘の髪を撫でながら、「そんな子たちは放っておきなさい。わたしの賢い娘、わたしの可愛い娘」

翌日、マージョリーは英語教諭の休憩室で昼食をとった。受け持ちのピンクストン先生は、胡桃《くるみ》色の肌をした太りじしの女性で、笑い声はゆっくり接近してくる列車を彷彿させた。いつも持ち運んでいる大きなピンク色のハンドバッグは、手品師の山高帽よろしく、果てしなく本を吐き出すことができる。だから、マージョリーは心の中で、ピンクストン先生の本をウサギと呼んでいた。「あの子たちが何を知っているというの?」と先生が言って、マージョリーにクッキーを差し出す。「何ひとつ知らないくせに」

ピンクストン先生はマージョリーのお気に入りの教師だ。二千人近くの学生を擁する高校で、黒人教師はピンクストン先生を含めてふたりだけ。父親の著書、『国家の崩壊は国民の家庭から始まる』を所蔵している人と出会ったのは初めてだった。この本は父親のライフワークで、脱稿したのは六十三歳のとき。マージョリーを授かったのは七十の足音が聞こえはじめたころだ。奴隷制と植民地支配を論じる本の題名は、アシャンティ族の格言に由来している。家族用の本棚の本を読破したマージョリーは、午後をまるまる費やしてヤウの本に取り組んだが、二ページ進むのがやっとだった。この件を打ち明けると、父親は言った。年齢を重ねてようやく理解できる場合もあるし、物事をはっきり見るために時間が必要となる場合もあると。

「その本の感想は？」とピンクストン先生が言って、マージョリーの両手からぶら下がっている『蝿の王』を指さす。

「気に入ってます」

「でも、惚れ込むまではいかない？　自分の中で何かを感じなかった？」

マージョリーはかぶりを振った。自分の中で本を感じるというのが、どういう意味なのかわからない。とはいえ、英語の先生に尋ねるのは憚られた。相手を失望させたくないからだ。

ピンクストン先生が列車みたいな笑い声をあげ、読書をするマージョリーを残して出ていった。


惚れ込むほどの本を、自分の中で感じられる本を探しながら、マージョリーの三年間は過ぎていった。三年生までに、学校図書館の書棚のうち、南側の壁の本はほぼ読み尽くしていた。数にすれば一千冊は下らない。今は北壁に取りかかっている。

「それは良い本だよ」

少年に声をかけられたとき、マージョリーはちょうど棚から『ミドルマーチ』を抜き出し、本のにおいを味わっているところだった。

「エリオットが好きなの？」とマージョリーは訊いた。最近、どこかで見かけた憶えがあるのだが、正確な場所が思い出せない。金色の髪に青色の瞳。シリアルの〈チェリオス〉のＣＭでよく観ていた子役と、成長後に再会したような感覚だ。

少年が人差し指を自分の唇に当てる。「誰にも言わないでくれよ」という台詞に、マージョリーは思わず笑みを返してしまった。

「わたしはマージョリー」

「グレアムだ」

ふたりは握手を交わし、グレアムが読みかけの『鳩の羽根』について語りはじめる。少年は自分のこともしゃべった。家族でドイツから移住してきたばかりであること。父親が軍で働いていること。母親がずっと昔に亡くなっていること。マージョリーも何かを話したはずだが、内容はまったく憶えていなかった。笑顔を作りすぎて頬が痛い。いつの間にかベルが鳴って昼休みは終わっており、ふたりは次の授業に向かった。

これ以降、マージョリーとグレアムは毎日会うようになった。ほかの生徒たちが昼食をとっているあいだ、ふたりは図書館でいっしょに本を読んだ。三十人以上が座れる長大なテーブルに、わずか数インチの間隔で並んでいるため、多数の空席は、ふたりの親密さを弁解の余地なく物語っていた。知り合った日のように、たくさんの会話が交わされることはもうない。いっしょに本を読むだけで充分だった。ときどき、グレアムは自分で書いたものをマージョリーに残していった。たいていは短い詩か小説の断片。マージョリーは恥ずかしくて自分の文章を見せることはできなかった。帰宅後は、両親が眠るのを待って、自室の電気をつけ、柔らかい光の下でグレアムの作品を読んだ。

「父さん、自分が母さんを好きだっていつ気づいたの?」翌朝の食事の席でマージョリーは質問した。二年前に心臓発作を起こして以来、ヤウの毎日の朝食はオートミール一杯と決まっている。マージョリーの担任になる教師たちは、高齢の父親をいつも祖父と勘違いしていた。

父親がナプキンで口許を拭い、咳払いをする。「わたしがエステルを好きだなんていう話を吹き込んだのはどこのどいつだ?」呆れ果てた表情の娘をよそに、ヤウは笑い声を響かせた。「エステルから聞いたのか? 我が小鳩《アプロノマ》よ、おまえは誰かを好きになるにはまだ幼すぎる。今は勉学に集中しなさい」

娘が抗議する前に、父親は扉から外へ出ていった。地元の短大で歴史学の講座を持っているのだ。父親から小鳩《アプロノマ》と呼ばれるのを、マージョリーは嫌っていた。自分のアシャンティ名をもとにつけられた愛称だが、小さく、幼く、か弱いという感じがしてどうにも心地悪い。マージョリーは小さくもないし幼くもなかった。もう充分に成長していて、胸の大きさも母親に引けを取らない。裸で自分の寝室をさっと横切るときは、跳ねる乳房に平手打ちを食らわないよう、両手で下から支えてやる必要があるほどだ。

「誰が好きなの?」洗濯物を抱えた母親が、台所に入るなり質問する。両親のアメリカ暮らしはもう十五年にもなるのに、エステルは相変わらず洗濯機を使おうとしなかった。家族全員分の肌着を、台所の流しで手洗いしている。

「誰も好きじゃないわ」とマージョリーは答えた。

「プロムに誘われたとか?」と言ってエステルが顔をほころばせる。マージョリーは溜め息をついた。少五年前、母親といっしょにテレビで『20/20』を観た。番組では全米のプロムが特集されていた。少女たちがロングドレス、少年たちがスーツで着飾った催しを、生まれて初めて目にした母親は、感激もひとしおだった。娘があの中のひとりになるかもしれないという希望は、エステルの目にきらきらと光を灯し、マージョリーの目にはちくちくする砂埃を投げ込んだ。学校には三十人の黒人がいるが、去年のプロムには誰も誘われなかったのだ。

「やめてよ、母さん。もう!」

「わたしは神《ゴッド》じゃないし、神《ゴッド》だったこともないわ」流しに張った水の底から、黒いレースのブラジャーを引きずり出す。「男の子に好意があるとわかったら、あなたにも好意があることを示してあげなくちゃだめよ。そうしないと、向こうからは何もしてこない。わたしはあなたのお父さんの家に同居していたけれど、求婚されるまでには長い長い年月がかかった。若いころは愚直だったから、同じ気持ちなのをわかってくれるのを願って、自分から知らせる努力は何もしなかったの。お義母さんが仲立ちしてくれなかったら……。あの人は、息子が自分からは動かないと知っていた。あの人は、強い意志の持ち主よ」

この日の夜、マージョリーは枕の下にグレアムの詩を押し込んだ。祖母から精神力を受け継いでいれば、眠っているあいだにグレアムの書いた言葉が浮かびあがり、耳を通じて流れ込み、素晴らしい夢をみさせてくれるだろう。

ピンクストン先生は校内で黒人文化の行事を企画しており、マージョリーは詩の朗読をしてみないかと打診された。〝我々は水の中を行く〟と銘打たれたイベントは、従来の学校行事とは一線を画していた。開催予定日も五月初旬で、黒人歴史月間が終わってしばらく経ったころだ。

「あなたに必要なのは、自分の物語を語ることだけよ」と先生はマージョリーに言った。「アフリカ系アメリカ人であることが、あなたにとって何を意味するのか、それについてしゃべればいいの」

「でも、わたしはアフリカ系アメリカ人じゃありません」

相手の表情を完全に読みとれたわけではないが、マージョリーはまずいことを言ってしまったのだと瞬時に気づいた。真意を説明したいと望んだものの、どう話せばいいか見当がつかない。自分の家では、アフリカ系アメリカ人ではなく〝アカタ〟という言葉が使われていた。〝アカタ〟とは、母なる大陸を離れてあまりに久しいため、母なる大陸と呼ぶことができなくなった人々を指し、ガーナ人とは区別される。マージョリーも母なる大陸から無理やり引き離されたような感覚にさいなまれていた。ガーナを離れすぎてガーナ人になれない自分は、ほとんど〝アカタ〟も同然だった。しかし、ピンクストン先生の表情をまのあたりにして、マージョリーは説明すること自体をやめてしまった。

「聞きなさい、マージョリー。誰にも教わっていないみたいだから、わたしが教えてあげましょう。ここでは、この国では、どこからやって来たかなんて関係ない。白人が物事を仕切っている。あなたは今ここにいて、ここでは、黒人は黒人であって黒人以外の何者でもないのよ」先生が椅子から立ちあがり、ふたり分のカップにコーヒーを注ぐ。本当のところ、マージョリーはコーヒーが好きではなかった。あまりにも苦みが強すぎるうえ、後味が喉の奥にいつまでも残る。体内へ入り込みたいのか、呼吸とともに口から吐き出されたいのか、早く決めてくれと言いたくなるほどだ。ピンクストン先生がコーヒーを飲む一方で、マージョリーはただカップを眺めつづけた。ほんの一瞬だけ、自分の顔が液体の表面に映し出されたような気がした。

この日の夜、マージョリーはグレアムと映画を観に行った。事前に迎えの話をしたとき、一本手前の通りに駐車してほしいと頼んだ。まだ両親に打ち明ける準備ができていなかったのだ。

「いい考えだね」という答えを聞いたマージョリーは、グレアムの父親は息子の行動を知っているのだろうかと訝った。

映画が終わったあと、グレアムは車を走らせ、森の中の空き地へ向かった。若者たちがいちゃつくための場所とされているが、過去に二度近くを通りかかって、二度とも車の姿は見かけなかった。

今夜も先客はいない。後部座席にはウィスキーの瓶が積まれており、マージョリーは酒の味を嫌っているものの、瓶の中身をゆっくりとすすった。そのあいだに、グレアムが煙草を取り出した。火をつけたあとも、ライターを手で弄び、炎の出現と消失を繰り返す。

「お願いだからやめてくれない？」ライターを振り回しはじめたグレアムにマージョリーは言った。

「何を？」

「そのライター。しまってほしいの」

グレアムが怪訝な表情をしただけで、何も言わなかったため、マージョリーは説明をせずに済んだ。父と祖母の火傷についての物語を聞いて以降、火は恐怖の対象となっていた。幼いころ、祖母の夢に出てくる〝火の女〟は、起きているマージョリーの頭に取り憑いて離れなかった。アクアと水の中を歩きながら、先祖たちの話を聞かされていた当時、祖母の口を通じて知っているだけなのに、マージョリーは〝火の女〟の姿が見えるような気がした。青と橙の光を放つ竈の中にも、灼熱の石炭の中にも、ライターの中にも……。自分にも悪夢が訪れるのではと怖かった。自分も先祖に選ばれ、一族の物語の聴き手にされるのではと怖かった。しかし、悪夢はついにやって来ず、時の経過とともに、火に対する恐怖心も薄れていった。とはいえ、火を見て心臓が締めつけられることは今でも少なくない。まるで〝火の女〟の影が待ち伏せしているかのようだ。

「今日の映画はどうだった？」ライターをしまいながらグレアムが質問する。

マージョリーは肩をすくめた。映画については何も考えていなかったので、これが精一杯の反応だ。頭の中を占めていたのは、ポップコーンとグレアムの手の位置関係や、肘掛けの共有の仕方だった。グレアムが笑えば、どこに笑いの壺があるのかと考えた。グレアムが左へ、つまり自分のほうへ頭を傾ければ、これは同じように頭を傾けろという誘いではないのか、肩に頭を預けろという誘いではないのかと考えた。互いをよく知ろうとする数週間のあいだに、マージョリーは青い瞳にどんどん心を奪われていった。グレアムについての詩をものしたりもした。しかし、海の水の青、晴れ渡った空の青、サファイアの青――どれも表現としてしっくりこない。今まで〝本当〟の友達と呼べるのは、〝本当〟には存在しない小説の登場人物だけだった。そんな状況でグレアムが現れ、鯨を思わせる青い瞳で、孤独感のかけらを吸い取ってくれたのだ。このようなことばかり考えていたのだから、明日になっても映画の題名は思い出せないだろう。

「ああ、僕の感想も同じだ」とグレアムは言った。そして、ウィスキーをごくごくとラッパ飲みする。

自分は恋をしているのだろうか、とマージョリーは訝った。判別する方法はないものか？　そもそも、判別できる人はいるのか？　中学生時代はヴィクトリア朝文学にのめり込み、圧倒的な虚構の世界に浸った。登場人物は例外なく、ひたすら恋に生きていた。すべての男が求愛し、すべての女が求愛された。あの当時なら、愛の形は目に見えやすかったのだろう。本人ではなく周りが恥ずかしくなる大仰な感情の発露……。〈カムリ〉の車内に座って、ウィスキーをするのは、はたして現代の愛の形なのだろうか？

「まだ君には作品を読ませてもらったことがないね？」グレアムはそう言うと、げっぷを抑え込み、酒瓶をマージョリーに返した。

「来月、ピンクストン先生の主催する行事があって、わたしは詩を書くことになったの。それを読んでもらえれば」

「行事はプロムの数週間後だっけ？」

舞踏会への言及に、マージョリーは口の中が渇くのを感じた。話の続きを待ったが、グレアムが何も言わないので、仕方なくうなずきを返す。

「読むのを楽しみにしてるよ。ああ、君が嫌じゃなければだけど」グレアムがまた酒瓶を手に取る。薄暗い車の中でも、マージョリーの目は見逃さなかった。酒瓶を握りしめる拳に筋が立ち、指関節がどんどん赤みを増しているのを。

この週のうちに、マメナシの花が咲きはじめ、学生たちはみな花のにおいを話題にした。あれは精液のにおい、あれはセックスのにおい、あれは女性器のにおい……。マージョリーはこのにおいが大嫌いだった。処女ゆえの拒否反応という面もあるが、そもそも、腐った魚にしか思えないにおいを好く能力などなかった。毎年、夏が来るころにはにおいにも慣れ、花が散るころには単なる遠い記憶に過ぎなくなるが、次の春が訪れると、においはふたたび表舞台に現れ、大きな声で自らの存在を主張しだすのだ。

〝我々は水の中を行く〟で発表する詩に取り組んでいると、父親にガーナから電話がかかってきた。担当の看護人によると、祖母が体調を崩したらしい。夢をみている状態がいつもと同じなのか違うのか、看護人には判断がつかないという説明だったが、寝台から起き出す回数は確実に減っていた。かつては眠ることをあれほど怖がっていた人なのに……。

今すぐ家族全員でガーナに飛んでいきたい、とマージョリーは思った。詩の創作を中断し、困惑する父親から受話器を奪い取る。普段なら後頭部に拳骨を食らう行為だが、マージョリーは看護人に強い口調で迫った。祖母を起こしてでも電話口まで連れてきてと。

「病気なの？」と孫娘は祖母に尋ねた。

「病気？　もうすぐ夏だけれど、今年もおまえと水辺で踊るつもりでいるんだ。病気になんてなっていられるかい」

「死なないよね？」

「死についてはさんざん話したはずだ」電話の向こうでアクアがぴしゃりと言う。会話を始めたときよりも、声の響きは強くなっていた。マージョリーは思わず電話機の線を引っ張った。祖母の話では、死ぬのは肉体だけ。死後も魂はさまよう。魂はアサマンドに行き着く場合もあれば、そうでない場合もある。この世にとどまった魂は、子孫の人生を導いたり元気づけたりする。愛情や生気を失い、霧の中でもがく子孫に対しては、怖がらせて目を覚まさせることもある。

マージョリーは胸元の石に、先祖からの贈り物に手を伸ばした。「もう一度会うまで、どこかへ行かないって約束して」背後にいるヤウが、娘の肩に手を乗せる。

「おまえから決して離れないと約束しよう」と祖母は言った。

マージョリーは受話器を父親に返した。怪訝な表情のヤウを残し、自分の部屋に戻る。机の上、詩を書き留めたはずの紙には、単純な言葉が並んでいた。「水、水、水、水、水」


マージョリーとグレアムはふたたびデートをした。今度の行き先は、合衆国宇宙ロケットセンター。グレアムにとっては初めての場所だが、マージョリーは両親と年に一度は訪れている。母親のお気に入りは、通路にずらっと並ぶ宇宙飛行士の写真を見ること。父親のお気に入りは、展示場の中を歩くこと。建造方法を学びとろうとするかのように、ヤウはロケットをひとつずつ入念に見て回った。ある意味、両親はすでに宇宙旅行を経験しているのかもしれない。ふたりが着陸した国は、月と同じくらい異質なのだから。

〝触れるな〟の注意書きはグレアムには効果がなかった。しかし、強化ガラスのケースにべたべたとついた指紋は、幽霊みたいに一瞬で消え去る。

「ドイツ人がいなかったら、アメリカは宇宙計画を進められなかったんだ」とグレアムが言う。

「ドイツが恋しくならない？」とマージョリーは訊いた。人生の大半を過ごした地について、グレアムが言及したことはほとんどない。母国への想いをどう表現するかで、ふたりのあいだには違いがあった。

「ときどきは。でも、軍人の子供は引っ越しに慣らされてくから」グレアムが肩をすくめ、宇宙服のガラスケースに指を押しつける。マージョリーは頭の中で思い描いた。ガラスをすり抜ける手、ケースに入り込む胴体。宇宙服を着込んだグレアムが、突然の無重力状態のなか、上へ上へと漂いはじめる……。

「マージョリー？」

「なに？」

「将来はガーナに戻るのかって訊いたんだけど」

マージョリーはしばし、祖母と海と城に思いを馳せた。車と人が激しく行き交うケープコーストの道路の混乱ぶり。尻のでっかい女たちが、銀色の大きな容器で魚を売り、まだ胸のぺったんこな少女たちが、道のど真ん中でタクシーの窓に顔を押しつけて叫ぶ。「氷水だよ。お願いだから買って」

「たぶん戻らないと思う」とマージョリーは答えた。

グレアムがうなずき、次のケースに移動しはじめる。またもや強化ガラスに伸びかけたグレアムの手を、マージョリーは自分の手でつかみ、押し止めた。「あそこも本来の居場所じゃないって、ほとんど直感みたいなものがあるのよ。飛行機を降りたとたん、現地の人たちには、似てるけど違うって見透かされる。においでわかるのかもしれない」

「どんなにおい？」

マージョリーは視線を上げ、適切な言葉を探そうとした。「たぶん、寂しさのにおい。ひとりぼっちのにおいかも。あっちでもこっちでも、わたしは周りに馴染めない。ありのままのわたしを見てくれるのは祖母だけなの」

マージョリーは顔を伏せた。手が震えはじめ、押さえていたグレアムの手を放してしまう。ふたたびグレアムの手を取り、ふたたび視線を上げたとき、屈み込んできたグレアムに唇を奪われた。

　数週間のあいだ、マージョリーは祖母に関する報せを待ちつづけた。両親は新しい看護人を雇い、毎日様子を確認させたが、どうやら、祖母を激昂させるだけの結果に終わった。アクアの状態は下降の一途をたどっている。なぜわかるのか説明できないが、マージョリーにはわかった。

　学校では静かな生徒になった。どの授業でも挙手することはなく、ふたりの教師に呼び止められ、何か悩み事でもあるのではないかと心配された。マージョリーは周りの気遣いを拒否した。英語教諭の休憩室での食事もやめ、図書室での読書もやめ、昼休みは学食で過ごした。そして、長方形のテーブルの隅っこに座り、通りかかる学生すべてに挑むような態度をとった。最低最悪の行為をしてくるなら受けて立ってやると。しかし、近づいてきたのはグレアムで、マージョリーの向かいの席に腰を下ろす。

「だいじょうぶかい？　ずっと君を見かけなかったから。あれ以来……」

　グレアムの声が尻すぼみになる。マージョリーは具体的な言葉を聞きたかった。キスして以来。キスして以来。あの日、グレアムは学校のシンボルカラーを身につけていた。醜悪な橙色を、落ち着いた灰色で少しだけやわらげた配色だ。「問題ないわ」とマージョリーは答えた。

「もしかして詩が心配だとか？」

　マージョリーの詩は、紙の上におけるフォントの集まりだった。箱形レタリングを使ったり、筆記体を採り入れたり、すべてを大文字にしてみたりと、実験的な試みが施されている。「いいえ、そっちは心配してない」

　グレアムが注意深くうなずき、正面の相手に視線を向ける。マージョリーが学食に来たのは、大勢の中でひとりになれるからだった。ときどき、この感覚を味わいたくなる。アクラの空港で飛行機を降りると、自分と似た多くの顔に出迎えられた。とはいえ、匿名性に浸れるのは最初の数分だけで、待ち望んだ瞬間はすぐに終わりを迎える。誰かが近寄ってきて、こう言うのだ。荷物を運ばせてくれませんか？　車で送らせてくれませんか？　赤ん坊のミルク代をくれませんか？

マージョリーがグレアムに視線を返したとき、廊下ですれ違った憶えのある茶色い髪の少女が近づいてきて、「グレアムでしょ？」と尋ねた。「会ったことあるわよね？　昼間はあんまり学食で見かけないけど」

グレアムはうなずいただけで何も言わなかった。少女はマージョリーの存在が目に入っていなかったが、話の相手がいっこうに関心を向けてこないので、グレアムの視線の先、関心争いの勝者をさっと振り返った。

茶色い髪の少女と目が合ったのは一瞬だけ。しかし、嫌悪のしわが顔に刻まれていくのを、マージョリーは見逃さなかった。「グレアム」と少女がささやく。声を潜めれば、もうひとりには聞こえないと思っているかのように。「あなたはここに座ってちゃいけないわ」

「なんだって？」

「ここに座ってちゃだめなのよ。きっとみんなが誤解を……」ふたたびマージョリーを一瞥して、「ほら、わかるでしょ」

「いや、わからないな」

「いいから、わたしたちのところに来なさいって」茶色い髪の少女が、学食の中をすばやく見渡す。仕草から察するに、不安が募ってきているようだ。

「ここで不都合はない」

「行って」とマージョリーは言った。さっとマージョリーを見たグレアムは、そもそも誰のために言い争っていたのかを、すっかり忘れたような表情をしている。これでは、正面に座る女友達ではなく、ただ席を守ろうとしたみたいだ。「行って。わたしはだいじょうぶだから」

声に出してしまったあと、マージョリーは息を呑んだ。行かないと言ってほしかった。もっと守ってほしかった。もっと闘ってほしかった。テーブルごしに自分の手を取ってほしかった。赤くなったグレアムの親指で、指と指のあいだをさすってほしかった。

しかし、期待は裏切られた。腰を上げるグレアムの表情は、ほっとしているように見えた。茶色い髪の少女がグレアムの手を引っ張っている、とマージョリーが気づいたとき、ふたりは学食の真ん中あたりに差しかかっていた。マージョリーはグレアムを同類だと、孤独な本の虫だと思い込んでいたが、少女と歩き去る姿を見るかぎり、同類などではなかった。グレアムはいともたやすく、しれっと集団に仲間入りすることができる。まるで初めから仲間だったかのように。

プロムのテーマは『偉大なギャツビー』だった。飾り付けの準備期間中、学校の床には輝きときらめきがちりばめられた。プロム本番の夜、マージョリーは長椅子の上で両親に挟まれ、テレビで映画を観ていた。ポップコーンを作るために席を立つと、背後から両親のささやき声が聞こえてくる。

「何かがおかしいな」とヤウは言った。父親はささやくのが得意ではない。普段から声は深く大きく、腹の底から響いてくるのだ。

「まだ十代ですからね。ティーンエイジャーはあんなものです」とエステルが答える。母親が働く老人ホームの正看護師たちは、マージョリーの前で同じような発言をして憚らなかった。ティーンは危険なジャングルに棲む野獣だから、放置して関わらないのがいちばんだと。

長椅子に戻るとき、できるだけ明るく振る舞おうとしたが、成功したかどうかはわからなかった。電話のベルが鳴り、マージョリーは電話に駆け寄って受話器を取った。老人にとって負担なのはわかっていたが、月に一度は連絡を入れて安心させてほしいと、祖母に頼み込んであったのだ。しかし、電話線の向こうから響いてきたのは、慇懃《いんぎん》なグレアムの声だった。

「マージョリー？」というグレアムの問いにも、マージョリーはしゃべることができなかった。ただ送話口に息を吹きかけるだけ。いったい何を言えばいいのか？

「本当は君と参加したかったんだけど、周りが……」

グレアムの声が途切れる。しかし、その先を聞く必要はなかった。事情ならすでに聞き知っている。グレアムはあの茶色い髪の少女とプロムに出る予定だ。初めはマージョリーとの参加を望んでいたが、軍人の父親に不適切だと反対された。学校当局にも不適切とみなされた。切羽詰まったグレアムは、マージョリーを連れて校長への直談判に臨み、「この子はほかの黒人と違うんです」と訴えた。ある意味、この発言には何よりも心を傷つけられた。マージョリーはすでにグレアムとの仲を諦めていた。

「それでも、君の詩を聞かせてもらえるかい？」

「来週、朗読をするから、誰でも聞けるわよ」

「僕の言いたいことはわかってるくせに」

隣の居間では、父親が鼾をかきはじめている。映画を観るといつも眠気に負けてしまうのだ。マージョリーは脳裏に思い浮かべた。母の肩に寄りかかる父、父の体を包み込む母の腕。ひょっとすると、母も寝ているのかもしれない。互いにもたれかかる父と母の頭。ボックスブレイドに編まれた母の長い髪が垂れ下がり、カーテンみたいにふたりの顔を隠している……。両親の愛は、心休まる愛だ。闘ったり隠れたりする必要のない愛だ。自分がエステルを好きだという気づいたのか、という質問をもう一度ぶつけたとき、ヤウはずっと気づいていたと答えた。父親によると、愛という感情は自分の内部で芽生え、息とともに吐き出され、エドウェソの最初のそよ風とともに吸い込まれた。そして、熱風《ハルマッタン》のごとく体の中を動き回ったという。アラバマのマージョリーが知っている愛とは、似ても似つかないものだった。

「もう切らないと」とマージョリーは電話口でグレアムに言った。「両親に呼ばれてるから」受話器を元に戻し、居間に入っていく。母親は眠っていなかった。視線はテレビに向いているが、番組を観ているわけではない。

「我が愛しい娘、誰だったの？」とエステルが訊く。

「誰でもないわ」とマージョリーは答えた。

講堂は二千人の聴衆で埋まっていた。舞台裏の控え室からでも、ほかの生徒たちがぞろぞろと入場し、退屈を紛らわそうとおしゃべりに興じているのが聞こえてくる。怖くて緞帳《どんちょう》の向こうをのぞくこともできず、マージョリーは舞台裏を行ったり来たりした。すぐ横では、大型ラジカセから流れる小音量の曲に合わせて、ティシャたちがダンスの練習をしている。

「準備はいい？」というピンクストン先生の問いに、マージョリーは肝を潰した。

両手はすでに震えている。詩の原稿を下に落としていないのが驚きだ。

「だめです」とマージョリーは言った。

「いいえ、あなたはだいじょうぶよ」と先生が切り返す。「心配ない。きっと立派にやり遂げられる」

ピンクストン先生はマージョリーのもとを離れ、ほかの演者をひとりひとり確かめて回った。

行事が始まると、マージョリーの胃はきりきりと痛みだした。今までこれほど大勢の前でしゃべったことはなく、痛みをそのせいにしたくなるが、実際根っこはもっと深いところにあった。吐き気の波まで襲ってくるが、ほどなく痛みもろとも収まる。

　折に触れて、この感覚はやって来た。祖母は虫の知らせと呼んでいた。世界がまだ認識していない何かを、肉体の変化が教えてくれるのだ。たとえば、試験の点数が悪いと判明する前。自動車事故に遭う前に感じたことも、父親からもらった指輪をなくしたと気づく数瞬前に感じたことも、一度ずつある。虫の知らせがあっても結末は変えられない、という父親の主張は正しいのだろう。マージョリーにとって確かなのは、虫の知らせが自分に活を入れてくれていることだった。

だから、ピンクストン先生の紹介を受けると、自分に活を入れて舞台へ踏み出した。照明のまぶしさは想定していたが、百万個の太陽に照らされているみたいな熱さは想定外だった。マージョリーは汗をかきはじめた。掌も額もびしょ濡れとなる。

　原稿を演壇に置いた。練習なら百万回は積んできた。授業のさなかに小声で、浴室の鏡の前で、家族と出掛けた車内で。

　ときどき咳の音やすり足の音で途切れるものの、講堂に響く〝静寂の音〟は、マージョリーを挑発していた。マイクに向かって身を乗り出し、咳払いをしてから、詩の朗読を始める。

城が真っ二つに割れる、
わたしが見つかる、あなたが見つかる。
わたしたち、ふたり、砂を感じた、
風を感じた、空気を感じた。
ひとりは鞭を感じた。鞭打ちを受けた者、

かつて船で連れ去られた者。
わたしたち、ふたり、黒い肌。
わたしとあなた。
ひとりは木の実から生まれ、
カカオの大地で育った、
皮膚に切り傷はなく、それでも血が滴る。
わたしたち、ふたり、水の中を行く。
水は違って見え
しかし水は同じ。
わたしたちも同じ。同じ肌の姉妹。
知っているのは誰？　わたしではない。あなたでもない。

マージョリーは視線を上げた。扉がきしりながら開き、さらなる光の侵入を許す。この新たな明るさは、戸枠に立つ父親の姿を認めるには充分だったが、父親の顔を流れ落ちる涙を認めるには不充分だった。

〝エドウェソのいかれ女〟こと祖母のアクアが約束したことのうち、守れなかったのは最後のひとつだけだった。かつて恐れていた眠りのさなかに、祖母は息を引き取った。生前のアクアは、海を見おろす山に葬られたいと望んでいた。マージョリーは年度の途中から学校に行かなくなったが、成績が優秀だったため卒業に支障はなかった。

　祖母の亡骸を運ぶ男たちのあとを、マージョリーは母親といっしょについていった。父親は高齢にもかかわらず、棺を担ぎたいと言い張って聞かなかった。今は、手を貸すというよりも足を引っ張っている。埋葬場所に到着したとき、参列者たちのあいだからすすり泣きが洩れはじめた。何日も何日も前から誰もが泣きつづけていた。しかし、マージョリーはまだ涙があふれてこなかった。

　男たちは赤粘土の掘り起こしに取りかかった。大きな長方形の穴が広がっていき、長辺の両側に土の山がそびえ立つ。祖母のために木工職人が作った棺は、赤粘土と同じ色の木材が使われており、棺が穴の中へ下ろされると、土との境目がどこにあるのか誰もわからなくなった。男たちは穴を埋め戻す作業に移った。土をぎちぎちに詰め込んだあと、最後にスコップの裏側で何度も叩く。その音が山で跳ね返り、谷間に響き渡った。

　墓標が立てられて初めて、マージョリーは詩をいっしょに埋め忘れたと気づいた。昔、水辺まで歩きながら祖母が語った夢をもとにした詩だ。読んで聞かせたら気に入ってくれたに違いない。マージョリーはポケットから原稿を取り出した。両手が震えているため、ほとんど風は吹いていないのに、文字が上下に波打って見える。

　マージョリーはこんもりした墓へ身を投げ出した。ようやく涙があふれてくる。「メ・マム・イェエ、メ・マアメ。メ・マム・イェエ、メ・マアメ」

　母親が娘にすっと近づき、地面から立ちあがらせる。後日、エステルはマージョリーに打ち明けた。あのときのあなたは、崖から飛んで、山を駆け下りて、海へ入っていってしまいそうだったと。

マーカス

マーカスは水が好きになれない。初めて海を間近に見たのは大学生のときで、胃が引っ繰り返りそうになったものだった。視野を超えて広がっていくあの空間、あの果てしない青色……。水には恐怖を感じる。友人たちには泳げないことを打ち明けておらず、メーン州から来た赤毛のルームメイトは、マーカスの爪先が海に浸る前に、大西洋の水面から七フィートの深さまで潜っていた。

海のにおいを嗅ぐと、なぜだか吐き気が込みあげてきた。湿っぽい潮の香りが鼻腔にへばりつき、陸上にいても溺れているような感覚に陥る。喉の奥まで押し寄せる塩水の感触は、喉彦がぶら下がっているあたりに粘り着き、呼吸をする際の障害となった。

若いころ、父親のソニーからはこんな話を聞かされた。黒人が水を嫌うのは、奴隷船で海の向こうから連れてこられたからだ。海の底には仲間の骸が散乱しているのに、どうして黒人が水泳をしたいなんて思うんだ？

父親がこの手の発言をしても、マーカスはいつも辛抱強くうなずいていた。ソニーにとって永遠の話題は、奴隷制と、囚人労働施設と、隔離政策と、〝現体制〟と、〝あの男〟だ。父親は白人に対する根深い憎悪を抱いていた。憎悪という名の袋には石が詰まっており、アメリカの日常において人種的不正義が続くかぎり、一年ごとに石が一個追加される。そして、今も父親はこの袋を担いでいるのだ。

父親から受けた幼児期の教育を、マーカスは決して忘れないだろう。型破りな歴史の授業があったればこそ、アメリカという国をもっと詳しく研究してみたい、というそもそもの好奇心につながったのだから。父子はウィリー母さんの狭苦しいアパートで、ひとつのマットを分け合っていた。夜になると、刃みたいなスプリングの上に寝転がり、ソニーはかつてのアメリカの現実を語って聞かせた。労働力を確保するため、街頭の黒人を次々と収監したこと。黒人居住区を赤い線で囲い、線内における銀行の活動を規制し、住宅ローンや事業融資を阻んだこと。刑務所が黒人でいっぱいなのを、疑問に思わないのか？　スラム街がスラム街のままなのを、疑問に思わないのか？　父親の話は、どの歴史の教科書にも載っていなかったが、大学に入学してからの見聞は、父親が正しかったことを教えてくれた。父親が素晴らしい精神の持ち主であると息子は知った。しかし、父親の精神は何かに囚われており、表まで浮かびあがってくることはなかった。

朝になると、マーカスは父親が起床し、髭を剃り、イーストハーレムの麻薬依存治療の診療所へ向かうのを見守った。時間を知りたいなら、時計を確かめるより、父親の行動を追うほうが手っ取り早かった。起き出してオレンジジュースを一杯飲むのが六時三十分。髭剃りが六時四十五分。玄関を出るのが七時ちょうど。ソニーは診療所でメタドンを投与されたあと、守衛の仕事をするために、現場である病院に出勤した。マーカスは父親より頭の切れる人間を知らないが、かつて使っていた薬物の影響から完全に抜け出すことは決してできないのだ。

七歳のマーカスはウィリー母さんに質問した。ソニーの予定が少しでも変わったらどうなるのか？　メタドンを摂取しなかったらどうなるのか？　ウィリー母さんはただ肩をすくめるだけだった。父親にとって判で押したような行動がどれほど重要なのかは、もっと大きくなってからようやく理解しはじめた。ソニーの全人生は、この微妙な均衡の上に成り立っていた。

今、マーカスはふたたび水に近づいている。大学院で知り合ったばかりの級友が、新たな千年紀を祝うプールパーティに招待してくれたのだ。マーカスは断り切れずに出席すると返事をした。まあ、カリフォルニアのプールなら、大西洋の海よりは安全だろう。椅子の上でくつろぎ、日光浴を楽しんでいるふりをすればいい。陽焼けが必要だと軽口を叩くこともできる。

誰かが「抱え飛び込み！」と叫び、飛び散った冷たい水しぶきがマーカスの脚を濡らした。しかめっ面で水を払っていると、ダイアンティがタオルを渡してくれる。

「くそっ。マーカス、こんなところに、いつまでいなきゃいけないんだ？　地獄のような暑さだぜ。アフリカの熱波がカリフォルニアまで来てやがる」

ダイアンティはいつも文句を垂れている。この芸術家と初めて会ったのは、イーストパロアルトの別荘で開かれたパーティ。生まれも育ちもアトランタだが、ダイアンティを見ていると故郷が思い出される。ふたりは知り合って以降、兄弟のような関係を続けてきた。

「まだ十分も経っていないんだぞ、寒がりのＤ」と言ったものの、マーカス自身もいらだちを感じはじめていた。

「だめだ、黒いの。このクソ暑さの中じゃ、俺はもうすぐ焼き尽くされちまう。またあとでな」ダイアンティが立ちあがり、プールで泳いでいる連中に小さく手を振る。

ダイアンティはいつも決まって、マーカスの大学院関係の催事に参加したがり、そのくせ到着とほとんど同時に帰ってしまう。ダイアンティの本当の目的は、美術館で一度だけ会った少女を捜すことだった。名前は思い出せないものの、話しぶりから学生に間違いないという。マーカスは指摘する必要さえ感じなかった。このあたりには大学が百万校ほどある。同じパーティに出席する確率は言わずもがなだ。

マーカスはスタンフォード大学で、社会学の博士号を取得しようとしている。父親とひとつのマットを共有していたころは、想像すらできなかった現状だ。今も相変わらず同じマットで寝起きしている父親は、スタンフォード大学から入学許可が下りたと報告したとき、息子を誇らしく思うあまりに涙を流した。マーカスが父親の泣く姿を見たのは、後にも先にもあの一回だけだ。

ダイアンティが抜け出してすぐ、マーカスも仕事を言い訳にしてパーティ会場をあとにした。六マイルを歩いて自室に帰ると、シャツはぐっしょり汗まみれになっていた。青いタイル張りのシャワー室に入り、水に頭を叩かれるがままにする。決して顔は上げない。今でも水が怖いからだ。


「おまえのママがよろしくとさ」とソニーの声が響く。

週に一度の電話は恒例となっていた。時間は決まって日曜日の午後。ジョセフィン叔母さんといとこたちが教会のあと、ウィリー母さんの家に集まって料理と食事をすると知っているからだ。電話をかける理由は、ハーレムが恋しいから、日曜の夕食会が恋しいから、ウィリー母さんが声を限りに唄うゴスペルが恋しいから。料理の手伝いに来てちょうだいとあの声で命じられれば、イエス・キリストでさえ十分で駆けつけるだろう。

「嘘はいらないよ」とマーカスは言った。最後に母親のアマニと会ったのは、高校の卒業式。祝いの場に恥ずかしくない出で立ちをしていたので、ウィリー母さんが服代を与えたに違いなかった。卒業証書を受け取りに舞台を横切っているとき、長袖のドレス姿の母親が手を振ってきた。ちらっと目に映った腕の注射痕が見間違いではないと、マーカスはほぼ確信していた。

「ふん」とだけソニーが答える。

「そっちのみんなは元気でやってる?」とマーカスは尋ねた。「ちびっ子たちにも問題はない?」

「ああ、みんな元気だ。問題はない」

父子は送話口に息を吹きかけつづける。ふたりともしゃべることはなく、かといって電話を切りたくはなかった。

「断薬は続いてる？」とマーカスは訊いた。あまり頻繁には訊かないが、訊くときは訊く。

「ああ、問題はない。わたしのことは心配するな。勉強のことだけ考えていろ。わたしのことを考える必要はない」

マーカスはうなずいた。しばらくしてから、うなずきでは父親に伝わらないと気づき、「わかったよ」と答える。ふたりはようやく電話を切った。

しばらくすると、ダイアンティが部屋まで誘いに来て、マーカスはサンフランシスコの美術館に連れていかれた。例の女に出逢ったという場所だ。

「その女に熱を上げる理由がわからないな、D」とマーカスは言った。美術館は心から楽しめる場所ではない。目に映る作品はどれも、理解の範疇を超えていた。ダイアンティが線や色や陰影について説明し、マーカスはうんうんと相づちを打つが、実のところ、心には何も響いていないのだ。

「彼女を一目見れば、おまえにもわかるさ」とダイアンティが言う。ふたりは美術館の中を歩き回ったものの、どちらの興味も美術との触れ合いには向けられていなかった。

「まあ、彼女が見目麗しいことはわかる」

「たしかに美人だが、そういう話じゃないんだよ」

馴れ初めはすでに聞かされている。ダイアンティと例の女性とは、カラ・ウォーカーの展示コーナーで知り合った。床から天井まである黒い切り絵の前を行ったり来たりしていて、五往復目で肩と肩が軽くぶつかった。ふたりはあるひとつの作品について、一時間も語り合った。互いに名前を訊くことさえ忘れて。

「言っておくけどな、マーカス。結婚式に出る準備をしておけよ。あとは彼女を見つけるだけなんだ」

マーカスは鼻を鳴らした。パーティの席で女を指さし、〝俺の嫁〟だと豪語しておきながら、たった一週間のデートで別れた前科が数え切れないほどあるのだ。

マーカスはダイアンティを残し、ひとりで美術館の中をぶらついた。美術そのものはともかく、美術館の建築には興味がある。入り組んだ階段まわり、鮮やかな色の作品群を擁する白い壁。この雰囲気だからこそ可能な散策と思索を、マーカスは気に入っていた。

小学校のころに一度、社会見学で美術館を訪れたことがあった。目的地の近くでバスを降りたあと、児童はふたり一組で手をつなぎ、残りの数ブロックをぞろぞろと進んだ。当時のマーカスは、ハーレム以外のマンハッタンに畏怖を覚えていた。自分の居場所でない街並みには、ビジネスエリート風の背広や、人気女優と同じヘアスタイルがあふれていた。美術館の入口には、ガラスごしに頰笑むもぎりの女性係員の姿があった。マーカスはもっとよく見ようと、高いブースに向かって首を伸ばした。この努力に、係員は小さく手を振って報いてくれた。

美術館の中では、担任のマクドナルド先生が児童の列を先導し、部屋から部屋へと、展示物から展示物へと移動していった。マーカスは列の最後尾で、ラタヴィアという少女と手をつないでいた。ラタヴィアがくしゃみをしようとして手を放したため、マーカスはここぞとばかりに靴紐を結び直した。ふたたび顔を上げたとき、同級生の一行はいなくなっていた。今から思えば、すぐに捜しはじめてさえいたら、白い美術館の中で、小鴨の列みたいな黒い一団は早々に見つかったはずだ。しかし、入場者があまりにも多かったため、そして、周りとの身長差が大きすぎたため、あたりを見通すことができず、みるみる恐怖に呑み込まれて動けなくなってしまった。

麻痺したように立ち尽くし、しくしくと泣いている黒人少年は、年配の白人夫婦の目に留まった。「見て、ハワード」という老婦人の声が聞こえた。マーカスは今でも老婦人の服の色を憶えている。血を思わせる深紅は、恐怖感をいや増す効果しかなかった。「可哀想に、迷子か何かみたいよ」見定めるように老婦人が凝視してくる。「可愛い子じゃない、ねえ？」

ハワードと呼ばれた老人は細長い杖を持っていた。杖の先でマーカスの足を軽く叩き、「迷子なのか、坊主？」と訊く。しかし、マーカスは黙り込んだ。「迷子なのかと訊いたんだぞ？」

杖は足に当たりつづけていた。マーカスは一瞬、老人が今にも杖を天井まで振りかぶり、頭を砕こうとしてくるのではないかと考えた。あんなふうに感じた理由はわからないが、恐怖に呑み込まれたマーカスは、ズボンを液体が流れ落ちていくのを感じた。悲鳴をあげ、白い壁の部屋から部屋へ、部屋から部屋へと走り回ったが、追ってきた警備員に捕まり、館内電話でマクドナルド先生が呼び出された。結局、クラス全員が美術館を追い出され、バスまで戻り、ハーレムまでの帰途についた。

しばらくしてから、ダイアンティが「彼女はここにはいない」と言い、マーカスは目をぐるりとさせてみせた。いったい何を期待してたんだ？　ふたりは美術館をあとにした。


一カ月後、ふたたびマーカスには論文執筆を再開するべき時期が訪れた。このところ、研究のことは考えないようにしていた。進捗状況があまり芳しくないからだ。

当初の構想では、対象を囚人貸出制度に絞るはずだった。プロジェクトの範囲は広がっていった。曾祖父Hの人生から長い年月を盗み取ったあの制度だ。しかし、研究を深めれば深めるほど、プロジェクトの範囲は広がっていった。曾祖父Hの物語を語ろうとすれば、祖母ウィリーを含む数百万人単位の黒人が、人種差別から逃れて北部へ移住した現象に触れざるをえない。この〝大移動〟に言及するなら、黒人たちを受け入れた諸都市について述べる必要がある。代表的な街はハーレムだ。ハーレムについて触れるなら、父親のヘロイン依存にも、収監歴にも、犯罪歴にも触れざるをえない。六〇年代におけるハーレムのヘロインを取りあげるなら、八〇年代に全米を席巻したクラックは？　クラックを取りあげるなら、〝麻薬との戦争〟

を取りあげるのも必然だ。〝麻薬との戦争〟を語りはじめたら、幼馴染みの黒人のほぼ半分が、世界で最も過酷な矯正制度のリピーターとなっている、という現実にも話が及ぶ。そして、幼馴染みがマリファナ所持で懲役五年の実刑を食らう一方、同じ大学の白人はほとんどが毎日公然とマリファナを吸っている、という事実を論じていると、とてつもない怒りが込みあげてきて、テーブルに研究ノートを叩きつけてしまうのだ。死んだように静まり返った美しいスタンフォード大学グリーン図書館のレーン閲覧室で……。ノートを叩きつければ、室内の全員の視線が集まる。視線の主たちは、マーカスの肌の色と、マーカスの怒りようだけを見て、マーカスについて何かを知ったつもりになる。この何かは、曾祖父Hを刑務所へぶち込む口実に使われた。今と昔で違うのは、露骨さの度合いが下がったことだけだ。

こういう思考の流れが始まると、マーカスは本を一冊たりとも開けなくなった。

自分自身の家族をもっと詳しく知り、もっと詳しく調べる必要がある、という考えがいつ閃いたのか、正確には憶えていない。ウィリー母さんの家で催される、日曜日の夕食会だったかもしれない。祖母は家族全員に、手をつないで祈るよう命じた。マーカスはいとこふたりに挟まれたり、父親とジョセフィン叔母さんに挟まれたりした。ウィリー母さんは歌とともに祈りを始めた。

祖母の声は、世界の七不思議に加えてもいいほどだった。マーカスの中にある希望と愛情と信念を奮い立たせ、混じり合った三つの要素は、心臓を脈打たせ、掌から汗を噴き出させた。マーカスは誰かとつないでいた手を放し、掌を拭ったり、涙を拭ったりしなければならなかった。

家族と祖母の部屋で過ごしていると、ときどき、別の部屋が脳裏に浮かびあがってきた。そこには、見たことのない大家族の姿があった。頭の中の映像は、あまりにも真に迫っており、実際の光景かと思うほどだった。アフリカの集合住居の離れ、鉈を持つ家長、椰子の木立の外に集まる家人たち、水桶を頭に載せた若い女。狭いアパートにひしめくたくさんの子供。作物の実らない小さな農場。幹が焼け焦げた木。教室……。祖母が祈っては唄い、祈っては唄う最中に、これらの光景が脳裏に映し出された。そしてマーカスは、これらの人々がいっしょに部屋にいてくれたらと、自分といっしょにいてくれたらと望んだ。

ある日、日曜の夕食会が終わったあとに、マーカスはこの現象を祖母に打ち明けた。ひょっとすると、物事を見通せる能力を神様が授けてくださったのかもしれない、とウィリー母さんは言った。しかし、マーカスは祖母の神を信じる気にはどうしてもなれず、瞼の家族を捜すために、心の中の疑問を解決するために、もっと具体的な方法をとることにした。研究と執筆だ。

マーカスはいくつか考えを書き留めたあと、ダイアンティとの待ち合わせ場所へ向かった。美術館で出逢った謎の女を捜す、という親友の使命はすでに終わっていた。しかし、パーティと遊山《ゆさん》の趣味は終わっていなかった。

結局、ふたりはサンフランシスコまで足を延ばした。ダイアンティが知っているレズビアンのカップルが自宅を開放して、夜の展覧会、兼、アフリカ・カリブ風ダンスパーティを催していた。会場でふたりを出迎えたのは、大きなスティールパンの甲高くて厚みに欠ける音色。鮮やかな色のケンテ布を腰に巻きつけた男たちが、先端がピンク色の打楽器用撥《ばち》を握っていた。パン奏者の列の端っこでは、女性がむせぶような歌声を絞り出している。

マーカスは人をかき分けつつ、建物の奥へ進んでいった。壁の美術作品には少し恐怖を感じる。しかし、他人に対してそれを認めるつもりはなかった。たとえダイアンティに感想を訊かれたとしても。いいや、感想を求められる可能性は高いだろう。ダイアンティが寄贈した作品は、角の生えた女がバオバブの木に吊されていた。マーカスは製作意図をまったく理解できなかったが、とにかく作品の下にたたずみ、首をわずかに左へ傾げたまま、誰かが隣で立ち止まるたびに小さくうなずいた。

しばらくすると、隣にダイアンティ自身が現れた。親友は何度も肩を指で突っついてくる。矢継ぎ早に繰り出される突きは、マーカスがやめろと声に出す前に止まった。

「何だよ、黒いの？」と言って、親友のほうを見る。

ダイアンティは第三者に目と体を向けていた。そして、急にマーカスのほうに向き直る。

「彼女がいる」

「誰だよ？」

「誰って、決まってんだろ。あの娘だよ。彼女がここにいる」

ダイアンティが指し示す先に、マーカスは視線を向けた。並んで立つふたりの女性。ひとりは痩せ形の長身で、マーカスと同じように肌の色は薄いが、ドレッドロックスの髪が尻の下まで達している。この女性はドレッドの房を弄んでおり、一本をくるくると指に巻きつけたり、全部をまとめて頭のてっぺんに載せたりしていた。

もうひとりの女に、マーカスの目は惹きつけられた。肌の色は青みがかった黒。ハーレムの運動場にいたら、ブルー・ブラックと呼ばれていただろう。豊満な体つきで、大きな胸は中身がしっかり詰まっている感じ。豪快なアフロヘアは、雷のキスを受けたばかりみたいだった。

「行くぞ」と告げるダイアンティは、すでに歩きはじめていた。マーカスは少し離れてあとに続いた。親友は冷静を装おうとしている。計算された歩き方、念入りな体の傾け方。女性たちの前まで来たとき、マーカスはどちらが〝あの娘〟なのか判明する瞬間を待った。

「あなた！」とドレッドの女が言って、ダイアンティの肩をぱしっと叩く。

「見た顔だとはわかったんだが、どこで会ったのかをどうしても思い出せなくて」というダイアンティの台詞に、マーカスは目をぐるりとさせた。

「会ったのは美術館よ。二カ月ぐらい前」ドレッドが笑顔で言う。

「そう、そう。もちろん憶えてるさ」と答えるダイアンティは、最高に行儀よく振る舞っていた。背筋を伸ばして頰笑みながら、「俺はダイアンティだ。こいつは友達のマーカス」

ドレッド女はスカートのしわを伸ばし、毛の房を一本手に取って、指の周りに巻きつけはじめた。まるで鳥の羽繕いだ。もうひとりの女性はまだ一言も発しておらず、視線はほとんど床へ向けられている。相手の姿を見なければ、相手の存在がないように振る舞える、と考えているかのようだ。

「わたしはキー」とドレッドは言った。「これは友達のマージョリー」

自分の名前を耳にして、マージョリーが頭を上げる。豪快な髪のカーテンが左右に割れ、愛らしい顔と美しい首飾りがあらわになった。

「会えて嬉しいよ、マージョリー」と言ってマーカスは手を差し出した。


マーカスがまだ幼いころ、母親のアマニに丸一日連れ出されたことがあった。盗み出されたと言ったほうが正しいかもしれない。ウィリー母さんもソニーも家族の誰もが、息子に挨拶だけさせてほしいと頼んできたアマニが、アイスクリームの約束を餌にマーカスをアパートから誘い出すとは、まったく考えていなかったのだ。

しかし、母親はアイス代にも事欠いていた。マーカスの記憶では、母と息子は次から次へとアイスクリーム屋を回った。ちょっと離れた隣の店まで足を延ばせば、もっと安く買えるかもしれないとアマニが考えたからだ。ソニーの生まれ育った地区にたどり着いたとき、マーカスはふたつのことを悟っていた。ひとつ、自分はいてはいけない場所にいる。ふたつ、アイスクリームにはありつけない。

アマニは息子の手を引っ張り、一一六丁目の麻薬常用者の友人や、赤貧のジャズ演者たちに披露して回った。

「あんたの子供？」歯のない太った女が、しゃがみ込んで質問する。マーカスの目の前で開いた口は、空っぽの樽の中身みたいだった。

「そう。これがマーカス」

女がマーカスを触り、危なっかしい足取りで歩み去る。話でしか聞いたことのないハーレムの一部を、マーカスは母親の舵取りで進んでいった。日曜日なので教会には人々が集まっており、救済を求める祈りが通りにも響いていた。天空の太陽はどんどん低くなってきた。アマニが泣きはじめ、小さな脚で精一杯速く歩く息子を、もっと速く歩けと怒鳴りつけた。ウィリー母さんとソニーに発見されたのは、夜の帳が降りる直前。父親にすばやく手をつかまれ、ぐいっと母親から引き離されたため、マーカスは肩が外れるのではないかと思った。幼子が見ている前で、祖母はアマニの顔に痛烈な平手打ちを食らわせ、街じゅうに聞こえるほどの大声で言った。「今度この子に指一本でも触れたら、どうなるか覚悟しときな」

マーカスはあの日の出来事をよく思い出した。記憶をひもといて驚くのは、恐怖感よりも満足感のほうが強かったことだ。他人も同然の女に一日じゅう連れ回され、どんどん自宅から遠ざかっていく恐怖。自分の家族の手で捜し出され、愛情と庇護が与えられた満足。道に迷っても、見つけ出してもらえばいい。マージョリーと会うと、いつもこれと同じ感覚を得られた。なぜだか、マージョリーに見つけ出してもらったような気分になるのだ。

数カ月が経った。ダイアンティとキーの恋愛関係は炎上して鎮火し、今では彼らの恋愛の名残りといえば、マーカスとマージョリーの友情だけだ。マーカスはダイアンティに、「彼女にいつ告白するつもりだよ?」としつこくからかわれた。そういう対象ではないと説明したいのは山々だが、実のところ、自分でもどういう対象なのかわかっていなかった。

「それで、ここがアシャンティ州よ」とマージョリーが言って、壁のガーナ地図を指さす。「厳密には、わたしの一族の発祥地だけど、祖母はここまで、セントラル州まで南下してきた。浜辺の近くにいたいからって」

「僕は浜辺が苦手だ」とマーカスは言った。

マージョリーの頬笑みを見て、マーカスは笑い飛ばされるかと思った。しかし、笑みは突如として消え、まなざしに真剣味が宿る。「もしかして怖いの?」とマージョリーは尋ねた。指先がゆっくりと漂い、地図の端から壁沿いに下降していく。もう片方の手は、いつも身につけている首飾りを押さえていた。

「うん、たぶん怖いんだと思う」マーカスは初めて他人に告白した。

「わたしの祖母は、海に囚われた先祖たちの声が聞こえたらしいの。海の底から話しかけてくるんだって。どこか正気じゃなかったのかもしれない」

「そうは思えないな。僕の祖母の教会なんて、誰も彼もがどこかの時点で、魂を捕まえたと主張してるよ。ほかの人が見たり聞いたり感じたりできないことをできるからって、その能力の持ち主がおかしいことにはならない。祖母はよくこう言っていた。『目が見えない人は見える人を変人呼ばわりしない』」

マージョリーが満面に笑みを浮かべる。「わたしが怖い物を知りたい?」という問いに、マーカスはうなずきを返した。今までの付き合いから学んだのは、目の前の女性の率直さに驚くべきではないということ。世間話をしていたかと思うと、いきなり核心に切り込んでくるのだ。「火よ」とマージョリーが言う。

出会ってから一週間目に、父親の火傷の話は聞いていた。だから、マージョリーの答えに驚きは感じない。

「わたしの祖母はよく言ってた。わたしたちは大火事の申し子だって。どういう意味なのかちゃんと訊いておけばよかった」

「ガーナには帰ってないのかい？」

「ええ、大学院の勉強とか、講師の仕事とか、いろいろあって忙しかったから」マージョリーは話を中断し、虚空を見あげて記憶の糸をたぐりはじめた。「実際の話、祖母が死んで以来、一度も帰ってなかった」さっきよりも小さな声で、「祖母はわたしにこれをくれたの。先祖伝来の宝物らしいわ」と言って首飾りを指さす。

マーカスはうなずいた。どうりで四六時中、身につけているはずだ。

時間は刻々と過ぎ、マーカスには片づけるべき仕事があった。しかし、この場から動けなかった。マージョリー宅の居間の特定の場所から動けなかった。大きな張り出し窓からは、とてつもない量の光が射し込んできており、光とこすれ合う両肩がぽかぽかと暖かくなった。できるならいつまでも、こうしていたかった。

「こんなに長く帰ってないと知ったら、祖母は怒るかもしれない。もう十四年近くなるのね。両親が生きていたころは、何かにつけてガーナ行きを勧めてくれてたけど、わたしには祖母を失った痛みが大きすぎた。今度は両親まで失って、たぶん、帰る意味を見出せなくなったんだと思う。どっちにしても、わたしのトウィ語は錆びついちゃっているから、前みたいに向こうに溶け込めないだろうし」

マージョリーが無理やり笑い声を出そうとする。しかし、声が唇を通過した瞬間に、いたたまれなくなって目をそらす。かなり長く感じられるあいだ、マージョリーはマーカスから顔を隠しつづけた。太陽の位置が変わり、もう出窓からは光が入ってこない。マーカスは両肩から光の重さが逃げていくのを感じた。そして、戻ってきてほしいと思った。

マーカスは学年度末まで、研究から逃げ回って過ごした。研究に意義を感じられなくなっていたのだ。出張旅行の費用は申請済みだったため、プラットシティでの調査だけは行なう必要があった。出張にはマージョリーが同行してくれたが、ふたりで見つけ出せたのは、おそらくは正気を失っている盲目の老人ひとりだけ。老人は少年のころ、マーカスの曾祖父Hを知っていたという。

「プラットシティを研究の材料にできるんじゃない?」老人の家を辞したあと、マージョリーが提案してくる。「興味深い町に見えるわ」

マージョリーの声を聞いたとき、盲目の老人は、この人を感じさせてほしいと言った。相手の人物像を知るには、手で触れるしかないのだと。ふたりを見守るマーカスは、驚きと気恥ずかしさを覚えた。老人の手は相手を読みとるかのように、腕に沿って移動していき、最後には顔にたどり着いた。マーカスの驚きの対象は、マージョリーの辛抱強さだった。知り合ってからまだ間もないが、あれだけの忍耐力があれば、ほとんどすべての嵐をやり過ごせるだろう。ときどき図書館でいっしょに勉強をしたが、視野の端で観察していると、マージョリーはむさぼり食らうみたいに次から次へと本を読んでいった。マージョリーの研究対象は、アフリカ人とアフリカ系アメリカ人の文学。なぜこの分野を選んだのかという質問には、この分野の本は自分の中で感じられるから、という答えが返ってきた。老人に触られたとき、マージョリーは相手を辛抱強く凝視していた。肌を読まれながら、マージョリーのほうも相手を読んでいるように見えた。

「そういう話じゃないんだ」とマーカスは提案に対して答えた。

「じゃあ、どういう話なの、マーカス？」

マージョリーが足を止める。おそらく、今ふたりが立っているのは、炭鉱だった場所の最上部だ。労働力として徴集された黒人受刑者の墓場、と言い換えてもいい。しかし、過去を調査しても、過去を実際に生きたことにはならないし、過去を実際に感じることもできない。どう説明すれば、マージョリーに理解してもらえるだろうか？　マーカスがこの研究の目的としたのは、時間の感覚を捉えることだ。はるか遠い昔から現在までの時間をひとつとみなし、その一部となった自分が何を感じるのかを確かめることだ。時間枠が途方もなく広がったとき、人間は誰しも当事者意識を失いがちになる。本人は外にいるつもりでも、実際は物事の中に存在しているのだ。

どう説明すれば、マージョリーに理解してもらえるだろうか？　マーカスが今ここにいるのも、生きているのも、自由でいるのも、当たり前の事象ではない。自分がこの世に生まれ出たことは、そして、どこかの監獄にぶち込まれていないことは、自助努力の結果でもなければ、勤勉さの結果でもなければ、アメリカンドリームを信じた結果でもなく、単なる幸運の賜物だ。曾祖父Hの物語をウィリー母さんの口から聞いただけで、マーカスはすすり泣きを洩らし、心は誇りで満たされたものだった。曾祖父は〝両手スコップのH〟と呼ばれていたが、曾祖父の父親や、曾々祖父の父親は何と呼ばれていたのだろうか？　それぞれの母親は何と呼ばれていたのだろうか？　祖先たちは時代時代の産物であり、今バーミングハムのプラットシティ地区を歩く末裔《まつえい》は、さらにひとつ時代を積みあげようとしている。マージョリーに理解してほしいのは、こういう話だった。

しかし、マーカスはこの思いには触れず、「僕が海を怖がる理由を知っているかい？」と尋ねた。

マージョリーが首を横に振る。

「溺れるのが怖いってだけの話じゃない。まあ、溺死の恐怖は否定しないけど、本当に怖いのはあの空間だよ。どっちを向いても青、青、青。どこがはじまりなのか見当もつかない。海辺に行ったときは、できるだけ砂の上にとどまってる。少なくとも、砂浜の終わるところはわかるからね」

マージョリーはしばらく何も言わず、ただ、マーカスの少し先を歩きつづけた。きっと、いちばん恐ろしいと告白したものについて、すなわち〝火〟について考えを巡らせているのだろう。父親の写真を見せてもらったことはないが、もしも、自分が顔半分を火傷に覆われれば、臆病な性格になってしまうに違いなかった。マージョリーが火を怖がるのも、自分が水を怖がるのも、同じ理由なのかもしれない。

マージョリーが壊れた街灯の下で立ち止まる。陰鬱な光がついたり消えたり、ついたり消えたりを繰り返していた。「あなたは絶対にケープコーストの浜辺を気に入るはず」とマージョリーは言った。「美しい海よ。アメリカで見られる海とは似ても似つかない」

マーカスは笑い声をあげた。「うちの一族は誰も国外へ出たことがないと思う。機内でのあんな長い時間を、何に使えばいいのかもわからないし」

「もっぱら睡眠に使われるだけよ」

一刻も早くバーミングハムを離れたかった。プラットシティの隆盛も今は昔。この荒れ果てた残滓を捜索しても、求めているものは見つからないだろう。将来、見つかるかどうかもわからなくなっていた。

「そうだな」とマーカスは答えた。「行ってみるか」

「すみませーん、おにいさん。奴隷の城を見学したくない？　ケープコースト城を案内するよ。十セディだよ、おにいさん。たった十セディだよ。素敵なお城を案内するからさ」

マージョリーはマーカスを追い立てるようにして、トロトロの停車場を突っ切り、海浜リゾートまで連れていってくれるタクシーに急いだ。数日前、ふたりはエドウェソにいた。マージョリーの父親の出生地を表敬訪問したのだ。数時間前までタコラディを訪問していたのも、マージョリーの母親に敬意を表するためだった。

ここではすべてが、地面さえもが輝いていた。どこへ行っても、マーカスはきらきら光る赤い土ぼこりから逃れられず、毎晩、寝る前には、体が赤いほこりに覆われていた。海に近づいてからは、土ぼこりに砂が混じっている。

「相手にしなくていいわ」とマージョリーは言って、マーカスを少年少女の一団から引き離した。子供たちは獲物につけ込み、あれこれを売りつけようと、あちらこちらを案内しようとしていた。

マーカスはマージョリーの足を止めさせた。「君は見たことがあるのか？　城を？」

ふたりは激しく車の行き交う通りの真ん中に立っていた。何台もの車がクラクションを鳴らすが、ふたりに向けられたものかどうかはわからない。頭に水桶を載せた痩せっぽちの少女や、新聞を売る少年が大勢通りに繰り出していた。いや、マーカスと同じような肌の色の人々が、国じゅうで仕事に精を出しているため、車を運転するのはほとんど不可能に近い。もちろん、どうにかして可能にはするのだが……。

マージョリーは食い込むリュックサックの紐を、両手で体から引きはがした。「いいえ、一度もない。あそこは黒人の観光客向けよ」マーカスの片方の眉が吊りあがる。「あなたにも意味はわかるはず」

「僕は黒人だ。そして、観光客でもある」

マージョリーは溜め息をつき、ほかに予定などないのに腕時計を確認した。ふたりの目的地は浜辺での避暑。一週間の滞在中はずっと、海を見て過ごすつもりだった。「もう、仕方ないわね。わたしが連れていってあげる」

ふたりはタクシーを捕まえ、滞在先のホテルに荷物を置いた。マーカスはバルコニーから、ようやく浜を一望することができた。何マイルも何マイルも続いているように見える海岸線。砂が陽射しを反射して、ちらちらと光を放っている。かつての黄金海岸《ゴールドコースト》で、水辺の砂はダイヤモンドを彷彿させた。

この日、城の周りにほとんど人影はなかった。数人の女性が古木の下に集まって、木の実を食べながら、互いの髪の毛を編んでいるだけ。近づいてくる旅行者ふたりを見ても、動く様子はない。彼女たちは肉体を持った人間なのだろうか、とマーカスは疑問に思いはじめた。幽霊の出る場所が実在するなら、ここは真っ先に候補として挙げられる。外から見ると、城は燃え立つように鮮やかな白色をしていた。汚れをすべてこそげ落とし、光沢が出るまでこすりあげたように真っ白だ。ぴかぴかにしたのは誰なのか、いったい何のためなのか、とマーカスは訝しんだ。しかし、中へ足を踏み入れると、目に映る光景はくすみはじめた。遠い過去の恥辱を象徴する不浄な入れ物は、少しずつその正体をあらわにしていった。蝶番の錆びついた扉、黒さを増すコンクリート……。ほどなくふたりは案内人に出迎えられた。骨と皮ばかりの長身の男は、ゴムバンドを縦に引っ張ったように見える。ほかにも四人のツアー参加者がいた。

案内人がファンティ語でマージョリーに話しかけ、マージョリーはつっかえつっかえ申し訳なさそうに、この一週間のあいだ使いづめのトウィ語で応じた。

海を睨む大砲の列に向かって歩く途中、マーカスはマージョリーの足を止め、「彼は何て言ったんだ？」と尋ねた。

「あの人は祖母の知り合いでね。わたしを〝アクワーバ〟してくれたの」

ガーナに来てから憶えた数少ない言葉が、この〝歓迎《アクワーバ》〟だ。マージョリーの親族、見ず知らずの通行人、空港の入国審査の係官までもが、絶え間なくマージョリーに〝アクワーバ〟を唱えてきた。同行しているマーカスにも。

「あそこには教会がありました」と言ってゴムバンド男が指をさす。「教会の真下は地下牢となっています。地面の下で何が起こってるかを知らずに、この地上部分を歩き回ったり、教会を利用していた人もいるかもしれません。イギリス兵の多くはゴールドコーストの女性と結婚し、子供をもうけました。兵士の子供の中には、地元の子供と、地上部分にある学校で学ぶ者もいました。勉学のために英国本国へ送られた子供たちは、ゴールドコーストに戻ったあと、エリート階級を形作っていったのです」

隣のマージョリーが体重を右にかけたり左にかけたりしている。マーカスはなるべくマージョリーに視線を向けないようにした。上流の人々が好き勝手をやり、下流の同胞を顧みようとしないのは、何もここに限った話ではない。

ほどなくツアー一行は地下に向かい、浜に乗りあげた巨大な獣の腹の中へ下りていった。地下にこびりついたものは、永遠に洗い落とせないように思える。緑と灰と黒と茶。闇、深い闇。窓はなく、空気もない。

「これは女性用の牢獄のひとつです」と案内人が説明し、かすかに臭気の残る内部へ一行を導いた。「一度に二百五十人ほどの女性が、およそ三カ月のあいだ閉じ込められていました。外へ連れ出すときに使われたのは、こちらの扉です」案内人がさらに先へ進む。

一行は地下牢を離れ、件の扉へ移動していった。黒く塗られた木の扉。戸枠の上の表示板は、〝不帰の扉〟と読める。

「この扉は海岸につながっており、彼女たちは待機していた船で連れ去られたのです」

彼女たち。彼女たち。いつもひとまとめにされ、個々の名前で呼ばれることは決してない……。ツアー参加者は誰も口を開かず、立ち尽くしたまま何かを待っていた。何を待っているのか、マーカスにはわからない。とそのとき、急な吐き気が込みあげてきた。ここにいたくなかった。どこでもいいから別の場所へ行きたかった。

体が勝手に動いた。両腕が扉を押しはじめる。案内人がやめてくれと言ったのも、案内人がマージョリーにファンティ語で叫んだのも、耳には届いていた。マージョリーの声も聞こえていた。手でマージョリーの制止を振り切る感触、自分の手で扉を押し開ける感触。ようやく光が見えた。

マーカスは海岸へ向かって駆け出した。城の外では、数百人の漁師が鮮やかな青緑色の網を手入れしている。職人の手になる細長い漕ぎ船が、見渡すかぎりずらりと並ぶ。ひとつひとつの船が掲げる旗は、無国籍かつ多国籍。イギリス国旗の隣には、紫色の水玉模様の旗。フランス国旗の隣には、血《ブラ》蜜柑色《ッドオレンジ》の旗。アメリカ国旗の隣にはガーナ国旗。

疾走を続けるマーカスは、ふたりの男を目に留めた。靴墨みたいな黒光りする肌の持ち主たちは焚き火をしており、まばゆい炎はちろちろと舌を出しながら、水辺へ向かって這い進んでいる。魚を調理中のふたりは、走るのをやめたマーカスに気づき、手を止めてじっと凝視してきた。

マージョリーの姿が見える前に、背後から足音が聞こえてくる。足が砂を踏む音、くぐもった軽い音。何十歩も離れたところで足を止めたらしく、マージョリーが発した声は、遠くから潮風に運ばれてきたような響きがあった。

「いったいどうしたの?」とマージョリーが叫ぶ。マーカスはただ、海の水を見つめつづけた。目が届くかぎり、あらゆる方向に広がる海。砕けた波が足許に押し寄せ、焚き火を消そうと脅かしている。「さあ、こっちへ」マーカスはそう言って、後ろを振り返った。マージョリーが火を一瞥する。その表情を目にしたとき、ようやく恐怖の対象なのだと思い出した。「こっちへ来て」マーカスはもう一度言った。「こっちへ来て、見るんだ」マージョリーが少しだけ近づいてくるが、炎がうなりをあげて燃えあがり、ふたたび足が止まる。

「だいじょうぶ」とマーカスは言った。本心から出た言葉だった。手を差し出して、「だいじょうぶだよ」と繰り返す。

マーカスが立っているところまで、火と水が交わっているところまで、マージョリーは歩を進めた。マーカスはマージョリーの手を取り、ふたりは計り知れぬ深淵に視線を据えた。城の中で心に感じた恐怖はまだ消えていないが、マーカスはすでに理解している。恐怖は火と同じようなものだと。野獣みたいに暴れていても、まだ御すことはできると。封じ込めることはできると。

とそのとき、マージョリーが手を放す。マーカスの目の前で走り出し、大波が砕けたところへ頭から突っ込む。水の中へ潜ったところで、マーカスは姿を見失い、再浮上してくるのを待つしかなかった。ふたたび水面に出たマージョリーが、こちらへ視線を向け、両腕をぐるぐると回してみせる。声は発していなくても、マーカスは何を言いたいのかがわかった。今度はあなたがこっちへ来る番よ。

マーカスは瞼を閉じ、海に足を踏み入れた。水深がふくらはぎまで達すると、息を止めて駆け出す。マーカスは水の中を走った。すぐさま頭上で波が砕けてもみくちゃにされる。鼻腔から水が流れ込み、眼球がちくちくと痛む。なんとか海から頭を持ちあげ、ごほごほと咳き込み、呼吸を再開させたあと、目の前に存在する膨大な水を見晴らした。果てしなく広がる時間と空間を見晴らした。マージョリーの笑い声が聞こえ、すぐにマーカスも笑いはじめた。やっと合流したとき、マージョリーは水面から頭だけを出していた。首飾りの黒い石が、鎖骨のすぐ下に見える。石が陽光を浴びて、黄金色の輝きを放つのを、マーカスは眺めていた。

「さあ。これをつけて」マージョリーが首飾りを外し、マーカスの首にかける。「お帰りなさい」

マーカスは石が胸に当たるのを感じた。激しく熱い感触。また波に呑み込まれていたらしく、どうにか海面までの道筋を探し出す。マーカスは石に触れ、その重みに驚愕した。

突然、水を跳ねかけてきたマージョリーが、大きな声で笑ったあと、岸へ向かって泳ぎはじめる。

謝辞

七年にわたって支援を続けてくれたスタンフォード大学チャペル＝ルージー研究奨学金、メラージ財団アメリカンドリーム研究奨学金、アイオワ大学大学院学部長所管研究奨学金、ホワイテッド研究奨学金に絶大なる感謝を捧げる。

本作品の熱烈な擁護者として、大いなる確信と知恵をもたらしてくれた代理人のエリック・シモノフには、いくら感謝してもしたりない。〈ＷＭＥ〉の素晴らしきチームに属するほかの人々、とりわけラファエラ・デ・アンジェリス、アンマリー・ブルーメンヘーゲン、キャスリン・サマーヘイズにも謝意を表する。彼女たちは世界にわたしを華々しく売り込んでくれた。

わたしに励ましを与え、原稿に優美な編集を施し、本作品に揺るがぬ信頼を寄せ、何から何まで面倒をみてくれた担当編集者のジョーダン・パヴリンには、多大なる感謝を捧げたい。〈クノッフ〉のみなさん、ありがとう。メアリー・マウントと〈ヴァイキングＵＫ〉のみなさんも、ありがとう。

ティナ・キム、アリソン・ディィル、レイナ・サン、ベッカ・リチャードソン、ベサニー・ウールマン、タバサ・ロビンソン、ファラディア・ピアー。揺るぎなき友情に感謝。

最初の読者にして最愛の友人でもあるクリスティナ・ホーは、乱雑な草稿に各段階で目を通し、そのたびに前進する価値があると請け合ってくれた。

アイオワ著述家ワークショップでの二年間の経験は、わたしにとってこの上ない栄誉だった。デブ・ウェスト、ジャン・ゼニセク、コニー兄弟に感謝を捧げたい。ワークショップの同級生にも謝意を表する。ナナ・ンクウェティ、クレア・ジョーンズ、アレクシア・アーサーズ、ホルヘ・ゲラ、ナオミ・ジャクソン、スティーヴン・ナレイン、カーメン・マチャド、オリヴィア・ダン、リズ・ワイス、アーミナ・アフマド。特に彼らは、助言や激励や手料理をくれた。これら三つを一晩のうちに全部くれたこともあった。

わたしはきわめて教師運が良かった。幼いころから作家という夢を抱くわたしに、先生方は、夢の実現の可能性を感じさせるだけでなく、将来、作家になるのは当然という雰囲気を作ってくれた。幼少期の支援に対しては、もう充分な感謝を伝えられないかもしれないが、とにかく伝える努力だけは続けていくつもりだ。アラバマ時代のエイミー・ラングフォードとジャニス・ヴォーン。スタンフォード在学時のジョシュ・タイリー、モリー・アントポル、ダナ・ハンター、エリザベス・タレント、ペギー・フェラン。アイオワ時代のジュリー・オーリンガー、アヤーナ・マシス、ウェルズ・タワー、マリリン・ロビンソン、ダニエル・オロスコ、サム・チャン。サム・チャンには、重ねて感謝の念を表したい。彼は本作品を最初の一語から信じてくれ、執筆に必要なものはすべてわたしの中に揃っていると保証してくれ、あの二〇一二年の運命の電話をかけてきてくれた。

ハンナ・ネルソン＝トイチュ、ジョン・アマー、パトリス・ネルソン、情愛あふれる記憶の中のクリフォード・トイチュ。支援と歓待をありがとう。

両親のクワク・ジャシとソフィア・ジャシには返しきれない恩がある。ほかの多くの移民と同じく、ふたりは勤勉と犠牲の塊だった。そして、子供たちが前進しやすいよう道を切り拓いてきた。いっしょに道を歩いた兄弟、コフィとクワベナにも感謝を捧げる。

父とコフィは準備調査に協力し、数え切れないほどの質問に対して有益な回答や提案をしてくれた。

わたしが参考にした書籍と記事を以下に記す。ウィリアム・セントクレア『The Door of No Return』、トーマス・エドワード・バウディッチ『Mission from Cape Coast Castle to Ashantee』、レベッカ・シャムウェイ『The Fante and the Transatlantic Slave Trade』、ベアトリス・G・マミゴニアン&カレン・ラシーン編『The Human Tradition in the Black Atlantic, 1500-2000』、オセイ・クワジョ『A Handbook on Asante Culture』、エマニュエル・アキーンポン&パシントン・オーベン『Spirituality,Gender,and Power in Asante History』、メアリー・エレン・カーティン『Black Prisoners and Their World, Alabama 1865-1900』、ダグラス・A・ブラックモン「From Alabama's Past, Capitalism Teamed with Racism to Create Cruel Partnership」、アレックス・リクテンスティーン『Twice the Work of Free Labor:The Political Economy of Convict Labor in the New South』、バーミングハム歴史協会「Two Industrial Towns: Pratt City and Thomas」、A・アドゥ・ボアヘン『Yaa Asantewaa and the Asante-British War of 1900-1』、エリック・C・シュナイダー『Smack:Heroin and the American City』

最後に、マシュー・ネルソン=トイチュにしつこいほどの感謝を捧げたい。彼は最愛の人であるとともに最高の読者であり、わたしの日々に寛容さと聡明さと善良さと愛をもたらしてくれ、本書を読むたびにそれらを総動員してくれた。おかげで〝わたしたち〟は、わたし自身とわたしの作品は、彼に読まれるたびに成長するのだ。

訳者あとがき

新進気鋭の若手作家ヤア・ジャシのデビュー作、皆さまにはご堪能いただけたでしょうか？　この訳者あとがきには、多少ネタばらし的な部分もありますので、図らずも巻末を先にめくってしまった方には、本編読了後の再訪をお勧めします。

著者のヤア・ジャシは、一九八九年生まれのガーナ系アメリカ人です。本作の舞台であるガーナで生まれ、幼少期に両親とともに渡米しました。本作の登場人物マージョリーと同じく、アラバマ州ハンツヴィルで育ち、やはりマージョリーのように、本が親友という生活を送っていたそうです。高校時代に作家になろうと決心し、スタンフォード大学に進学。大学在学中に、幼少期以来となるガーナ訪郷（Homegoing）を果たし、本作（原題『Homegoing』）の着想を得ました。卒業後はアイオワ大学大学院で作家養成コースを受け、二〇一五年に本作を書きあげると、原稿を巡って争奪戦が起こり、結局、〈クノッフ〉社から二〇一六年に発刊されることとなりました。

出版後、本作は《ニューヨーク・タイムズ》のベストセラーリストを賑わせ、複数の新人賞にも輝きました。先達として名高いタナハシ・コーツ（『世界と僕のあいだに』でお馴染み）からは、「創造的刺激をもらった」と激賞されており、さまざまの評価の中には、現代の『ルーツ』という呼び声もあります。アレックス・ヘイリーの『ルーツ』は言わずと知れたベストセラーで、テレビドラマ化されて高視聴率を記録し、日本でも大ブームを巻き起こしました。四十年ほど前の日本で、アメリカ社会の硬派なテーマが好評を博すというのは不思議な現象でしたが、とにもかくにも、当時中学生だった訳者の周りでは、主人公のクンタ・キンテの名が連呼されていたのをよく憶えています（訳者にとっては割礼のシーンがトラウマ級の衝撃でした）。今なら〝ルーツ〟か〝クンタ・キンテ〟が間違いなく流行語大賞に輝いていたでしょうね。

ここからは、本作の背景説明をしていきたいと思います。

本作は冒頭部で異父姉妹が別々の運命に導かれ、片方がアフリカ大陸で、もう片方がアメリカ大陸で命脈をつないでいくのですが、アフリカ側の舞台となるのは、現在でいうところのガーナ共和国です。西アフリカのギニア湾に沿ったこの地域は、一五世紀頃からヨーロッパ人の侵入を受けはじめました。まずはポルトガルがやって来て城を築き、イギリスやオランダや北欧諸国があとに続きます。この地域から運び出された産品は、主に金と奴隷。象牙海岸などと同じく、一帯は黄金海岸《ゴールドコースト》と呼ばれるようになりました。欧州勢の中でも次第にイギリスが優勢となり、一八二一年には英領ゴールドコーストが成立。ケープコースト城を拠点とするイギリスの支配は、第二次世界大戦後の一九五七年にガーナ共和国として独立するまで続きました。

この地域には、主としてアカン人が居住しています。そして、アカン人の中でも大きな力を持っていたのが、本作に登場するアシャンティ族とファンティ族です。登場人物の祖となるマアメと、エシの系統はアシャンティ族、エフィアの系統はファンティ族ということになります。

ファンティ族は、現在のガーナの南部地方に分布していました。作中でも描かれていたように、族内の有力首長たちが連合を組んで、ヨーロッパ勢と対抗することもあれば、イギリスと協力することもあったようです。

対するアシャンティ族は、ガーナの内陸部を支配下に収めていました。アシャンティは銃の導入で他族より優位に立ち、一七世紀には、クマシ出身のオセイ・トゥトゥがアシャンティ王国を建国します。奴隷の輸出で繁栄を謳歌する一方、取引相手であるファンティ族やイギリスとの争いが絶えませんでした。とりわけ対英では、四度のイギリス・アシャンティ戦争を繰り広げ、勝利する場面もありましたが、結局、二〇世紀初頭にはイギリスの植民地に併合されてしまいました。

作中には何度も〝黄金の床几〟が登場します。空から初代国王オセイ・トゥトゥの膝に降りてきたとされる〝黄金の床几〟は、アシャンティ族の人々にとって、国王の権力の象徴というだけではなく、生きている者、死んだ者、これから生まれる者の魂の住み処なのです。じっさい、ケープコースト城のホジソン総督に〝黄金の床几〟を要求されたとき、アシャンティ族はいたく憤激し、女傑ヤア・アサンテワアが中心となって、イギリスに戦争を仕掛けたほどでした（作中ではアクアの夫が参加しています）。

ファンティ族とアシャンティ族はアカン人系に属しており、それぞれ使用している言語もアカン語系です。ファンティ族はアカン語系のファンティ語、アシャンティ族はアカン語系トウィ語のアシャンティ方言。作中でも触れられているとおり、互いの言葉はある程度まで理解できるみたいです。ちなみに、トウィ語から日本語になった言葉としては、野菜のオクラが挙げられます。

アカン人のあいだには、生まれた曜日で名前をつける習慣があります。月曜日生まれの男の子はコジョで、月曜日生まれの女の子はアジョワ。火曜日はクワベナとアベナ。水曜日はクワクとアクア。木曜日はヤウとヤア。金曜日はコフィとエフィア。土曜日はクワメとアマ。日曜日はクワシとアコスアという具合です。ほとんどの名前が作中に登場していますね。アフリカの独立運動の父と言われ、ガーナ共和国の初代大統領となったクワメ・エンクルマは、ここからわかるとおり土曜日の生まれです。

アカン人は母系社会を築いていました。たとえば王権は、母親から娘に受け継がれていきます（ただし、実際に王位に就いて政務を取り仕切るのは、娘の配偶者である男の場合が多い）。作中でフィーフィが権力を実子ではなく、甥のクエイに譲ったのも、この母系社会の考えが背景にあったわけです。また、アカン人は共通して、全知全能の創造神ニャメを信仰しています。何度か登場する蜘蛛のアナンシも、ニャメ神の名代という位置づけのようです。

本作は歴史フィクション小説とジャンル分けされており、数百年に及ぶ壮大な物語を、十四人の主人公を通して紡ぎあげていきます。フィクションでありながらも、奴隷貿易や民族間戦争や独立運動、奴隷解放や黒人大移動や地位向上運動など、巧みに織り込まれた史実が、ストーリーに引きずり込んでくれること請け合いです。〝火〟と〝水〟をキーワードに、淡々とした口調で綴られる物語からは、ガーナの人生観や死生観が伝わってきますが、訳者は日本人の考え方と似ていることに驚かされました。さらに意外だったのは、恨みつらみや怨嗟がほとんど感じられないことです。もちろん、残酷な刑罰や苛烈な差別が描かれ、〝奇妙な果実〟を彷彿させる場面もあるのですが、ストーリーの根底には、黒人奴隷の売買に関わった黒人支配層の罪悪感が流れています。そして、この書き手の冷静なまなざしが、読み手の受ける衝撃をいや増しているように思えます。

デビュー作でこれほどの才能を示したヤア・ジャシが、第二作でどんな成長や変貌を見せてくれるのか、今から楽しみでたまりません。

カバー画像／DigitalVision／Getty Images
Travel Stock／Shutterstock／RightSmith
Jane Rix／Shutterstock／RightSmith

装丁／アルビレオ

峯《みね》村《むら》利《とし》哉《や》

1965年生まれ。翻訳家。青山学院大学国際政治経済学部国際政治学科卒。訳書に、ドン・ウィンズロウ『ザ・カルテル』（角川文庫）、デイヴィッド・ハルバースタム『ザ・フィフティーズ』（ちくま文庫）、ロン・ラッシュ『セリーナ』（集英社文庫）クレイグ・デイヴィッドソン『君と歩く世界』（集英社文庫）などがある。

奇《き》跡《せき》の大地《だいち》

二〇一八年一月三〇日　第一刷発行

著者　ヤア・ジャシ
訳者　峯《みね》村《むら》利《とし》哉《や》
編集　株式会社　集英社クリエイティブ
〒一〇一-〇〇五一　東京都千代田区神田神保町二-二三-一
電話　〇三-三二三九-三八一一
発行者　村田登志江
発行所　株式会社　集英社
〒一〇一-八〇五〇　東京都千代田区一ツ橋二-五-一〇
電話　〇三-三二三〇-六一〇〇（編集部）
〇三-三二三〇-六〇八〇（読者係）
〇三-三二三〇-六三九三（販売部）書店専用
印刷所　大日本印刷株式会社
製本所　ナショナル製本協同組合

ISBN978-4-08-773491-1 C0097
定価はカバーに表示してあります。